Riss im Nebel

Von Evelyn Kühne

AF189822

Das Buch

Die sich nach Zärtlichkeit sehnende Linda beginnt eine heiße Affäre mit dem gut situierten, charmanten David. Doch dann verschwindet dessen Ehefrau auf mysteriöse Weise und Linda erwacht im Krankenhaus, ohne Erinnerung an die vergangenen Tage.

Entsetzt bemerkt Linda, dass sie immer mehr ins Visier polizeilicher Ermittlungen gerät. In ihrem Haus geschehen unerklärliche Dinge. Und es scheint niemanden zu geben, dem sie noch trauen kann. Selbst Davids Verhalten wird undurchschaubar. Linda begreift, es gibt nur einen Weg, um nicht alles zu verlieren. Sie muss endlich den Nebel in ihrem Kopf lichten und sich erinnern.

Die Autorin

Evelyn Kühne wurde 1970 in Radebeul geboren. Schon immer galt ihre ganze Leidenschaft den Büchern. Beruflich ging sie jedoch erst einmal andere Wege, arbeitete unter anderem als Verkäuferin und das sogar eine Zeitlang im Buchhandel. Durch eine Krebserkrankung kam sie zum Schreiben, für sie die allerbeste Therapie und Krankheitsbewältigung. Irgendwann traute sie sich erstmals mit ihren eigenen Geschichten an die Öffentlichkeit. Seitdem veröffentlichte sie mehrere Romane sowie das Kinderbuch "Die kühne Marie", welches sie zugunsten krebskranker Kinder schrieb und selbst herausgab. Sie lebt heute mit Mann und Tieren in der Nähe von Meißen und schreibt am liebsten mutmachende Romane über starke Frauen.

Riss im Nebel

Romantic Thriller

Evelyn Kühne

1. Auflage, 2019

© Evelyn Kühne

Herstellung und Verlag: BoD – Books on Demand,
Norderstedt
ISBN: 9783750418714

Covergestaltung:
Casandra Krammer - www.casandrakrammer.de
Covermotiv: © Shutterstock.com

Lektorat, Korrektorat: Christine Giegerich

Kapitel 1

Hände strichen über ihre Haut, zärtlich und erregend zugleich. Süßer Atem streifte ihr Ohr, Lippen berührten sie, hinterließen brennende Spuren.

Linda atmete schneller und presste ihre Augen fest zusammen. Diese Gedanken waren magisch und sie wünschte, sie mögen niemals enden.

Da rempelte sie von hinten jemand an, und murmelte eine Entschuldigung. Linda umklammerte die Haltestange, öffnete erschrocken ihre Augen und war endgültig wieder in der Gegenwart angekommen. Ihre kleine Zauberminute war vorbei.

Quietschend legte sich die Straßenbahn in eine Kurve. Sie ratterte gemächlich über die alten Dresdner Schienen und stoppte an der nächsten Bau-Ampel. Seit einigen Wochen zierten tiefe Gräben den Straßenrand. Bagger fuhren hin und her, und sorgten zusätzlich für eine Verlangsamung der Fahrt.

Mit bangen Blicken musterte Linda ihre Uhr. Der Sekundenzeiger tickte und fast glaubte sie, seine Bewegungen als kleine Einschläge unter ihrer Kopfhaut zu spüren. So spät schon – am liebsten würde sie aussteigen und den Rest der Strecke zu Fuß laufen. Doch das brachte nichts. Erstens gingen die Türen der Bahn nicht einfach so auf und zweitens hatte sie es schon versucht.

Sie war vor einigen Tagen an der nächsten Haltestelle ausgestiegen und dann gerannt. Da gab es eine Abkürzung durch den kleinen Park. Wie eine Irre war Linda am Spielplatz vorbeigestürmt, den sie manchmal mit Marie am Wochenende besuchte. Die anderen Mütter unterbrachen kurz den Sandburgenbau mit ihren Kindern und starrten ihr entsetzt hinterher. Linda sprintete zwischen den Sträuchern, die im Sommer weiße Knallerbsen trugen, rechts um die Ecke und bog gleich darauf wieder links ab. Es waren nur noch wenige Meter bis zu ihrem Ziel. Doch der Anschlussbus schloss, kurz bevor sie ihn erreichte, seine Türen und fuhr langsam davon. Seine Bremslichter schienen Linda noch einmal höhnisch zuzuzwinkern, bis er aus ihrem Blickfeld verschwand.

Mit pumpender Lunge sank Linda auf eine der Bänke im Haltestellenbereich. Ihre Tränen konnte sie nicht unterdrücken, egal was die anderen Fahrgäste dachten. Da half auch der kleine Triumph nicht, die Haltestelle vor ihrer Straßenbahn erreicht zu haben. Heulend hockte Linda da. Zu groß war ihre Enttäuschung, obwohl der nächste Bus in zwanzig Minuten kam. Sie hatte den Bus verpasst, diesen Einen ganz bestimmten, und sie hatte *ihn* verpasst, ihr Glück, den eigentlich einzigen Lichtblick in ihrem Leben.

Vor einigen Monaten hatte es begonnen, genau in diesem Bus. Doch nein, das war falsch, es hatte im Kindergarten ihrer Tochter angefangen, dem Storchennest. Marie, ihr einziges Kind ging dorthin, und zwar seit genau drei Jahren. Inzwischen war sie fünf, trug für ihr Leben gern bunte Blumenkleider und meist einen lustig wippenden Pferdeschwanz. Alle Menschen sagten, dass ihre Tochter genauso aussah, wie sie selbst in dem Alter. Einige Male hatte Linda Bilder betrachtet und sie miteinander verglichen. Da waren die gleichen großen braunen Augen, die Stupsnase, aber auch ein energischer Zug um den Mund, der eher an ihren Mann Kevin erinnerte.

Marie liebte es, während Linda auf Arbeit war, mit anderen Kindern den Tag zu verbringen. Die Wochenenden, wo sie nicht ins Storchennest durfte, waren ihr ein Graus. Während andere Kinder schluchzend aus den Fenstern ihren Müttern hinterherschauten, spielte Marie schon gedankenverloren in einer Ecke, und hatte ihre Mutter anscheinend bereits vergessen. Anfangs hatte Linda das traurig gemacht, doch der Zuspruch der Erzieherinnen führte ihr schon bald vor Augen, dass ein knapper Abschied auch Vorteile mit sich brachte. Linda konnte sich im Bus entspannt auf ihren Arbeitsweg Richtung Dresden machen. Ihrer Marie ging es gut. Und ihr Kind liebte sie, dennoch und vielleicht auch gerade deswegen.

Eine entscheidende Rolle spielte dabei Jonas, der beste Freund ihres Kindes. Jonas war ein strohblonder kleiner Lausbub mit Sommersprossen auf der Nase und genauso alt wie Marie. Die beiden waren vom ersten Tag an ein unzertrennliches Team gewesen, und hielten zusammen wie Pech und Schwefel. Was einer von ihnen nicht beherrschte, konnte garantiert der andere. Die Freunde halfen sich und schliefen jeden Mittag auf ihren kleinen Liegen nebeneinander ein. Bei Spaziergängen liefen sie meist Hand in Hand, und waren irgendwie die absoluten Lieblinge aller Erzieher.

Immer wieder hörte Linda ihre Kommentare. „Schaut euch mal diese beiden an, die werden bestimmt mal heiraten. Sind die nicht total süß?"

Wenn sie ehrlich war, so hoffte sie das nicht. Manchmal haderte Linda sogar mit Maries kleinem Freund. Doch an Kinderfreundschaften konnte man nicht rütteln. Denn leider galt das gute Verhältnis nicht unbedingt für ihre Mütter. Linda und Daniela waren sich vom ersten Tag an unsympathisch gewesen. Das hatte sich bereits während der Eingewöhnungswochen herausgestellt. Da war sie, Linda, mit kurzen dunklen Haaren, immer sportlich gekleidet, mit Jeans und legeren Pullovern, um ihre kleinen Rundungen zu verstecken, sie, die gerne lachte, sich mit in den Sandkasten kniete und für jeden Quatsch zu haben war. Und die ihre Tochter Marie über alles liebte.

Und auf der anderen Seite Daniela – die perfekte Karrierefrau, die im Kostüm oder Hosenanzug daherkam, die ihre blonden Haare stets locker nach oben steckte, die in Highheels dahinspazierte, auf denen Linda nicht einen Schritt hätte tun können. Die stets dezent geschminkt und mit passendem Schmuck behangen war. Die einfach alles im Griff zu haben schien, sich, ihr Leben, ihre ganze Familie. Und die so kühl war, allen gegenüber, aber besonders ihrem Sohn Jonas. Daniela war für Linda das Abbild von Perfektion und gleichzeitig eine arrogante Zicke.

Der Unterschied zwischen beiden Frauen hätte nicht größer sein können. Worte wechselten sie kaum oder nur wenige. Wenn, dann nickten sie sich knapp zu. Denn Linda spürte, wie die andere auf sie hinabschaute. Auf die kleine Sekretärin einer Anwaltskanzlei, während sie im Vorstand irgendeiner großen Firma saß.

Lange Zeit gingen sie sich aus dem Weg, was meist bestens funktionierte. Denn Linda war eher am Kindergarten und bereits verschwunden, wenn Daniela mit ihrem schwarzen BMW oder dem knallroten Sportwagen vorgefahren kam.

Dann war dieser Elternabend Anfang des Jahres. An einem eiskalten Januartag fanden sich die Mütter und Väter im Storchennest ein. Linda erwischte einen guten Platz neben ihrer besten Freundin Anna. Als Letzte kam Daniela und wie der Teufel es wollte, war ausgerechnet neben Linda der einzige noch freie Stuhl. Mit einer Miene voller Arroganz ließ Daniela sich neben ihr nieder, schlug die Beine übereinander, was auf den kleinen Stühlen alles andere als einfach war, und ignorierte sie. Beide bemühten sich gar nicht erst um ein krampfhaftes Gespräch, das hätte eh nichts gebracht. Die Erzieherin da vorn erzählte endlos und Linda spürte, wie ihre Gedanken allmählich abschweiften. Der Tag war hart gewesen, ihr Chef wieder mal unausstehlich. Daniela schien es ähnlich zu gehen, denn sie tippte fast die ganze Zeit auf ihrem Handy herum.

Doch dann wurde Linda schlagartig wach. Die Kindergärtnerin kam mit einem neuen Spiel um die Ecke. Und ausgerechnet sie, die Eltern, sollten es als Erste probieren – jeweils paarweise. Anna wurde sogleich von der neben ihr sitzenden Mutter in Beschlag genommen und schaute sie schulterzuckend an. „Sorry, ausgerechnet die. Aber das schaffst du schon", flüsterte sie ihr zu und verdrehte die Augen.

Linda stöhnte innerlich, auch das noch! Tapfer hielt sie durch und ignorierte Danielas schrille Stimme und ihre permanenten Bevormundungen, so gut es ging. Sie wurde von ihrer Nachbarin behandelt, als wäre sie vollkommen verblödet. Am Ende verlor Linda freiwillig, nur damit es endlich vorbei war. Der innere Triumph Danielas entging ihr dabei nicht – dieses Kräuseln der Lippen, die Genugtuung im Blick.

Und gerade als Linda dachte, dass es nicht mehr schlimmer ging, kam die nächste Katastrophe. Um die Gemeinschaft der Eltern zu festigen, sollte es in diesem Jahr weitere Projekte geben. Immer zwei Eltern gemeinsam, mussten verschiedene Dinge organisieren wie Ausflüge, Schwimmbadbesuche oder Bastelnachmittage. Linda dachte gerade darüber nach, was das für eine komische Idee war, als Daniela bereits nach vorn stürmte und in die Schale griff, in der die Zettel für die zu ermittelnden Paarungen lagen. Um eventuelle Diskussionen auszuschließen, hatten die Erzieher sich für diese Methode entschieden. Daniela entfaltete den kleinen Zettel und zuckte zusammen. Ein eiskalter Blick streifte Linda. Sollte das wirklich möglich sein? Hatte Daniela im Ernst ihren Namen gezogen? Anscheinend war es genau so.

Linda durfte dann in die Schale mit den Projekten langen. Innerlich betete sie, bitte nur einen Bastelnachmittag oder irgend so was, Hauptsache ein Ding, was schnell vorbei ging. Doch die Glücksfee war ihr nicht hold – Ausflug aller Familien an einem Wochenende. Schlimmer hatte es nicht kommen können.

Daniela lief am Ende der Veranstaltung nach vorn und beschwerte sich lautstark bei der Leiterin der Einrichtung. Linda folgte ihr und stellte sich einfach daneben. Ausnahmsweise einmal waren sie sich vollkommen einig. Mit dieser Zicke konnte sie nie im Leben ein vernünftiges Projekt auf die Beine stellen. Es musste irgendeine Möglichkeit geben, den Partner zu tauschen. Wobei sie sich da selber nicht so sicher war. Denn Daniela war auch bei den anderen Müttern nicht unbedingt beliebt, wegen ihrer hochnäsigen Art.

Frau Schmidt, eine ziemlich bodenständige Frau, sah dies vollkommen anders. „Ich bitte Sie, ganz ehrlich, Sie sind zwei erwachsene Frauen. Wenn sich schon die Eltern nicht normal miteinander unterhalten können, was wollen wir dann von unseren Kindern erwarten? Ihre beiden sind außerdem allerbeste Freunde, ein Traumpaar geradezu. Was gibt es Schöneres, als wenn ausgerechnet Sie zusammenarbeiten?"

Wütend warf Daniela ihren Kopf zurück und stöckelte davon. Linda glaubte immer noch, das Klappern ihrer Absätze auf den Fliesen der Eingangshalle zu hören.

Frau Schmidt sah Linda fast schon mitleidig an. „Es tut mir ehrlich leid. Ich weiß, Sie verstehen sich nicht gerade super. Aber damit es keine Diskussionen gibt, haben wir uns die Lose einfallen lassen. Sie hatten halt Pech. Es ist doch nur ein Ausflug, das werden Sie schon schaffen." Dann wandte sie sich anderen Eltern zu.

Linda sah das anders. Während sie mit ihrem Auto heimwärts fuhr, spielten sich in ihrer Fantasie bereits die wildesten Auseinandersetzungen mit Jonas' Mutter ab. Doch zum Glück sah Linda Daniela nach diesem Abend zunächst nicht mehr wieder.

Es war ein paar Tage später, an einem fast schon frühlingshaften Wintertag. Linda wanderte wieder einmal suchend durch den Kindergarten, um Marie und Jonas zu finden. Schließlich sah sie die beiden Freunde neben einem großgewachsenen Mann sitzen. Mühevoll hatte der sich auf einen der winzigen Kinderhocker gequetscht und wurde soeben mit einer leckeren Sandtorte versorgt. Mit einer roten Plastikschaufel trennte er einzelne Stücke ab und ließ diese gespielt in seinem Mund verschwinden. Dabei rieb er sich immer wieder den Bauch und schaute genüsslich in den Himmel. Bis hierher hörte Linda das laute Lachen der beiden Kinder. Langsam kam sie näher, bis Marie sie endlich entdeckte. Mit einem lauten „Mama" warf sie sich in ihre Arme.

Linda hob sie nach oben und verbarg das Gesicht im duftenden Haar ihres Kindes. Dieser Geruch – sie würde ihn am liebsten in ihrem Inneren konservieren, für alle Zeiten. Doch sie wusste, das war nicht möglich. Durch Maries Locken spähte sie vorsichtig zu dem Mann, der dort saß und bemerkte, dass dieser sie genau musterte. Sie kannte ihn, nur woher? Es gab nur eine Erklärung: Sicher hatte er vor einiger Zeit einmal Jonas abgeholt und dabei waren sie sich begegnet.

Linda stellte Marie schließlich auf ihre Füße und ließ sich von ihr mitziehen. „Mama, das ist David, der Papa von Jonas", erklärte ihre Tochter mit wichtiger Stimme. „Er kommt Jonas ab sofort immer abholen, seine Mama kann nämlich nicht mehr. Sie ist gar nicht mehr zu Hause, hat Jonas gesagt, er schläft immer bei seinem Papa", fügte Marie flüsternd hinzu.

David wischte die sandige Hand an seiner Jeans ab und kam lachend nach oben. „Hallo, freut mich sehr. Ich glaube, ich hab Ihnen den ganzen Sandkuchen weggegessen, tut mir leid." Zwinkernd grinste er sie an und Linda spürte, wie ihr Herz einen kleinen Hüpfer machte. Er sah gut aus, sogar verdammt gut aus. Seine braunen Augen glänzten voller Wärme, die Haare waren raspelkurz geschnitten, so als würde er keinen großen Wert auf eine stylische Frisur legen. Ein winziger Dreitagebart schmückte sein Kinn, die Lippen waren hart gezeichnet und trotzdem weich. Eine kleine Narbe zog sich an seiner Nase entlang, Richtung Wange.

Dieser Blick – wieder war da das Gefühl in ihr, David schon gesehen zu haben, aber nicht hier im Kindergarten. Nur wo? Energisch wischte Linda diese Grübeleien beiseite. Sie würden jetzt und hier eh zu keinem Resultat führen.

Warm umschloss David ihre Hand, genau mit dem richtigen Druck. Für Linda war es unvorstellbar, wie dieser ziemlich nett wirkende Mann mit der zickigen Daniela zusammenleben konnte. Beide ergaben in ihren Augen ein vollkommen unpassendes Paar.

„Vielleicht sollten wir zusammen einen backen, dass Maries Mama auch noch ein Stück kosten kann? Was denkt ihr?" Begeistert stimmten die Kinder ihm zu und machten sich sogleich an die Arbeit. „David", stellte er sich noch einmal lächelnd vor, bevor er sich wieder auf einen der Hocker setzte und begann, Sand in einen Eimer zu schaufeln. „Und Sie sind bestimmt Linda. Endlich lernen wir uns einmal persönlich kennen. Ihre Tochter ist Ihnen ja wie aus dem Gesicht geschnitten. Ich habe von Jonas schon so viel über Sie gehört."

Linda bemerkte fast schon peinlich berührt, wie ihre Wangen sich röteten. „Ehrlich, na ich glaube, das ist ein wenig zu viel des Lobes, das gilt eher meiner Marie." Unsicher blickte sie ihm in die Augen und wandte ihren Blick schließlich ab.

Minuten später hockten sie gemeinsam auf den kleinen Hockern und ließen sich von ihren Kindern Sandkuchen backen. Dabei sprachen sie über dieses und jenes. Sie blieben so lange sitzen, bis die Erzieherin die verbliebenen Kinder ins Haus rief, weil es allmählich kalt wurde. Linda wunderte sich, wie schnell die Zeit verflogen war. Schon lange hatte sie sich nicht mehr so angenehm mit jemandem unterhalten.

Zwei oder drei Tage später hetzte Linda wieder einmal ihrem Bus hinterher. Schneematsch bedeckte die Pflastersteine und sie musste aufpassen, nicht auf dem Gehweg auszurutschen. In letzter Minute quetschte sie sich in den Bus. Wie immer war kein Sitzplatz in Sicht. Stickige, unangenehme Luft schlug ihr entgegen. Haltsuchend umklammerte Linda die Schlaufe an der Decke mit einer Hand, wickelte ihren dicken Schal ab und schloss für einen Moment die Augen. Was für ein Tag das wieder gewesen war! Kurz vor Feierabend hatte sie noch ein langes Schriftstück für ihren Chef fertigmachen müssen.

An der nächsten Haltestelle stiegen noch mehr Menschen ein. Die Luft wurde schlechter. Es wurde geschoben und gedrängelt, bis jeder endlich seinen Platz hatte. Zum Glück gelang es Linda, ihre Halteschlaufe zu verteidigen. Da war plötzlich eine Berührung an ihrem Arm. Widerwillig drehte sie sich um und schaute zu ihrer Verwunderung in Davids Gesicht. Er trug eine wollene Bommelmütze, auf der gerade einige Schneeflocken schmolzen.

„Das gibt's ja nicht, was machen Sie denn hier?", fragte er und lachte dabei herzlich.

„Na, ich glaube, das Gleiche wie Sie. Ich fahre nach Hause, beziehungsweise erst mal in den Kindergarten, um Marie abzuholen."

„Dann haben wir denselben Weg. Ich habe mich auch entschieden, ab heute den Bus zu nehmen. Ich arbeite gleich hier in dieser Firma da." David deutete nach draußen zu einem flachen, modernen Gebäude. „Gestern hab ich Ewigkeiten im Stau gestanden. Seit ich Jonas abholen muss, fahre ich ja eine andere Strecke. Da sah ich den Bus an mir vorbeifahren und dachte, warum nicht mal mit den öffentlichen Verkehrsmitteln fahren. Und nun treffe sich Sie hier und freue mich auf eine unterhaltsame Fahrt. Wie schön das ist!" Verschmitzt zwinkerten seine Augen. Linda spürte, wie ihr Herz schneller schlug, nur bei dem puren Gedanken, ihn jetzt vielleicht öfter zu sehen.

„Ja, der Verkehr ist wirklich mörderisch, um diese Zeit auf dieser Strecke", sagte Linda, legte sich in eine Kurve und blickte konzentriert aus dem Fenster. „Noch dazu dieses

Wetter, heute Morgen war es spiegelglatt. Deswegen steht mein Auto auch daheim."

Der Rest der Zeit verging wie im Flug. Sie schlenderten gemeinsam zum Kindergarten, spielten mit ihren beiden noch ein wenig mit den Legosteinen und verabschiedeten sich dann vor dem Kindergarten.

So verrannen die Wochen, fast jeden Tag trafen sie sich und redeten miteinander. Einige Male erkundigte Linda sich beiläufig nach Daniela. Es war seltsam, sie gar nicht mehr zu sehen. Doch bei diesem Thema wurde David augenblicklich zurückhaltend. Beinahe schon überhastet lenkte er die Unterhaltung in eine andere Richtung. Auch Jonas wich Fragen aus und lief jedes Mal eilig davon, erzählte ihr Marie. Linda fand das irgendwie seltsam und musste ab und zu an den zu organisierenden Ausflug denken. Doch noch hatte das Jahr gerade erst begonnen und irgendwann würde Daniela schon wieder im Kindergarten aufkreuzen.

Eines Tages musste David sich im Bus hinter sie stellen. Er wurde von den anderen Passagieren einfach dahin geschoben. „Ich passe auf, dass dir von hinten niemand zu nahe kommt", raunte er ihr ins Ohr. Schon lange waren sie beim Du gelandet, es hatte sich einfach so ergeben.

Bei einer plötzlichen Bremsung spürte Linda, wie sie den Halt verlor. Ein heftiger Ruck ging durch den Bus und warf sie zur Seite. Die Schlaufe drohte ihren Fingern zu entgleiten. Gleich würde sie stürzen. Doch David griff zu, umfasste sie leicht und hielt sie fest. Der Bus fuhr weiter, aber David ließ seine Hände einfach dort liegen, auf ihren Hüften. Es war eine leichte Berührung, nicht unangenehm oder bedrängend – im Gegenteil. Es tat gut und Linda spürte ein seltsames Prickeln auf ihrer Haut. Dann stiegen sie aus und liefen zum Kindergarten, so wie immer, als wäre nichts geschehen.

Doch Linda glaubte zu bemerken, dass Davids Blicke immer wieder zu ihr wanderten – verstohlen und ein wenig unsicher. Während sie Maries Jacke zuknöpfte, saß er neben Jonas auf der Bank und betrachtete Linda versunken. Seine Augen waren dunkel und hielten sie fast schon magisch fest. Ihre Hände zitterten wie Espenlaub und am Ende zog Linda einfach den Reißverschluss hoch und ließ die Knöpfe offen.

Am nächsten Tag stellte David sich von Anfang an hinter sie. Doch der Bus schwebte geradezu dahin. Da war keine Bremsung, keine scharfe Kurve, kein Grund, warum David sie berühren sollte. Linda kam sich in diesem Moment fast schon albern vor, sehnte sie doch eine heftige Bremsung herbei. In Gedanken schüttelte sie über sich selbst den Kopf. Was war schon geschehen, er hatte ihr geholfen, sonst wäre sie gefallen. Jeder andere Mensch hätte dies ganz sicher auch getan. Aber hätte jeder andere Mensch auch seine Hände auf ihren Hüften gelassen? Vermutlich nicht, dennoch ermahnte Linda sich selbst. Ihr Leben war schwierig genug. Weitere Komplikationen, durch irgendeine Schwärmerei, konnte sie nicht gebrauchen.

Und dann geschah es doch wieder. Beide hatten mittlerweile einen neuen Stammplatz im Bus gefunden. Ganz hinten war eine Haltestange, etwa in Brusthöhe. Fast jeden Tag versuchte Linda, dort einen Platz zu erhaschen. David gesellte sich zu ihr und gemeinsam schauten sie aus dem Fenster.

Einige Tage später schob er sich erneut hinter sie. Seitlich stand ein Kinderwagen, an dem David sich vorbeiquetschte. Seine Hände umfassten die Haltestange vor ihrer Brust und schmiegten sich seitwärts an ihre Arme. Linda war gefangen in seinen Armen, an seinem Körper. Mehr geschah nicht. Doch sie genoss diesen Augenblick, seine Nähe, und wagte kaum zu atmen. Sie spürte ihn, seine Wärme, spürte, wie seine Brust sich hob und senkte, das Spiel seiner Muskeln, wenn sie sich gemeinsam in eine Kurve legten.

Am nächsten Tag begann er sie zu berühren. Hauchzart nur, als würde eine Feder über ihre Haut streichen. Ab und zu hielt er inne und beließ seine Finger auf ihrem Arm. Es schien, als würde David auf eine Abwehrreaktion von Linda warten, auf einen Protest, doch sie protestierte nicht. Im Gegenteil, sie näherten sich an, immer ein kleines Stück mehr.

Anfangs umfasste er nur ihre Hüften oder ihre Arme. Später dann begannen seine Hände zu wandern. In der Enge des Busses strichen sie ihren Körper hinauf und hinab, glitten unter den schützenden Mantel.

Während er sie berührte, spürte Linda, wie sich ihr Herzschlag erhöhte und das Blut in ihre Wangen schoss. Heftig pulsierte es durch ihre Adern und ließ keinen klaren Gedanken mehr zu. Teilweise glaubte sie, keine Luft mehr zu bekommen, und öffnete leicht ihre Lippen. Ihre Beine zitterten, eigentlich zitterte ihr ganzer Körper und David spürte es. Irgendwann begann sie deshalb, sich an ihn zu lehnen. Ganz nah waren sie sich, kein Blatt Papier passte mehr zwischen sie. Linda schmiegte ihren Kopf an Davids Brust und atmete seinen Geruch ein. Er roch wunderbar, vertraut und aufregend zugleich.

Und doch waren da Zweifel, Alarmsignale in ihrem Kopf. Es war nur eine Frage der Zeit, bis die anderen Passagiere etwas merken würden. Doch ihn zurückweisen, einen anderen Bus nehmen, sich einfach hinsetzen – niemals. Linda spielte die Alternativen unzählige Male abends in ihrem Bett durch, und entschied sich dagegen. Sie brauchte ihn, sie brauchte diese zwanzig Minuten Zärtlichkeit. Endlich fühlte sie sich wieder als Frau.

Und David kam immer näher, obwohl das eigentlich kaum noch möglich war. Sanft strich sein Atem über ihr Haar, ihr Ohrläppchen und wanderte weiter zu ihrem Hals. Linda hielt die Augen geschlossen und fühlte dieses Pulsieren in ihrer Mitte. Da war so ein Ziehen, fast schon ein Schmerz, auf jeden Fall aber grenzenloses Verlangen nach ihm. Seine Lippen schienen ihr Ohr berührt zu haben. Es war so zart, dass sie es sich vielleicht auch nur eingebildet hatte. Doch am Abend glaubte sie immer noch, seinen Mund auf ihrer Haut zu spüren. Schon die Erinnerung daran erregte sie. Unter der Dusche strichen ihre Finger abwärts und berührten ihren empfindlichsten Punkt. Linda presste dann das Gesicht gegen die kühlen Fliesen und stöhnte leise. Während das Wasser über ihren Körper rann, spürte sie, wie die kleinen Blitze immer näher kamen und schließlich in ihrem Kopf, ihrem Bauch, ja ihrem ganzen Körper explodierten.

Bei jedem Mal wanderten Davids Hände weiter, wurden immer mutiger, während er für einen Außenstehenden einfach nur aus dem Bus zu schauen schien. Die Enge, die Masse der Menschen um sie herum, gaben ihnen Schutz. Aus dem Augenwinkel schielte Linda zu den anderen Businsassen, doch diese dösten vor sich hin, lasen Zeitung oder waren mit sich beschäftigt. Niemand schien ihre kleinen Annäherungen zu bemerken.

Und David – sie spürte seine Erregung, während er sich immer fester an sie presste. Linda machte das glücklich. Da gab es einen Mann, dem sie den Kopf verdrehte, der sich von ihr angezogen fühlte – das Gefühl war unbeschreiblich. Es gab jemanden, den sie verführen konnte. Und es gab jemanden, der sie zu begehren schien, auch wenn sie nicht wusste warum. Denn da war Daniela, diese wunderschöne Frau, die so perfekt zu sein schien und sie, die Unscheinbare, nicht halb so Schöne.

Ab und zu fragte Linda sich, was das mit ihnen wohl war? War es nur hier so besonders, in diesem Bus, wo den Annäherungsmöglichkeiten natürliche Grenzen gesetzt waren? Wie würde es sein, mit ihm zu schlafen – auch so aufregend, oder eher nichtssagend? Abends, wenn sie neben ihrem Mann lag, versuchte sie, es sich vorzustellen. Wenn Linda ehrlich war, wollte sie die endgültigen Antworten nicht wissen. Ihr genügte diese kurze Zeit.

Irgendwann erreichten sie ihre Haltestelle und stiegen aus. Während der ersten Meter sprachen sie meist kein Wort. Liefen einfach so nebeneinander her. Andere Mütter und Väter gesellten sich zu ihnen. Verwickelten sie in harmlose Gespräche über Kinder, Haushalt und Garten, während Linda verzweifelt versuchte, ihre glühenden Wangen herunterzukühlen. Sie vermieden krampfhaft, einander in die Augen zu schauen, sahen sich erst wieder an, wenn sie sich mit ihren Kindern an der Hand voneinander verabschiedeten. Linda glaubte, in seinen Augen lesen zu können. David schien es meist ähnlich zu gehen. Zum Abschied fragte er immer: „Bis morgen, gleicher Bus?" Und Linda nickte, froh, wenn kein Wochenende war. Diese Tage, an denen sie ihn nicht sah, waren furchtbar.

Und nun stand sie hier in ihrer Straßenbahn, mit immer den gleichen Menschen neben sich und spähte angstvoll nach draußen. Erneut schaltete eine Ampel auf Rot. Linda wusste, der Bus würde nicht warten. Denn kurze Zeit später kam bereits der nächste. Aber sie brauchte diesen, ohne ihn fühlte sie sich nur halb. Dieser Bus, beziehungsweise der eine bestimmte Mensch in ihm, rettete ihr den Tag und schenkte ihr Freude, wo sonst nicht mehr viel war.

Ein leichter Schweißfilm trat auf ihre Oberlippe. Sie wischte ihn ab, lockerte ihr Tuch um den Hals und starrte erneut auf die Uhr.

Der rotgesichtige Mann neben ihr bemerkte das und lachte kurz auf. Er arbeitete im selben Hochhaus wie sie. Manchmal begegneten sie sich beim Mittagessen oder im Fahrstuhl. Sie hatten höchstens einmal ein belangloses Wort gewechselt. Und ehrlich gesagt, legte Linda keinen Wert auf seine Unterhaltung. Er roch unangenehm, nach altem Schweiß und schlechtem Essen.

Mit dem Ellenbogen stieß er sie an und deutete nach draußen. „Jetzt kommt auch noch eine Gegenbahn. Verdammt, wann sind diese Bauarbeiten hier endlich beendet?", protestierte er abfällig. „Müssen wir denn jedes Mal an dieser gottverdammten Ampel anhalten?"

Innerlich pflichtete Linda ihm bei, äußerlich ließ sie sich nichts anmerken, sondern zuckte nur leicht mit den Schultern. „Tja, man kann nichts machen."

Mit einem Ruck setzte sich die Bahn in Bewegung und schlich in Zeitlupe um die nächste Kurve. Laut quietschten die Wagen auf den alten Schienen.

„Nee, da haben Sie wohl recht. Schauen Sie nur, dort drüben kommt unser Anschlussbus. Na das dürfte heute wohl nichts werden."

Panisch drehte Linda den Kopf. Der Typ hatte recht, dort kam ihr Bus angefahren. „Entschuldigung, darf ich mal durch." Sie schob den Mann neben sich einfach beiseite und ihren Körper Richtung Ausgang. Linda drängte sich durch die vielen Menschen, um beim Öffnen der Türen als Erste am Start zu sein. Sie erntete Kopfschütteln, kleine Schubser, und stand endlich vor der Tür. Dann hielt die Bahn an.

Linda hämmerte auf den Drücker ein, die Türen öffneten sich und sie raste los, direkt über die rote Fußgängerampel auf die andere Seite der Straße. Ein Autofahrer drückte heftig auf die Hupe und drohte ihr mit dem Finger – beinahe wäre sie vor sein Fahrzeug gelaufen. In letzter Minute erreichte sie den Bus und sprang hinein. Sofort hinter ihr schlossen sich die Türen. Der rotgesichtige Mann schaute verdutzt hinter ihr her, während er immer noch an der Fußgängerampel stand und auf Grün wartete.

Linda schob sich wie immer ganz nach hinten durch und umklammerte die Haltestange vor ihrer Brust. Sie rang heftig nach Luft. Der kleine Spurt war riskant gewesen, noch einmal sollte sie lieber nicht so mit ihrem Schutzengel spielen. Sie musste einfach einige Minuten eher aus dem Büro kommen, und gleich morgen würde sie mit ihrem Chef darüber sprechen. Das war schon lange fällig. Oder sie musste diese Sache endlich beenden – das wäre vermutlich das Allerbeste.

Der Bus hielt an der nächsten Haltestelle und Sekunden später spürte sie, wie David sich neben sie schob. „He, was ist los? Du keuchst ja?" Prüfend, fast schon besorgt, schaute er sie an. Er hob seine Hand und strich zart über ihren Arm. Es war eine beiläufige Geste, eine Geste, die niemand anderes bemerken würde. Und da war wieder dieses warme Lächeln in seinen Augen und alles andere war vergessen. Die rote Ampel, der Ärger mit ihrer Kollegin, das morgen beginnende Wochenende.

„Alles in Ordnung", erwiderte Linda. „Die Bahn hatte mal wieder ein bisschen Verspätung, du weißt schon, diese blöde Baustelle. Dann bin ich gerannt. Aber nun bist du ja da."

Hatte sie das wirklich gerade gesagt? Anscheinend schon, denn über Davids Gesicht zog ein ungläubiges Staunen. „Stimmt, ich bin da. Wir sehen uns und alles ist gut." Dann verstummte er.

Er trat hinter sie und hielt Linda wie immer mit seinem Körper fest. Der Bus legte sich in eine Kurve, gemeinsam hielten sie sich im Gleichgewicht, als wären sie eine Einheit. Sie spürte Davids Erregung, wie sich sein Atem beschleunigte, heißer und leidenschaftlicher wurde. Linda biss sich auf die Unterlippe und schloss die Augen. Kleine Sterne rotierten in ihrem Kopf und sprühten in alle Richtungen.

Seine rechte Hand berührte ihre, die fest die Haltestange umklammerte. Er verschlang seine Finger mit Lindas, es war ein fester Knoten. Wie etwas, das sie für alle Zeiten verband. Davids Atem war an ihrem Ohr. Seine andere Hand glitt aufreizend langsam über die nackte Haut unter Lindas Shirt nach vorn zu ihrem Bauch, ihrem Nabel. Langsam umkreiste er diesen und glitt zum oberen Rand ihrer Hose. Jeden Moment würde er den oberen Knopf erreichen und dann wusste Linda nicht, was sie tun würde.

„Entschuldigen Sie, könnten Sie mir bitte mit meinem Kinderwagen helfen?"

Eine junge Frau, die neben ihnen gestanden hatte, schaute David bittend an. Ein leichtes Schmunzeln lag auf ihrem Gesicht und augenblicklich fühlte Linda sich ertappt.

David wuchtete den Kinderwagen aus dem Bus und stellte sich für den Rest der Fahrt neben sie. Schwer atmend legten sie die restlichen Haltestellen zurück. Dann hielt der Bus und sie stürzte ins Freie. Erleichtert hielt sie ihr Gesicht in den Wind.

Linda hatte geglaubt, neben ihm ersticken zu müssen. Diese Mischung aus grenzenloser Erregung und schlechtem Gewissen war furchtbar. Wie hatte sie sich nur so gehenlassen können? Heute waren zum Glück keine anderen Eltern da. Und so liefen sie den zehnminütigen Weg allein – schweigend. Das, was sie taten, war nicht richtig. Linda sollte die Notbremse ziehen, und zwar so schnell wie möglich. In ihrem Inneren läutete eine Alarmglocke und wollte einfach nicht verstummen.

Irgendwann berührte sein Zeigefinger sanft ihre Hand. „Warte bitte mal." Ruckartig blieb Linda stehen und schaute David an.

„Ich glaube, wir sollten reden? Was denkst du?" Seine Blicke streiften fragend ihr Gesicht. In Lindas Kopf drehte sich immer noch alles, wie während einer Karussellfahrt. Fieberhaft suchte sie nach einer Antwort.

Doch da fuhr David schon fort. „Wir müssen doch diesen Kindergartenausflug organisieren? Daniela hat die Sache an mich delegiert, weil, … ach, ist nicht so wichtig."

Linda war einen Moment irritiert, dann fiel ihr die Auslosung ein. Verwirrt strich sie sich über das erhitzte Gesicht. „Ach ja, stimmt, da sollten wir uns langsam mal was einfallen lassen", stammelte sie und beobachtete eine Katze, die sich hinter ihm an einer Hauswand entlangpirschte.

„Na ja, ich würde dich, also euch ja gerne zu uns nach Hause einladen. Aber meine Frau, also Daniela, ist nicht so scharf darauf …"

Linda winkte ab. „Du brauchst mir nichts erklären. Ich glaube, mein Mann ist auch nicht scharf drauf. Und wenn ich ehrlich sein soll, bin ich schon gar nicht scharf darauf, mit deiner Frau zu reden. Sorry. Obwohl wir diesen Ausflug irgendwie auf die Beine stellen müssen."

„Das kann ich verstehen, ihr versteht euch nicht … Eigentlich versteht sich niemand mit ihr." David winkte ab. „Am Wochenende soll herrliches Wetter werden, fast fünfundzwanzig Grad. Was hältst du davon, wenn wir mit den Kindern einfach mal in den Zoo gehen? Daniela hat eine Konferenz in Hamburg und ist eh nicht da. Ich weiß ja nicht, ob dein Mann mitkommen möchte." Er sprach vollkommen entspannt, behielt sie aber genau im Auge.

Linda schnappte innerlich nach Luft. Nach außen versuchte sie, gelassen zu wirken. „Kevin? Nein, ich glaube nicht", meinte sie gedehnt. „Der hat bestimmt zu tun. Wenn das Wetter so toll werden soll, ist er garantiert mit seinem Motorrad unterwegs." Und interessiert sich sowieso nicht dafür, was ich und Marie tun, fügte sie im Stillen hinzu.

„Da können wir einen schönen Tag verbringen, uns unterhalten und es wirkt nicht, als wären wir, ich meine …" David stockte kurz. „Ist ja auch egal."

„Also, du willst mit mir in den Zoo gehen?", stotterte sie.

„Und mit den Kindern", ergänzte er lächelnd. „Natürlich nur, wenn du magst. Sonst lassen wir uns etwas anderes einfallen."

Ein Zoobesuch mit ihm, Lindas Herz klopfte schneller. Genauer gesagt, hatte es sich in den letzten Minuten überhaupt nicht beruhigt, Ihr Puls war auf Anschlag. Ihr Verstand sagte, dass es besser wäre, wenn sie dieses Treffen ablehnte. Es würde die ganze Situation in keiner Weise vereinfachen, eher im Gegenteil. Schon jetzt flirrte zwischen ihnen eine Energie, die sich kaum mit Worten beschreiben ließ.

Wiederum, bei einem Zoobesuch, noch dazu mit den Kindern, was sollte da schon geschehen? Und irgendwann mussten sie sich für den Ausflug etwas einfallen lassen. Die Leiterin, Frau Schmidt, hatte sich schon mehrfach danach erkundigt. Also nickte Linda nach einer Weile zögernd. „Also gut, einverstanden. Ja, gehen wir in den Zoo."

David strahlte. „Prima, ich freue mich auf euch zwei Mädels. Also würde ich sagen, wir treffen uns morgen gegen zehn vor dem Haupteingang? Einverstanden?"

Linda nickte. „Einverstanden."

„Ach so, wollen wir es den Kindern sagen?", hakte David nach.

„Ich glaube nicht, vielleicht sollten wir uns einfach zufällig treffen. Manchmal kommt noch etwas dazwischen und dann sind sie enttäuscht." Gott, jetzt klang sie gerade wie ihre eigene Großmutter. Unsicher schaute sie ihn an. „Was meinst du denn?"

David grinste. „Das klingt nach einem guten Plan. Also haben wir ab sofort ein kleines Geheimnis."

Eigentlich haben wir das schon länger, dachte Linda und zuckte in diesem Moment erschrocken zusammen.

Ein Arm legte sich von hinten um ihre Schultern. Hastig drehte sie sich um und schaute mitten in das Gesicht ihrer besten Freundin Anna. „Was sagt man denn dazu, nicht nur die Kinder sind ein Traumpaar, sondern die Eltern auch noch. Wenn man euch beide so sieht, könnte man fast auf dumme Gedanken kommen."

Anna und sie hatten sich vor einigen Jahren im Krankenhaus bei einer Blinddarmoperation kennengelernt. Beide Frauen hatten das Zimmer miteinander geteilt und sich recht gut verstanden. Es hatte sich eine lose Freundschaft

25

entwickelt, die im Laufe der Jahre immer enger geworden war. Sie waren auf ihre Art sehr unterschiedlich, vielleicht verstanden sie sich deswegen so gut.

Anna war spontan, lebenslustig, manche nannten sie sogar ein wenig sprunghaft. Sie nahm es mit der ehelichen Treue nicht so genau und war einem kleinen Flirt gegenüber nie abgeneigt. Mit ihren rabenschwarzen langen Haaren zog sie das männliche Geschlecht an wie das Licht die Motten. Ihre traumhafte Figur hatte sie sich trotz ihrer zwei Kinder bewahren können, was nicht zuletzt am vielen Sport lag, den sie trieb. Fast jeden Abend war sie in irgendeinem Kurs unterwegs.

Linda hatte bei dem Thema Flirten und Seitensprünge ihre eigene Meinung. Die hatte sie Anna schon oft gesagt, aber immer nur ein herzhaftes Lachen geerntet. Im Endeffekt stand es ihr auch nicht zu, über andere Beziehungen zu urteilen, wenn es mit ihrer eigenen nicht gerade rosig aussah. Deswegen sparten sie dieses Thema meist bei ihren Treffen aus.

„Was denn für dumme Gedanken?" Linda lachte gekünstelt auf und musterte ihre Freundin unsicher.

„Na ja, …" Anna verdrehte die Augen und schaute bedeutungsvoll zwischen ihnen hin und her. Mit einer grazilen Bewegung strich sie ihre langen dunklen Haare nach hinten und verwickelte sie zu einem losen Knoten im Nacken. Dann legte sie Linda verschwörerisch den Arm um die Schulter. „Keine Angst, ich schweige wie ein Grab. Von mir erfährt niemand etwas über eure kleine Flirterei", flüsterte sie.

David zwinkerte grinsend und atmete tief durch. „Gott sei Dank, da sind wir beiden aber richtig erleichtert."

„Das dachte ich mir, aber nun habe ich was gut bei euch zwei Hübschen."

Lindas Gesichtsausdruck musste ziemlich bedeppert aussehen, denn Anna brach in Gelächter aus. „Du müsstest dich mal anschauen. Man könnte fast glauben, ihr habt wirklich eine Affäre. Mein Gott, ich hab nur einen kleinen Spaß gemacht. Alles gut, komm lass uns die Kinder abholen." Sie hakte sich bei Linda ein und zog diese mit sich zum breiten Tor des Kindergartens.

„Mach dir nicht immer so viele Gedanken um alles", raunte Anna ihr von der Seite zu. „Und vor allem schau nicht wie ein verhuschtes Reh."

Linda konnte sich nicht beruhigen. Schon jetzt bereute sie ihre Zusage für den morgigen Ausflug. „Es war wirklich nichts, wir haben nur geredet. Es ging um diesen blöden Ausflug." Gut, das entsprach nicht so ganz den Tatsachen, aber was sollte sie auch sagen.

Anna deutete mit dem Kopf auf David, der zusammen mit einem anderen Vater vor ihnen lief. „Und falls doch mehr wäre, hättest du eine gute Wahl getroffen. Schau dir bloß mal diesen knackigen Arsch an. Ich liebe Männer in Anzügen", seufzte Anna schmachtend. „Vielleicht weil meiner die ganze Zeit im Schlosseranzug herumläuft. Na ja, und seine Daniela scheint ja auch nicht gerade die ideale Partnerin zu sein. Was man über die beiden so hört. Sie scheint ja wie vom Erdboden verschwunden zu sein."

Linda versuchte zu lächeln, aber es fiel ihr schwer. Schon wieder machte sie sich Gedanken über Dinge, die noch nicht einmal ansatzweise eingetreten waren. Und wieder einmal wünschte sie sich, die Dinge auch ein wenig entspannter sehen zu können, genau wie Anna.

In diesem Augenblick fuhr ein schwarzer Wagen langsam an ihnen vorbei. Eine blonde Frau saß darin und schaute prüfend zu ihnen. Doch ehe Linda Genaueres erkennen konnte, beschleunigte das Auto und fuhr weiter. Wie angewurzelt blieb sie stehen und schaute irritiert hinterher. Sie hätte schwören können, Daniela am Steuer erkannt zu haben.

„Was ist denn? Wollen wir nicht reingehen?" Fragend schaute Anna sie an und hielt ihr den Torflügel offen.

„War das nicht gerade Daniela, da in dem Auto?"

Achselzuckend schaute Anna dem Wagen hinterher, der in diesem Moment um die nächste Ecke entschwand. „Keine Ahnung und wenn schon. Wenn sie nicht mal Zeit hat ihr einziges Kind abzuholen, dann weiß ich auch nicht. Und warum sollte sie hier rumkutschen? Die sitzt bestimmt in ihrem schicken Büro und macht einen auf Karriere."

Linda starrte noch immer die Straße entlang. Erst ein energisches Räuspern ihrer Freundin holte sie zurück. „Kommst du, mir wird nämlich langsam der Arm lahm."

Minuten später betraten sie gemeinsam das Spielzimmer und Marie und Jonas kamen auf sie zugestürzt.

Kapitel 2

Auf dem Heimweg ging sie noch schnell im Supermarkt vorbei. Vollkommen planlos irrte Linda durch die Gänge und packte schließlich eine Pizza fürs Abendbrot in den Wagen. Erst als sie die Ware auf das Band legte, bemerkte sie, dass Marie zwei Überraschungseier dazwischengeschmuggelt hatte. „Eins für mich und eins für Jonas." Mit einem entwaffnenden Lächeln schaute ihre Tochter sie an. „Für morgen, für den Zoobesuch, bitte, Mama", bettelte sie.

Linda schrak zusammen. „Was denn für ein Zoobesuch bitte?"

„Jonas hat heute erzählt, wir würden morgen gemeinsam in den Zoo gehen, mit seinem Papa und mit dir. Aber ich soll es nicht verraten, also keinem anderen Kind." Marie wirkte verunsichert. „Gehen wir etwa nicht in den Zoo?"

„Doch natürlich", sagte Linda hastig. „Ich wollte dich damit überraschen und wusste nicht, dass Jonas es dir schon erzählt hat." Linda strich ihrem Kind über den Kopf. Was sollte das bedeuten? War der Zoobesuch doch keine so spontane Einladung gewesen? Anscheinend nicht, wenn selbst Jonas schon darüber Bescheid wusste.

Abwesend starrte Linda auf die Nachbarkasse und grübelte, ob sie den morgigen Ausflug nicht lieber canceln sollte. Die Frau vor ihr suchte ewig nach dem passenden Kleingeld und das gab ihr Zeit zum Nachdenken. Plötzlich, während sie die Menschen nebenan beobachtete, stieg eine Erinnerung in ihr auf.

Es war vor einigen Wochen gewesen. Linda war mit ihrem Einkaufszettel durch die Gänge des Supermarktes gestreift und hatte Blicke gespürt. Unsicher hatte sie sich umgesehen und einen Mann entdeckt, der auffällig zu ihr hinüberschaute. Immer wieder trafen sie aufeinander, wie zufällig. Beim Bezahlen stand er nebenan und wieder war sein Blick zu ihr gewandert. Linda schloss die Augen und versetzte sich in die Vergangenheit. Und auf einmal war sie sicher, David dort das erste Mal gesehen zu haben. Kein Zweifel – diese besonderen Augen waren ihr in Erinnerung geblieben.

Doch was hatte David bei ihrer ersten Begegnung am Sandkasten gesagt: Endlich lernen wir uns einmal persönlich kennen. Sollte er dieses erste Treffen ebenfalls vergessen haben?

In diesem Moment zupfte Marie an ihrem Shirt. „Mama, wir sind dran." Hastig warf Linda die Ware in den Korb und bezahlte anschließend. Schweigend lief sie nach Hause. Ihre Gedanken rotierten. Vielleicht bildete sie sich das alles auch einfach nur ein und sah David mittlerweile an jeder Ecke. Genauso musste es sein. Warum hätte er sonst so getan, als wären sie sich vorher noch nie begegnet?

Als sie in die schmale Straße einbog, die zu ihrem Haus führte, sah sie, dass ihr Mann Kevin noch nicht da war. Sein weißer Transporter war nirgends zu entdecken. Innerlich atmete Linda auf, das gab ihr noch ein wenig Zeit sich zu sammeln. Ein wenig Zeit ohne kraftraubende Diskussionen oder verletzende Streitigkeiten.

Ihre Nachbarin harkte durch ihren akkuraten Vorgarten und spähte neugierig über den Gartenzaun. „Ihr Mann ist wohl noch nicht daheim? Er hatte mir eigentlich die hintere Hecke schneiden wollen." Sie lehnte sich entspannt auf einen

Zaunpfosten und erhoffte sich vermutlich ein längeres Gespräch.

Linda lachte kurz angebunden. „Nein, er scheint noch nicht da zu sein. In der Werkstatt ist viel zu tun." Dann deutete sie auf ihren Einkaufsbeutel. „Ich muss rein, hab Tiefkühlware drin. Mein Mann meldet sich bestimmt noch bei Ihnen."

So schnell sie konnte, stürmte Linda in ihren Flur, und lehnte sich einen Moment an die Wand. Die Nachbarschaft hier war wirklich schrecklich. Jeder war mehr mit dem Geschehen nebenan als mit sich selbst beschäftigt.

Sie packte die Einkäufe in der kleinen Küche aus, während Marie oben in ihrem Zimmer spielte. Als alles erledigt war, schnappte Linda sich die Gießkanne und begann, die Pflanzen rund um ihre Terrasse zu gießen. Die ersten Tulpen waren bereits verblüht. Sie sammelte die abgefallenen Blütenblätter auf und betrachtete zufrieden ihr Werk. Jetzt war alles wieder ordentlich. Dann widmete sie sich den anderen Beeten. Linda zog Unkraut aus der Erde und harkte zwischen ihren Rosen.

Später sank sie in den Gartenstuhl unter dem alten knorrigen Nussbaum, der als einziger die Baumaßnahmen überlebt hatte und schaute sich um. Ihr kleiner Garten, ihr kleines Reich und ihr ganzer Stolz – immer hatte Linda sich das gewünscht, ein eigenes Haus zu haben. Wie lange hatten sie darauf gespart, jeden Pfennig umgedreht und sich nichts gegönnt. Jetzt dachte sie manchmal, dass es besser gewesen wäre, in ihrer kleinen Altbauwohnung zu bleiben. Vielleicht wären sie dann noch glücklicher. Doch schlagartig wurde ihr bewusst, dass sie vielleicht noch nie richtig glücklich miteinander gewesen waren. Kevin und sie waren einfach zu unterschiedlich. Ihre Eltern hatten Linda bereits nach dem ersten Treffen gewarnt. Wie hatte ihr Vater damals gesagt? „Alles ist deine Sache, aber glaub mir: Mit diesem Mann wirst du nie dein Glück finden." Linda hatte auf stur geschaltet. Sie hatte es ihren Eltern beweisen wollen und hatte am Ende einsehen müssen, dass diese recht behalten hatten.

Und der Hausbau hatte sie noch mehr entfremdet, und nicht nur das. Der Hausbau hatte ihr eine Seite an Kevin gezeigt, die sie niemals für möglich gehalten hätte.

Während der Bauphase hatte es viele Probleme mit Handwerkern oder der Bank gegeben. Alles war viel teurer geworden, als sie es anfänglich geplant hatten. Die Sorgen waren oft erdrückend und Kevin hatte geschuftet bis zum Umfallen. Seine Laune wurde immer schlechter und öfter gab er ihr die Schuld an allem. Dabei hatte er dieses Haus fast noch mehr gewollt als sie. Eines Tages passierte es dann.

Wieder einmal kam irgendein lapidarer Brief der Bank. Eine Aussetzung ihrer Rate für eine gewisse Frist war abgelehnt worden. Kevin rannte wütend in der Küche herum, und hatte bereits die dritte Flasche Bier geleert. Schlagartig war er vollkommen ausgerastet, und hatte den Brief wütend zerrissen. Noch heute sah Linda sein wutverzerrtes Gesicht in ihren Träumen. Ruhig hatte sie versucht, auf ihn einzureden und versprochen, sich morgen um alles zu kümmern.

Doch Kevin wollte sich einfach nicht beruhigen. Plötzlich kam er auf sie zu und hob seine Hand zum Schlag. Linda duckte sich ab. Da packte er sie auch schon und drückte sie gegen die Wand.

Auf einmal war da eine unbeschreibliche Welle von Panik, die in ihr aufstieg. „Bitte Kevin, ich kläre das alles, gleich morgen", röchelte sie, während er ihr die Luft abdrückte. Seine

Veränderung machte ihr Angst, da war etwas in seinen Augen, was sie vorher noch nie gesehen hatte.

„Klären, als ob es mit klären getan wäre." Sein Speichel benetzte ihr Gesicht. „Du hast doch überhaupt keine Ahnung. Du willst dich doch nur ins gemachte Nest setzen."

Linda zerrte an seinem Arm, um wieder etwas Luft zu bekommen. „Das ist doch nicht wahr. Bitte, lass mich los. Lass uns in Ruhe reden."

„Reden, reden. Immer nur reden."

Schlagartig ließ er sie los. Linda stürzte zu Boden und rang nach Luft. Ihre Kehle schmerzte, jedes Atemholen war eine einzige Qual.

Kevin betrachtete sie und stürzte dann nach draußen. Kurz darauf hörte sie, wie sein Motorrad vor dem Haus startete.

Sie hockte einfach nur da, wie erstarrt. Ihr Körper schien nicht mehr auf sie zu hören. Nach einer halben Ewigkeit schlich Linda ins Bad, und betrachtete die Spuren seiner Hände im Spiegel. Da waren rote Flecken, die sich in den nächsten Tagen blau und grün färben würden. Deswegen trug sie einen Schal und ignorierte die verwunderten Blicke der anderen tapfer.

Am nächsten Morgen entschuldigte sich Kevin bei ihr und versprach, sich in Zukunft zusammenzureißen. Er flehte sie an und brachte nach Feierabend einen riesigen Blumenstrauß mit. Alles ging eine Zeitlang gut, bis wieder irgendein Problem auftauchte und er erneut die Nerven verlor.

Er trank zu viel, immer mehr Bier und zunehmend auch Schnaps. Linda betete die Zeit herbei, in der das Haus endlich fertig sein würde. Wenn die ganzen Sorgen weniger würden, würde Kevin vielleicht wieder der Mensch werden, als den sie ihn kennengelernt hatte.

Und noch etwas ließ sie bei ihm bleiben. Ein Kind, sie wollte ein Kind und er auch. Vielleicht würde dann alles besser werden – dieser Gedanke ließ Linda durchhalten. Diese Hoffnung gab ihr Kraft, auch wenn ihr bewusst war, dass das Kind in keine guten Verhältnisse hineingeboren werden würde. Aber sie würde diesem kleinen Wesen ihre ganze Liebe schenken.

Und sie wurde tatsächlich schwanger, es war wie ein Wunder, bei all den Auseinandersetzungen und dem wenigen Sex, den sie noch hatten. Marie wurde geboren und war ihr kleiner Sonnenschein. Und auch Kevin änderte sich zunächst. Er hörte auf zu trinken und begann Sport zu treiben. Kevin war um sie besorgt, vergötterte sein kleines Mädchen und schob stundenlang den Kinderwagen durch die Gegend.

Bis die Situation dann doch wieder eskalierte. Irgendeine Kleinigkeit war aus dem Ruder gelaufen. Nach all der Zeit, die ohne eine Auseinandersetzung vergangen war, hatte Linda fest geglaubt, diese Phase wäre vorbei. Umso schlimmer traf sie der Rückfall. Ein harter Schlag traf Lindas Oberkörper und sie wurde gegen eine Wand geschleudert. Wimmernd sank sie zu Boden und schützte ihren Kopf mit den Händen. Plötzlich hielt Kevin inne. Die Hand, die er schon zum Schlag erhoben hatte, sank herab. Er starrte in eine bestimmte Richtung und Linda folgte seinem Blick.

Da war Marie, sie hatte in ihrem Laufgitter gelegen und geschlafen. Irgendetwas schien sie geweckt zu haben. Marie zog sich an den Gitterstäben hoch und schaute zu ihnen beiden. Linda war sicher, dass sie nichts von dem, was sie sah, begriff, doch dieser Blick aus ihren großen braunen Kinderaugen genügte.

Es war dieser Moment der Unachtsamkeit, der Moment, in dem er nicht auf sie achtete und seine Tochter ansah. Linda nahm all ihre Kraft und all ihren Mut zusammen und stieß ihre Faust fest gegen Kevins Gesicht. Der Schmerz raubte ihr fast den Atem und einen Moment glaubte sie, ihre Hand wäre gebrochen. Keuchend stand sie vor ihrem Mann, der sie verdutzt anstarrte.

„Du fasst mich nie wieder an und das Kind auch nicht. Sonst verlasse ich dich", schrie sie ihm entgegen.

Kevin wich zurück und stürzte beinahe schon angsterfüllt aus dem Zimmer. Heulend presste Linda ihr Kind an sich und wiegte es in ihren Armen.

Und tatsächlich hatte Kevin sie seit diesem Tag nie wieder angerührt. Er hatte seinen Alkoholkonsum reduziert und ihr versprochen, sich zusammenzureißen. Es funktionierte, doch sie lebten seitdem mehr oder weniger nebeneinander her. Jeder machte die meiste Zeit sein Ding.

Auch sein Verhältnis zu Marie hatte sich geändert. Im Laufe der Zeit spielte er immer seltener mit ihr, las kaum noch etwas vor oder betrat deren Zimmer. Linda schien es fast, als wären sie ihm lästig. Und dann kam es plötzlich wieder vor, dass er Marie auf seinem Schoß wiegte oder voller Geduld mit ihr an seinem Motorrad baute. Dass er sie in die Luft warf und mit Linda abends auf der Terrasse ein Glas Wein trank. Dann sprachen sie miteinander und sie versuchte, diese winzigen Momente festzuhalten. Doch schnell entglitten sie ihr und alles war wieder wie vorher.

Nach außen versuchte Kevin, den Schein der heilen Familie zu wahren, und Linda spielte mit. Geburtstage und

Weihnachten waren ihr ein Graus. Wenn seine Eltern kamen, wurde gelacht und geherzt. Einige Male musste sie zwischendurch sogar den Raum verlassen, um sich zu übergeben. Danach kehrte wieder Ruhe ein und sie arrangierte sich in ihrer kleinen heilen Welt und schenkte Marie ihre ganze Liebe.

Seufzend erhob Linda sich aus ihrem Gartenstuhl und begann in der Küche einen bunten Salat zuzubereiten. Draußen vor dem Haus dröhnte ein Motor. Gleich darauf erstarb das Geräusch und Kevin betrat das Haus. Wie immer trug er ausgewaschene Jeans und ein dunkelgraues Shirt. Wenn Linda ihn so betrachtete, wirkte er beinahe immer noch wie der junge, schlaksige Mann, in den sie sich vor einigen Jahren so unsterblich verliebt hatte. Nur die kurzgeschnittenen Haare wiesen inzwischen einen ersten grauen Schimmer auf und die kleinen Lachfältchen waren inzwischen richtigen Falten gewichen. Auch den harten Zug um seinen Mund hatte es früher nicht gegeben. Kevins Blicke wanderten durch die Küche und blieben dann an ihrem Gesicht hängen. Hastig drehte Linda sich um und schnibbelte an ihrem Salat weiter.

Marie stürmte von oben herab. „Papa, Papa, wir gehen morgen in den Zoo. Kommst du mit?"

Er strich ihr leicht über das Haar und lief dann zum Kühlschrank. Der Verschluss der Bierflasche ploppte auf. „Nein, Marie, dein Vater hat andere Dinge zu tun."

„Aha." Schulterzuckend wandte ihre Tochter sich ab und lief die Treppe wieder nach oben. Kevin stützte sich auf dem Kochtresen ab und schaute Linda zu. Immer noch fiel es ihr schwer, ihm den Rücken zuzudrehen. Hatte sie doch so keine

Kontrolle über ihn. Dennoch wusste sie, er würde ihr nichts mehr tun und so fiel Tomate um Tomate in die Schüssel.

„So so, in den Zoo also?"

„Ja, wir müssen doch diesen Elternausflug vorbereiten, die Mutter von Jonas und ich. Das hatte ich dir vor einiger Zeit erzählt." Sie hatte ihm nichts davon erzählt, einfach weil es ihn herzlich wenig interessierte. Und jetzt verschwieg Linda ihm, dass sie eigentlich mit jemand ganz anderem in den Zoo ging. Die Wahrheit zu sagen, wäre eine Unmöglichkeit gewesen.

„Kann sein, und das wollt ihr dann im Zoo machen?", brummte Kevin.

„Na ja, die Kinder spielen doch so gerne miteinander. Und du hast morgen ja sicher etwas anderes vor", plauderte sie munter drauflos. „Da dachte ich, so ein kleiner Ausflug wäre doch mal eine schöne Abwechslung für Marie. Ich hab noch die Gutscheine von letztem Weihnachten, die wir von meinen Eltern bekommen haben. Da sparen wir sogar den Eintritt." Lindas Finger begannen leicht zu zittern. Zum Glück drehte sie Kevin immer noch den Rücken zu.

„Ich bin eh unterwegs. Morgen soll gutes Motorradwetter werden, da bin ich mit den Jungs verabredet. Wir kommen Sonntag erst wieder, wollen eine längere Tour machen." Da war etwas Lauerndes in seiner Stimme. Anscheinend wartete Kevin auf eine gegenteilige Reaktion. Doch diesen Gefallen tat sie ihm nicht. Langsam kam er näher und blickte ihr schließlich über die Schulter in die Salatschüssel. Sein Atem roch leicht nach Bier und sie atmete durch den Mund.

Erneut bebte ihr Körper. Linda lehnte sich einen Moment an den Küchentisch und schloss die Augen. „Ah schön, wo soll's denn hingehen?", fragte sie mit zitternder Stimme.

„Warum fragst du? Seit wann interessierst du dich denn für mein Hobby." Kevin lachte verächtlich, seine Fahne wehte ihr entgegen. Anscheinend hatte er bereits auf Arbeit etwas getrunken. „Willst du etwa mitkommen? Du auf einem Motorrad, dass ich nicht lache." Er nahm einen Schluck aus seiner Flasche. Linda hörte es hinter sich gurgeln, dann drehte Kevin sich um und ging in den Garten.

Verstohlen schaute sie ihm nach. Es war manchmal gerade so, als hätte er den Anfang ihrer Beziehung vollkommen vergessen. Da waren sie fast jedes Wochenende auf seinem Motorrad unterwegs gewesen. Aber das war so unendlich lange her, dass selbst Linda sich kaum noch daran erinnerte.

Punkt zehn stand sie am nächsten Tag vor dem Tor des Dresdner Zoos und schaute sich um. Die Sonne schien von einem strahlend blauen Himmel. Die Kastanien auf der anderen Straßenseite zeigten ihre Baumkronen in frischem, frühlingshaftem Grün. Marie wartete aufgeregt neben Linda, die ihren kleinen Rucksack auf dem Rücken trug. Natürlich hatten unbedingt ihre Lieblingspuppe und der Teddy mitgemusst und die zwei, gestern gekauften, Überraschungseier.

Linda hatte heute Morgen lange vor ihrem Kleiderschrank gestanden. Sie besaß keine so schicken Sachen wie Daniela, eher praktische Kleidung für jeden Tag. Sogar eines ihrer wenigen Sommerkleider hatte sie anprobiert. Sie wollte schön sein, an Davids Seite. Am Ende entschied sie sich dann doch für eine lässige Jeans mit einem farbenfrohen, etwas tiefer ausgeschnittenen Shirt und hängte das Kleid zurück in den Schrank. Im Badezimmer hatte sie etwas Wimperntusche aufgetragen und das Parfüm, was Anna ihr vor einiger Zeit geschenkt hatte, auf ihren Hals gesprüht. Ganz nah war Linda an den Spiegel herangetreten und hatte sich selbst in die Augen geschaut. Ihre Lider hatten vor Aufregung heftig geflattert. Erneut mahnte diese Stimme in ihrem Kopf – bleib daheim, beende es. Doch ihr Herz sprach eine andere Sprache. Also hörte sie auf dieses klopfende Ding und wischte ihre Zweifel einfach beiseite.

Marie musterte ungeduldig die Menschen um sich herum. Plötzlich riss sie sich von ihrer Hand los und stürmte davon. „Huhu, Jonas", schrie sie ihrem Freund zu.

Da kam David und einen Moment hielt Linda den Atem an. Heute trug er nicht Hose und Hemd wie sonst immer, sondern eine Jeans, die über seinem Knie abgeschnitten war und darüber ein ausgewaschenes lässiges Shirt. Irgendwie schien es, als wären sie stillschweigend im Partnerlook gekommen.

Seine Blicke wanderten über ihren Körper. David nahm ihre Hand und drehte Linda einmal um sich herum. „Wow, du schaust toll aus, wie der Frühling." Dann bückte er sich zu Marie und tat mit ihr das Gleiche. „Du natürlich auch, kleine Prinzessin."

Linda begrüßte in der Zwischenzeit Jonas, der schon aufgeregt Richtung Zooeingang schaute.

„Er hat die halbe Nacht nicht schlafen können. Gegen drei hab ich ihn dann zu mir ins Bett geholt, damit ich überhaupt ein Auge zutun kann", sagte David lachend und strubbelte seinem Sohn über den Kopf.

„Marie war auch aufgeregt, Frühstück ist bei uns heute ausgefallen. Sie bekam nicht mal ein Brötchen mit ihrem

Lieblingsbrotaufstrich hinunter und sprach die ganze Zeit von Affen und Pinguinen."

„Na dann, auf zu den wilden Tieren." David marschierte voran. Sie reihten sich in die lange Schlange der Wartenden. Linda reichte ihre Gutscheine über den Tresen und David das Eintrittsgeld. Dann liehen sie sich gleich nach dem Eingang einen Bollerwagen für ihre Sachen aus.

David studierte als Erstes den Plan. „Also, wo wollen wir denn hingehen?"

„Zu den Elefanten", schrie Marie. „Oma und ich gehen immer als Erstes zu den Elefanten."

„Okay und wo müssen wir da lang?" David drehte den Plan unbeholfen in seinen Händen und zwinkerte verschmitzt Linda zu.

„Das weiß ich", meinte Jonas großspurig. „Wir waren mit dem Kindergarten schon mal hier. Da geht's lang." Jonas übernahm die Führung und marschierte voraus.

Sie folgten den Kindern etwas langsamer. Linda hielt David am Arm zurück. Da brannte ihr noch etwas auf der Seele. „Dieser Ausflug in den Zoo, wollten wir den nicht eigentlich erst mal für uns behalten?", fragte sie leise. „Stattdessen wussten die Kinder schon längst Bescheid. Wenn ich ehrlich sein soll, kam ich mir ein wenig dumm vor."

David schaute sie unsicher an und senkte dann seinen Blick. Aus dem Augenwinkel schielte er zu ihren Kindern, die bereits staunend am Elefantengehege standen. „Erwischt." Er hob beide Hände und sah sie bittend an. „Ja, ich gebe zu, du hast mich erwischt. Ich habe mit Jonas gestern Morgen darüber gesprochen – so als Vorschlag unter Männern. Er war sofort begeistert und hat die Sache vermutlich als bereits beschlossen angesehen. Das hätte ich nicht tun sollen. Vergibst du mir?"

Da war er wieder, dieser besondere Blick aus seinen Augen. Dieser Blick, der einfach alles vergessen machte.

„Gut, aber beim nächsten Mal fragst du bitte erst mal mich. Es sind Kinder, es kann leicht sein, dass sie irgendwelche Dinge einfach rumerzählen." Ihre leichte Empörung verpuffte im Sonnenschein. Linda konnte ihm einfach nicht lange böse sein.

David hob zwei seiner Finger nach oben und grinste. „Ich verspreche es, nein, ich schwöre es. Großes Indianerehrenwort. Vielleicht möchte ich auch einfach nur einen schönen Tag mit dir verbringen und wusste nicht, wie ich dich sonst einladen sollte." Spitzbübisch zuckten seine Mundwinkel.

Linda musterte die Elefanten, die sich soeben gegenseitig mit Schlamm bespritzten. „Das solltest du nicht sagen. Ich … wir sind beide verheiratet", sagte sie leise.

„Das weiß ich nur zu gut", meinte er beruhigend. „Aber heute machen wir einfach einen gemeinsamen Ausflug. Ich verspreche, ich tue nichts, was du nicht willst. Einverstanden?" Einen kleinen Moment ergriff er ihre Hände und lächelte sie an. Und Linda nickte zurück und blendete die Alarmglocke aus.

Eine wunderschöne Zeit begann. Sie eroberten mit den Kindern Tiergehege für Tiergehege, rutschten in den unterirdischen Zoo, beobachteten die Löwen, die in der Sonne schliefen und schauten den frechen Affen zu.

Jeder Spielplatz, der am Wegesrand auftauchte, wurde mitgenommen. Linda und David setzten sich dann meist auf eine Bank und beobachteten ihre Kinder. Ab und zu legte er den Arm leicht um ihre Schulter. Diese Berührung tat so gut und sie protestierte nicht, sondern genoss die Berührung. Und wieder ertappte Linda sich dabei, sich vorzustellen, wie es wohl wäre, mit ihm zu leben. David war so ganz anders als Kevin, er interessierte sich für seinen Sohn, war für jeden Quatsch zu haben.

Sie fühlte sich entspannt wie schon lange nicht mehr. Linda genoss jede Minute, spürte aber jetzt schon, wie schnell die Zeit verging. Seltsam, immer wenn man schöne Dinge erlebte, schien die Uhr zu rasen. Bald würden sie sich wieder verabschieden müssen und David würde zurückkehren in sein eigenes Leben, an die Seite seiner Frau. Und sie würde zu ihrem Haus fahren und alles war so wie immer.

Gegen Mittag machten sich erste Ermüdungserscheinungen bei den Kindern bemerkbar. An den meisten der Tiergehege liefen sie einfach nur noch vorbei. „Ich hab Hunger", stöhnte Jonas schließlich und rieb sich unauffällig die Augen.

„Ganz ehrlich, ich auch und ihr beiden Frauen bestimmt auch." Fragend schaute David sie an und sie nickte. „Na dann, ich lad euch ein."

Abwehrend hob Linda die Hände. „Das kommt auf keinen Fall infrage. Ich zahle für mich und Marie selbst."

David stemmte gespielt seine Hände in die Hüften. „Was sagt man denn dazu? Eine große und eine kleine Frau, die sich nicht mal verwöhnen lassen wollen." Er schob sich zwischen Linda und die Kinder. „Bitte, ich möchte das Essen bezahlen und ich möchte, dass du das annimmst und ich lasse keine Widerrede zu. Sieh es als kleine Wiedergutmachung für meinen gestrigen Fehler an, bitte."

Linda nickte widerstrebend und studierte das Essensangebot des Pinguin-Cafés, gleich neben dem Gehege mit den putzigen schwarz-weißen Gesellen.

Alle entschieden sich für Spaghetti mit Tomatensoße. Draußen fanden sie einen schattigen, etwas abseits gelegenen Tisch, von dem aus sie einen optimalen Blick auf die Pinguine hatten. Diese tollten in ihrem Becken herum, tauchten oder sprangen ins Wasser. Über ihnen rauschten die Bäume und ließen einzelne Sonnenstrahlen hindurchblitzen. Linda schloss kurz die Augen - alles war beinahe unreal. Sie saß hier, mit einem fremden Mann und sie genoss es und war glücklich, wie schon lange nicht mehr.

David schlürfte die langen Nudeln genüsslich in seinen gespitzten Mund und brachte damit die Kinder zum Lachen. Mittlerweile schauten sogar schon die Gäste an den Nachbartischen zu ihnen herüber.

„Ein schönes Paar, sieh' doch mal die beiden Kinder, einfach goldig, was für herrliche Väter es doch gibt." So oder so ähnlich lauteten die Kommentare der anderen. Und auch David schien sie gehört zu haben. Denn sein Blick streifte Lindas Gesicht und ließ es nicht mehr los. Tief sanken seine Augen in ihre und ließen ihr Herz schneller klopfen. Es schien, als wären hier an diesem belebten Ort nur er und sie und sonst keiner auf der Welt.

Jonas brachte sie wieder in die Realität zurück, denn er musste aufs Klo. Natürlich wollte auch Marie mitgehen und so schnappte sich Linda beide Kinder und verschwand mit ihnen Richtung Toilette. Als sie zurückkamen, hatte David den Tisch bereits abgeräumt und erwartete sie am gepackten Bollerwagen. Von der Ferne sah Linda, dass er mit jemandem telefonierte. Doch dann wurde er auf sie aufmerksam und ließ das Handy hastig in seiner Tasche verschwinden.

Er war so anders als Kevin. Der würde immer noch am Tisch sitzen und mit der Arbeit auf sie warten.

„Wollen wir weiter?" Lachend schaute er ihnen entgegen und die Kinder stürmten begeistert davon.

„Wichtige Telefonate?", fragte Linda, doch er schüttelte augenblicklich den Kopf.

„Ach nein, es hat sich nur gerade ein Kollege krankgemeldet. Aber davon wollen wir uns den schönen Tag nicht verderben lassen."

Linda jedoch blieb ruckartig stehen. Das, was sie schon den ganzen Tag befürchtet hatte, trat ein. Es war nur eine Frage der Zeit gewesen, bis sie bei diesem herrlichen Wetter auf andere Eltern aus dem Kindergarten treffen würden. Ausgerechnet die größte Tratschtante der ganzen Einrichtung kam ihnen mit Mann und zwei Kindern auf dem Hauptweg entgegen – Rebecca.

Wollte man ein Gerücht verbreiten, brauchte man es nur ihr anzuvertrauen und in Windeseile würde es über verschlungene Kanäle die Runde machen. Lindas Herz schlug bis zum Hals, in ihrem Kopf rotierten die Gedanken, nun würde alles herauskommen. Sie flanierte mit einem fremden Mann im Zoo herum. Und ganz sicher würde Kevin es erfahren und alles war aus.

Kapitel 3

Linda fasste David am Arm und deutete panisch nach vorn. „Oh Gott, dort vorn kommt Rebecca. Das dürfte jetzt eine ziemlich blöde Situation werden." Nervös schaute sie sich um. Es gab keine Möglichkeit einen anderen Weg einzuschlagen, sie hätten nur umdrehen und zurücklaufen können. Doch dafür war es zu spät, denn ihre Kinder hatten die Kindergartenfreunde längst erspäht. Laut rufend und winkend liefen sie zu diesen.

Schon von der Ferne sah Linda, wie über Rebeccas Gesicht ein überraschtes Grinsen huschte. Verstohlen stupste sie ihren Mann an und deutete zu ihnen.

David schlenderte einfach weiter und zog Linda mit sich. „Lass mich mal machen und mach dir nicht solche Gedanken. Wir sind im Zoo, was ist da schon dabei", raunte er ihr zu und drückte beruhigend ihren Arm.

Rebecca ließ ihre Blicke hin und her schweifen. Ihr leichtes Doppelkinn wackelte vor Begeisterung. Linda konnte förmlich in deren Kopf schauen und spürte, welche Geschichte sich dort bereits entwickelte. Eine Geschichte, die sie am Montag sicherlich brühwarm im gesamten Kindergarten erzählen würde.

„Ja, hallo, ich glaube es nicht, euch beide hier zu treffen?" Rebeccas Augen glänzten vor unverhohlener Begeisterung.

„Hallo Rebecca", rang sich Linda mühevoll ab, und umklammerte krampfhaft den Griff des Bollerwagens.

„Na ja, das schöne Wetter muss man ausnutzen, nicht wahr?" Rebecca hakelte sich bei ihrem Mann ein und grinste ihnen entgegen. „Deswegen haben wir auch beschlossen, wir gehen heute mal ganz in Familie in den Zoo. Was für ein Sonnenschein."

David lachte und schaute an den Himmel. „Da sagst du was, genau das haben wir uns heute Morgen auch gesagt, nicht wahr Linda? Und uns vor dem Tor zufällig getroffen, genau wie euch jetzt hier."

Rebeccas frettchenartiger Blick huschte zwischen ihnen hin und her. „Ach und da habt ihr beiden gedacht, gehen wir doch gleich mal zusammen durch den Zoo." Sie korrigierte sich gekünstelt lachend. „Ich meine natürlich ihr vier, die Kinder sind ja auch noch mit. Zum Glück." Lauernd schaute sie sie an.

„Wieso wir vier?" David setzte eine erstaunte Miene auf. „Wir sind doch sechs. Daniela und Lindas Mann sind bereits vorausgelaufen und reservieren uns einen Platz im vorderen Restaurant."

Oh mein Gott, was um Himmels willen erzählte er denn da? Linda glaubte, sich verhört zu haben, und blickte hastig zu irgendwelchen Hirschen, die durch ein Gehege preschten. Sie spürte, wie Hitze in ihre Wangen stieg. Was war denn in ihn gefahren? Jedem halbwegs normalen Menschen musste diese Lüge auffallen. Hoffentlich hatten Jonas und Marie nichts gehört. Doch diese schauten einige Meter entfernt in ein

Gehege und hatten von seiner unglücklichen Ausrede nichts mitbekommen.

Rebeccas Miene wirkte augenblicklich sichtlich verunsichert. Ihre Augen ruhten auf Linda und wanderten dann zu David. Dieser blieb nichts anderes übrig, als das Spiel mitzuspielen. Alles andere wäre noch peinlicher gewesen.

„Ja, wir haben vorhin schon versucht, einen Tisch zu ergattern, ziemlich schwierig bei dem Wetter. Der Zoo ist voller Leute. Anscheinend hat ganz Dresden beschlossen, heute einen Ausflug zu machen." Ihre Stimme zitterte, doch Rebecca schien die Story zu schlucken. „Habt ihr schon gegessen?", hakte Linda lächelnd nach.

„Wir haben Sachen für ein Picknick dabei. Die Preise in den Restaurants hier sind eher was für vermögendere Leute." Rebecca deutete in den Wagen hinter sich. Bedeutungsvoll sah sie ihren Mann an. „Na ja, wie auch immer. Wir werden dann mal weitergehen. Wir wünschen euch jedenfalls noch einen schönen Tag. Und grüßt die anderen beiden, besonders Daniela. Ich hab sie schon eine ganze Weile nicht mehr gesehen." Süffisant rollte sie die Augen und schlenderte dann weiter.

„Euch auch einen schönen Tag, und bis Montag", rief David ihnen fröhlich hinterher.

In Linda kochte und brodelte es. Doch hier konnte sie auf keinen Fall mit dem Thema anfangen.

Ab und zu warf sie einen knappen Blick zurück und bemerkte, dass Rebecca vor einem Tiergehege stehen geblieben war und ihnen hinterherschaute. Sie schien in ein äußerst angeregtes Gespräch mit ihrem Mann vertieft zu sein.

Verbissen zerrte Linda den Bollerwagen die leichte Steigung empor, bis David ihr schließlich den Griff aus der Hand nahm.

„He, was ist denn los? Du bist auf einmal so verändert?"

„Und das wundert dich noch?", zischte sie ihm zu. „Eine blödere Geschichte hättest du dir wohl nicht ausdenken können. Nie im Leben haben sie deine alberne Story geglaubt. Von wegen, einen Tisch reservieren, da merkt ein Blinder, was los ist. Und was tust du, wenn wir uns wieder über den Weg laufen? So riesig ist der Zoo ja nun auch nicht." Linda, die endlich aus Rebeccas Blickfeld verschwunden war, blieb schwer atmend stehen.

„Also, was hätte ich deiner Meinung nach tun sollen?" David schien noch immer die Ruhe selbst zu sein.

„Keine Ahnung, vielleicht dass wir … Ach, was weiß ich." Sie winkte verärgert ab. „Am besten hätten wir die Wahrheit sagen sollen. Immerhin sind wir hier, um einen Ausflug zu organisieren, darüber haben wir übrigens noch kein Wort gesprochen." Linda spürte, wie ihre Wut immer größer wurde. Ihre Hände begannen zu zittern und wütend stopfte sie sie in die Taschen ihrer Jeans.

Marie und Jonas steuerten inzwischen einen weiteren Spielplatz an. David nahm ihre Hand und zog sie zu einer Bank, die ein wenig abseits unter einer schattigen Buche stand. „Setz dich und atme mal in aller Ruhe tief durch. Ich glaube, du machst dir viel zu viele Gedanken über alle möglichen und unmöglichen Dinge. Mir ist schon lange vollkommen gleichgültig, was die Leute über mich und mein Leben denken. Sie zerreißen sich über Danielas und meine Ehe das Maul. Na und, was soll's. Lass die Leute reden, sie reden über jeden."

David schlug die Beine übereinander und begann, mit seinem Fuß zu wippen.

Diese kleine entspannte Bewegung brachte Linda noch mehr in Rage. „Oh, tut mir leid, wenn ich das nicht ganz so entspannt sehen kann wie du", zischte sie ihm zu. „Tut mir leid, wenn ich mir über alle möglichen und unmöglichen Dinge zu viele Sorgen mache. Weil, weil …". Verdammt, erste Tränen bahnten sich einen Weg nach oben. Linda schluckte zwei-, dreimal, um sie zurückzuhalten.

„Weil?" Fragend schaute David sie an.

„Weil ich einen Mann habe, der manchmal sehr überreagieren kann." Tränen schossen in ihre Augen und sie versuchte sie wegzuzwinkern. „Wenn er es erfährt, ich weiß nicht, wie er denkt und was er tut. Eigentlich weiß ich überhaupt nicht mehr, was in seinem Kopf vor sich geht. Schon seit einigen Jahren nicht mehr." Linda zog ein Taschentuch aus ihrer Hose und schnäuzte sich die Nase.

„Es tut mir leid, vielleicht war es wirklich eine bescheuerte Idee." Betroffen hielt er inne. „Aber ganz ehrlich, mir ist auf die Schnelle einfach nichts anderes eingefallen." Erneut ergriff David ihre Hand. „Ich wusste nicht, dass es bei euch so schlimm steht. Natürlich gibt es Gerüchte über eure Ehe, aber du musst mir glauben, ich hab das echt nicht gewollt. Wenn du willst, rede ich mit deinem Mann."

Linda lachte auf. „Und was willst du ihm sagen? Bloß nicht, glaub mir, das würde alles nur noch verschlimmern." Sie schluckte und holte tief Luft. „Ach was soll's, nun ist es passiert. Wir können es eh nicht mehr rückgängig machen." Sie zerknüllte das Tuch und stopfte es zurück in die Tasche ihrer Jeans.

Erneut ergriff David ihre Hand und diesmal zog sie sie nicht zurück.

„Linda, ganz ehrlich, es tut mir leid. Du musst mir eins glauben, ich würde nie etwas tun, um dir zu schaden. Im Gegenteil, immer wenn ich dich sehe, habe ich das Gefühl, dich beschützen zu müssen. Ich weiß nicht, wie ich es sagen soll, aber …" David schaute zu ihren Kindern und schien nach weiteren Worten zu suchen. „Du bist mir wichtig, und zwar sehr. Ich hätte nie gedacht, dass es noch einmal so etwas für mich gibt. Einen Menschen, der mich so erreicht, mich in meinem Inneren berührt. Einen Menschen, nach dem ich mich sehne, der auf derselben Wellenlänge schwimmt wie ich."

Linda blickte zu Boden. Ihr Fuß zeichnete Kringel in den Sand. Momentan wusste sie nicht, was sie sagen sollte. Seine Worte waren grundehrlich und sehr berührend gewesen. Und doch waren sie sinnlos, es waren nur Worte. Sie waren verheiratet, nicht miteinander. Es hatte keinen Sinn, sich auf Traumspiele einzulassen, die nie in Erfüllung gehen würden. Der Schmerz würde danach nur umso größer sein. Nach der Flucht in eine Traumwelt folgte schlagartig das Erwachen in der Realität. Und diese war, wie sie nun einmal war.

Es war ein Fehler gewesen, sich zu diesem Ausflug zu verabreden, und es war ein Fehler gewesen, David im Bus überhaupt an sich heranzulassen. Linda hatte geglaubt, es würde ewig so weitergehen. Sie würden zwanzig Minuten miteinander verbringen und dann auseinandergehen. Ihr hätte klar sein müssen, dass sie ein gefährliches Spiel mit dem Feuer begonnen hatte.

Die logische Konsequenz wäre gewesen, es jetzt zu beenden. Aufzustehen, Marie zu schnappen und zu gehen –

allein, ohne ihn. Doch was würde ihr Kind sagen, Marie würde die Welt nicht verstehen.

Gleich darauf wurde Linda bewusst, dass dies eine Ausrede war. SIE konnte nicht gehen, SIE konnte ihn nicht verlassen und am Montag einen anderen Bus nehmen. Sie brauchte David, er war der Lichtblick in ihrem Leben. Er gab ihr ein gutes Gefühl. Endlich wieder fühlte sie sich als Frau. Endlich waren da wieder Schmetterlinge in ihrem Bauch, gab es Träume, denen sie sich hingeben konnte.

Seufzend schaute sie in den blauen Himmel und erhob sich. „Lass uns weitergehen. Die Kinder wollten sich noch die Flamingos ansehen."

David folgte ihr, sichtlich unsicher. Linda spürte seine Verwirrung, sie konnte es ihm nicht verdenken. Wie auch, wenn sie ehrlich war, verstand sie sich selbst nicht mehr.

In der folgenden Stunde wechselten sie nur wenige Worte. Sie waren nichtssagend und die wunderbare Stimmung von heute Morgen war verfolgen. Gegen zwei wurden die Kinder immer quengeliger. David schlug schließlich vor, sie sollten sich eine Weile auf der mitgebrachten Decke ausruhen.

Gemeinsam suchten sie sich eine ruhige schattige Bank, neben der eine Wiese war, die etwas abseits der üblichen Besucherströme lag. David breitete die Decke aus, und kurze Zeit später waren Marie und Jonas friedlich mit ihren Kuscheltieren im Arm eingeschlafen.

David räusperte sich. „Wegen des Ausflugs müssten wir vielleicht auch noch mal reden."

Linda nickte. Sie war ein Stück von ihm weggerückt. Ihre Körper berührten sich nicht mehr. Diese Distanz schmerzte, gab ihr aber die Möglichkeit, einen klaren Gedanken zu fassen. „Ja, stimmt, deswegen sind wir ja auch hier."

„Na ja, ich hab mal ein bisschen nachgedacht, ich hoffe, du bist nicht böse. Und ich hab schon mal meine Fühler ausgestreckt."

Sie lachte kurz auf. „Im Gegenteil, ganz ehrlich, ich hab die Sache bis jetzt total verdrängt. Ehrlich gesagt, kenne ich mich mit solchen Ausflügen nicht so aus, wir machen selten welche. Umso dankbarer bin ich, wenn du einen Vorschlag hast."

David lächelte. „Das freut mich. Also, wir könnten mit einem Boot die Elbe hochschippern. Ich hab einen Bekannten, der mir noch einen Gefallen schuldet und der besitzt ein Ausflugsboot. Wir könnten zum Beispiel in die Sächsische Schweiz fahren. Und dort machen wir eine kleine Wanderung. Oder einen Ausflug auf die Festung Königstein, mit diesem kleinen Zug – das habe ich als Kind zumindest immer geliebt. Von den Felsen ins Tal schauen, das war herrlich."

Überrascht schaute Linda ihn an. „Hm, ist das nicht ein bisschen viel? Ich meine ein bisschen zu viel Programm?"

„Findest du? Ich glaube nicht. Alle in der Gruppe sind vier und viele sogar schon fünf. Auf dem Wasser gibt es einiges zu sehen und die Kinder können sich dazwischen auch ausruhen. Oben auf der Festung veranstalten wir ein Picknick. Und auf der Rückfahrt herrscht wahrscheinlich absolute Stille an Bord." David grinste verschmitzt und deutete auf ihre schlafenden Kinder.

Linda versuchte, sich zu erinnern. Keine Ahnung, wann sie das letzte Mal im Elbsandsteingebirge gewesen war. Es musste lange her sein. Mit ihren Eltern hatten sie manchmal Ausflüge unternommen. Doch seit sie Kevin kannte, hatte es keine mehr gegeben. In den letzten Jahren war für solche Dinge schlicht und ergreifend kein Geld da gewesen. Der

Hausbau, die Kreditraten und Kevins Motorrad hatten immer an erster Stelle gestanden.

„Na ja, je länger ich darüber nachdenke, umso besser gefällt mir deine Idee. Lass uns das machen. Wir brauchen nur die Kosten, die auf die einzelnen Eltern zukommen, einen Termin und ich gestalte das Plakat."

„Wirklich, du bist einverstanden?" Erleichtert sah er sie an. „Das freut mich. Lass es uns genauso machen. Ich schlage vor Ende August oder Anfang September. Bis dahin ist noch ein wenig Zeit und es ist eventuell nicht mehr ganz so heiß."

Doch Linda brannte noch eine Frage auf ihrer Seele. „Und was sagt Daniela dazu? Ich meine, eigentlich sollte ich ja mit ihr zusammen den Ausflug gestalten. Und sag jetzt nicht, sie müsse viel arbeiten. Das sagst du nämlich schon seit Wochen."

David betrachtete versonnen die Wiese vor ihnen, und schien nach Worten zu suchen. „Sagen wir mal so, es ist momentan nicht einfach zwischen uns", meinte er leise. „Wir haben uns gestritten, mal wieder, aber noch nie so schlimm wie jetzt. Seitdem hält sie sich aus allem heraus und interessiert sich weder für mich noch für Jonas. Im Grunde ist sie kaum daheim, viel unterwegs." Seine Worte klangen bitter. „Ich muss sehen, wie ich klar komme. Irgendwie verstehe ich sie nicht mehr, ihre Gedanken, ihre Gefühle."

Linda schluckte. Das, was er gesagt hatte, erinnerte sie sehr an ihre eigene Situation. Also schwieg sie.

David holte nach einer Weile sein Handy aus der Tasche und öffnete den Terminkalender. Er scrollte nach unten und deutete auf irgendein Datum.

Linda holte ihren Kalender aus der Tasche und machte sich eine Notiz. „Also bastle ich das Plakat und du erkundigst dich wegen der genauen Kosten."

David nickte, streckte seine Hand aus und Linda schlug ein. „Wir sind ein gutes Team, merkst du das?"

„Ja vielleicht." So schnell sie konnte, entzog sie ihm ihre Hand und schaute nach unten.

„Du bist immer noch sauer, wegen vorhin. Aber glaub mir, ich wusste wirklich nicht, wie es um deine Ehe steht. Wie auch, ich hab deinen Mann nur einmal gesehen, bei der Aufnahmeveranstaltung im Kindergarten."

Linda zuckte die Schultern. „Er arbeitet sehr viel, und dann ist da sein Hobby, das Motorradfahren. Da bleibt nicht so viel Platz für uns."

„Für Daniela kommt die Karriere auch an erster Stelle. Manchmal weiß ich gar nicht, warum sie damals unbedingt ein Kind wollte. Schon nach der Geburt konnte sie mit Jonas nicht das Geringste anfangen. Sie lag in ihrem Bett auf der Frauenstation, hielt ihn im Arm und starrte ihn einfach nur an. Ausdruckslos, da war nichts, keine Regung."Entsetzt schaute Linda ihn an. Seine Worte rührten sie zutiefst. David wischte sich über seine Augen. „Anfangs dachte ich, das würde sich geben. Doch nach vier Monaten begann sie wieder zu arbeiten, einfach so.

Seitdem leben wir nebeneinander her, wie zwei Fremde oder wie Brüderchen und Schwesterchen und es wird schlimmer."

Linda schmunzelte. „Das ist bei vielen Paaren so, ich kenne zumindest einige."

„Ja, natürlich lässt die erste Verliebtheit nach. Aber es muss doch etwas bleiben. Findest du nicht? Irgendein klitzekleines Gefühl, irgendwas, das einen verbindet, außer irgendwelcher Immobilien oder Bankkredite?"

Er hatte recht, er sprach das aus, was sie seit Langem in sich fühlte und dennoch, es brachte nichts, darüber zu reden. Die Realität sah anders aus. „Keine Ahnung", murmelte Linda daher nur und schürzte ihre Lippen.

Eine Weile herrschte Pause. Davids Frage kam unvermittelt und erwischte sie kalt. „Schlägt er dich?"

Was sollte sie sagen? Am besten die Wahrheit. „Nicht direkt, vor langer Zeit hat er mich mal bedroht. Aber das ist lange her. Nun rührt er mich nicht mehr an. Und wir leben zwar miteinander, aber ohne jegliche Gemeinsamkeiten. Wir haben uns irgendwie verloren."

David stieß einen Laut aus, sie sah ihn an. Seine Augen waren voller unterdrückter Wut.

„Wie konnte er das tun?", flüsterte er. „Wie konnte er dir etwas antun?"

Sein Blick war magisch, wie ein Magnet zog er sie an. Linda versuchte wegzuschauen, hin zu ihrer schlafenden Tochter, doch sie konnte es nicht. Es war wie ein Bannstrahl, der sie nicht losließ.

Fest umfasste er ihre Finger und zog sie plötzlich in seine Arme. Er zog und sie folgte, da gab es keine Möglichkeit für Widerstand in ihr. Linda konnte sich einfach nicht wehren.

David rutschte direkt neben sie. Ihre Körper berührten sich. Sein Gesicht war plötzlich ganz nah, sein Mund kam immer näher. Linda spürte seinen Atem auf ihrer Haut, roch seinen Duft, der sie noch mehr verwirrte.

Immer näher und näher kam er, bis ihre Lippen sich schließlich berührten. Es war genauso, wie Linda es sich in ihren Träumen vorgestellt hatte. Aufreizend langsam umkreiste seine Zunge ihren Mund, der sich allmählich öffnete. Dann strich er an der Innenseite ihrer Lippen entlang. Oh Gott, er schmeckte so gut.

Davids Hand ging auf Wanderschaft, genau wie im Bus, doch diesmal konnte sie ihm dabei in die Augen schauen. Linda sah sein Begehren, seine Leidenschaft. Er fuhr unter ihr T-Shirt und strich langsam nach oben. David schob ihren BH zur Seite und umkreiste ihre Nippel mit seinem Daumen, die bereits steif vor Erregung waren.

Linda stöhnte vor unterdrückter Lust, während sie seinen Kopf ergriff und zu sich zog. Sie wollte ihn spüren, ganz nah bei sich, ganz nah an ihrem Körper. Ihr Kuss wurde immer leidenschaftlicher, ihre Zungen umkreisten sich und spielten wild miteinander.

Da war es wieder, dieses Ziehen in Lindas Bauch. Dieses Verlangen ihn zu spüren, ganz und gar, sich ihm hinzugeben und auf alle Konsequenzen einfach zu pfeifen. Doch da begann eine Glocke in ihrem Kopf zu läuten. Das Warnsignal wurde immer lauter, bis Linda es nicht mehr ignorieren konnte. Das, was sie hier tat, war falsch, es war Wahnsinn. Es würde alles verschlimmern, nur weil sie blöde Kuh ihre Hormone nicht unter Kontrolle hatte.

Mit einem Ruck schob sie David von sich weg und erhob sich. Ihre Beine schienen aus Wackelpudding zu bestehen und Linda musste sich mit aller Kraft dagegen wehren, nicht augenblicklich wieder auf die Bank zu plumpsen.

Nervös stolperte sie zum Bollerwagen, wühlte darin herum und zog ihr Handy zitternd aus der Tasche.

„Linda, verdammt was tust du denn?" David musterte sie verwirrt.

„Ich mache ein Foto von Marie, sie schläft gerade so schön." Was für einen Schwachsinn erzählte sie denn da?

David beugte sich nach vorn und versuchte, sie mit seiner ausgestreckten Hand zu berühren. Doch Linda trat einen weiteren Schritt zurück. „Und das musst du jetzt tun, ausgerechnet in diesem Moment, wo wir unseren ersten Kuss hatten?"

Sie fuhr herum und schaute ihn mit brennenden Augen an. „Ja genau jetzt, in diesem Augenblick." Linda raufte sich mit ihrer Hand durch die kurzen Haare und lief auf und ab, immer vor der Bank hin und her, mit dem entsprechenden Sicherheitsabstand. „David, es ist falsch, was wir tun. Wir müssen damit aufhören, je eher, desto besser. Es ist ein Spiel mit dem Feuer und ich glaube, es wird uns beiden nur Unglück bringen."

„Warum denkst du das?"

„Warum, warum?" Am liebsten hätte sie ihn angeschrien, doch dann fiel Lindas Blick auf die schlafenden Kinder. Sie dämpfte ihren Tonfall. „Weil wir beide gebunden sind und eine Familie haben. Weil wir nicht einfach tun und lassen können, was wir wollen. So gerne ich das auch wollte. David, wir sind nicht mehr achtzehn, wir sind erwachsene Menschen, wir haben Verantwortung." Okay, jetzt klang sie wie ihre eigene Mutter.

„Und deswegen dürfen wir unserer Sehnsucht nicht mehr nachgeben und glücklich sein?"

Wenn Linda ehrlich war, brachte er sie mit seiner ruhigen Art und diesen provozierenden Fragen vollkommen in Rage. Und da war sein Blick, der ihre Augen einfach nicht losließ. Energisch verdrängte sie diese Bilder, die nur beim Nachdenken störten.

„Ich weiß es nicht", flüsterte sie. „Keine Ahnung, ich weiß nur eins, wir bewegen uns auf dünnem Eis."

David holte tief Luft. „Und ich weiß nur eins, dass ich ohne dich nicht mehr leben kann", sagte er schlicht. „Nicht mehr einen Tag. Und wenn du am Montag einen anderen Bus nimmst, brichst du mir das Herz."

War es möglich, konnte er in ihren Kopf schauen? Genau diesen Plan hatte Linda soeben gefasst. Sie musste ihm aus dem Weg gehen, das war ihre einzige Chance, nicht vollkommen abzustürzen.

Am Abend lag Linda in ihrem Bett und konnte nicht schlafen. Die Hälfte neben ihr war leer, Kevin würde erst morgen von seiner Motorradtour zurückkommen.

David und sie hatten sich vor dem Zoo voneinander verabschiedet. Gleich nach ihrem Gespräch waren sie aufgebrochen, nachdem Linda Marie geweckt hatte. Es war beinahe wie eine Flucht gewesen und sie hatte die verwirrten Blicke ihrer Tochter, so gut es ging, ignoriert. Sein Angebot sie nach Hause zu fahren, hatte Linda energisch abgelehnt. Sie spürte Maries Enttäuschung und ließ sich irgendeine lahme Ausrede einfallen. Zum Glück schlief Marie im Bus augenblicklich auf ihrem Schoß ein und ersparte ihr weitere Fragen. Die letzten Meter bis nach Hause trug sie sie auf ihren Armen und kuschelte sich dann neben sie ins Bett. Sie schmiegte ihren Kopf an Maries Körper, und atmete ihren Geruch ein. Beinahe verzweifelt hatte sie dabei Davids Bilder verdrängt, die so unendlich präsent waren.

Linda hatte sich selbst gegenüber noch einmal ihren Entschluss vertieft. Das Wichtigste auf der Welt war ihr Kind.

Marie stand an erster Stelle, ihr sollte es gut gehen und darum musste sie diese seltsame Beziehung zu David beenden.

Und dennoch schrie ein kleiner Teil in ihr, voller Sehnsucht. Linda drehte sich auf die andere Seite, starrte aus dem Fenster in den dunklen Garten und begann zu heulen.

Kapitel 4

Gleich am Montag begann sie ihren gefassten Entschluss in die Tat umzusetzen. Linda sprach mit ihrem Chef und vereinbarte eine geringfügig andere Arbeitszeit. Sie begann ein wenig eher zu arbeiten und konnte entsprechend zeitig heimgehen. Als Ausrede brachte sie irgendeine lahme Erklärung, den Kindergarten ihrer Tochter betreffend an. Ihr Chef hörte zu, nickte dann und erklärte sich mit der Regelung einverstanden. Für ihn war nur eines wichtig, sie musste ihre Arbeit irgendwie schaffen.

Fast schon erleichtert marschierte Linda am Nachmittag zur Bahn, sie bekam sogar einen Sitzplatz und erwischte ohne Schwierigkeiten den vorherigen Bus. Ganz kurz musterte sie das Gebäude, in dem David arbeitete. Was würde er wohl gleich denken, wenn er bemerkte, dass sie nicht da war?

Energisch schob Linda diesen Gedanken beiseite. Alles lief gut, bis zu dem Moment, als sie den Kindergarten erreichte. Marie spielte gerade ein Brettspiel mit Jonas, als sie sie erblickte. „Warum kommst du jetzt schon? Und wo ist Jonas' Papa?"

Linda setzte sich vorsichtig neben sie auf einen Hocker und ignorierte die vielsagenden Blicke einer anderen Mutter.

„Weil ich heute eher Feierabend hatte. Komm, Marie, lass uns gehen", sagte sie leise.

Ihre Tochter zog eine Schnute. „Ich will aber noch hierbleiben."

„Und ich würde dich jetzt gerne mit nach Hause nehmen." Linda spähte auf ihre Uhr. Wenn das so weiterging, würde sie am Ende immer noch hiersitzen, wenn David auftauchte.

Mit ein wenig Nachdruck begann sie an Maries Arm zu ziehen, worauf diese vollkommen auf stur schaltete und sich laut heulend auf den Boden schmiss.

All diejenigen, die noch nichts von der kleinen Szene mitbekommen hatten, wussten spätestens jetzt Bescheid.

Linda stöhnte innerlich auf, ging in die Hocke und ergriff Maries Hände. Manchmal konnte ihr Kind so unendlich stur sein und sie erkannte eine gewisse Ähnlichkeit mit Kevins Art. „Marie, bitte, ich verspreche dir auch, wir machen zu Hause etwas Schönes."

Schniefend schaute ihre Tochter sie an. „Und was?"Wenn Linda ehrlich war, wusste sie das eigentlich selbst nicht so richtig. Und normalerweise hielt sie überhaupt nichts von solchen Versprechungen, wusste sich aber angesichts der fragenden Blicke von Erzieherin und anderer Mutter nicht anders zu helfen.

Widerstrebend ließ Marie sich schließlich mitziehen. Linda stopfte in Windeseile deren Sachen in den Rucksack und huschte mit ihr nach draußen. Keine Sekunde zu früh, denn in der Ferne sah sie David, der sich mit raumgreifenden Schritten dem Kindergarten näherte. Hastig zog sie ihre Tochter in einen Hauseingang und wartete dort, bis er vorbei war.

Während sie mit Marie heimschlenderte, fiel Linda ihr gegebenes Versprechen ein und sie bog zur kleinen Eisbude ab, die nur im Sommer geöffnet hatte. Sie erstand für jeden eine Kugel Eis und setzte sich dann mit Marie auf eine Bank. Während ihre Tochter mit den Beinen baumelte, erzählte sie von ihrem heutigen Tag und hatte den ganzen Kummer wegen Jonas längst vergessen.

Linda aber dachte bereits an die nächsten Tage. Wenn das jetzt jeden Tag so ging, würde sie Nerven ohne Ende lassen.

Vollkommen erschöpft gelangte sie zu Hause an. Kevin war schon da und schraubte an seinem Motorrad herum. Die ganze Einfahrt lag voller Ersatzteile. Erstaunt sah sie auf ihre Uhr. „Du bist schon da, so zeitig?"

Kevin nickte kurz. Ein breiter dunkler Streifen aus Schmieröl zog sich über seine Wange und sie musste sich beherrschen, den Schmutz nicht abzuwischen. „Ja, in der Werkstatt war heute nicht so viel zu tun."

Dann wanderte sein Blick zu Marie. Unsicher zwinkerte er ihr zu. „Und wie war's im Zoo? Hast du viele Tiere gesehen?"

„Au ja, da waren Giraffen und Elefanten und die Löwen, die haben aber alle geschlafen." Marie setzte sich auf eine Werkzeugkiste und sah ihrem Vater zu. „Die Affen haben in ihrem Gehege rumgetobt und ein paar hatten ganz kleine Babys auf ihrem Rücken. Das war so schön."

„Das klingt ja gut, da hattet ihr bestimmt viel Spaß." Vielsagend schaute Kevin sie an. Linda spürte Hitze in sich aufsteigen. Konnte es sein, dass Rebecca ihre Geschichte bereits rumerzählt hatte? Gut, die anderen Mütter hatten sie komisch angeschaut. Aber das taten sie eigentlich immer, weil Linda nicht so optimal in ihre Runde passte und jeglichem Klatsch aus dem Wege ging.

„Und wir haben Jonas und seinen Papa getroffen, direkt vor dem Zoo", sagte Marie in diesem Moment.

Lindas Herz setzte endgültig einen kleinen Augenblick aus. Kevin zuckte kurz mit den Schultern. „Soso, da warst du wenigstens nicht so allein." Bildete sie es sich ein oder war da ein Unterton in seiner Stimme gewesen? Marie plapperte munter weiter und durfte ihrem Vater irgendwelches Werkzeug reichen.

Linda hörte nicht mehr auf das Ende der Geschichte. Ihr war schlagartig schrecklich übel. Sie stürzte ins Haus, lief ins Badezimmer und benetzte ihr Gesicht mit kaltem Wasser. Fest presste sie die Hand auf ihr Herz und schnappte nach Luft. Allmählich beruhigte sich ihr hämmerndes Herz. Dann sah sie in den Spiegel.

Lange betrachtete sie sich und fuhr mit ihrem Zeigefinger die zarten Linien ihrer Fältchen nach. Sie war fünfunddreißig, da ging bei manchen das Leben erst so richtig los. Doch Linda fühlte sich an einigen Tagen, als wäre ihres bald schon zu Ende. Wäre Marie nicht gewesen, hätte sie gar keinen Halt mehr gehabt. Viele Menschen hatten Wünsche und Ziele. Sie träumten von Reisen in ferne Länder, von Dingen, die sie noch tun wollten. Linda verjagte derartige Gedanken augenblicklich, hatte sie doch das Gefühl, dass Träume für sie nicht vorgesehen waren. Sie musste sich einfach in ihrer kleinen Welt irgendwie einrichten, um nicht vollends unter die Räder zu kommen. Bei ihr ging es darum, die nächste Zeit zu überstehen, die Kreditraten irgendwie zu bezahlen und zu hoffen, dass Kevin nicht wieder vollends in den Alkohol abstürzte.

Was hatte David gesagt, er könne ohne sie nicht mehr leben? Was für wunderbare Worte, sie waren Balsam für ihre Seele gewesen und doch nicht mehr als leere Worte.

Lindas Plan funktionierte genau eine Woche. Doch besonders Marie verstand nicht, was plötzlich los war und reagierte entsprechend bockig auf die neue Nachmittagsgestaltung. Die anderen Mütter sahen sich vielsagend an, tuschelten miteinander und warfen Linda scheele Blicke zu. Außer einem knappen Gruß richtete niemand das Wort an sie. Aber das war Linda schon gewöhnt.

Irgendwann stand David einfach an der Haltestelle und setzte sich mit einem undurchdringlichen Gesichtsausdruck auf den freien Platz neben ihr. Linda hatte damit gerechnet, irgendwann, wusste sie, würde er ihr albernes Spiel durchschauen.

Sie presste ihre Hände zwischen die Knie und schaute krampfhaft aus dem Fenster. David sagte kein Wort und sie wagte nicht, ihn direkt anzuschauen. Eine Haltestelle kam, dann die zweite und dann die dritte. Lindas Herz schlug im Galopp.

Irgendwann hielt sie es nicht mehr aus. Unsicher schielte sie aus dem Augenwinkel in seine Richtung. Er sah schlecht aus, hatte Augenringe und sein Bart war dichter und dunkler geworden. David sagte noch immer kein Wort, saß einfach nur neben ihr und starrte stur geradeaus.

Als Linda das Gefühl hatte, jeden Augenblick explodieren zu müssen, sah er sie schließlich an und berührte kurz ihren Arm. „Schön, dass wir uns wieder einmal begegnen. Ich stelle fest, du fährst jetzt einen Bus eher. Und du holst auch Marie eher ab. Jonas ist jeden Tag sehr enttäuscht." Seine Stimme klang vollkommen normal, so, als würden sie sich gerade übers Wetter unterhalten.

Na prima, nun machte er ihr ein schlechtes Gewissen, was sie eh schon hatte. „Ja". Ihre Stimme klang belegt, Linda räusperte sich und begann von vorn. „Ja, es hat sich so ergeben, ich darf eher Feierabend machen."

„Aha, es hat sich so ergeben." David lächelte. Dann schlug er seine Beine übereinander und wechselte ohne die geringste Überleitung das Thema. „Wir müssen noch einmal über den Ausflug reden. Ich habe eine Bestätigung für den Terminvorschlag und gleich mal die Kosten für die einzelnen Eltern ausgerechnet. Du wolltest dich ja um das Plakat kümmern."

Er nestelte ein Blatt Papier aus seiner Tasche und reichte es ihr. Dabei berührten sich ihre Finger eine Millisekunde, aber Linda kam es wie eine Ewigkeit vor. Mit zitternden Händen nahm sie den Zettel entgegen und steckte ihn in ihre Tasche. „Danke, das mache ich."

Erneut herrschte Stille. Dann holte David Luft und sah sie direkt an. „Und sonst, geht es dir gut?"

„Ja, danke, es geht mir gut."

„Das freut mich. Mir geht es nämlich nicht ganz so gut."

Lindas Lippe begann zu zittern. Verdammt, was machte er hier mit ihr? Zum Glück erreichten sie in diesem Augenblick ihre Haltestelle. „Wir müssen aussteigen", sagte sie hastig und erhob sich.

Eigentlich hatte sie vorgehabt, vorauszurennen. Doch irgendwie kam das Linda albern vor und so liefen sie gemeinsam weiter.

„Glaubst du eigentlich, du kannst es so beenden?" David blieb stehen, ergriff ihre Hand mit festem Druck und hinderte sie, davonzulaufen. „Denkst du das wirklich?"

„Wir haben nichts zu beenden, es hat noch gar nichts angefangen." Ihre eigenen Worte klangen schmerzhaft in ihren Ohren. Linda schaute verzweifelt Richtung Kindergarten, doch die Straße war leer. Wo zum Teufel waren die ganzen anderen Eltern? Am liebsten hätte sie sich losgerissen.

„Also war das nichts zwischen uns, nur eine Einbildung?" David klang sarkastisch. Er wischte sich über sein Gesicht und stöhnte gequält auf. „Bitte, Linda, tu mir das nicht an. Ich ertrage es nicht ohne dich. Bitte fahr' zumindest wieder mit deinem Bus, ich verspreche auch, ich nähere mich dir nicht mehr an. Es sei denn, du willst es. Unsere Kinder sind traurig, bemerkst du das denn gar nicht?"

„Doch natürlich, ich bin ja nicht dumm." Sie nickte, entzog ihm ihre Hand und verschränkte die Arme. Wie würden sie wohl auf Außenstehende wirken, wie sie da so standen und miteinander sprachen?

„Also, holen wir unsere Kinder wieder gemeinsam ab? Ich bitte dich, unserer Kinder wegen." Hoffnungsvoll versuchte David, einen Blick in ihre Augen zu erhaschen, doch Linda wich ihm aus.

„Also gut." Hatte sie das wirklich gerade gesagt? Anscheinend, denn David begann zu lächeln. „Wir holen unsere Kinder zusammen ab, und nicht mehr", fügte sie mit fester Stimme an.

„Gut, das ist eine gute Entscheidung." David begann zu strahlen. „Und denk immer daran, du hast alles in der Hand. Ich halte meine Füße ganz still, bis du meine Nähe willst."

Und das wird nie mehr geschehen, fügte Linda im Stillen hinzu.

Drei Wochen vergingen, langsam wurde es Sommer. Die Tage wurden länger und wärmer und Linda stellte das kleine Badebassin für Marie auf die Wiese. Fast jeden Abend rannte sie mit ihrer Gießkanne durch den Garten und betrachtete voller Liebe, wie alle Pflanzen sich entwickelten. Besonders ihre Rosen waren Lindas ganzer Stolz. Während sie nach Blattläusen suchte und sorgfältig das Unkraut entfernte, konnte sie am besten abschalten.

Es waren Wochen, in denen David sich eisern an sein Versprechen hielt. Er wechselte mit ihr kein privates Wort und er berührte sie nicht mehr. Im Bus standen oder saßen sie brav nebeneinander und Lindas Inneres schrie vor Sehnsucht nach seinen Händen.

Sie stellte fest, dass sie seine Zurückhaltung bedauerte. In stillen Momenten kamen ihr derartige Gedanken. Dabei hielt er sich nur an ihre Vereinbarung. Und immer einmal wieder hatte sie das Gefühl, dass es noch nicht vorbei war. Denn noch spürte sie Davids Blicke. In seinen Augen konnte sie lesen wie in einem offenen Buch. Das Verlangen in ihnen war nicht erloschen, im Gegenteil, es schien immer mehr zu werden. Verlangen und Sehnsucht konnte man nicht bekämpfen oder abschalten, so sehr man das vielleicht auch wollte.

An einem Freitag hatte sie ihren Mädelsabend mit Anna. Ziemlich lose, so alle paar Monate trafen sie sich zu einem kleinen Bummel in Dresden und nahmen dann irgendwo einen Drink zu sich. Linda hätte sich am liebsten öfter mit ihrer Freundin getroffen, mochte sie doch die Gespräche mit ihr sehr. Aber Anna hatte einen großen Bekanntenkreis, ihren Sport und Linda fehlte das nötige Kleingeld, um bei deren Feiern mithalten zu können.

Heiß brannte die Sonne über der Stadt und hatte, einen ganzen Tag lang, die Pflastersteine zu ihren Füßen aufgeheizt. Linda legte die Hand über die Augen und blickte zum Turm der Frauenkirche hinauf. Letzte Besucher schauten von der Aussichtsplattform auf die Stadt, ihre Stadt – denn Linda war mit Leib und Seele Dresdnerin. Sie mochte diese Menschen, ihren Dialekt und ihre manchmal unbequeme Geradlinigkeit. Dann schaute sie auf die Turmuhr, die gerade schlug – schon sieben.

Anna kam wie immer zu spät. Das war an sich nichts Besonderes. Linda kannte keinen Menschen, der unpünktlicher als ihre Freundin war. Sie nutzte die Zeit und schlenderte an den Straßencafés und Schaufenstern des Neumarktes umher. Ihren vereinbarten Treffpunkt behielt sie dabei fest im Blick. Plötzlich bemerkte sie ein vertrautes Gesicht, zwischen all den vielen Menschen. Linda huschte zu einem Arkadengang und beobachtete von dort eine bestimmte Frau.

Daniela kam über das Pflaster marschiert und telefonierte. Sie sprühte vor guter Laune, lachte und schien mit jemandem verabredet zu sein. Denn auch sie schaute sich suchend um und musterte über ihre modische Sonnenbrille die Menschen in den umliegenden Restaurants. Ihr Körper war in ein knallrotes, figurbetontes Kleid gezwängt, das ihre schlanke, sportliche Figur perfekt unterstrich. Die blonden Haare waren lose nach oben gesteckt, lange Ohrringe baumelten an den Ohren. Die perfekt zum Kleid passenden Sandalen hatten mörderisch hohe Absätze. Und doch marschierte Daniela, als hätte sie Pantoffeln an den Füßen. Widerstrebend musste

Linda zugeben, dass Daniela eine sehr attraktive Frau war. Mit angehaltenem Atem beobachtete sie sie und konnte ihre Blicke nicht von ihr lassen. Jede Bewegung, jeder Schritt, wirkte einfach nur elegant und leicht.

Umso mehr verwirrte sie, was David eigentlich an ihr selbst fand. Sie war nicht sportlich, sie war nicht blendend schön, sie war nicht erfolgreich, sie war einfach nur Linda. Der Gegensatz hätte nicht größer sein können. Er war geradezu krass.

In diesem Moment ließ Daniela das Handy in ihre Tasche fallen, breitete die Arme aus und lief strahlend auf jemanden zu. Neugierig spähte Linda um die Ecke der Säule und entdeckte zu ihrer Verwunderung David. Er trug eine leichte Stoffhose, ein dunkelblaues Polohemd und kam lässig über den Platz geschlendert. Eine Sonnenbrille steckte auf seinem Kopf. Daniela fiel ihm um den Hals. Er beugte sich hinab und umarmte sie. Dann küsste er seine Frau lange und zärtlich auf den Mund. Seine Hände glitten über deren Rücken hinab zu Danielas Hintern. Linda schloss die Augen.

Sie spürte einen Stich in ihrem Herzen. Es tat so weh, ihn zu sehen, da war so viele Liebe und Zärtlichkeit gewesen oder bildete sie sich das bloß ein? Von einem Streit oder einer Trennung konnte keine Rede sein, im Gegenteil. Beide wirkten wie ein überaus verliebtes Pärchen. Oder spielte er ein Spiel, genau wie sie, wenn ihre Schwiegereltern zu Weihnachten auf Besuch kamen? Mit dem Unterschied, dass es hier anscheinend niemanden gab, für den eine eventuelle Komödie gedacht gewesen sein könnte. „Ach schau an, ist das nicht unsere Oberzicke Daniela?" Erschrocken zuckte Linda zusammen und drehte sich um. Ihre Freundin Anna stand direkt hinter ihr und spähte in Lindas Blickrichtung. „Sorry übrigens, dass ich zu spät komme. Der Große wurde wieder ewig nicht mit seinem Fußballtraining fertig und Olli war mal wieder nicht in Sicht. Wenn ich mich nur einmal auf meinen Mann verlassen könnte." Dann verstummte sie, betrachtete Linda von oben bis unten und schob ihre Sonnenbrille Richtung Haar.

Misstrauisch beäugte Anna ihr Gesicht. „Sag mal, geht's dir gut? Du siehst total käsig aus? Ist irgendwas los?"

Linda schüttelte abwehrend den Kopf.

„Okay", sagte Anna gedehnt. „Und warum stehst du dann wie ein verkappter Spanner hier herum und musterst das vermeintliche Traumpaar unseres Kindergartens?"

Anna trat noch näher an die Säule und betrachtete die beiden, die miteinander zu diskutieren schienen, mit zusammengekniffenen Augen. Kurz darauf lachte Daniela und warf ihren Kopf zurück. „Komisch, ich hätte nie gedacht, dass zwischen denen überhaupt noch was läuft", meinte Anna verblüfft. „Ehrlich gesagt bin ich erstaunt, dass Daniela überhaupt noch existiert. Ich hab sie Monate schon nicht mehr gesehen. Es heißt, sie wäre lange im Ausland gewesen. Aber wem sage ich das, du kennst dich bei ihm ja besser aus als ich." Zwinkernd schaute sie Linda an.

Diese musterte mit angehaltenem Atem die Szenerie. David ergriff in diesem Augenblick Danielas Hand und zog sie zu einem Restaurant. Er winkte dem Kellner, der ihnen daraufhin einen Tisch zuwies und Daniela den Stuhl zurechtrückte. Sekunden später eilte er mit der Speisekarte herbei und legte diese auf den Tisch. Das Restaurant war nicht weit entfernt von der kleinen Bar, in die Anna sie heute Abend, anlässlich ihres Geburtstages, eigentlich eingeladen hätte.

Unsicher ließ Linda ihre Blicke schweifen. Sie wusste jetzt schon, sie würde immer wieder zu dem anderen Tisch schauen müssen. Er zog ihre Blicke magisch an. „Lass uns bitte woanders hingehen?", stieß sie hervor und blickte ihre Freundin flehend an.

„Waaas? Ich habe einen Tisch reserviert und freue mich schon seit Tagen auf diesen Abend. Warum willst du denn nicht dorthin? Ich hab doch gesagt, ich lade dich ein." Linda schüttelte den Kopf. Anna deutete auf Daniela und David. „Doch nicht etwa wegen der beiden?"

„Ist doch egal." Linda schaute zu Boden.

„Ich weiß ja nicht, egal klingt anders. Na gut, wegen mir, aber nur unter einer Bedingung. Du erzählst mir endlich, was los ist und warum du hier stehst und die beiden anstarrst, als hätten sie eine ansteckende Krankheit." Linda holte protestierend Luft, doch Anna hob ihren Finger. „Keine Chance und keine Ausreden. Ich bin deine beste Freundin und du kannst mit mir über alles reden. Und nun komm, eh du mir hier noch vor lauter Anglotzen umkippst."

Bevor sie gingen, warf Linda einen letzten Blick zurück. David und Daniela saßen an ihrem Tisch. Sie schienen miteinander zu diskutieren. Heftig knallte die Frau ihre Tasche auf den Nachbarstuhl und warf die Hände in die Höhe. Dann verschwanden die beiden aus ihrem Blick.

Die beiden Freundinnen kehrten ein paar Straßen weiter ein und fanden einen schönen Tisch mit Blick auf den Dresdner Zwinger. Anna studierte ausgiebig die Cocktailkarte und musterte nebenbei das männliche Bedienpersonal der Bar.

Als die Drinks von einem ausgesprochen knackigen Kellner endlich geliefert wurden, stießen sie an. „So, nun genug auf andere Kerle geschaut. Was ist los mit dir und David und erzähl mir keine Märchen!" Anna lehnte sich zurück und Linda begann zu erzählen. Am Anfang hatte sie sich noch wehren wollen. Doch Anna war zu stur und bohrte immer wieder nach. Außerdem war sie ihre beste Freundin und es tat gut, endlich mit jemandem zu sprechen.

Als sie zu den kleinen Annäherungen im Bus kam, zog ihre Freundin die Luft scharf ein und rollte mit den Augen. „Was denn?", fragte Linda und nahm einen Schluck. Wenn sie sich selbst so zuhörte, klang ihre Story fast wie ein Roman.

„Eine heiße Geschichte. Wenn ich ehrlich bin, hätte ich das David gar nicht zugetraut, obwohl er ein ziemlich attraktiver Mann ist. Und dir eigentlich auch nicht, weil du immer so ..." Anna suchte nach den richtigen Worten. „Na ja, du bist so brav, fast schon ein bisschen verklemmt. Aber nun, red' weiter."

Linda ließ nichts aus, nicht die Geschichte im Zoo und nicht ihre getroffene Vereinbarung. Mit kugelrunden Augen schaute Anna sie an und nippte an ihrem eiskalten Drink.

„Schau mal an, unsere Miss Perfekt. Also ist doch nicht alles so toll, wie sie immer vorgibt. Na ja, ich muss sagen, der David würde mir auch gefallen, ist schon ein leckeres Schnittchen." Anna grinste, doch gleich darauf wurde sie wieder ernst. „Und was willst du nun tun?"

„Was schon?" Linda zuckte mit den Schultern. „Nichts, ich lasse alles so weiterlaufen und hoffe, dass der Sturm sich eines Tages beruhigt. David hält sich an unsere Abmachung und ich werde einen Teufel tun, sie zu brechen. In einem Jahr kommt Marie in die Schule, spätestens dann ist es vorbei und er aus meinem Sichtfeld verschwunden. Denn wie ich Daniela kenne, gibt sie Jonas bestimmt auf irgendeine Elite-Grundschule."

„Pah, Abmachung hin, Abmachung her, du hättest dich vorhin mal sehen sollen, als du dort hinter der Säule standest." Anna wiegte ihren Kopf bedenklich hin und her. „Ganz ehrlich, ein Jahr ist eine lange Zeit, du solltest deinen Plan dringend noch einmal überdenken. Immerhin seht ihr euch jeden Tag. Du konntest ja vorhin schon deine Augen kaum von ihm lassen."

Erschrocken sah Linda ihre Freundin an. „Oh Gott ehrlich, sag bloß, man bemerkt irgendwas?"

„Quatsch, ich kann dich beruhigen, zumindest mir ist zwischen euch noch nichts aufgefallen", sagte Anna gelassen. „Ihr wirkt auf mich wie zwei ganz normale Menschen, die zufällig den gleichen Arbeitsweg haben und deren Kinder beste Freunde sind.

Und Rebecca scheint die Geschichte im Zoo gefressen zu haben, denn mir ist noch nichts Gegenteiliges zu Ohren gekommen. Es gibt keinerlei Gerüchte, also spielt ihr eure Rolle perfekt."

Ihre Freundin lehnte sich zurück und zog die Beine nach oben auf die bequemen Loungemöbel. Angestrengt dachte sie nach, nippte an ihrem Strohhalm und schaute Linda nach einer Weile triumphierend an.

„Was schaust du denn so komisch?", fragte diese misstrauisch. Immer wenn Anna sie so ansah, kam kurz darauf ein vollkommen verrückter Vorschlag.

„Ich glaub, ich hab die Lösung für dich. Ganz ehrlich, was ist schon dabei. Du bist scharf auf ihn und er ist scharf auf dich. Deine Ehe ist am Ende und seine auch. Da hätten wir schon mal einige Gemeinsamkeiten."

Linda hob protestierend die Hände. „Willst du meine Meinung wissen? Nach dem, was ich gerade gesehen habe, glaube ich das nicht. Da sah seine Ehe noch durchaus intakt aus."

„Pah, in der Öffentlichkeit tun manche Leute sonst wie. Denk nur mal an dich und deinen Kevin oder mich und meinen Olli. Entscheidend ist, was sie in ihrem Inneren fühlen. Das Ganze vorhin kann auch sehr sorgfältig einstudiert gewesen sein, für wen auch immer." Anna beugte sich verschwörerisch in ihre Richtung. „Was ist schon gegen einen kleinen Flirt einzuwenden? So ein Seitensprung ist in, ich möchte nicht wissen, wie oft Kevin dich schon beschissen hat."

„Keine Ahnung und ganz ehrlich, ich will es auch gar nicht wissen." Linda zog heftig an ihrem Strohhalm, der daraufhin ein gurgelndes Geräusch von sich gab.

„Na also, es ist dir egal, was er tut. Und umgekehrt wird es das Gleiche sein. Mein Gott Linda, du bist fünfunddreißig, du bist noch nicht mal bei der Halbzeitpause angekommen. So viele Jahre liegen noch vor dir.

Denk doch mal an meine kleinen Flirts. Zum Beispiel an Frank oder diesen Typen, den wir mal in dieser komischen Szenebar kennengelernt haben. Olli hat es nie erfahren und er wird es nie erfahren."

Linda verdrehte sie Augen. „Du bist ja auch anders. Und überhaupt, ich habe die Sache für beendet erklärt."

„Aber du bist nicht sicher, ob sie wirklich beendet ist. Denn sonst hättest du vorhin nicht, mit einer kalkweißen Miene, hinter der Säule gestanden." Anna tippte mitten auf Lindas Stirn. „Dein Gesichtsausdruck sprach Bände. Ich sage dir, es ist noch nicht vorbei, niemals."

Zweifelnd nagte Linda an ihrer Unterlippe. „Also was soll ich tun?"

„Lass es geschehen, lass es sich entwickeln. Wenn du den nächsten Schritt tun sollst, dann mach irgendwas. Keine Ahnung was, leg ihm die Hand auf den Schenkel, fass ihn an, zwinker ihm zu. Herrgott, zeig ihm einfach deine Bereitschaft." Anna winkte den Kellner herbei. Sie deutete auf ihre fast leeren Gläser. „Noch zweimal das Gleiche."

Linda starrte verbissen Richtung Zwinger. Wie von Zauberhand gingen plötzlich die Lampen an und tauchten das Bauwerk in einen dezenten Lichtschein. Die Vergoldung des Kronentors schimmerte, als umgäbe es eine Aura aus alten Zeiten.

„Und bezüglich deiner Bedenken, eines darfst du nie vergessen, ihr seid beide verheiratet." Anna pochte mit ihrer Hand untermalend auf den Tisch. „Du hast kein Interesse, dass die Geschichte herauskommt und er auch nicht. Also, was soll schon geschehen, außer, dass du endlich mal wieder ein bisschen Spaß hast und es dir einer so richtig besorgt?" Triumphierend lehnte sie sich zurück. „Und glaub mir, guter Sex ist das Beste, was es gibt und vor allem hält er jung und vital. Sagte schon meine Großmutter immer."

Kapitel 5

Linda wischte die letzten Meter ihres Flures, wrang den Lappen aus und goss das Wischwasser in den Gully vor ihrem Haus. Schweiß stand auf ihrer Stirn. Täuschte sie sich oder begann der Asphalt bereits zu flimmern? Mit zusammengekniffenen Augen checkte sie das Thermometer an ihrer Hauswand. Es war morgens um neun und der Zeiger bewegte sich rasend schnell auf die Fünfundzwanzig-Grad-Marke zu. Dabei hatten sie gerade erst Anfang Juni.

Seit einer Woche lag Hitze über der Stadt. Und es war keine Besserung in Sicht. Überall in den Nachbargärten liefen die Rasensprenger und Linda kam mit dem Gießen kaum hinterher.

Bereits gestern Abend war Kevin mit seinen Kumpels zu einer Motorradtour aufgebrochen. Angeblich, denn Linda wusste nicht, was er genau tat und vor allem, mit wem. Und eigentlich wollte sie es gar nicht wissen, es war ihr vollkommen gleichgültig und das erschreckte sie am meisten.

Vor einigen Tagen hatte sie in seiner Hosentasche eine leere Kondompackung gefunden. Ganz still hatte sie vor ihrer Waschmaschine gestanden und das unschuldige Stück Plastik angeschaut. Lange hatte Linda in sich hineingespürt, nach Trauer, Wut oder Enttäuschung gesucht. Aber da war einfach nichts gewesen. Sie hatte die Verpackung in den Müllsack ganz nach unten gestopft und diesen in die Tonne geworfen.

Dann war sie in ihren Garten gegangen, hatte Unkraut gejätet und Wasser in Maries kleinem Bassin nachgefüllt. Diese alltäglichen Handgriffe beruhigten sie und schenkten ein wenig Ablenkung von den ewig gleichen Grübeleien über sich selbst und ihre Ehe. Kreischend war ihre Tochter im Planschbecken herumgehüpft und am Ende hatte Linda sich einfach mit dazugesetzt, während Marie ihr mit dem Plastikeimer Wasser über den Kopf geschüttet hatte.

Ihre Gedanken kreisten immer stärker um David. Sie hatte das Gefühl, er würde sie mit Blicken ausziehen. Und vermutlich tat er dies in Gedanken auch.

Annas Worte gingen ihr nicht mehr aus dem Kopf. Linda dachte über ihr Leben nach. Wollte sie wirklich die nächsten fünfunddreißig Jahre so weitermachen? Was war, wenn Marie eines Tages alt genug war und ihre eigenen Wege ging? Wenn der einzige Grund, wegen dem sie dies alles hier durchhielt, das Haus verließ? Wie sagte ihre Mutter immer: Die Zeit vergeht immer schneller, je älter du wirst. Das Jahr rast dahin und ruckzuck sind die Kinder groß.

Noch war Marie klein, aber die Uhr tickte bereits. Linda sehnte sich nach Zärtlichkeiten, nach der Berührung eines Mannes, nach Sex. Das war ihr in den letzten Tagen immer klarer geworden. Und dennoch konnte sie sich noch nicht dazu durchringen, David ein Signal zu senden. Linda wusste einfach nicht, wie. Anna hatte gut reden, ihm die Hand auf den Schenkel legen. Das wirkte so, so …

Im Inneren des Hauses läutete das Telefon. Linda eilte in die Küche und meldete sich.

„Hallo Linda, hier ist David."

Ihr Herz machte einen kleinen Hopser. „Hallo David."

„Ich hoffe, es geht euch gut?"

Linda lächelte. „Im Großen und Ganzen schon, wir leiden unter der Hitze. Marie konnte letzte Nacht kaum schlafen."

„Stimmt, letzte Nacht war es wirklich schrecklich." Er machte eine kurze Pause. „Es ist so. Ich hab eine Frage. Na ja, eigentlich hat Jonas diese Frage. Ich bin also nur der Bote. Er möchte wissen, ob Marie vielleicht zum Baden zu uns kommen möchte? Wir haben doch den großen Pool und allein zu baden macht ihm keinen Spaß. Anscheinend bin ich auch nicht der geeignete Badepartner. Deswegen bat er mich, euch anzurufen, und das tue ich hiermit." David lachte auf und Linda schloss einen Moment die Augen. Sie versuchte, sich sein Gesicht vorzustellen, seine Augen, seinen Mund, diese kleine Narbe.

„Hm, keine Ahnung, ich kann Marie ja mal fragen."

Diese hatte ihren Namen bereits gehört und tauchte hinter Linda auf. „Hast du Lust bei Jonas zu baden, im Pool?"

Ein lauter Jubelschrei ertönte. Marie stürmte davon und begann ihre Sachen zusammenzusuchen. „Hast du es gehört?", fragte Linda lachend in den Hörer. „Ich glaube, die Antwort ist klar."

„Also kommt ihr vorbei? Wunderbar, wir beide freuen uns. Ach ja, vielleicht möchtest du deine Badesachen auch mitbringen. Daniela ist dieses Wochenende in New York." David zögerte kurz. „Aber nur wenn du willst, ich meine, ich will nicht ...", stotterte er.

Linda hielt die Luft an. War jetzt die Situation gekommen, die Gelegenheit, ihm zu zeigen, was sie fühlte? Ihr Puls raste. „Schauen wir mal, ich bringe Marie vorbei und vielleicht packe ich wirklich meine Badesachen ein. Na dann, bis gleich."

„Bis gleich", sagte David freudig und legte auf.

Linda lief in ihr Schlafzimmer und zerrte den Schieber mit ihren Bikinis heraus. Unentschlossen legte sie die bescheidene Auswahl aus drei Modellen auf ihr Bett und entschied sich schließlich für den Pinkfarbenen, den sie zusammen mit Anna vor drei Jahren gekauft hatte. Für ihren Geschmack war das Oberteil ziemlich knapp geschnitten und ziemlich gewagt, doch Anna hatte nur gelacht. „He, du bist doch keine Großmutter. Wer Holz vor der Hütt'n hat, kann das ruhig zeigen. Da fällt deinem Kevin vielleicht mal auf, was für ein Geschoss du bist." Kevin war bei den wenigen Malen, da er sie im Bikini gesehen hatte, nichts aufgefallen. Und so war das Teil wieder in ihren Schieber gewandert und hatte dort herumgelegen.

Linda lief ins Bad, packte Badetücher und Sonnencreme ein. Mittlerweile fühlte sie unbändige Vorfreude in sich aufsteigen. Dieser Tag bot ein wenig Abwechslung zu dem üblichen Einerlei, was immer am Wochenende herrschte. Auch für ihr Kind, das viel zu oft zurückstecken musste.

Marie wartete bereits in ihrem knallbunten Badeanzug mit einem Sammelsurium verschiedener Schwimmutensilien und Spielsachen im Flur. Es schien, als hätte sie ihr halbes Kinderzimmer eingepackt. Sie strahlte über das ganze Gesicht und sprang aufgeregt zwischen den Sachen hin und her.

„Das brauchen wir aber nicht alles mitzuschleppen. Wir nehmen nur die Schwimmflügel und den Teddy mit", sagte Linda lachend. „Ich bin sicher, Jonas hat auch eine Luftmatratze und ganz viele Spielsachen."

Dann kam Linda noch eine Idee. Sie hatte für den Abend einen bunten Salat zubereitet und diesen im Kühlschrank kaltgestellt. Schnell holte sie die Kühltasche, füllte den Salat in eine Dose und packte alles ins Auto.

Marie saß bereits erwartungsvoll in ihrem Sitz. Ihre Beine wackelten aufgeregt auf und nieder. „Weißt du denn überhaupt, wo Jonas wohnt, Mama?"

Linda nickte. Sie wusste es. Bei sonntäglichen Spaziergängen war sie bereits ein paar Mal an dem Haus vorbeigelaufen, das versteckt hinter hohen Büschen am Ende einer lang gezogenen Auffahrt lag. Ein schmiedeeisernes Tor mit einer Sprechanlage sorgte für Distanz, zusätzlich behielten Kameras jede Bewegung genau im Auge. Das Grundstück musste riesig sein, mit einem fantastischen Blick auf den Wald, der gleich dahinter begann. Linda war die lange Mauer entlanggeschlendert und hatte sich gefragt, wie es wohl dahinter aussehen würde.

Heute würde sie es erfahren. Minuten später bog sie in die schmale Straße ein und fuhr zum allerletzten Grundstück. Auf der gegenüberliegenden Seite fegte ein Mann den Fußweg und beobachtete ihr Fahrzeug. Also waren die Nachbarn hier genauso neugierig wie bei ihr daheim. Wobei Linda vermutete, dass der Mann nur ein Angestellter, vielleicht der Gärtner war. Als sie an ihm vorbeifuhr, lüftete er höflich seinen Strohhut und nickte ihr knapp zu. Linda winkte zurück, rollte weiter und parkte den Wagen vor dem hohen Tor. Sie drückte auf den seitlich angebrachten Klingelknopf und gleich darauf schwang das Tor lautlos wie von Zauberhand zur Seite.

„Wow, Mama, hast du das gesehen? Das ging ganz von allein auf. Jonas oder sein Papa waren gar nicht zu sehen." Marie machte kullerrunde Augen, die immer größer wurden. „So ein schöner Garten, schau doch mal."

Linda konnte es ihr nicht verdenken. Das Grundstück war wirklich riesig und wurde von gärtnerisch fachkundiger Hand gehegt und gepflegt. Einen Moment stellte sie sich Daniela vor, wie diese mit ihren perfekt manikürten Fingern in der Erde wühlte. Es gab keine Vorstellung, die unpassender war.

Die lang gezogene, mit Kies bestreute Auffahrt machte eine kleine Kurve und endlich lag das Haus vor ihnen.

Es war ungemein groß, dazu kamen weitere Nebengebäude, wie Garagen und andere Anbauten. An fast allen Fenstern hatte man zum Schutz vor der Sonne die Jalousien heruntergelassen. Die Fassade war klassisch weiß gestrichen, die anthrazitfarbenen Fensterumrahmungen und Türen passten perfekt dazu. Große Solarelemente schmückten das Dach. Alles wirkte modern und durchgestylt.

Die breite Haustür öffnete sich und Jonas kam herausgelaufen. Er trug bereits eine Badehose und ein Handtuch unter dem Arm. Eine hochgewachsene, exotisch anmutende Frau folgte ihm. Sie trug ein langes buntes Wickelkleid und hatte ihre schwarzglänzenden Haare streng nach oben gebunden.

Winkend sprang Jonas vor dem Auto herum. „Hallo Marie, komm, ich zeig dir alles." Er ergriff die Hand ihrer Tochter und ließ die unbekannte Frau einfach vor Linda stehen. Unsicher blickte diese auf Linda und Marie und schien nicht zu wissen, was sie nun tun sollte. Doch dann schien Jonas sich doch zu besinnen, ließ Marie stehen und kam noch einmal zurück zum Auto. „Ach so, das ist Juanita, mein Kindermädchen", sagte er im altklugen Tonfall zu Linda. „Sie passt auf mich auf, wenn Mama und Papa arbeiten sind."

Juanita gab Linda die Hand und nickte leicht. „Hallo", flüsterte sie kaum hörbar. Verschüchtert musterte sie die beiden Kinder, die soeben um die nächste Hausecke verschwanden.

Linda nahm ihr die Entscheidung ab. „Gehen Sie ruhig, nicht dass den beiden noch etwas passiert." Juanita lächelte erleichtert und verschwand wie der Blitz. Ihre braungebrannten festen Waden wirkten durchtrainiert, wie bei einem Menschen, der viel in seinem Leben gelaufen war. Linda selbst konnte nur staunen. Wofür brauchte man ein Kindermädchen, für einen Jungen, der tagsüber in einem Kindergarten war?

Sie holte kopfschüttelnd ihre Badetasche und die Kühlbox aus dem Kofferraum und sah sich um. Von David war noch immer nichts zu sehen. Sie lief langsam zum Eingang und schob sich durch den schmalen Türspalt, den Jonas hatte offen stehen lassen.

Im Inneren des Gebäudes herrschte durch die herabgelassenen Jalousien Dämmerlicht. Glänzende Fliesen schmückten den Boden und verbreiteten eine angenehme Kühle. Seitlich führte eine breite Treppe mit Marmorstufen und einem Geländer aus Edelstahl in den ersten Stock. Zu ihrer Linken erkannte Linda eine Küche. Genau gegenüber der Eingangstür schien das Wohnzimmer zu liegen. Eine breite, weit geöffnete Glastür führte in den Raum. Mitten im Flur stand ein riesiges buntes Blumenbouquet auf einem Podest. Einen winzigen Moment tauchte Linda ihr Gesicht hinein. Da waren Rosen, Freesien und Geranien, die mit fachkundiger Hand arrangiert worden waren. Dann umrundete sie die Blumen und warf einen knappen Blick in die Küche. Auch dort war niemand zu sehen.

Unschlüssig stellte sie ihre Tasche ab. Linda scheute sich, die weiteren Räume zu betreten. Das Beste wäre vermutlich, wenn sie sich irgendwie bemerkbar machen würde. „Hallo David", rief sie schließlich mit zaghafter Stimme.

Augenblicklich ertönten Schritte in der oberen Etage.

Ein Männerkopf schob sich über die Brüstung, die die obere Etage einmal umrundete. „Linda, du bist schon da?" Erstaunt sah David sie an und strahlte über das ganze Gesicht. Seine Haare schimmerten feucht, ein Handtuch lag locker über seinen Schultern, der Oberkörper war nackt. Von hier sah Linda deutlich die dunklen Haare, die sich auf seiner Brust ringelten. Augenblicklich wurde ihr Mund trocken und sie schluckte heftig. „Ich hab euch gar nicht kommen hören", rief David nach unten. „Ich war gerade ein paar Bahnen schwimmen und wollte mir nur schnell etwas anziehen. Vermutlich hat Jonas euch das Tor geöffnet, dieser Schlingel. Geh ruhig schon mal in die Küche. Dort steht eine Karaffe mit Wasser und mach's dir bequem, ich bin gleich bei dir."

Die Küche war so groß wie das gesamte Erdgeschoss ihres eigenen Hauses. Mit ihrer Hand strich Linda andächtig über den riesigen Herd, der neben den üblichen Kochfeldern noch eine Grillzone und weitere Spielereien aufwies. Der Kühlschrank nahm eine halbe Wandfläche ein. Alles wirkte modern und beinahe schon steril. Sie versuchte, sich vorzustellen, wie Daniela hier kochte. Doch die meisten der zahlreichen Gerätschaften wirkten, als würden sie nie oder kaum benutzt werden.

Wie David gesagt hatte, stand auf dem Küchentresen eine Karaffe mit Wasser. Linda goss sich ein Glas ein und schlenderte weiter Richtung Wohnzimmer. Eine bis zum Dach reichende, atemberaubende Fensterfront gab den Blick auf den Garten frei.

Jonas und Marie sprangen bereits im Pool herum. Beide ordnungsgemäß mit ihren Schwimmärmeln. Juanita saß am Rand und ließ ihre Beine im Wasser baumeln. Das Becken hatte aus Lindas Sicht olympische Ausmaße. Kein Wunder, dass David von einigen Bahnen gesprochen hatte, die er geschwommen war.

Sie dachte an Maries kleines aufblasbares Schwimmbecken und ihre selbst gebastelte Gartendusche daheim. War sie neidisch? Natürlich war es hier wunderschön, aber irgendwie auch kalt. Linda fehlte die Gemütlichkeit eines Zuhauses, Dinge die herumlagen. Sachen, die zeigten, dass hier Menschen lebten.

Da waren die weiße Ledercouch, die modernen Kunstdrucke an den Wänden und die Skulpturen, die an exponierten Stellen im Raum standen. Exotisch anmutende Grünpflanzen, die Linda noch nie gesehen hatte, rundeten das Ensemble ab. Alles wirkte wie ein Museum oder ein Musterhaus für potente Kunden.

Auf einem Sideboard aus weißglänzendem Material, gepaart mit Chrom, fand sie dann doch noch ein paar persönliche Spuren der Bewohner. Es waren Bilder. Da war Jonas als Baby bei einem Fotoshooting, oder Daniela in einem langen nachtblauen Abendkleid, die sich kühl lächelnd an David schmiegte. Am meisten stach ihr das Hochzeitsfoto von Daniela und David ins Auge. Es schien irgendwo an einem südlichen Strand aufgenommen worden zu sein. Verschwommen erkannte man im Hintergrund einige Palmenwedel. Beide standen mit den Füßen im Wasser und umarmten sich. David hatte seine Hose bis zum Knie hochgekrempelt. Daniela trug ein hauchzartes Kleid, welches in einer südlichen Brise wehte. Ihre langen Haare waren offen, blonde Locken schmeichelten ihrem Gesicht. Wären die kalten Augen nicht gewesen, hätte man sie für einen Engel halten können. Sie strahlte, genau wie David und doch sah für Linda Glück anders aus.

„Sag es ruhig, ein schönes Paar." Erschrocken fuhr Linda herum und stellte das Bild hastig zurück.

David stand lässig, an eine Säule gelehnt, ein paar Meter hinter ihr. Seine Arme waren verschränkt, die Augen lagen im Dunkel. Er hatte sich angezogen, trug Shorts und ein weißes Shirt.

„Zumindest sagen das alle anderen immer an dieser Stelle. So Sachen wie: Ein schönes Paar und es sieht so glücklich aus, so perfekt." Er lachte kurz auf und kam dann näher.

Gedankenverloren betrachtete er das Bild, als würde er es in diesem Moment das erste Mal sehen. „Perfekt, das war es wirklich. Ein karibischer Traum auf Aruba. Daniela hat alles organisiert und mich dort hingeschleift, obwohl sie wusste, wie sehr ich die Karibik hasse. Dieses eintönige Einerlei aus Meer und Strand und Palmen und blauem Himmel. Zum Glück konnte ich mich seitdem mit Händen und Füßen dagegen wehren, noch einmal da hinzumüssen. Wie war deine Hochzeit?"

Linda musste lachen. „Oje, nicht halb so perfekt wie deine und ein paar Nummern kleiner. Ich wurde in einem Motorradbeiwagen zum Standesamt gekarrt, von einem von Kevins Motorradkumpels. Dabei flog mir eine Fliege ins Auge. Den Rest des Tages hatte ich ein dickes tränendes Auge. Unsere Fotos sehen dementsprechend aus. Ansonsten war es ein lustiger Tag im Vereinslokal der Kleingartensparte gleich nebenan. Es gab belegte Brote und Bier vom Fass."

„Klingt bodenständig." David schmunzelte kurz, dann wurde er wieder ernst. „Warst du damals glücklich?"

Glücklich, wenn sie ehrlich war, wusste sie das nicht. Was war Glück? Vielleicht wusste man das erst, wenn man es tatsächlich einmal gefunden oder wieder verloren hatte.

„Vermutlich ja, ich war der festen Meinung, wir würden uns wahnsinnig lieben – gegenseitig", meinte sie vage. „Vielleicht haben wir das auch getan, keine Ahnung." Linda fühlte sich bei diesen Themen irgendwie unwohl. Sie strich mit dem Finger über die spiegelglatte Oberfläche des Sideboards und zuckte dann mit ihren Schultern. „Was soll's, es ist lange her. Man kann die alten Zeiten nicht zurückholen."

„Ich war damals schon nicht glücklich. Ich habe es gehasst, diesen ganzen Hochzeitsrummel, diese Rolle, die man spielen muss. Diese unzähligen Verpflichtungen, die angeblich einzuhalten waren." David seufzte und holte tief Luft. „Aber du hast recht, die Vergangenheit ist vorbei."

Einen kleinen Moment musste Linda an das heimlich beobachtete Treffen an der Frauenkirche denken. Es hatte nicht gespielt gewirkt, sondern immer noch wie ein verliebtes Paar, das sich in der Stadt traf. Sollte es wirklich vorbei sein?

David trat noch einen Schritt näher und stand nun direkt vor ihr. Unsicher sah er sie an. „Darf ich dich zur Begrüßung umarmen? Ich frage nur, wegen unserer Abmachung."

Linda nickte, augenblicklich begann ihr Herz zu hämmern. David zog sie sanft in seine Arme, sein Mund näherte sich ihrem Gesicht. Oh Gott, da war ein Gefühl, als würde sie jeden Moment umfallen. Er roch so gut, nach Duschbad und nach Frische und nach Sommer. Linda schloss die Augen und hielt die Luft an. Doch er drückte ihr nur einen hauchzarten Kuss auf die Wange und schob sie dann wieder sanft von sich.

„Willkommen in meinem Zuhause, ich freue mich, dass du da bist." Sein Kopf deutete Richtung Diele. „Im Flur bin ich beinahe über eine Kühltasche gestolpert und ich frage mich, was wohl darin ist?"

„Ein wenig Salat", meinte Linda lachend. „Er war eigentlich für heute Abend daheim gedacht. Aber damit ich nicht ganz mit leeren Händen komme, hab ich ihn eingepackt."

„Soll das heißen, du willst nicht gleich wieder verschwinden?" Seine Augen leuchteten so unbeschreiblich, dass sich in Lindas Kopf alles drehte. Was hatte Anna gesagt, gib ihm ein Zeichen, irgendwas. Deswegen nickte sie sanft und lächelte.

„Ich freue mich, sehr sogar", sagte David lachend. „Diese Wochenenden sind manchmal so furchtbar. Man grübelt herum, denkt nach und unternimmt mit Jonas alleine etwas. Aber das Kind ersetzt keinen Partner." Linda schwieg, sie fand sich in seinen Worten wieder. David sprach ihr aus der Seele. Er sagte das, was sie dachte. „Wobei ich eigentlich gehofft hatte, heute Mittag mit dir und den Kindern gemeinsam etwas kochen zu können. Du bist bestimmt eine wunderbare Köchin. Da würde unsere Küche wieder mal benutzt werden. Daniela kann nicht kochen, zumindest hat sie es noch nie probiert." Ihre Überraschung wurde immer größer, David schien der perfekte Mann zu sein. „Lass uns deinen Salat kühl stellen, wir können ihn ja als Vorspeise essen."

Er musterte ihre Badetasche. „Und die Badesachen hast du auch dabei. Da kann ich ja wirklich auf ein wenig mehr als nur einen kleinen Besuch hoffen." Seine Augen waren dunkel. Es schien Linda, als würde ein Schleier über ihnen liegen, so wie morgens manchmal Nebel über der Elbe.

„Mal sehen." Sie schlang die Arme um ihren Körper und schaute nach draußen Richtung Pool. „Den Kindern gefällt's schon mal ziemlich gut, würde ich sagen." Marie sprang gerade mit Jonas gemeinsam in den Pool. Wasser spritzte auf und Juanita ergriff hastig die Flucht einige Meter nach hinten. Ihr lautes Kreischen drang bis zu ihnen nach drinnen.

„Jonas ist glücklich, er hasst es, allein zu spielen. Und Juanita ist anscheinend auch kein Ersatz für seine Marie. Hast du sie schon kennengelernt, unser Au-pair-Mädchen?" Fragend sah er sie an und Linda nickte. „Eine Brasilianerin, ziemlich jung und naiv, keine Ahnung, was Daniela sich dabei gedacht hat." David winkte stöhnend ab. Anscheinend schien er von der jungen bildhübschen Frau nicht sonderlich begeistert zu sein. „Lust auf eine kleine Gartenführung?"

Linda nickte erneut und David schob eine der Terrassentüren auseinander. „Ich muss dich aber warnen. Bitte keine Fragen zu irgendwelchen Pflanzen. Ich habe vermutlich so einige Talente, Gartenarbeit gehört sicher nicht dazu. Dafür haben wir unser Personal."

„Es sieht traumhaft aus. Alles ist so perfekt, so …" Linda suchte nach Worten, doch David ging bereits voraus.

Marie winkte ihr fröhlich aus dem Pool zu. „Oh Mama, es ist so toll, schau doch bloß mal, wie groß alles ist."

Linda hockte sich an den Beckenrand und hielt eine Hand ins Wasser. Es war angenehm temperiert und kühlte ihre erhitzte Haut.

Ihre Tochter war vor Begeisterung kaum zu halten. „Da drüben kann man sogar einen Sprudel anmachen. Nita braucht nur auf diesen Knopf zu drücken. Ist das nicht toll?"

Einen Moment musste sie überlegen, wer Nita wohl wäre. Dann fiel ihr ein, dass das sicher die Kurzform von Juanita war. Linda nickte. „Das ist ein großartiger Pool. Da hast du recht. Wir gehen uns mal ein bisschen den Garten anschauen."

Marie winkte ab und meinte. „Hm, okay, wir spielen hier. Und Nita hat uns dann versprochen, ein wenig Melone zu holen."

Die Terrasse des Hauses lag angenehm im Schatten, den die etwas vorgezogene erste Etage warf. Große Sitzecken luden zum Verweilen ein. Es gab eine Dusche und gleich daneben ein Poolhaus, in dem man sogar eine Art Sommerküche eingerichtet hatte. Danach begann der tiefgrüne Rasen, der vermutlich gerade beregnet worden war, denn frische Wassertropfen schimmerten wie Millionen Brillanten. Linda streifte ihre Schuhe ab und schlenderte barfuß weiter, immer hinter David her. Hinter hochgewachsenen Hecken lag ein Tennisplatz und daneben ein weiteres kleines Haus.

„Unser Gästehaus, zumindest hat Daniela es so konzipiert." Es wirkte wie eine verkleinerte Ausgabe des Haupthauses. Weiße Fassaden, große Fenster, Betonstelen mit irgendwelchen Skulpturen darauf.

Staunend schaute sie sich um. Noch nie hatte Linda ein solches Anwesen live gesehen, immer nur in Filmen.

„Entschuldige, ich will nicht angeben." Unsicher schaute David sie an. „Es wirkt immer so protzig, ich weiß."

„Nein, nein, es ist wunderschön. Na ja …" Linda musste lachen. „Es ist vielleicht ein wenig riesig, zumindest für meinen Geschmack. Wenn ich an meinen kleinen Rasen daheim denke, einmal Rasenmäher angeschmissen und ruckzuck ist man fertig, aber hier?" Sie hatte das Gefühl, als würde sie sich jeden Moment auf dem Grundstück verlaufen.

David lachte mit. „Da hast du recht. Bei uns musste alles eine Nummer größer sein als bei den anderen. Aber jetzt würde ich dir gern etwas zeigen, was ganz allein meine Sache ist. Daniela hasst es, deswegen müssen wir in die äußerste Ecke des Gartens. Dahin bin ich nämlich verbannt worden."

Er ergriff ihre Hand und zog sie einfach hinter sich her. Über verschlungene Pfade bewegten sie sich vorwärts. Riesige Rhododendrenbüsche versperrten die Sicht und gaben immer nur den Blick auf eine kleine Wegstrecke frei. Sie liefen Richtung Wald, und langsam änderte sich das Gesicht des Gartens. Allmählich wich das perfekt gestaltete Grün einer natürlichen Bepflanzung.

Hinter den Zweigen eines Strauches tauchte ein weiteres Haus auf. Wenn man einen ersten Blick darauf warf, schien es in keiner Weise in diesen Garten und diese perfekt gestaltete Welt zu passen. Es lag am Ufer eines Fischteiches, war aus Holz erbaut und wirkte wie eine Schrebergartenlaube. Sogar kleine Fensterläden hingen vor den Fenstern.

„Mein Gartenhaus und mein Teich", meinte David stolz. „Alles allein gebaut und entworfen. Na, was sagst du?" Gespannt schaute er sie an.

Linda trat näher, ganz bis an den Rand des Teiches. Riesige Kois, die in verschiedenen Farben schimmerten, bewegten sich im Wasser träge auf und ab. Seerosen blühten, Schilfgras wiegte sich, sie glaubte sogar, am anderen Ende der Anlage, einen Frosch quaken zu hören. Es gab einen kleinen Steg über dem Wasser, auf dem eine winzige Bank stand. Linda holte tief Luft und lauschte dem Rauschen der Bäume.„Schön, sehr schön, hier gefällt es mir." Entspannt hob sie die Arme.

„Wirklich? Ich liebe dieses Haus und Jonas liebt es auch. Wenn Daniela nicht da ist, schlafe ich oft mit ihm dort. Es ist kleiner und gemütlicher als im Haupthaus. Wenn es regnet, hört man die Tropfen aufs Dach oder in den Teich plumpsen.

Es erinnert mich an meine Kindheit. Meine Großmutter hatte einen kleinen Garten und ich war in den Ferien immer bei ihr zu Gast. Das war eine schöne Zeit und ich denke gerne daran zurück", sagte er schlicht.

Langsam umrundeten sie den Teich. Linda ließ ihre Hand über das raue Holz des Geländers gleiten und trat dann auf den Steg. Eine Libelle schwirrte durch die Luft und ließ sich anmutig nieder. Ihre hauchzarten Flügel schimmerten im Schein der Sonne. Das war ein friedlicher Platz, ein Zauberort, an dem alle Zweifel zu verschwinden schienen. Linda spürte, wie ihr Herz ganz leicht und frei wurde. Plötzlich war sie überzeugt davon, genau das Richtige zu tun.

David beobachtete sie und öffnete dann die Tür des Hauses. Neugierig trat Linda ein, hölzerne Dielen knarrten unter ihren Füßen. Es gab nur einen Raum, in dem ein großes Bett, ein Tisch und ein Kühlschrank mit Kochplatte standen. „Viel ist es nicht, wie du siehst. Wer auf die Toilette will oder duschen, muss einmal rund ums Haus herum."

War es möglich, dass zeitgleich ihre beider Blicke das Bett musterten? Eine kuschelige Decke lag darauf und ein blau-weiß-kariertes Kissen. Linda spürte, wie Hitze in ihre Wangen stieg und trat zurück ins Freie.

Das Lachen der Kinder klang von sehr weit her. Es schien, als wären sie nicht nur am Ende des Grundstücks angekommen, sondern in einer ganz anderen Welt. Da war das Rauschen der hohen Bäume hinter ihr, das Wiegen des Grases, das Flattern der Schmetterlinge. Hier war keine Perfektion, hier war nichts steril, hier glaubte sie, David wirklich erfassen zu können. Das war seine Welt, und die von Daniela war da oben, hinter den Büschen.

Lindas Blut pulsierte durch ihren Körper. Sie hatte das Gefühl, als würde ihre Stimme den Dienst verweigern. Leise räusperte sie sich. „Ich glaube, wir sollten zurück zu den Kindern gehen. Nicht, dass die uns noch suchen."

„Ich glaube nicht, Juanita ist bei ihnen und passt auf. Ich glaube eher, wir sollten uns gar keine Gedanken machen." David stand vor ihr, seine Arme hingen lose herab. Da war nichts, keine Berührung, nur seine Augen, die sie gefangen nahmen und nicht mehr losließen. Sein Blick sank tiefer und tiefer – bis in ihre Seele und Linda konnte einfach nicht wegschauen.

Alles um sie herum schien zu verschwimmen, so als hätte sie Watte in den Ohren. Da waren nur sie und er und ein Zwang. Sie musste es einfach tun. Denn alles andere war vergessen, Daniela, Kevin und sogar Marie.

Linda hob ihre Hand und berührte leicht seine Wange. David schmiegte sein Gesicht förmlich in ihre Handfläche und schloss die Augen. Er tastete nach ihr und zog sie zu sich. Schweigend standen sie beieinander und lauschten dem Atem des anderen. Sie spürte die Bewegungen seines Brustkorbes, wenn er sich hob und senkte. Linda spürte seinen harten Bauch, der sich angespannt hatte. Da war ein Zittern, eine Erregung in seinem Körper.

Und da wusste sie, was sie tun wollte, tun musste. Linda umfasste seinen Körper. David beugte sich herab, immer näher kam sein Gesicht. Bis ihre Lippen sich endlich berührten. Er schmeckte köstlich, neu und dennoch vertraut, aufregend, wie etwas, nach dem sie immer gesucht hatte. Lindas Mund öffnete sich, nahm ihn auf, wie einen Ertrinkenden. Sie umklammerte seinen Hals und zog ihn noch näher an sich. Da war nur noch pure Leidenschaft, kein Verstand mehr.

Hastig strichen ihre Finger über seinen Körper, streiften das Shirt nach oben und berührten Davids nackte Haut. Er stöhnte und begann sie langsam ins Innere des Hauses zu schieben.

Linda versuchte, die Alarmglocke in ihrem Kopf zu hören, doch ihr Herzschlag übertönte alles.

Sie sanken auf das Bett, immer noch küssend. Wild umkreisten ihre Zungen sich, saugten aneinander, versuchten den anderen zu erschmecken. Da war nackte Haut an nackter Haut, heiß und erregend. In Windeseile zogen sie sich aus und konnten dabei ihre Augen nicht voneinander lassen. Oh Gott, wie schön er war, dachte Linda, noch ehe ihr Verstand vollkommen abschaltete. Immer wieder berührten sie sich. Es fühlte sich an, als wären Flammen auf ihrem Körper, die nur er löschen konnte.

Und dann endlich drang David in sie ein. Linda stöhnte unterdrückt, sie zerwühlte seine Haare, drückte sich an ihn und versuchte, seinem Tempo zu folgen. Immer schneller drehte sich der Strudel in ihrem Inneren, bis sie schließlich gemeinsam hineinstürzten.

Kapitel 6

Reue, schlechtes Gewissen, Zweifel – Linda suchte in ihrem Kopf danach, während sie erschöpft neben David lag. Da war einfach nichts, nur pures Glück. Sie hatten sich geliebt, einmal, zweimal. Das Verlangen schien kein Ende nehmen zu wollen.

Doch schließlich waren Linda die Kinder eingefallen und sie hatte ihn sanft von sich geschoben. David hatte seinen Arm ausgebreitet und sie hatte sich an ihn gekuschelt. Wie hatte sie sich nur so gehen lassen können? Was, wenn Marie sie hier so gesehen hätte? Wenn sie mit Jonas schlagartig hier aufgetaucht wäre? Diese Gedanken flackerten nur ganz kurz auf und zogen dann weiter, wie Wolken am blauen Sommerhimmel. Linda war glücklich, wie noch nie in ihrem Leben, alles andere war egal. Egal, ob es ihr Mann erfahren, und was er denken würde. Egal, wie es danach weitergehen würde. Es zählte nichts als der pure Moment.

David lag mit geschlossenen Augen neben ihr, und schien zu schlafen. Wie lange sie schon hier waren, hätte sie nicht sagen können. Ihr Zeitgefühl war vollkommen verschwunden. Linda ließ ihre Blicke über seinen Körper streichen. Da waren die dunklen Haare auf seiner Brust, die feucht schimmerten, seine Hände, die so zärtlich waren und instinktiv die richtigen Stellen gefunden hatten, um sie zum höchsten Punkt der Lust zu führen. Wie einfühlsam und dennoch leidenschaftlich er gewesen war! Noch nie vorher hatte sie so intensiven Sex erlebt. Wobei ihre Erfahrungen sich ausschließlich auf Kevin bezogen. Er war ihr erster und einziger Mann gewesen. Wenn Anna von wilden Sexspielen erzählt hatte, konnte Linda zum Thema nicht allzu viel beitragen. Und sie hatte es nie vermisst. Was man nie gekannt und gespürt hatte, konnte man nicht vermissen, so einfach war das. Aber jetzt glaubte sie, zu erahnen, wie man sich als Frau fühlen konnte.

Linda erhob sich schließlich und wickelte die Decke vom Fußende des Bettes um ihren Körper. Vorsichtig öffnete sie die Tür und spähte hinaus. Der Garten lag immer noch in vollkommener Stille, niemand war zu sehen. Eine weitere schillernde Libelle taumelte durch die Luft und ließ sich erleichtert auf einem Seerosenblatt nieder. Vielleicht war es auch dieselbe wie vorhin, war der Teich ihr Revier. Linda warf einen Blick zum Bett.

Was hatte David noch einmal gesagt? Dusche und Toilette waren auf der anderen Seite des Häuschens. Linda huschte um ein hohes Bambusgewächs herum und stand vor einem kleinen Anbau, der fast vollkommen von großen Rhododendrenbüschen eingeschlossen wurde.

Sie öffnete die Tür. Es gab eine Toilette, ein Waschbecken und eine Dusche. Alles schlicht und einfach, doch für ihren Zweck vollkommen ausreichend. Da war ein winziges Fenster, was für ein wenig Tageslicht sorgte. Linda drehte am Wasserhahn und stellte sich auf das hölzerne Podest. Kühles Wasser strömte über ihren Körper und ließ ihre Sinne erwachen. Der kalte Strahl prickelte auf ihrer Haut und weckte ihre Lebensgeister. Und er ließ die eben erlebte Leidenschaft ein wenig abkühlen. Schlagartig konnte Linda klarer denken. Dann griff sie ein Badetuch aus dem Regal und rubbelte sich ab.

Dabei streifte ihr Blick etwas Silbernes, was am Boden glitzerte. Irgendetwas war zwischen die breiten Spalten des Holzpodestes gefallen. Linda kniete sich auf ihr Badetuch und pulte mit zwei Fingern in der Spalte. Endlich bekam sie das Teil zu fassen.

Ein silberner, kleiner Ohrring lag auf ihrer Handfläche – es war ein Seestern. Linda trat nach draußen und betrachtete das Schmuckstück im Sonnenschein. Schimmernd glitzerte es auf ihrer Hand. Konnte es Daniela gehören? Eher nicht, sie trug meist große Ohrringe, auffallende Stücke.

Aber wem dann? Ein Gefühl von Eifersucht schoss in ihr empor. David war ein gut aussehender Mann, vermutlich war sie nicht die erste Frau, die er mit in dieses Haus nahm. Doch irgendwie konnte Linda sich das nicht vorstellen. Er wirkte anders, David war nicht so.

Vielleicht gehörte der Schmuck einer Frau vom Personal, die hier sauber machte? Doch da war ein Bild in ihrer Erinnerung. Linda war sicher, diesen Ohrring schon einmal gesehen zu haben. Nur wann und bei wem, war momentan nicht herauszufinden. Sicher gab es Millionen Ohrringe mit kleinen Seesternen.

Aus einer inneren Eingebung heraus, schloss Linda ihre Handfläche um das Schmuckstück, huschte zurück in die Hütte und ließ den Ohrring in ihrer Hosentasche verschwinden.

Hastig schlüpfte sie in ihre Sachen und setzte sich dann neben David aufs Bett. Er schlief tief und friedlich und erinnerte sie irgendwie an ihre Tochter. Seine Augenlider und sein Mund zuckten leicht, vielleicht durchreiste er gerade sein persönliches Traumland. Sanft berührte sie die kleine Narbe in seinem Gesicht und glitt mit ihrem Finger dann abwärts zu dem Haar auf seiner Brust.

Linda strich über seine Haut und versuchte, diesen Augenblick festzuhalten. Vielleicht konnte sie ihn in ihrer Seele konservieren.

In diesem Moment begann David sich langsam zu regen. Seine Hand tastete über die Decke und berührte schließlich Lindas Oberschenkel. Mit einer fließenden Bewegung öffnete er die Augen und begann sich zu strecken.

Er lächelte glücklich. „Ich hab gerade geträumt. Ich war mit dir am Meer, wir gingen am Strand spazieren, mit unseren Kindern und unseren beiden Hunden."

„Mit unseren Hunden?" Linda lachte auf und zog ihre Beine an den Körper. „Aber wir haben gar keine Hunde."

„Noch nicht, was weißt du denn, was die Zukunft bringt." Er zwinkerte ihr zu. „Aber im Ernst, ich würde gern mal mit dir in ein kleines Haus am Meer fahren und jeden Tag lange Strandspaziergänge machen. Wir würden uns in den Sturm stemmen, bis unsere Wangen eiskalt wären. Vielleicht würden wir irgendwo in einem winzigen Café einen Tee trinken und später nach Hause laufen, Hand in Hand. Und dann würden wir uns lieben, vor unserem Kamin, während draußen der Wind ums Haus heulte."

Linda hielt die Augen geschlossen und lauschte seinen Worten. Er verzauberte sie und sie spürte, wie sie seine Worte sah. Sie sah dieses Haus, diesen Strand, sah sich mit ihm leben. Sie glaubte fast schon, den Wind auf ihrer Haut zu spüren.

Doch da läutete sie wieder, die Glocke in ihrem Kopf. „Schön und dennoch nur ein Traum." Linda schluckte heftig. „Ich glaube, wir sollten langsam wirklich zu den Kindern zurückgehen", sagte sie hart.

David sah sie prüfend an. „Ist alles in Ordnung?" Eine steile Falte bildete sich auf seiner Stirn. „Oder bereust du es etwa?"

„Nein, Quatsch, natürlich nicht. Aber, Träume nützen uns nichts. Wir leben in unseren Welten, du in deiner und ich in meiner. Und in meiner Welt sind Strandurlaube nicht vorgesehen." Linda schlang die Arme um ihren Körper. Trotz der hochsommerlichen Temperaturen spürte sie einen Kälteschauer auf ihrer Haut.

David sagte kein Wort. Er erhob sich, streifte seine Sachen über und folgte ihr nach draußen.

Linda wartete auf der kleinen Terrasse des Häuschens und beobachtete die Fische im Teich. David öffnete einen kleinen Eimer und streute ein wenig Futter ins Wasser. Augenblicklich schoben sich gierige Fischmäuler ans Licht und verschlangen schmatzend das Futter. Rote und gelbe Leiber glitten durch das dunkle Wasser und brachten die Oberfläche zum Toben. Dann verschwanden sie wieder in unbekannten Tiefen. Der Anblick ließ Linda erschauern und hastig verließ sie den Steg.

Sie nahmen den gleichen Weg zurück und schon von der Ferne sah Linda, dass der Pool still und verlassen in der Mittagshitze lag. Sie fanden alle im Inneren des Hauses. Juanita war mit den Kindern in der Küche. Sie hatte Eierkuchen zubereitet, und alle drei saßen am Tisch und ließen es sich schmecken.

Bei ihrem Eintreten zuckte das Au-pair zusammen, erhob sich leicht von seinem Stuhl und schaute David unsicher an. Dieser nickte lächelnd. „Prima, die beiden Racker hatten wohl Hunger?" Juanita schaute noch unsicherer. „Die beiden Kinder, meine ich", verbesserte David sich. Die junge Frau nickte, wirkte aber sichtlich nervös. Vielleicht hoffte sie, keinen Fehler gemacht zu haben, und fühlte sich von ihnen beobachtet.

David schien dies auch zu spüren. Er öffnete den Kühlschrank und entnahm ihm eine Flasche und füllte die Flüssigkeit in eine Karaffe. Dann deutete er auf einen der Schränke. „Da drin sind die Gläser, Linda. Wir setzen uns, bis ihr gegessen habt auf die Terrasse."

Wie einfühlsam er war, dachte sie. Kevin wäre das Unwohlsein der jungen Frau nicht einmal aufgefallen.

„Sie ist sehr schüchtern", meinte er draußen erklärend. Linda war in einen bequemen Sessel gesunken und hatte das Gefühl, nie mehr daraus aufstehen zu können.

Fragend sah sie ihn an. „Meinst du Juanita?"

„Ja, meine Frau ist nicht einfach, ihr passt dieses nicht und jenes nicht. Sie ist sehr ungeduldig, ein jeder muss ihre geheimsten Gedanken erahnen und augenblicklich umsetzen. Das macht es für das Personal nicht leicht. Erst recht nicht für eine so junge Frau, fern von der Heimat."

Linda schwieg, nippte an ihrem Glas und nickte verstehend. Immer noch glaubte sie zu schweben oder zu träumen. Vielleicht hatte sie sich alles nur eingebildet? Doch sie schmeckte noch Davids Lippen auf ihrer Haut.

Später gesellten sich die Kinder zu ihnen und brachten die restlichen Eierkuchen mit nach draußen. Im Inneren des Hauses klapperte es. Juanita schien die Küche aufzuräumen.

Linda drehte sich um und warf einen knappen Blick nach hinten. In diesem Augenblick sah sie die schwarzhaarige Frau direkt am Fenster stehen. Sie hielt einen Teller in ihren Händen und blickte genau in ihre Richtung. Augen, die beinahe nachtschwarz wirkten, musterten sie. Die devote Miene von vorhin war verschwunden. Jetzt war da fast schon eine Spur von Missfallen oder sogar Hass. Unsicher sah Linda wieder zum Pool, schielte aber nach einigen Sekunden erneut Richtung Haus. Das Fenster war leer.

David schien ihren Blick bemerkt zu haben und schickte Juanita fort. „Mach dir einen schönen Tag, fahr in die Stadt oder so." Die Brasilianerin nickte und verschwand dann lautlos.

Linda starrte ihr hinterher. „Wird sie Daniela etwas erzählen? Ich meine, dass ich hier war?"

Lässig schlug er die Beine übereinander. „Ich glaube nicht. Wenn ich ehrlich bin, unterhält Daniela sich kaum mit dem Personal. Das überlässt sie lieber mir. Mach dir keine Gedanken." Sanft berührte seine Hand ihren Arm.

Doch Linda spürte plötzlich eine Beklemmung. Sie dachte den begonnenen Gedanken zu Ende und schlagartig wurde ihr eines klar: Daniela, würde es sowieso erfahren – von Jonas. Natürlich würde der Kleine seiner Mutter brühwarm von diesem Tag berichten. Ihr wurde eiskalt, wie hatte sie nur so blöde sein und sich auf diese Einladung einlassen können? Erst jetzt, wurden ihr die vollen Konsequenzen bewusst. Anna, und ihre Sehnsucht nach David, hatten sie einen riesigen Fehler begehen lassen.

Plötzlich fröstelnd schlang Linda die Arme um ihren Körper.

„Was hast du denn?", fragte David besorgt und beugte sich in ihre Richtung.

„Daniela". Sie stockte. „Daniela wird es herausfinden und wenn nicht, erzählt Jonas es ihr. Er ist noch ein Kind, er wird es ausplaudern."

Beschwörend schaute er sie an, und der Schauer auf ihrer Haut wurde noch intensiver. In diesem Augenblick machte ihr David beinahe Angst. „Mach dir keine Gedanken, sie wird es nie erfahren. Und weißt du auch warum? Weil es sie nicht mehr interessiert."

So sehr Linda versuchte, sich von seinen Worten beruhigen zu lassen, ein fahler Geschmack im Mund blieb. Sie tröstete sich mit dem Gedanken, dass es jetzt eh zu spät war. Man konnte die Vergangenheit nicht mehr ändern. Nun würde alles so geschehen, wie es geschehen sollte.

Am Nachmittag tollten sie zu viert im Pool herum. Sie ließen sich von der Sonne trocknen, spielten Spiele oder dösten gemeinsam im Schatten. Doch die vorherige Leichtigkeit war verschwunden.

Langsam begann die Dämmerung heraufzuziehen. Am Himmel begannen sich einzelne Streifen blutrot zu färben. Linda spürte, wie sich ihr Bauch verkrampfte. Näher und näher rückte die Zeit des Abschieds. Auf eine Art erleichterte sie das, doch die Sehnsucht nach David und seinen Berührungen überwog. Schließlich ging sie nach drinnen und begann, ihre Badesachen einzupacken.

Marie kam mit nassen Füßen in den Flur und schaute sie traurig an. „Och schon, Mama. Es ist doch noch gar nicht so spät."

Linda schüttelte den Kopf. „Marie, es ist gleich sieben. Es ist wirklich Zeit, dass wir uns auf den Heimweg machen. Und du solltest hier nicht mit nackten Füßen herumlaufen, du warst gerade im Pool. Trockne dich ab", sagte sie energisch.

David beobachtete die Szene, ergriff ihre Hand und zog sie beiseite. „Willst du nicht hier schlafen? Daniela kommt erst am Montag wieder und ich denke, dein Mann ist auch unterwegs."

Der pure Gedanke war verlockend und einige Sekunden lang war Linda bereit, seinem Vorschlag zu folgen. Sie würde eine ganze Nacht mit ihm verbringen – mit David einschlafen und neben ihm aufwachen. Doch dann dachte sie an Daniela und ihre eigene Beziehung und schüttelte den Kopf. „Das ist keine gute Idee. Wir sollten heimfahren und es so beenden."

„Okay, wenn du meinst, es ist deine Entscheidung." Enttäuschung lag auf Davids Gesicht. „Aber du hast mir versprochen, dass wir zusammen kochen. Komm schon, eine Stunde hast du doch noch."

Bettelnd schauten die Kinder sie an. „Bitte, wir helfen auch mit", schlug Jonas strahlend vor und schließlich gab Linda sich geschlagen.

„Na gut, aber gleich danach fahren wir nach Hause."

David lachte und lief voraus Richtung Küche. Sie entschieden sich für eine leichte Pasta mit Lindas Salat als Vorspeise.

In Windeseile zauberte David Zucchini und Tomaten aus dem Kühlschrank. Sie schnitten alles klein, während er Wasser für die Pasta und Öl fürs Gemüse auf dem Herd erhitzte.

In der Zwischenzeit deckte Linda mit den Kindern den Tisch auf der Terrasse. Am Schluss schwenkte David geschickt die Nudeln und vermischte sie mit dem Gemüse. Er langte ins Gewürzregal und fügte mit sicherer Hand verschiedene Kräuter hinzu.

„Fertig", sagte er lachend. „Augen zu, du musst kosten."

Linda schloss die Augen, spitzte den Mund und verkostete unter dem Gelächter der Kinder. „Hm, sehr lecker. Ich glaube, das können wir tatsächlich essen. Dein Papa ist ein Wunderkoch", sagte sie zu Jonas.

„Das will ich meinen, das ist unser Jonas-Papa-Spezialessen", meinte David grinsend. Dann verschwand er in einem kleinen Seitenraum und kam mit zwei Flaschen zurück. „Normalerweise würde ich dir jetzt meinen Lieblingsrotwein von einem kleinen italienischen Weingut anbieten, aber da du noch fahren musst, bleiben wir lieber bei einem nicht minder leckeren Saft aus derselben Gegend."

Das Essen schmeckte fantastisch und Linda tat sich noch eine Portion auf. Sie merkte jetzt erst, welchen Hunger sie hatte. Am Schluss stießen alle mit ihren Gläsern auf einen schönen Tag an. „Ihr müsst versprechen, dass wir das unbedingt mal wieder machen", sagte David und zwinkerte ihr verstohlen zu. „Am besten wenn Mama auf Dienstreise ist und Maries Papa eine Motorradtour macht. Denn dieser heutige Tag bleibt unser riesengroßes Geheimnis. Niemand darf es erfahren, ihr dürft es keinem erzählen. Das müssen wir alle schwören." David hob zwei Finger. „Die Indianer machen das so." Begeistert hoben Marie und Jonas ihre Finger und starrten den Mann atemlos an.

„Und jetzt du, Mama", sagte Marie und schließlich hob auch Linda ihre Finger. Triumphierend schaute David in die Runde.

Linda schluckte hart, sie fühlte sich unwohl bei seinen Worten. Natürlich hatte er recht. Wenn die Kinder gegenüber ihren anderen Elternteilen diesen Tag erwähnten, was sollten sie dann sagen? Doch Jonas und Marie zu Mitwissern ihres eigenen Fehlverhaltens zu machen, fühlte sich falsch an.

Dieses mulmige Gefühl blieb den gesamten Heimweg und die ganze Nacht. Linda bekam kein Auge zu. Sie schlich sich sogar in Maries Zimmer und kuschelte sich im schmalen Bett an den weichen Körper ihrer Tochter. Selbst dort, wo es ihr immer gut ging, wollte die Unruhe nicht weichen.

Gegen drei tutete ihr Handy. Da war eine Nachricht von David. Ein paar Sekunden schwebte ihr Finger über der Öffnen-Taste. Dann hielt sie es nicht mehr aus und klickte die Nachricht an.

Ich vermisse dich schrecklich, kannst du auch nicht schlafen? Ich muss ständig an heute Mittag zurückdenken, ich sehe deinen Körper, glaube, dich zu fühlen, und sterbe vor Sehnsucht. Wann sehen wir uns wieder?

Linda atmete tief ein und blickte aus dem Fenster. Es war noch nicht vorbei, das wurde ihr in diesem Moment bewusst. Im Gegenteil, es hatte gerade erst angefangen. Sie hatten gemeinsam den Schritt auf dünnes Eis gewagt und nun würden sie zusammen untergehen oder einer von ihnen rettete sich ans sichere Ufer. Sie vermisste ihn auch, furchtbar, schrecklich – so sehr, dass es in ihrem Inneren schmerzte. Und das machte ihr am meisten Angst.

Kapitel 7

„Ihr habt was?" Anna schaute sie mit großen Augen an. Ein fast schon zufriedenes Lächeln huschte über ihr Gesicht. „Ganz ehrlich, das hätte ich dir nicht zugetraut. Eigentlich hatte ich angenommen, dass bei dir Hopfen und Malz verloren ist."

„Es war ein Fehler", sagte Linda tonlos, während sie Marie beobachtete, die sich gerade mit Lynn, Annas Tochter, um den Platz auf der Schaukel stritt. „Eine nach der anderen", schrie sie laut in Richtung der Mädchen.

Augenblicklich wurde der Streit leiser und gleich darauf hatte man sich anscheinend geeinigt, und lief zur Rutsche.

„Es war ein Fehler", wiederholte Linda seufzend und beobachtete das muntere Treiben vor sich. „Das ist mir jetzt erst bewusst geworden. Mein sowieso schon kompliziertes Leben ist dadurch noch komplizierter geworden."

„War es denn nicht toll? Hast du es nicht genossen?" Annas Fuß wippte neugierig auf und ab.

Soeben hatten sich die beiden Freundinnen vor dem Kindergarten getroffen und zusammen beschlossen, noch auf den Spielplatz zu gehen. Genauer hatte Linda es vorgeschlagen. Sie musste mit jemandem reden, dringend. Die letzten Tage war sie wie eine wandelnde Leiche durch die Gegend gelaufen. Da waren so viele Fragen in ihrem Kopf gewesen und sie fand einfach keine Antworten. Zum Glück war Kevin jeden Abend sehr spät nach Hause gekommen und sie hatte sich schlafend stellen können. Immer noch hatte sie Angst, er würde ihr etwas ansehen, es fühlen oder spüren.

„Natürlich war es toll, es war sogar mehr als toll." Linda musste lächeln und dämpfte dann ihre Stimme. „Ich hatte noch nie solchen Sex. Oh mein Gott, ich dachte, ich explodiere."

„Das kann ich mir gut vorstellen. David sieht aus, als wüsste er, wie man eine Frau verwöhnt. Und warum haderst du jetzt so?"

„Warum? Was ist das denn für eine blöde Frage? Wir sind beide verheiratet. Keine optimalen Voraussetzungen für eine Affäre."

Anna verdrehte die Augen. „Ach Linda. Was tut er denn? Hat er sich bei dir gemeldet?"

Linda nickte. „Ja, wir schreiben sehr viel. Eigentlich bin ich den halben Tag nur damit beschäftigt, auf seine Nachrichten zu antworten. Im Bus verhält er sich wie immer. Er hält Abstand und ein paar Mal musste er später fahren, weil auf Arbeit so viel zu tun war."

„Du vermisst ihn also." Anna schlug sich triumphierend auf die Schenkel. „Na ja, wenn du mich fragst, gegen ein kleines Treffen ab und zu ist doch nichts einzuwenden. Oder denkst du, Kevin hat etwas mitbekommen oder Daniela?"

„Daniela, keine Ahnung, ich sehe sie ja nicht. Und Kevin, der hat mit sich zu tun. Ich glaube nicht, nein, auf keinen Fall." Linda holte kurz Luft. „Ich habe eine leere Kondompackung bei ihm gefunden." Noch immer erschreckte sie, wie wenig sie das berührte.

„Und da überlegst du noch? Ganz ehrlich, dein Mann holt sich, was er braucht, also hast du auch jedes Recht dazu." Anna beugte sich in ihre Richtung und ergriff Lindas Hände. „Unser Leben ist begrenzt, eines Tages treten wir von dieser Welt ab. Also sollten wir jeden Tag nutzen, zum Glücklichsein, zum Lachen und verdammt noch mal auch zum richtig guten Sex haben."

Am Abend antwortete Linda ihm. Bis jetzt hatte sie immer lapidar zurückgeschrieben, war auf Davids Bitten nach einem weiteren Treffen nicht eingegangen.

Ich vermisse dich auch.

Dann lehnte sie sich zurück. Kevin saß unten im Wohnzimmer und sah irgendeine, nur ihn interessierende, Sendung im Fernsehen. Linda hatte Kopfschmerzen vorgetäuscht und war Richtung Schlafzimmer verschwunden. Migräne plagte sie schon ihr halbes Leben, deswegen war diese Ausrede nicht so abwegig.

Die Antwort kam postwendend.

Wollen wir uns treffen?
Ja, können wir.
Wirklich, dann los.
Was denn, jetzt?

Ja, warum nicht.

Weil Marie nebenan schläft und ich nicht weiß, was ich sagen soll?

Bestimmt fällt dir etwas ein. Wir treffen uns am kleinen Waldparkplatz an der Rückseite unseres Grundstückes. Kennst du den?

Ja, kenne ich. Aber ich weiß nicht.

Bitte. Ich brauch dich, Linda und ich vermisse dich so furchtbar.

Linda zögerte kurz. Ihr Blick ging zur Uhr. Es war kurz vor halb neun.

Okay, ich komme.

Bis gleich, ich freue mich so.

Was sollte sie sagen? Fieberhaft dachte sie nach, aber ihr wollte einfach kein Grund einfallen. Wie ein Tiger im Käfig marschierte sie im Zimmer umher. Zufällig fiel ihr Blick dabei nach draußen. Ihre Nachbarin Manuela kam gerade vom Joggen zurück und machte in ihrem Garten ein paar Dehnungsübungen. Das konnte eine Lösung sein, nicht optimal, aber Kevin würde es schon schlucken.

Hastig suchte Linda sich ein paar bequeme Sachen zusammen und schlüpfte in ihren Jogginganzug. Die Turnschuhe standen unten im Flur. Sie öffnete noch einmal behutsam die Tür zu Maries Zimmer. Ihre Tochter lag friedlich im Bett. Ihre kleinen Hände waren zu Fäusten geballt, die ab und zu im Schlaf zuckten. Zärtlich strich sie über ihren Kopf und drückte einen Kuss auf Maries Stirn. Dann schlich Linda die Treppe hinab und betrat das Wohnzimmer. Kevin musterte sie erstaunt.

„Was ist denn los? Ich denke, du wolltest schlafen, wegen deines Kopfes?"

Sein Blick streifte ihren Körper und verharrte dann auf ihrem Gesicht. Linda beschlich ein eigenartiges Gefühl. Er wirkte in diesem Moment verändert, so, wie sie ihn schon viele Jahre nicht mehr erlebt hatte. Kevin schien fast schon besorgt zu sein.

„Ich kann nicht schlafen", sagte sie mit fester Stimme, während ihr Herz laut klopfte. „Die Tabletten helfen mal wieder nicht. Ich glaube, das Beste ist, ich drehe eine kleine Runde durch den Wald. Bei Marie war ich noch mal, sie schläft tief und fest."

Kevin nahm einen Schluck Bier. „Gut. Wenn du meinst." Er zuckte mit den Schultern und blickte Richtung Fernseher. Plötzlich schien er sich zu besinnen und rief, „Linda?"

Sie war schon im Flur und zog ihre Turnschuhe an. Linda schaute noch einmal um die Ecke ins Zimmer. Ihr Herz klopfte rasend schnell. „Ja, was ist denn?" Gott, ihre Stimme klang total belegt.

„Nimm dein Handy mit, nur falls irgendwas sein sollte." Da war er wieder, dieser prüfende Blick. „Ich meine, wegen deiner Migräne."

„Das mache ich, ja, natürlich." Sie lächelte kurz und nickte ihm zu.

Mit zitternden Beinen lief sie zur Tür hinaus, setzte sich in ihr Auto und startete den Motor. Schon viele Monate hatte Kevin sie nicht mehr so angesehen, war so einfühlsam gewesen. Seine Worte berührten sie, obwohl er eigentlich gar nichts Besonderes gesagt hatte.

Schnell war der Waldparkplatz erreicht. Linda parkte ihr Auto unter einer uralten Buche und schaute sich suchend um. Von David war nichts zu sehen.

Sie stieg aus und lief ein paar Meter hin und her. Langsam sank die Dunkelheit über den Wald. Hier, unter den dichten Bäumen, war es fast schon finster. Eine leichte Gänsehaut bildete sich auf Lindas Armen. Da knackte hier ein Ast und raschelte es da im Laub. Ihre Nerven waren zum Zerreißen gespannt.

Sie vernahm Schritte und huschte hinter einen dicken Baumstamm. Keine Sekunde zu früh, denn eine Joggerin passierte den Parkplatz. Sie trug Ohrstecker und summte irgendeine Melodie leise mit. Ihr Auto stand auf der anderen Seite. Die Frau öffnete alle Türen, sorgte für einen gewissen Durchzug, stieg aber nicht ein. Nervös beobachtete Linda, wie sie an einer Bank Dehnungsübungen machte. Dann entnahm die Frau dem Kofferraum ein paar Flipflops und streifte ihre Turnschuhe ab. Gleich darauf durchbrach Motorengedröhn die Stille des Waldes und verstarb allmählich in der Ferne.

Erneut schaute Linda sich um, von David war noch immer nichts zu sehen. Sie schaltete ihr Handy ein, es war fast halb zehn.

„Noch zehn Minuten, dann fährst du nach Hause", flüsterte Linda sich selbst zu.

Da ertönten erneut Schritte und gleich darauf eine leise Stimme. „Linda, Linda bist du schon da?"

Es war David, er stand mitten auf dem Parkplatz und schaute sich suchend um. Linda verließ den Schatten des Baumes. Sie stürzten aufeinander zu und umarmten sich. David suchte ihren Mund und presste seine Lippen auf ihre. Er stöhnte unterdrückt, während es schien, als wollte er mit seinen Händen jeden Zentimeter ihres Körpers erforschen.

„Oh Gott, ich hab dich so vermisst. Diese Fahrten im Bus, wenn ich dir so nah bin und dich dennoch nicht berühren kann, sind die absolute Hölle", raunte er in ihr Ohr.

Lindas Körper stand in Flammen. Sie spürte seine Erregung. Da war wieder dieses schmerzhafte Verlangen in ihrer Körpermitte. Es pulsierte, es breitete sich aus und erfasste schließlich jede einzelne Faser.

„Komm mit." David ergriff ihre Hand und sie stolperte blind hinter ihm her. Er zog sie durch dichtes Unterholz, vorbei an Dornengestrüpp, zu einem Baum, der ein ganzes Stück abseits des Weges stand. Bei irgendeinem Sturm hatten die Wurzeln den Stamm nicht mehr halten können. Der Baum war dadurch in eine Schräglage geraten und hatte sich mit anderen Bäumen verkeilt. So etwas wie eine kleine Lichtung war entstanden. Sattes, dichtes Moos wechselte sich mit Heidelbeersträuchern ab. Es war ein lauschiges Plätzchen, wie geschaffen für ein Liebespaar, dachte Linda gerade noch.

Da umfasste David ihren Körper und schob sie gegen den schräg liegenden Stamm. Er öffnete ihre Jacke und streifte Shirt und BH nach oben. Mit beiden Händen knetete er ihre prallen Brustwarzen und umschloss sie mit seinen Lippen. Linda glaubte, den Verstand zu verlieren. Er glitt abwärts und erreichte schließlich ihren Schoß.

Minuten später zog sie ihn nach oben. Die Lust in ihrem Körper war so stark, sie musste ihn spüren, jetzt sofort. Nicht eine Sekunde hielt sie es mehr aus. „Komm schon, bitte, tu es jetzt sofort", flüsterte sie heiser. Das hatte sie noch nie zu einem Mann gesagt.

David drang in sie ein. Seine Augen schimmerten grünlich, wie das Moos zu ihren Füßen. Linda umschloss mit ihren Beinen seinen Körper. Sie krallte sich an ihn, durchwühlte sein Haar, suchte immer wieder seine Lippen. Sie liebten sich nicht zärtlich, es ging um pure Leidenschaft, um Erfüllung. Diesmal konnte sie ihre Erregung nicht unterdrücken. Als die unzählig vielen Sterne immer näher kamen und schließlich mit einem Schlag explodierten, schrie Linda ihre Lust hinaus und es war ihr vollkommen egal, ob sie jemand hörte.

Schwer atmend lehnten sie nebeneinander, während Davids Hand ihre fest umklammerte. Der Wald um sie herum war mittlerweile in vollkommener Dunkelheit versunken. Direkt vor ihnen knackte laut ein Ast, schleichende Schritte ertönten. Linda zuckte zusammen, zog ihre Hose hoch und streifte das Shirt nach unten. Mit ihren Augen versuchte sie, die Finsternis zu durchdringen.

„Das war bestimmt nur ein Tier", meinte David beruhigend. „Kein Mensch verirrt sich in diese Gegend, weitab aller Wege."

Linda lauschte erneut, doch außer dem leisen Rauschen der Bäume war da nichts mehr. Sie verhielt sich lächerlich. Es wäre tatsächlich der pure Zufall gewesen, hätte sie irgendjemand hier mitten im Busch aufgestöbert.

„Beruhige dich, niemand hat uns gesehen." David hatte sich mittlerweile auch angezogen und stellte sich vor sie. Mit seinem Zeigefinger strich er über ihre Wange. „Ich werde dich immer beschützen, egal was kommt", flüsterte er liebevoll. „Und wenn sich ein böser Wolf anschleicht, so werde ich ihn vertreiben oder töten." Sanft küsste er sie auf die Stirn und umschloss dann ihr Gesicht mit seinen Händen. „Dich muss man beschützen, dich muss man auf Händen tragen."

„Ich sollte dennoch gehen. Ich hab meinem Mann gesagt, ich würde noch einen kleinen Spaziergang machen."

„Und, denkst du, er hat es dir abgenommen?", fragte David, während er sie behutsam durch den Wald lotste und genau die richtigen Wege wählte. Er schien Röntgenaugen zu haben, denn Linda konnte vor lauter Dunkelheit kaum etwas erkennen, und stolperte einfach nur vor sich hin.

„Ich denke schon, nein, ich bin sicher." Sofort musste sie an Kevins seltsames Verhalten denken. Doch da erreichten sie auch schon den Parkplatz. Er war wie vorhin leer, nur ihr Auto parkte etwas verloren unter der großen Buche.

„Wann sehen wir uns wieder?" David ergriff ihre Hände und zog sie an seinen Körper.

„Keine Ahnung, ich weiß es nicht", meinte sie fast abweisend. *Du begehst einen Riesenfehler,* hämmerte eine Stimme durch ihren Kopf. *Kehr um, zieh die Reißleine, bevor es zu spät ist.* „Ich weiß es wirklich nicht. Mal schauen, was in den nächsten Tagen so ansteht." Linda spürte seine Enttäuschung.

„Gut, das verstehe ich. Lass mich dennoch nicht zu lange warten, bitte. Bis morgen im Bus." David suchte noch einmal ihren Mund, doch sie schob ihn weg.

„Ich muss jetzt wirklich." Auf dem Heimweg umklammerte Linda das Lenkrad fest mit beiden Händen. Die Bäume am Straßenrand huschten vorbei und wirkten wie bedrohliche Schatten, die verächtlich auf sie schauten.

Wellen von Übelkeit durchfluteten ihren Körper. Zum Glück lag ihr Haus in vollkommener Dunkelheit. Sie parkte ihr kleines Auto irgendwie auf den Stellplatz und schlich in den Keller. Hastig streifte Linda alle Sachen ab, stopfte sie in die Waschmaschine und huschte dann unter die Dusche. Doch selbst eiskaltes Wasser konnte das unbehagliche Gefühl in ihrem Kopf nicht vertreiben.

Dennoch sahen sie sich immer wieder, meist ein- oder zweimal pro Woche. So ging es den ganzen Sommer. Linda brachte es einfach nicht fertig, die Sache zu beenden. Nach jedem Treffen nahm sie sich fest vor, Schluss zu machen. Doch die Sehnsucht nach David und seinen Berührungen, wurde schon nach kurzer Zeit übermächtig. Sie brauchte diese wenigen Minuten des Glücks, zu lange hatte sie darauf verzichten müssen. Er war wie eine Droge, sein Körper, seine Blicke, seine Berührungen.

Sie trafen sich immer an ihrem Platz im Wald, an diesem Baum, der für ein Schäferstündchen wie geschaffen schien. Zu diesem Zweck hatte Linda wieder mit dem Joggen begonnen. Es wäre vollkommen unglaubwürdig gewesen, jeden Abend Kopfschmerzen vorzutäuschen.

Dann liebten sie sich, manchmal voller Zärtlichkeit, manchmal fast schon hart, aber immer mit einer unglaublichen Leidenschaft. Einige Male hatte Linda noch das Gefühl, es würde sie jemand beobachten. Da knackten Zweige, da glaubte sie, Schritte zu hören – leise, schleichend. Doch so sehr sie auch schaute, es war nie jemand zu sehen.

Bei jeder Rückfahrt schwor sie sich, die Sache endlich zu beenden. Schlechtes Gewissen pulsierte durch ihren Körper. Und dieses wurde allmählich stärker als die eben noch erlebte Lust.

Denn eines wurde Linda immer bewusster. Es war keine Beziehung, es war eine Affäre. Sie ging immer noch mit Marie am Wochenende allein zum Spielplatz. Sie lag immer noch neben einem Mann im Bett, der nicht David war.

Dann kam ihr Geburtstag. Sechsunddreißig, es war nur eine Zahl. Die berühmte vierzig rückte allmählich näher.

Morgens stand sie in der Küche und schmierte die Kindergartenbrote für Marie.

„Alles Gute zum Geburtstag, wünsche ich dir." Es brauchte einen Moment, bis die Worte den richtigen Punkt in ihrem Geist erreichten. Langsam drehte Linda sich um. Kevin lehnte in der Tür und trug einen Blumenstrauß in seinen Händen.

Überrascht sah sie ihn an. Wenn sie ehrlich war, konnte sie sich nicht erinnern, wann er ihr das letzte Mal Blumen an diesem Tag geschenkt hatte. Und in den letzten drei Jahren war ihm erst in letzter Minute eingefallen, dass sie überhaupt Geburtstag gehabt hatte.

Er war unsicher, sein Blick flatterte. Verlegen strich er mit der Hand über seine raspelkurzen Haare. Linda legte das Messer aus der Hand und trat näher. Kevin gab ihr den Strauß und beugte sich vor. Einen Moment hielt sie die Luft an, doch er gab ihr nur einen leichten Kuss auf die Wange. „Alles Gute." Eine Sekunde war er ihr ganz nah, sogar sein Geruch, so vertraut, stieg in ihre Nase.

„Danke." Linda senkte ihre Augen und sah in den Blumenstrauß. Er hatte Sonnenblumen gekauft – ihre Lieblingsblumen. „Sie sind schön, ich weiß gar nicht, was ich sagen soll."

„Nichts, du hast ja Geburtstag."

Dann saßen sie am Frühstückstisch - gemeinsam. Marie war vollkommen aus dem Häuschen und plauderte wie verrückt drauflos. Linda und Kevin schwiegen, immer wieder fanden sich ihre Blicke. Es war seltsam, es schien, als würden sie beide das Gleiche denken.

Ich weiß, dass du etwas Unrechtes tust. Aber ich sage nichts, denn ich tue auch etwas Unrechtes.

Linda hatte die Gewissheit, dass es bei ihm jemanden geben musste. Denn zu der gefundenen Kondomverpackung hatten sich noch Lippenstiftspuren an seinem Kragen und eindeutige Flecken an seiner Unterwäsche gesellt.

Ahnte er, dass sie auch auf Abwegen war? Linda wusste es nicht, doch sein Verhalten gab ihr Rätsel auf. Warum war er plötzlich so verändert?

„Und, was hast du heute noch so geplant?" Kevin hob seine Kaffeetasse und nippte daran.

„Ich treffe mich heute Abend mit Anna, wir wollen in der Stadt etwas trinken. So wie wir es die letzten Jahre gemacht haben."

Ihr Mann nickte. „Das ist eine gute Idee." Gedankenverloren rührte er mit dem Löffel in der Tasse herum. Dann sah er auf die Uhr. „Na ja, ich muss dann mal. Ich versuche, heute Abend pünktlich zu sein, damit du zu deiner Verabredung kannst."

„Danke, das ist lieb von dir." Linda schaute ihm nach. Das Piepen ihres Telefons riss sie aus ihren Gedanken.

Alles Gute zum Geburtstag. Sehen wir uns heute Abend?

Hastig blickte Linda zu Marie. Diese löffelte ihre Cornflakes und war mit sich beschäftigt.

Nein, ich habe eine andere Verabredung.

Schade, ich wollte dir etwas geben. Muss einen Bus später fahren, hab einen Termin.

Vielleicht ein anderes Mal.

Dann schaltete sie das Handy auf lautlos und steckte es in ihre Tasche. Sie schaute den ganzen Tag nicht mehr darauf, so schwer ihr das auch fiel.

Linda spürte, dass ihre Entscheidung gefallen war. So sehr sie David auch begehrte, die Sache zwischen ihnen war ohne jegliche Hoffnung auf eine gemeinsame Zukunft.

Am Nachmittag stellte sie fast schon erleichtert fest, dass sie David heute im Bus nicht begegnen würde. Die Haltestelle, an der er immer einstieg, war leer und sie atmete auf.

Dafür traf sie vor dem Kindergarten auf eine sichtlich erregte Anna. „Was ist denn los? Ich hab dich unzählige Male versucht anzurufen?" Ihre Freundin nahm sie in den Arm. „Alles Gute meine Süße. Mögen alle deine kleinen und großen Wünsche in Erfüllung gehen."

„Danke." Linda seufzte, während sie die letzten Meter gemeinsam zurücklegten.

„Du meine Güte, du wirkst ja, als hätte dir jemand die Suppe versalzen." Anna dämpfte ihre Stimme. „Was ist denn? Hat David etwa Schluss gemacht?"

„Nein, hat er nicht. Aber ich werde die Sache beenden. Ich kann das einfach nicht mehr." Linda griff sich an ihren Magen und begann zu schwanken.

Besorgt schaute Anna sie an und zog sie zu einer kleinen Grünanlage, in der mehrere Bänke standen. „Setz dich, du siehst aus wie eine Schüssel Quark. Mein Gott, Linda, du darfst dir das alles nicht so zu Herzen nehmen. Millionen Menschen haben Affären."

„Ich bin aber nicht so", zischte sie und zerrte ein Taschentuch aus ihrer Handtasche. „Es ist nichts für mich. Wir ficken im Wald und das war's. Das kann doch nicht das wahre Leben sein, das ist scheiße. Ich muss es beenden."

Anna zuckte mit den Schultern. „Wenn du meinst. Es ist deine Entscheidung, du musst wissen, was du willst. Ich würde es mir aber noch mal überlegen." Dann sah sie auf ihre Uhr.

„Wir sehen uns heute Abend. Da können wir reden. Ich muss jetzt nämlich los, der Große hat Fußball und mein Mann hat mal wieder keine Zeit. Kommst du mit rein?" Ihre Augen deuteten Richtung Kindergarten.

Am Abend stand Linda vor ihrem Kleiderschrank und überlegte gerade, was sie anziehen könnte, als ihr Handy klingelte. Augenblicklich dachte sie an David, der ihr, trotz ihrer Absage, noch einige Nachrichten geschickt hatte. Doch am anderen Ende war Anna.

„Sorry meine Süße, es tut mir so leid, aber ich muss heute absagen. Der Große hat irgendwelche Magenprobleme und schon ein paarmal das Bett … Na ja, das willst du gar nicht wissen. Die Waschmaschine läuft bereits auf Hochtouren."

Linda spürte eine kurze Enttäuschung. Irgendwie hatte sie gehofft, durch das Gespräch mit ihrer Freundin weitere Klarheit zu erlangen. Natürlich sagte sie etwas anderes. „He, das macht nix, wir verschieben es einfach auf später. Ich hätte sowieso erst ab acht gekonnt, Kevin kann nicht pünktlich Feierabend machen."

„Ach herrje, was für ein Geburtstag! Du tust mir echt leid." Ihre Freundin seufzte. „Nächstes Wochenende ist doch dieser Kindergartenausflug, den du und …" Anna zögerte kurz. „Na, du weißt schon, den ihr organisiert habt. Da gibt es bestimmt eine Gelegenheit für einen kleinen Schwatz."

„Ja, ganz sicher. Oder wir telefonieren die Tage noch mal."

Am anderen Ende erklangen würgende Geräusche. „Ich muss Schluss machen, du hörst es vielleicht." Und schon hatte Anna aufgelegt.

Linda sank auf ihr Bett und starrte aus dem Fenster. Dann las sie sich Davids Nachrichten durch. Alle hatten denselben Inhalt. Er wollte sie gerne treffen, unbedingt, und wenn es nur für zehn Minuten war.

Sie dachte nach. Heute war sie sechsunddreißig geworden. Ein neues Lebensjahr hatte begonnen. Vielleicht war dies ein guter Zeitpunkt, um unter diese Geschichte einen endgültigen Schlussstrich zu ziehen. Vielleicht sollte sie heute noch mit David sprechen und alles beenden.

Okay, treffen wir uns heute Abend.
Wirklich? Ich freue mich riesig. Kann aber leider erst gegen neun.
Gut, einverstanden. Mein Mann kommt sowieso später nach Hause, das passt. Treff am Parkplatz?
Oder am Baum?
Nein, wir treffen uns um neun am Parkplatz.
Okay, ich vermisse dich.

Linda antwortete absichtlich nicht. Die Gewissheit, die Geschichte beenden zu müssen, wuchs von Minute zu Minute.

Am Abendbrottisch spürte sie ihre Ungeduld. Als sie Marie ihren Saft einschenkte, zitterte ihre Hand so sehr, dass sie den halben Tisch flutete. Am liebsten wäre sie auf der Stelle aufgebrochen. Das, was sie sagen wollte, war bereits in ihrem Kopf. Doch noch immer war Kevin nicht da. Er hatte sich noch einmal gemeldet und ihr mitgeteilt, es gäbe in der Werkstatt einen Notfall. Im Hintergrund hörte sie entsprechende Geräusche, also schien er wirklich die Wahrheit zu sagen.

Kurz vor neun schlich Linda ins Zimmer ihrer Tochter. Marie schlief tief und fest mit ihrem Teddybären im Arm. Unschlüssig stand sie vor ihrem Bett und betrachtete ihr Kind.

Dann lief sie wieder nach unten und spähte die Straße entlang. Keine Spur von Kevin. Linda schaltete den Fernseher ein und gleich darauf wieder aus. Die Uhr tickte unablässig vorwärts.

Konnte sie es wagen, kurz das Haus zu verlassen? Schon der bloße Gedanke entsetzte sie zutiefst. Ihr Kind allein daheim, die Vorstellung machte ihr Angst. Doch da war auch der Wunsch, alles zu klären, vor diesem Ausflug, so schnell wie möglich.

Linda schlüpfte in ihre Turnschuhe, schrieb Kevin eine knappe Nachricht und sah noch einmal nach Marie. Unverändert lag diese in ihrem Bett. „In einer Viertelstunde bin ich wieder da", flüsterte sie und verließ das Haus.

Sie kam zehn Minuten zu spät am vereinbarten Treffpunkt an. David lehnte bereits an einem Baum. Freudestrahlend kam er ihr entgegen und zog sie in seine Arme.

„Alles Gute zum Geburtstag." Sein Mund suchte nach ihrem, doch Linda drehte sich weg.

„He, alles in Ordnung?" Zärtlich strich seine Hand über ihre Wange.

Linda spürte, wie ihr Herz schneller schlug. Sie würde diese Berührungen vermissen, seinen Geruch, seinen Körper, ihre Gespräche, seine geflüsterten Schwüre und doch, es musste sein.

„Ich hab ein Geschenk für dich."

Auch das noch, dachte Linda. David griff in seine Tasche und zog eine kleine Schachtel heraus.

„Für dich und ich hoffe, es gefällt dir." Erwartungsvoll sah er sie an, ergriff schließlich ihre Hände und legte die Schachtel hinein. „Na, mach es auf."

Linda zögerte, ihre Finger zitterten, doch dann öffnete sie den Deckel. David schaltete die Taschenlampe seines Handys ein und leuchtete. Auf dunkelblauem Samt lag ein silberner Kettenanhänger in Form eines Ahornblattes, das mit zarten Diamantsplittern verziert war.

Aus dem Zittern wurde ein Beben, Linda konnte die Schachtel kaum festhalten.

„Zur Erinnerung an unseren Ahornbaum, damit du immer an mich denkst", sagte er schlicht.

All die vorhin gefassten Vorsätze gerieten ins Wanken. Linda spürte, wie die zurechtgelegten Sätze sich regelrecht auflösten. So etwas Schönes hatte sie noch nie bekommen. Doch dann schaltete sich zum Glück ihr Verstand ein und sie trat einen Schritt zurück.

Energisch klappte Linda den Schachteldeckel zu und hielt David den Schmuck entgegen. „Das kann ich nicht annehmen, es ist viel zu wertvoll. Außerdem kann ich es niemals tragen."

Was sagte sie denn da? Hatte sie nicht etwas anderes verkünden wollen? Und sie eierte um den heißen Brei herum. *Komm schon, jetzt,* sprach sie sich selbst Mut zu. Es musste einfach sein.

Ehe David etwas sagen konnte, holte sie tief Luft. „Ich muss sowieso mit dir reden. Jetzt sofort. Und nimm bitte endlich die Schachtel zurück."

Unsicher ergriff David das Schmuckstück. Seine Hände waren plötzlich eiskalt.

„Ich möchte die Sache zwischen uns beenden, und zwar auf der Stelle." Linda sah ihn fest an. Sie bemerkte sein

Erschrecken und blickte hastig weg. Sie fixierte einen Punkt hinter ihm und vermied es, David anzusehen. *Jetzt nur nicht schwach werden*, sagte sie sich. „Ich kann das einfach nicht, ich bin nicht der Typ dafür. Wir haben einen Fehler gemacht und ich will die Reißleine ziehen, ehe schlimmere Dinge geschehen." Nun war es heraus, augenblicklich spürte Linda eine unglaubliche Erleichterung.

David war wie erstarrt. Im Dämmerlicht sah sie seinen konsternierten Blick, sah, wie seine Augen die ihren suchten, und blickte hastig wieder zu Boden. Er schwieg eine ganze Weile und räusperte sich dann.„Ist das dein Ernst?" Seine Stimme klang heiser.

„Mein voller Ernst. Es tut mir leid, wir hätten diese Geschichte niemals beginnen dürfen."

„Aber wir sind endlich glücklich." David schrie es heraus und sein Gesicht verzerrte sich voller Schmerz.

Linda zuckte mit den Schultern. „Ja, vielleicht sind wir das wirklich. Aber das, was wir miteinander haben, ist nicht das wahre Leben, es sind nur wenige Stunden."

„Und wenn ich mich scheiden lasse?" Er ergriff ihre Hände und versuchte, sie an seinen Körper zu ziehen.

„David, du weißt nicht, was du da sagst." Linda sträubte sich und trat einen Schritt zurück.

„Warum nicht, du lässt dich scheiden und ich mich auch. Ich liebe Daniela nicht mehr, ich hab sie, glaube ich, nie geliebt. Wir könnten zusammen leben, so wie wir es uns wünschen." Schwer atmend stand er vor ihr. „Bitte, überleg es dir noch mal. Zieh nicht einfach so einen Schlussstrich. Gib uns noch vier Wochen. Wenn du mich in dieser Zeit nicht vermisst, dann ist es wirklich aus. Ich kann mir einfach nicht vorstellen, dass dir all das nichts bedeutet hat."

Linda konnte keinen klaren Gedanken fassen. Mit allem hatte sie gerechnet, aber nicht damit. Für immer mit ihm leben, mit ihm aufwachen, mit ihm einschlafen – das klang verlockend.

„Bitte, Linda, nur vier Wochen, mehr will ich nicht."

Vier Wochen, die konnten wie im Flug vergehen, aber auch zur unendlichen Qual werden. Aber was waren vier Wochen gegen den Rest des Lebens, endlich so zu leben, wie sie es immer gewollt hatte. Linda rang mit sich, je mehr Zeit verstrich, umso unsicherer wurde sie. Das war wieder einmal typisch. Hatte sie nicht eigentlich einen festen Entschluss gefasst? Bedeutete ihr David eben doch mehr, als sie es sich selbst eingestehen wollte?

„Also gut, aber keine weiteren Treffen mehr", sagte sie bestimmt. „Wir halten Abstand, du bombardierst mich nicht mit Nachrichten und gibst mir Zeit, über alles nachzudenken."

David nickte. „Ich bin mit allem einverstanden, wenn ich dich nur nicht verliere." Seine Augen sahen sie voller Liebe an. „Ich kann dich nicht verlieren, nicht ohne dich sein. Bitte, nimm das Schmuckstück. Versteck es irgendwo. Die Gewissheit, dass du es bei dir hast und betrachten kannst, wenn du magst, macht mir ein klein wenig Hoffnung."

Linda ergriff die Schachtel. „Gut, aber jetzt muss ich wirklich gehen. Marie ist allein zu Haus."

Mit hängenden Armen stand David vor ihr. Linda war bewusst, sie hatte ihn vor den Kopf gestoßen. Sie gab ihm einen kleinen Kuss auf die Wange und stürmte davon. Als sie den Parkplatz verließ, blickte sie noch einmal in den Rückspiegel. David stand immer noch an der gleichen Stelle und schaute ihr nach.

Warum musste das Leben nur so kompliziert sein? Warum waren sie beide gebunden und konnten nicht so leben, wie sie eigentlich wollten? Heftiger als sonst trat Linda aufs Gaspedal, und fegte die um diese Zeit fast leere Landstraße entlang. Sie ließ die Scheiben herunter, und schaltete das Radio auf volle Lautstärke. Irgendein Oldie dröhnte aus den Boxen, und ließ ihren Magen vibrieren. Doch er konnte die deprimierenden Gedanken nicht vertreiben. Mit einem leichten Quietschen bog Linda in die kleine Siedlung am Stadtrand ein, in der ihr Zuhause stand.

Schon von der Ferne erspähte sie Blaulichtgeflacker, das ihre Straße erfüllte. Blaue Blitze wurden von den Häuserwänden reflektiert, ließen die Sträucher und Hecken in den Vorgärten zucken und tanzen. Reflexartig trat Linda auf die Bremse und starrte nach vorn. Augenblicklich hatte sie einen Kloß aus purer Angst im Hals, wilde Szenarien brauten sich vor ihren Augen zusammen – denn ein Polizeiauto und ein Krankenwagen standen direkt vor ihrem Haus.

Kapitel 8

Die halbe Siedlung war auf den Beinen. Eine stumme Menschenmenge stand auf der Straße, doch niemand sagte ein Wort. Neugierige Blicke streiften sie, Menschen stießen sich verstohlen an und raunten miteinander. Linda ließ die Schachtel mit dem Schmuckstück in die Ablage der Beifahrertür fallen und stieg aus. Ihre Beine waren plötzlich wie aus Blei und es fiel ihr schwer, einen Fuß vor den anderen zu setzen. Augenblicklich setzte ein Raunen bei den Nachbarn ein. Laute schwirrten zu ihr, doch Linda verstand kein Wort.

Eine Polizistin kam ihr durch den Vorgarten entgegen. „Frau Trautner?" Fragend schaute sie sie an.

Wie ein Automat nickte Linda.

„Kommen Sie bitte mit", sagte die Frau und sah sie auffordernd an.

Mit wachsweichen Beinen folgte Linda der Frau ins Innere ihres Hauses. Der Weg erschien ihr unendlich lang. Aus dem Wohnraum erklangen dumpfe Stimmen. Voller Entsetzen bemerkte sie, dass das Kuscheltier ihres Kindes auf der unteren Treppenstufe lag. Linda presste ihre Faust an den

Mund und rang nach Atem. Unsicher schlich sie weiter, immer Richtung Wohnzimmer. Sie sah als Erstes Marie, die auf dem Schoß ihres Mannes saß und bei Lindas Anblick aufsprang. Mit einem Aufschrei stürzte ihr Kind sich in ihre Arme.

„Mama, Mama, du darfst nicht böse sein, aber ich hatte solche Angst."

Linda kniete am Boden, wiegte Marie hin und her und bemerkte nur aus dem Augenwinkel die vielen Menschen, die den Raum erfüllten und sie beobachteten. Eine Zentnerlast war von ihren Schultern gefallen und sie presste Marie, so fest sie nur konnte, an sich.

„Ich bin doch nicht böse. Was ist denn passiert?", fragte Linda mit tränenerstickter Stimme.

„Da war jemand in meinem Zimmer und hat irgendwas geflüstert. Ich hab solche Angst gekriegt und dann bin ich ins Schlafzimmer, aber es war niemand da. Ich hab im ganzen Haus gesucht und gerufen." Marie schluchzte auf und Linda wiegte sie beruhigend hin und her. „Und dann bin ich rausgelaufen und da kam das Auto."

Sie schloss einen Augenblick die Augen und glaubte, der Boden würde sich unter ihren Füßen auftun. Angsterfüllt musterte sie ihre Tochter von oben bis unten. Marie sah vollkommen normal aus, nicht der kleinste Kratzer war zu sehen. Ein Polizist näherte sich und berührte Linda an der Schulter.

„Eine Nachbarin hat uns gerufen. Die Frau ist von der Arbeit gekommen und Ihre Tochter ist ihr geradewegs vors Auto gelaufen. Zum Glück konnte sie bremsen. Auf den ersten Blick ist Ihrem Kind nichts geschehen, die Sanitäter würden sie dennoch gern mit zu einer gründlichen Untersuchung ins

Krankenhaus nehmen." Erneut berührte der Polizist ihre Schulter. „Frau Trautner, haben Sie mich verstanden?"

Linda kämpfte sich auf die Beine, wischte sich die Tränen ab und nickte dann. „Natürlich, ich würde gern mit ins Krankenhaus fahren. Wäre das möglich?"

„Selbstverständlich, Sie können im Rettungsfahrzeug mitfahren."

„Ich komme dann mit unserem Auto hinterher." Kevin hatte gesprochen. Linda drehte sich um und sah ihn an. Ihr Mann hockte ausdruckslos im Sessel. Sein Gesicht war kreidebleich. Er sah unendlich müde aus und schien in den letzten Minuten um Jahre gealtert zu sein. Verwirrt nickte sie ihm zu und lief dann nach draußen. Fest drückte sie die Hand ihres Kindes, als würde sie sie nie mehr loslassen wollen.

Minuten später fuhren sie im Rettungswagen durch die Nacht und Linda hielt Maries Hand immer noch ganz fest. Die Sanitäter warfen sich knappe Blicke zu und Linda glaubte, ihre Missbilligung zu spüren. Auch die Polizisten waren seltsam einsilbig gewesen. Sie wollten am nächsten Tag noch einmal zu einer genauen Befragung vorbeikommen, hatten sie ihr zum Abschied gesagt.

Die Untersuchungen im Krankenhaus rauschten an Linda vorbei wie ein schlechter Film. Marie wurde gründlich durchgecheckt. Am Ende stellte sich heraus, dass sie vermutlich mehrere Schutzengel gehabt hatte. Denn außer einer kleinen Platzwunde am Knie war ihr nichts geschehen. Die Nachbarin hatte das Auto, im wahrsten Sinne auf den letzten Millimetern, zum Stehen gebracht. Die Worte des Arztes hämmerten in Lindas Ohren. „Ihr Kind hat wirklich Glück gehabt, seien Sie froh."

Gegen zwei Uhr durften sie sich endlich auf den Heimweg machen. Kevin war während aller Untersuchungen an ihrer Seite gewesen, hatte aber meist geschwiegen.

Auch jetzt erfüllte Schweigen das Auto. Die Stille dehnte sich so sehr, dass Linda das Gefühl hatte, schreien zu müssen. Sie saß auf dem Rücksitz, und hielt immer noch die Hand ihrer Tochter, die tief und fest schlief. Im Schein der Straßenlaternen betrachtete sie ihren Mann. Er umklammerte fest das Lenkrad, und starrte verbissen auf die Straße.

„Sag doch endlich was", flüsterte Linda nach einer gefühlten Ewigkeit. Mit allem konnte sie leben, aber nicht mit diesem Schweigen. Doch ihr Mann sagte nichts. Sie atmete seinen stummen Vorwurf mit jedem ihrer Atemzüge ein.

„Bitte, Kevin, sag irgendwas, bitte irgendein Wort."

Er fuhr plötzlich rechts heran, und brachte das Auto zum Stehen. Immer noch starrte er nach vorn auf die dunkle Straße.

„Und was willst du hören?" Seine Stimme klang fremd. „Was soll ich sagen? Was hättest du gern?"

Linda schluckte heftig. Tränen liefen über ihre Wangen, sie wischte sie nicht ab. Sie ließ sie einfach auf ihr Shirt tropfen. „Keine Ahnung, irgendwas."

„Es ist mir egal, was du getan hast und wo du warst. Aber dass du, verdammt noch mal, unser Kind allein lässt, das kann ich nicht verstehen. Ausgerechnet du."

Gerade, als Linda sich fragte, was Kevin damit meinte, sprach er weiter. „Sie ist fünf und du lässt sie allein zu Hause, obwohl du doch eine so tolle Mutter sein willst. Sagst du nicht ständig, dass Marie dein Ein und Alles ist? Und erzähl mir nicht, dass du wieder Joggen warst, das ist lächerlich."

Er hatte recht, mit allem, was er sagte. Sie hätte sich wehren können, ihn auf sein eigenes Fehlverhalten hinweisen können, doch Linda schwieg. Sie hätte ihn anschreien können, wie verlassen sie sich oft gefühlt hatte, dass es ihr nur um ein kleines bisschen Glück gegangen war, doch die Worte kamen nicht über ihre Lippen.

„Das kann ich einfach nicht verstehen", fügte er leise hinzu und startete den Motor. „Und deswegen weiß ich nicht, was ich sagen soll."

Daheim trug er Marie in ihr Zimmer und legte sie behutsam aufs Bett. Dann holte Kevin demonstrativ sein Bettzeug aus dem Schlafzimmer und zog in die Wohnstube.

Linda entkleidete sich und musterte das leere Bett. Eine unheimliche Kälte schien von ihm auszugehen. Leise schlich sie ins Kinderzimmer und quetschte sich neben ihre Tochter. Immer wieder strich sie über ihren Körper und berührte deren Haar. Doch Linda fand keine Ruhe und heulte die halbe Nacht, bis sie gegen Morgen dann in einen unruhigen Schlaf sank.

Linda träumte. Sie war an einem Strand, lief mit David Hand in Hand am Meer entlang. Glücklich schauten sie sich in die Augen, küssten sich, umarmten sich immer wieder. Die Sonne schien von einem wunderbar blauen Himmel. Möwen vollführten tollkühne Flugmanöver. David bückte sich und hielt ihr eine wunderschöne Muschel entgegen. Doch schlagartig zogen Wolken auf, der Himmel war plötzlich bleigrau. Der Wind wurde stärker, zerrte an ihren Haaren, ihrer Kleidung. Mühevoll stemmten sie sich in den Sturm. Wellen donnerten an Land, Gischt benetzte ihre Haut. Unsicher blickte sie sich um. Da, wo eben noch Menschen in Strandkörben gesessen hatten, gähnte plötzlich gespenstige Leere. Niemand war mehr zu sehen. Ein knallroter

Plastikeimer wurde über den Sand geweht und verschwand in der Ferne. Linda umklammerte krampfhaft Davids Hand, so sehr zerrte der Wind an ihrem Körper. Sie spürte, wie ihre Atemluft immer knapper wurde. Da war plötzlich eine heftige Welle und erfasste sie. Sie spürte den Sog, der sie aufs offene Meer reißen wollte. Doch da war immer noch Davids Hand, bei ihm war sie sicher. Fest umklammerte sie ihn, und fühlte sich sicher und geborgen. Beruhigend lächelte er sie an, seine braunen Augen schauten voller Liebe. Auf einmal änderten sie die Farbe, aus Braun wurde Grau, wie das Meer, das toste und brüllte. David entblößte seine Zähne, begann zu grinsen. Und dann ließ er sie los. Linda spürte, wie sich ihre Hände ganz langsam voneinander lösten. Das Meer umschlang ihre Beine wie Krakenarme, zerrte an ihrem Körper. Dann war sie allein, der Strand nur noch in der Ferne zu erahnen. Eine Welle donnerte heran, sie war riesig, haushoch. Noch einmal blickte Linda zurück, David war verschwunden und in diesem Augenblick schlug das Wasser über ihr zusammen.

Mit einem Aufschrei erwachte sie. Marie schlief friedlich neben ihr. Ruhig und gleichmäßig hob und senkte sich ihre Brust. Draußen, hinter den bunten Vorhängen, graute der Morgen.

Linda schlich ins Bad und stellte sich unter die eiskalte Dusche. Heftig rang sie nach Atem, als das Wasser auf sie einprasselte. Doch ihre Lebensgeister wollten nicht erwachen. Immer und immer wieder sah sie die Blaulichter des Polizeiautos flackern, den Teddy auf der Treppe liegen.

Sie zog sich an und ging leise nach unten. Kevin war bereits verschwunden, sein Bettzeug lag zerwühlt auf der Couch. Linda bereitete das Frühstück zu und weckte dann Marie. Ihre Tochter war todmüde, nur mit großer Mühe konnte sie ihre Augen öffnen. Am liebsten hätte Linda mit ihr den Tag daheim verbracht, doch sie musste zur Arbeit. Wie ein Automat ließ Marie sich ankleiden und kaute dann abwesend auf ihrer Marmeladenschnitte herum.

Linda ergriff ihre Hand. „Das mit gestern Abend, Marie, das tut mir schrecklich leid. Das musst du mir glauben."

Marie nickte und nahm einen Schluck Kakao.

„Ich verspreche dir, ich werd dich nie mehr allein lassen."

Unsicher blickte ihr Kind sie an. „Ich hab mich gefürchtet, Mama. Und da war diese Frau."

Linda strich ihr über den Kopf. „Du hast nur schlecht geträumt, es war niemand hier."

„Doch, hier war eine Frau und sie hatte schwarze Sachen an. Sie hat sich auf den Stuhl an meinem Bett gesetzt und mir etwas ins Ohr geflüstert. Ich solle dich suchen, dir wäre etwas Schlimmes passiert", sagte Marie mit Bestimmtheit. „Vor ihrem Gesicht hing etwas, wie ein Schleier. So wie bei einer Prinzessin, nur in Schwarz. Deswegen hatte ich ja solche Angst, ich dachte, ich würde dich niemals finden."

Linda spürte die Angst ihrer Tochter. Sie schmerzte in ihrem Herzen. Wie musste Marie sich gefürchtet haben? Was sollte sie sagen? Am besten war es vielleicht, nicht näher auf das Thema einzugehen. Sicher würde Marie sich irgendwann von allein beruhigen. Doch sie selbst konnte das schlechte Gewissen in ihrem Bauch nicht verleugnen. Wie ein dicker fetter Kloß saß es dort und ließ sich nicht vertreiben.

Beim Betreten des Kindergartens verstummten alle Gespräche. Scheele Blicke und verstohlenes Zuzwinkern sagten ihr alles. Natürlich hatte die Geschichte von letzter Nacht hier schon die Runde gemacht. Hinter ihrem Rücken wurde heftig getuschelt. So schnell es ging, ergriff Linda die

Flucht und stürzte zur Bushaltestelle. Immer wieder musste sie schlucken, um nicht auf der Stelle loszuheulen. Auf der Arbeit war sie dermaßen unkonzentriert und zittrig, dass sie ihrem Chef den Kaffee über die Tastatur schüttete.

Prüfend schaute er sie an. „Alles in Ordnung? Sie sehen ehrlich gesagt furchtbar aus."

„Es geht mir auch nicht so gut", flüsterte sie abwesend.

„Na ja, dann gehen Sie mal heim. Ehe Sie noch unser ganzes Büro in Schutt und Asche legen."

Dankbar fuhr sie nach Hause. Linda verpasste beinahe ihre Haltestelle, weil ihr im Bus die Augen zufielen. Mit letzter Kraft schleppte sie sich heim. So wie sie war, legte sie sich auf die Couch, zog eine Wolldecke über ihren Körper und versank augenblicklich in einen tiefen Schlaf.

Wie lange sie geschlafen hatte, konnte sie nicht sagen. Ein heftiges Klingeln an der Tür weckte sie. Linda zog sich ein Kissen über den Kopf, sie wollte nichts hören und erst recht niemanden sehen. Doch das Klingeln hörte nicht auf. Schlagartig verstummte es. Kurz darauf ertönten Schritte im Garten, ein Schatten spähte durch ihre Terrassentür.

Erschrocken fuhr Linda nach oben. Eine Frau stand an ihrer Scheibe, klopfte und hielt einen Ausweis nach oben. „Frau Trautner, ich bin von der Polizei", rief sie laut und winkte zu ihr nach drinnen. „Wir kommen noch einmal wegen gestern Abend, wir sind vom hiesigen Revier." Hinter der Polizistin tauchte ein Mann auf und musterte den Garten.

Auch das noch! Mühsam kämpfte sie sich nach oben. Linda öffnete die Tür und ließ die beiden Polizisten eintreten. Die Beamten stellten sich vor, aber sie war nicht in der Lage, einen der Namen zu verstehen.

„Nehmen Sie Platz." Ihre Stimme klang heiser, die Kehle war staubtrocken. „Möchten Sie ein Glas Wasser?"

„Nein, danke, aber Sie dürfen sich gerne eins holen."

In Zeitlupe wankte sie Richtung Küche, und war sich der prüfenden Blicke in ihrem Rücken sehr wohl bewusst. Wie eine Verdurstende stürzte Linda das Wasser hinab und trank gleich noch ein zweites Glas. Der Durst wollte nicht schwinden. Am Ende hielt Linda ihren Mund unter den Wasserhahn und trank, bis sie glaubte, zu platzen.

„Geht es Ihnen gut, Frau Trautner? Sie machen einen verwirrten Eindruck auf uns. Wir waren auf Ihrer Arbeitsstelle, aber Ihr Chef meinte, wir finden Sie hier. Sie wären krank." Die Polizistin lehnte am Türrahmen und beobachtete sie aufmerksam.

Linda wischte sich ihren Mund am Ärmel ab. Verdammt, jetzt waren wirklich alle über den Vorfall informiert.

„Es geht schon, ich habe nur schlecht geschlafen." Mit beiden Händen strich sie die Haare nach hinten und versuchte ein Lächeln. Der Versuch scheiterte kläglich.

„Wenn Sie meinen", sagte die Beamtin zögernd. „Sie wirken ziemlich benommen, wenn ich das so sagen darf. Es geht um gestern Abend, wie ich schon sagte."

Linda nickte und lief zurück zu ihrem Sessel. Mit einem leichten Aufstöhnen ließ sie sich hineinfallen.

Die Polizistin setzte sich gegenüber, verschränkte ihre Hände und schaute sie prüfend an. „Können Sie mir sagen, warum Sie Ihr Kind allein zu Hause gelassen haben?"

Ihr Kollege schaute Linda in der Zwischenzeit an, als hätte sie ein Schwerverbrechen begangen. Gut, eigentlich hatte er mit seiner Miene gar nicht so unrecht, dachte sie.

„Ich hatte Kopfschmerzen, da tut mir eine kleine Runde durch den Wald immer gut. Bewegung, sozusagen." Linda versuchte zu lächeln, doch es misslang.

„Okay, aber deswegen kann man doch ein Kind nicht allein zu Hause lassen. Sie hätten auf Ihren Mann warten müssen?"

„Ja, Sie haben natürlich recht."

„Wissen Sie noch, wann Sie das Haus verlassen haben?"

„Das muss kurz nach neun gewesen sein. Ich hatte mir vorgenommen, nur eine Viertelstunde unterwegs zu sein."

Der männliche Polizist blätterte in seinem Block. „Nun, das hat nicht ganz funktioniert, denn wir wurden gegen zehn gerufen. Sie waren also über eine Stunde fort", sagte er ernst.

Über eine Stunde, erschrocken schaute sie auf. Das war unmöglich, das konnte nicht sein. Linda schüttelte den Kopf. „Das verstehe ich nicht. War das wirklich so lange?"

„Frau Trautner, Ihre Tochter Marie sprach von einer Person, die hier im Haus gewesen war. Können Sie uns dazu etwas sagen? Könnte jemand Ihr Haus betreten haben?"

Linda massierte ihre Schläfen. In ihrem Kopf begann eine waschechte Migräne aufzuziehen und vertrieb jeden klaren Gedanken. „Nein, ich wüsste nicht wer. Tut mir leid, sie muss schlecht geträumt haben."

Die beiden Polizisten sahen sich an, nickten und erhoben sich. „Gut, ich glaube, wir haben alles, was wir benötigen." Kurz bevor die Frau den Raum verließ, drehte sie sich noch einmal um. „Ach, eines habe ich noch vergessen." Die Frau holte tief Luft und räusperte sich dann. „Wir müssen natürlich das Jugendamt über diesen Fall informieren."

„Was, aber warum denn?" Linda schnappte nach Luft und stemmte sich nach oben. So schnell sie konnte, eilte sie den

Beamten in den Flur nach. „Es war ein einmaliger Vorfall und wird nie mehr vorkommen."

„Ja, das mag sein. Tut mir leid, aber das ist ein ganz normaler Vorgang. Wir sind dazu vom Gesetz her verpflichtet." Die Haustür schloss sich, Linda sank auf den Boden. Krämpfe schüttelten ihren Körper. Wütend schlug sie immer wieder mit der Faust auf den Boden. Das war die Quittung für ihre unendliche Blödheit. Ihre Strafe, weil sie einfach ihren Verstand ausgeschaltet hatte.

Wie lange sie hier gesessen hatte, konnte sie nicht mehr sagen. Linda hockte einfach da und stierte vor sich hin. Brüllende Rückenschmerzen trieben sie schließlich nach oben. Im Bad wusch sie ihr Gesicht mit kaltem Wasser. Linda sah in den Spiegel und betrachtete sich. Dicke Tränensäcke hingen unter ihren Augen. Dann ging ein Ruck durch ihren Körper. Sie musste sich jetzt zusammenreißen, sie durfte sich auf keinen Fall mehr so gehen lassen, wie gerade eben vor den beiden Polizisten. Es ging um Marie, um ihr einziges Kind. Das gab ihr Kraft.

Linda sah auf die Uhr. Es war kurz vor halb drei. Sie schnappte sich ihr Fahrrad samt Anhänger und radelte zum Kindergarten. Mit hoch erhobenem Haupt marschierte sie durch den Garten und suchte nach Marie. Heftiges Getuschel folgte ihr auf allen Wegen. Andere Eltern, die ihre Kinder auch gerade abholten, standen zusammen und redeten miteinander. Linda konnte sich vorstellen, dass sie vermutlich in den meisten Gesprächen die Hauptrolle spielte.

Im Sandkasten fand sie Marie schließlich. Diese spielte wie immer mit Jonas im Sand und buk Kuchen. Auf dem Brett, das als Sitzfläche diente, hatten die beiden schon eine stolze Batterie aufgebaut.

„Och, du kommst schon?" Ihre Tochter zog einen Schmollmund.

„Ja, ich dachte, wir könnten an die Elbe fahren. Die Enten füttern, na was meinst du?" Linda hockte sich hin und umfasste Maries Arme.

Ihre Tochter dachte kurz nach und musterte Jonas. „Na gut, einverstanden", meinte sie schließlich gnädig.

Sie wollten gerade das Gelände verlassen, als Linda ihren Namen hörte.

„Ach, Frau Trautner." Mit erhobener Hand kam die Leiterin der Einrichtung quer durch den Vorraum auf sie zu. Linda wappnete sich bereits innerlich für eine neugierige Fragestunde und presste Maries Hand ganz fest. „Wegen des Gruppenausflugs nächste Woche, geht da alles in Ordnung?" Prüfend schaute Frau Schmidt sie an.

„Natürlich, es ist alles vorbereitet. Wir treffen uns Sonntagmorgen um neun an der Elbe."

„Gut, das freut mich." Frau Schmidt zögerte kurz. „Ich wollte Ihnen noch etwas sagen." Verstohlen schaute sie nach draußen zu den anderen Eltern. „Wegen gestern Abend, machen Sie sich nichts aus dem Geschwätz der anderen. Ich habe Sie immer als eine sehr gute Mutter erlebt." Lächelnd schaute sie ihr ins Gesicht.

Linda fühlte eine Welle von Dankbarkeit. Am liebsten hätte sie die Frau umarmt.

Am Elbufer begann sie sich langsam zu entspannen. Hier, am ruhig dahinströmenden Fluss, war es Linda schon immer gut gegangen. Sie dachte daran, wie sie früher mit ihrem Opa auf einer Bank gesessen und den damals noch häufiger fahrenden Schiffen nachgeschaut hatte. Stundenlang hatte sie das tun können, und vom Ufer aus das Leben an Bord bestaunt. Es weckte Sehnsüchte nach fremden Ländern und unbekannten Abenteuern. „Mit so einem Schiff will ich auch mal fahren", hatte Linda ihrem Opa verkündet. Der hatte gelächelt.

„Nun, da musst du einen Schiffer heiraten, dann kannst du das jeden Tag tun und ich winke dir vom Ufer aus zu."

Heute erschien es ihr, als könne sie dem Fluss noch immer ihre Sorgen und Probleme anvertrauen. Die Elbe würde sie einfach mit sich nehmen und alles würde wieder gut werden. Linda fixierte den ruhig dahinfließenden Strom und dachte an die letzten Wochen. Sie war so glücklich gewesen, und mit einem Schlag war alles vorbei. Der Aufprall in der Realität war mehr als hart gewesen.

Marie kam vom Ufer herauf und trug eine wunderschöne Muschel in ihren Händen. „Schau mal Mama, wollen wir ein Foto für Papa machen?" Strahlend sah sie sie an. Eine Welle von Liebe durchflutete Linda. Sanft strich sie ihrer Tochter über den Arm. Dann lächelte sie.

„Das ist eine gute Idee." Linda zückte ihr Handy und sah auf das Display. David hatte versucht, sie zu erreichen. Da waren unzählige Anrufe und Nachrichten. Sie schob sie einfach beiseite und schoss ein Foto.

Wir sind an die Elbe gefahren, schrieb sie Kevin und drückte auf die Senden-Taste.

Dann checkte sie ihre anderen Nachrichten. Anna hatte sich seltsamerweise bei ihr nicht gemeldet. Sie musste normalerweise gehört haben, was letzte Nacht passiert war. Vielleicht ging es ihrem Sohn schlechter.

Linda wählte die Nummer ihrer Freundin und wartete, doch es schaltete sich nur deren Mailbox ein.

Am Abend deckte sie gerade den Abendbrottisch, als Kevin nach Hause kam. Schweigend sahen sie sich an. Die Salatschüssel in Lindas Händen begann zu zittern. Mit einem Ruck stellte sie sie ab.

„Magst du etwas mit uns essen?"

Kevin nickte. „Danke für das Foto. Ihr wart also an der Elbe?"

„Ja, mein Chef hat mich eher heimgeschickt. Es ging mir nicht so gut." Linda zögerte kurz. „Die Polizei war noch einmal hier."

„Ich weiß, sie waren auch bei mir auf der Arbeit." Stöhnend setzte er sich an den Tisch und massierte sich den Rücken.

„Sie wollen das Jugendamt informieren", flüsterte Linda mit einem verstohlenen Blick zur Treppe. Marie spielte oben in ihrem Zimmer.

„Ja, das haben sie mir auch gesagt." Kevin schob den Teller vor sich hin und her.

„Es tut mir leid, ich wünschte, ich könnte alles rückgängig machen."

Er sah ihr direkt in die Augen. „Weißt du was, das glaube ich dir sogar." Dann erhob er sich und holte eine Flasche Bier aus dem Kühlschrank. Mit einem leichten Plopp sprang der Verschluss nach oben. „Das Beste ist, wir lassen die Dinge auf uns zukommen. Immerhin war es eine einmalige Angelegenheit. Da wird uns schon nichts Schlimmes passieren."

Schweigend betrachtete Linda ihren Mann. Er hatte sich verändert, das machte sie froh, aber auch irgendwie nachdenklich. Dennoch war Linda glücklich, ihn in diesem

Moment an ihrer Seite zu haben. „Ich danke dir", sagte sie schlicht.

Gleichmütig zuckte er die Schultern und blickte in den Garten. Linda verteilte in der Zwischenzeit den Salat in kleine Schüsseln. „Kommst du nächste Woche mit, zu diesem Kindergartenausflug? Ich hatte dir davon erzählt."

„Ja, das hattest du." Er schien kurz zu überlegen. „Ich komme mit", sagte Kevin schließlich nach einer gefühlten Ewigkeit. „Marie wird sich sicherlich darüber freuen."

Und ich mich auch, fügte sie im Stillen hinzu.

Am Abend checkte Linda noch einmal ihr Handy. Da war immer noch keine Nachricht von Anna. Langsam machte sie sich Sorgen, hoffentlich war nichts Schlimmes passiert.

Kapitel 9

Am Freitagmorgen hatte Linda gerade an ihrem Schreibtisch Platz genommen, als ihr Handy klingelte. Die Nummer auf dem Display verwirrte sie zutiefst, denn sie gehörte Daniela. Augenblicklich begann ihr Herz schneller zu schlagen.

„Ja, hallo", meldete sie sich mit zittriger Stimme. Würde nun der Moment kommen, vor dem sie sich immer gefürchtet hatte?

„Linda, hier ist Daniela. Ich würde dich um einen Gefallen bitten. Es geht um den Kindergartenausflug nächste Woche. Ich weiß, du und David habt euch schon um alles gekümmert. Ich würde dennoch gerne noch einmal mit dir darüber sprechen, und zwar allein."

Linda schluckte und fixierte den Kalender, der gegenüber von ihrem Schreibtisch an der Wand hing. Ein lustiger kleiner Vogel lugte vorwitzig hinter einem Blatt hervor. Sie studierte die Szenerie und suchte innerlich nach einer Antwortmöglichkeit.

„Ich weiß, wir verstehen uns nicht besonders, aber ich würde wirklich gerne mit dir sprechen", plauderte Daniela munter weiter. „Es wäre mir sehr wichtig. Es dauert auch nicht lange." Ihr Tonfall klang seltsam. Aus Lindas Sicht wirkte es fast, als würde sie um dieses Treffen betteln. Konnte es sein, dass sie über die Affäre Bescheid wusste und sie zur Rede stellen wollte? Aber eigentlich klang ihre Stimme vollkommen anders, direkt freundlich.

Linda war kurz davor, abzulehnen, doch ihre innere Stimme riet ihr, zuzustimmen. „Ja, na gut, treffen wir uns", sagte sie schließlich. „Und wo hattest du gedacht?"

„Ich habe im Eiscafé an der Elbe, also im Elbblick, auf meinen Namen einen Tisch reservieren lassen, von dem aus wir die Spielecke gut im Blick haben. Du bringst Marie ja sicher mit?"

„Ja, gerne, wenn du Jonas auch mitbringst." Lindas Erstaunen wurde immer größer.

„Unbedingt, also sehen wir uns heute um vier, einverstanden?"

Noch einmal bestätigte sie den Termin. Linda starrte das Handy verblüfft an, als es erneut zu klingeln begann. Einen Moment rechnete sie damit, dass Daniela das soeben vereinbarte Treffen absagen würde, doch am anderen Ende war ihre Freundin Anna.

„Na endlich", meldete Linda sich. „Ich hab mir schon Sorgen gemacht, weil du nicht zurückgerufen hast."

Anna stöhnte. „Frag nicht, die letzten Tage waren der reinste Horror. Ich hab mehr beim Arzt gesessen, als dass ich daheim war. Aber, ich glaube, ich sollte eher dich fragen, wie es dir geht? Ich hab von der Geschichte mit Marie gehört."

„Es geht so, ich hab einen großen Fehler gemacht. Die Sache mit David, all das hätte nie passieren dürfen." Linda beobachtete nervös die gläserne Tür, die zum Büro ihres Chefs führte. Noch drehte er ihr den Rücken zu und sprach mit einem neuen Mandanten. Er hasste private Telefonate und sie sollte seinen guten Willen nicht überstrapazieren. Das

Aufkreuzen der Polizei hatte ihn bereits ziemlich verärgert. Nur mit Mühe hatte Linda ihn beruhigen können.

„Sag bloß, du warst mit ihm zusammen, als die Sache passiert ist?" Annas Stimme schwankte zwischen Mitleid und einer gewissen Begeisterung.

„Du hast es erfasst. Eigentlich wollte ich Schluss machen, hab mich aber noch mal bequatschen lassen. Und jetzt hab ich nicht nur Ärger mit der Polizei, eine Affäre, die hoffentlich vorbei ist, sondern auch noch einen Termin beim Jugendamt. Gestern ist der Brief gekommen."

„Was, oh Gott, das ist ja furchtbar. Mensch Süße, ich wäre so gerne für dich da gewesen. Tut mir echt leid."

„Na ja, du hattest halt mit dir zu tun, beziehungsweise mit deinem Sohn", meinte Linda versöhnlich.

„Trotzdem, Freundinnen sollten immer füreinander da sein", sagte Anna mit Bestimmtheit. „Hast du vielleicht Lust, heute Nachmittag auf einen Kaffee vorbeizukommen?"

„Tut mir leid, ich bin schon verplant. Du wirst nicht glauben, mit wem ich mich heute treffe." Linda machte eine kurze Pause und steigerte somit die Spannung. „Mit Daniela, sie will mit mir über den Ausflug reden."

Am anderen Ende herrschte Stille. „Was soll das denn bedeuten?" Annas Stimme klang schrill. „Ich hätte abgelehnt, diese hochnäsige Ziege. Wie sie dich beim letzten Mal behandelt hat, unglaublich."

„Ja, du hast vollkommen recht." Linda verdrehte innerlich die Augen. Sie fühlte sich gerade wie ein kleines Mädchen, das von einer Schulkameradin gemaßregelt wurde. „Ich hab trotzdem zugesagt. Irgendwie hab ich das Gefühl, mich bei einer Absage noch verdächtiger zu machen."

„Glaubst du denn, sie ahnt etwas?", fragte Anna mit atemloser Spannung in der Stimme. „Ach, was soll's, es ist deine Sache. Du musst mir auf jeden Fall berichten, ich will jede Kleinigkeit wissen."

Linda langte einige Minuten verspätet am Eiscafé an. Bei dem herrlichen Wetter war es ziemlich schwer gewesen, eine Parklücke zu finden. Am Ende war die fehlende Größe ihres Kleinwagens von Vorteil gewesen und sie hatte sich in eine winzige Lücke mehr schlecht als recht hineingequetscht. Mit Marie an der Hand lief Linda durch die kleine Parkanlage, an deren unterer Seite ihr heutiges Ziel lag.

Unter riesigen alten Bäumen, die angenehmen Schatten spendeten, sah sie schon von der Ferne die unzähligen bunten Sonnenschirme. Das Café war gut gefüllt. Kein Wunder, der Blick auf Elbe und Radweg lockte, genau wie das leckere selbst gemachte Eis, unzählige Besucher an. Schon von der Ferne sah sie Daniela an einem Ecktisch gleich neben dem Spielplatz sitzen. Sie trug ein matrosenblaues Kleid und dazu passende Sandalen. Lässig wippte ihr Fuß auf und ab, während sie Jonas beobachtete, der gerade die Rutsche herunterkam.

Linda blickte auf ihre kurzen ausgefransten Jeans und das verwaschene Shirt und musste innerlich grinsen. Anscheinend konnte Daniela sich nicht einmal bei einem solchen Anlass vor ihrer Rolle als Geschäftsfrau lösen.

Mit ihrem üblichen arroganten Blick sah sie Linda entgegen, begann dann aber versöhnlicher zu lächeln und streckte ihre Hand aus. „Hallo, schön dass du gekommen bist."

Wenn Linda ehrlich war, konnte sie mit Danielas Freundlichkeit nicht das Geringste anfangen. Es wäre ihr fast lieber gewesen, von ihr weiterhin ignoriert zu werden. Deswegen ergriff Linda kurz die angebotene eiskalte Hand und setzte sich dann auf einen freien Stuhl. Marie war inzwischen schon längst davongestürmt und erklomm zusammen mit ihrem besten Freund die Rutsche. Unauffällig musterte Linda Daniela. Nun hatten sie sich so lange nicht mehr gesehen und sie hatte den Eindruck, als ob es ihrem Gegenüber nicht gut ginge. Tiefe Falten hatten sich neben Danielas Nase und auf der Stirn eingegraben. Falten, die Linda vorher noch nie an ihr wahrgenommen hatte.

Schweigend saßen sich die beiden Frauen gegenüber. Daniela rutschte schließlich auf ihrem Stuhl herum und blickte Richtung Spielplatz. „Jonas und Marie, wollt ihr euch vielleicht erst mal ein Eis aussuchen?" Beide Kinder blätterten gemeinsam in der Eiskarte und entschieden sich für einen Bienchen-Becher.

Linda wählte irgendeinen Fruchtbecher, während Daniela einen Prosecco orderte. Gleich darauf wurden die Eisbecher geliefert. Während die Kinder aßen und miteinander plauderten, schwiegen die beiden Frauen noch immer. Linda spürte jedoch genau, wie sie von Daniela taxiert wurde, während sie ihr Eis löffelte.

Irgendwann schoben die Kinder ihre leeren Becher von sich. „Dürfen wir wieder auf den Spielplatz, Mama?", fragte Jonas und Daniela nickte.

Dann waren sie allein. Linda holte tief Luft, sie musste endlich wissen, was sie hier sollte. „Also, warum hast du mich um dieses Treffen gebeten?", fragte sie mit forscher Stimme. Daniela sah sie beinahe erstaunt an. „Wie ich schon sagte, ist alles bereits organisiert. Wenn du willst, ich habe meine Notizen mitgebracht." Linda zog einen Block aus ihrer Tasche, auf dem sie alles im Zusammenhang mit dem Ausflug notiert hatte, doch Daniela legte ihr augenblicklich die Hand auf den Arm.

„Ich bin sicher, ihr habt alles ganz gut organisiert. Wenn mein Mann eins kann, dann ist es Organisieren." Sie nahm einen Schluck aus ihrem Glas und stellte es dann auf den Tisch. „Doch darum geht es nicht. Wie ich gehört habe, wurdest du jetzt auch aus dem Club der perfekten Mütter geworfen." Daniela lächelte leicht.

Linda dagegen verstand nur Bahnhof. „Keine Ahnung, was du meinst."

„Nun, mir kam zu Ohren, dass diese Woche Polizei und Notarzt bei euch aufgekreuzt sind und deine Tochter die halbe Nacht allein zu Hause war. Also so hat es mir zumindest eine dieser Supermuttis im Supermarkt erzählt." Daniela dachte kurz nach. „Ihren Namen hab ich leider vergessen."

„Es war nicht die halbe Nacht, sondern nur eine Stunde", stellte Linda mit scharfer Stimme klar. Am liebsten wäre sie aufgestanden und gegangen.

Daniela hob abwehrend ihre Hände. „Alles gut, ich will dich nicht angreifen, im Gegenteil. Ich bin sicher, du wirst gute Gründe gehabt haben, nicht daheim gewesen zu sein." Verräterische Röte stieg in Lindas Wangen. Daniela deutete sie falsch, denn sie sagte: „Mach dir keine Gedanken, ich bin auch eine schlechte Mutter. Deswegen gehöre ich nicht in den Club, und du wurdest verstoßen, obwohl du aus meiner Sicht eine sehr gute Mutter bist. Schon allein, wie du mit Marie umgehst …" Daniela schluckte und schwieg dann.

Linda starrte die Frau auf der anderen Seite des Tisches ungläubig an. Mit allem hatte sie gerechnet, aber nicht damit.

Dennoch war sie auf der Hut, vielleicht war alles nur eine Masche, um sie einzulullen.

„Schön, wie sie zusammen spielen. Ich höre, was die anderen sagen. Ein schönes Paar, die beiden werden wohl mal heiraten." Daniela starrte auf den Spielplatz, auf dem ihre Kinder gerade rutschten. „Vielleicht tun sie das. Sie verlieben sich, heiraten und bekommen Kinder. So, wie das alle tun, eben weil es alle tun." Daniela seufzte. „Ich wollte nie ein Kind, aber ich habe eins bekommen, weil David es wollte. Ich hasse Kinder, nein das ist falsch." Daniela schloss die Augen. „Ich hasse sie nicht, ich kann mit ihnen einfach nichts anfangen, das ist es. Du wirst das sicher nicht begreifen können, niemand kann das. Alle lieben Kinder und reißen sich um sie." Unsicher lächelte Daniela sie an. „Weißt du, meine Kindheit war geprägt von Kindermädchen, von Internat-Aufenthalten und Urlauben mit meinen Eltern, in denen sie mich in irgendwelche Kinderclubs abschoben. Damals schwor ich mir, niemals eigene Kinder zu haben. Ich war meinen Eltern lästig und manchmal ist Jonas mir auch lästig."

Linda fühlte einen kalten Schauder auf ihrer Haut. Die Ehrlichkeit von Daniela war erschreckend und faszinierend zugleich. Mit einem Ruck leerte diese ihr Glas, und winkte dem Kellner. „Willst du auch einen Prosecco?" Fragend sah sie sie an und Linda nickte zögernd. „Ich lade dich ein. Wenn ich eins habe, dann Geld, Reichtum, Macht und so weiter. Nur keine Liebe." Daniela lachte bitter.

Bis jetzt hatte Linda geschwiegen und noch immer wusste sie nicht, was sie eigentlich sagen sollte.

„Du wirst dich sicher fragen, warum ich dir das erzähle? Warum ich mich überhaupt mit dir treffe, wo ich doch bisher immer ziemlich abweisend war. Bei unserer letzten Begegnung war ich sogar mehr als das, obwohl du nichts dafür konntest, dass wir uns ausgerechnet um diesen bescheuerten Ausflug kümmern müssen. Überhaupt, dieses blöde Storchennest, mit diesen seltsamen Ideen. Na, zum Glück hat David sich sofort angeboten und den Kindergartenpart übernommen."

Linda ignorierte die letzte Bemerkung. „Wenn ich ehrlich sein soll, frage ich mich schon die ganze Zeit, was ich hier soll." Sie lächelte kurz. „Ich hoffe, du wirst es mir sagen."

„Geht los, pass auf." Daniela hob ihren Zeigefinger. „Uns beide verbindet etwas. Zum einen diese beiden da, dieses kleine Dreamteam. Aber es gibt noch etwas, etwas Neues, du wurdest aus dem Club der perfekten Mütter verstoßen und ich …" Sie kicherte. „Ich war noch nie drin. Ich bin eine eiskalte Karrierefrau und weißt du was? Das bin ich gerne." Sie erhob ihr Glas und prostete Linda zu. „Also werden wir beide diesen Ausflug nächste Woche zum absolut perfekten Ausflug gestalten. Wir tun uns zusammen, lachen und strahlen und geben alles. Wir überlassen nichts dem Zufall. Wir machen diesen Tag so genial, dass den anderen blöden Weibern die Augen rausfallen. Na, was sagst du?"

„Na ja, es ist alles organisiert. David hatte ja gewisse Kontakte …"

Ungeduldig winkte Daniela ab. „Ja, das weiß ich alles. Boot fahren, mit diesem Zug rauf auf die Festung, blabla. Aber wir organisieren noch zusätzlich ein Picknick und verschiedene Spiele und eine Kostümparty. Niemand soll diesen Tag jemals mehr vergessen." Befriedigt lehnte Daniela sich zurück. „Wir gründen für diesen Ausflug den Club der ausgestoßenen Mütter und verpassen ihnen eine Breitseite, mehr will ich nicht. Und wir beiden werden gemeinsam glänzen. Wir präsentieren uns für einige Stunden als beste Freundinnen. Na ja, das vielleicht nicht, aber wir verstehen uns und arbeiten zusammen. Alle werden damit rechnen, dass wir uns die Augen auskratzen und diesen beschissenen Gefallen tun wir ihnen nicht."

Linda nagte an ihrer Unterlippe. Noch immer traute sie Daniela nicht über den Weg. Dennoch konnte sie nicht verhehlen, dass deren Plan einen gewissen Reiz hatte. Natürlich waren ihr die Blicke der anderen Mütter nicht entgangen, das Getuschel und die wilden Gerüchte, die die Runde machten. Sie hatte bemerkt, dass der freie Platz im Bus neben ihr frei blieb. Dass der morgendliche Gruß wesentlich knapper ausfiel als früher. Fast so, als hätte sie irgendeine ansteckende Krankheit an sich.

Danielas Sandale wippte auf und ab. Ungeduldig musterte sie Linda.

„Aber, was soll das alles kosten? Ich meine, wir haben den Eltern bereits den Preis für den Ausflug genannt."

„Mach dir keine Sorgen. Ein Typ von einer Eventfirma schuldet mir noch einen Gefallen, weil er meinen letzten Empfang versaut hat und den Rest übernehme ich."

„Und warum ich? Du sagtest gerade, dass wir beiden alles sind, aber keine guten Freundinnen."

Daniela lächelte. „Nun, weil wir beide diesen blöden Ausflug organisieren mussten und weil alle wissen, dass wir uns nicht verstehen. Du, die kleine Supermama und ich, die eiskalte Geschäftsfrau. Sie werden mit allem rechnen, aber nicht damit."

Es war ein seltsamer Pakt, der sie verbinden würde. Ausgerechnet mit der Frau, mit deren Mann sie eine Affäre hatte. Das machte die ganze Sache nicht leichter. Auch hier war es vermutlich besser, den Vorschlag abzulehnen. Aber nur um die Verblüffung der anderen zu sehen, konnte Linda gar nicht anders, als auf Danielas Vorschlag einzugehen. Schon jetzt konnte sie sich deren blöde Gesichter ausmalen und dieses Gefühl war geradezu beflügelnd. Deswegen hob Linda spontan ihre Hand und reckte sie in Danielas Richtung. „Einverstanden, ich bin dabei."

„Ehrlich?" Ein freudiges Grinsen huschte über das Gesicht der Geschäftsfrau. Sie holte ein Tablet aus ihrer Tasche. „Klasse, wenn ich ehrlich bin, hätte ich gedacht, du lehnst ab. Schon jetzt bist du in meiner Anerkennung gestiegen. Also gut, ich hab da mal was vorbereitet."

Zwei Stunden später stand ihr Plan. Eines musste man Daniela wirklich lassen, sie war eine tolle Ideengeberin und hatte sich bereits viele Gedanken bezüglich des Ausfluges gemacht. Dennoch reagierte sie auf Lindas Einwände und strich einige der allzu üppigen Programmpunkte durch. Zum ersten Mal gab sie ihr das Gefühl, auf gleicher Augenhöhe zu sein.

Dazu passten auch die Worte, die Daniela ihr zum Abschied sagte. Gemeinsam mit ihren Kindern waren sie durch den Park, bis zu ihren Autos gelaufen. „Ich hab übrigens nie etwas gegen dich gehabt. Du hast nur all das, was ich nicht habe, Mutterliebe, Empathie und ein großes Herz", meinte Daniela, während sie zielsicher auf ihren hohen Schuhen dahinstöckelte. „Darum beneide ich dich sehr. Man kann Liebe nicht erzwingen und schon gar nicht erkaufen, egal ob es ein Mann oder ein Kind ist."

„Da hast du sicher recht." Lindas Wangen färbten sich rot und sie schluckte heftig. „Also, wir sehen uns nächste Woche

Sonntag gegen acht am Bootsanleger." Sie ergriff Danielas Hand, die sich eiskalt anfühlte.

„Genauso, bis dahin." Mit einer fließenden Bewegung stieg Daniela in ihren Sportwagen und brauste davon.

Linda tuckerte wesentlich langsamer mit ihrem Kleinwagen hinterher. An einer roten Ampel musste sie warten. Dabei fiel ihr Blick auf die kleine Schmuckschachtel in der Fahrertür. Augenblicklich klopfte ihr Herz auf Hochtouren. Hier konnte der Schmuck auf keinen Fall bleiben. Früher oder später würde Kevin ihn finden und ihr Fragen stellen. Linda nahm sich vor, den Schmuck bei der nächsten Gelegenheit an David zurückzugeben. Sie steckte die Schachtel in ihre Handtasche und beschloss, ihn irgendwann in den nächsten Tagen anzurufen. Einer persönlichen Begegnung wollte sie vorerst aus dem Weg gehen. Doch ewig würde sich ein klärendes Gespräch nicht vermeiden lassen.

Daheim stand Linda in ihrem Schlafzimmer und sah sich suchend um. Irgendwo musste sie die Schachtel mit dem Schmuck verstecken, da wo Kevin niemals suchen würde.

Sie entschied sich schließlich für die Kommode mit ihrer Unterwäsche. Da war eine Schublade, die ihre Slips und BHs enthielt. Ganz nach hinten schob sie die kleine Schachtel und wickelte sie noch zusätzlich in ein zartes Wäschestück ein. Hier würde sie bis zu ihrer Rückgabe sicher verwahrt sein.

Der erneute Plan des „Aus-dem-Weggehens" funktionierte einige Tage sehr gut. Doch Mittwoch wartete David an der Haltestelle. Schweigend ließ er sich auf den freien Sitz neben ihr fallen und musterte die anderen Insassen im Fahrzeug. Es waren keine Eltern aus dem Kindergarten an Bord.

„Du hast auf keine meiner Nachrichten reagiert. Ich hab das von Marie gehört und bin fast vor Sorge gestorben. Ich hab überall nachgeforscht, doch jeder erzählt etwas anderes." Eine Ader an seinem Hals pochte vor Erregung, die Hände umklammerten den Griff seiner Aktentasche. „Kannst du mir mal sagen, was mit dir los ist?"

Er hatte seine Stimme nicht erhoben, sprach ganz leise und ruhig, doch Linda spürte seine unterdrückte Wut.

„In den letzten Tagen war viel zu tun", flüsterte sie heiser. Wie oft Linda das Telefon in der Hand gehabt hatte und es dann doch wieder beiseitegelegt hatte, verschwieg sie ihm. Da war Feigheit gewesen, Angst, endlich das auszusprechen, was ihr auf der Seele brannte. Deswegen hatte sie die Aussprache auf die Zeit nach dem Ausflug verschoben.

„Soll das ein Witz sein, ich hab' dir hunderte Nachrichten geschickt und zigmal angerufen und du hattest nicht einmal Zeit, dich zu melden?"

Linda spürte Wut in sich aufsteigen. „Ich bin dir keine Rechenschaft schuldig", zischte sie unterdrückt in seine Richtung. „Eigentlich war zwischen uns alles geklärt, bis du gebettelt hast, ich solle mir alles noch einmal überlegen. Und ich blöde Kuh hab es mir überlegt. Und was war das Resultat, mein Kind wäre beinahe gestorben", zischte sie ihm zu. Der Herr vor ihnen erhob sich und stieg an der nächsten Haltestelle aus. „Es ist vorbei, David, ich vermisse dich nicht." Das war eine glatte Lüge, doch das würde sie ihm nicht erzählen. „Das wollte ich dir persönlich sagen und nicht am Telefon. Mir steht der Sinn nicht nach weiteren Treffen im Wald, nach denen ich vielleicht wieder Polizei und Krankenwagen vor meinem Haus vorfinde."

David holte tief Luft und musterte sie unsicher von der Seite. „Es tut mir leid, ich hab die Geschichte im Kindergarten gehört. Auch die ganzen Gerüchte, die über diesen Abend verbreitet werden. Du musst mir glauben, es tut mir wirklich leid."

Linda nickte, schaute aber dann wieder nach vorn.

„Wurde wirklich das Jugendamt eingeschaltet?"

„Ja, wir haben nächste Woche einen Termin. Eigentlich schon eher, aber irgendeine Bearbeiterin war krank."

„Du wirst sehen, es wird sich alles in Wohlgefallen auflösen." David tastete nach ihrer Hand, doch Linda entzog sie ihm. Dann nickte er verstehend. „Es ist also wirklich vorbei, du willst die Sache zwischen uns beenden?"

„Ja, ich bin dafür nicht geschaffen, für solche Heimlichkeiten. Und ich will auch nicht, dass du dich scheiden lässt. Das würde keinem von uns etwas bringen. Wir würden niemals glücklich miteinander werden."

„Glaubst du das im Ernst?" David lachte sarkastisch und schlug die Beine übereinander. „Das hat wohl damit zu tun, dass du dich letzte Woche mit Daniela getroffen hast."

Überrascht schaute sie ihn an. Beide Frauen waren sich einig gewesen, niemandem von dem Treffen zu erzählen. Linda hatte sich daran gehalten und war sogar Annas neugierigen Fragen mit lapidaren Ausflüchten ausgewichen. Sollte Daniela ihm wirklich davon erzählt haben? Eigentlich konnte sie sich das nicht vorstellen. „Woher weißt du davon?"

„Das spielt doch nun wirklich keine Rolle. Und falls du denkst, von meiner Frau, so kann ich dich beruhigen. Daniela hat dichtgehalten. Ihr wurdet gesehen. Vielleicht kannst du dir annähernd vorstellen, dass das Gefühl sehr seltsam war. Meine Geliebte und meine Frau haben sich getroffen und munter miteinander geplaudert, obwohl sie sich sonst auf den Tod nicht ausstehen können. Ich finde, du schuldest mir eine Erklärung, immerhin haben wir geschworen unser kleines Geheimnis zu bewahren."

„Eine Erklärung? Ich schulde dir gar nichts. Aber ich sage es dir trotzdem. Wir haben uns über den Ausflug unterhalten. Daniela wollte über alles informiert werden. Du kennst sie ja. Denn eigentlich war sie diejenige, die beim Elternabend gewesen war. Vermutlich will sie sich mit unserer Organisation schmücken, was weiß ich."

Seltsam, Daniela schien damit gerechnet, zu haben, dass irgendjemand von ihrem Treffen erfuhr, und hatte ihr diese Worte als mögliche Ausrede förmlich in den Mund gelegt. „Nur für alle Fälle, falls jemand dich anspricht", hatte sie zu ihr gesagt. „Ich bin eh die doofe Zicke, die Begründung passt am ehesten."

David schien die Geschichte zu schlucken, die ja eigentlich auch gar nicht so falsch war. Doch noch ehe er etwas sagen konnte, deutete Linda nach draußen. „Unsere Haltestelle, wir müssen aussteigen."

Während sie sich den Gang entlangschob, fühlte sie seine Hand an ihrem Rücken. Sie blieb dort, auch während sie ausstiegen. Dann schüttelte Linda sie ab und lief mit großen Schritten voran.

Kurz vor dem Kindergarten kam eine kleine Grünanlage. Es gab ein paar Bänke, einige Blumenbeete und eine seltsame Statue, bei deren Anblick Marie sich jedes Mal fragte, was diese eigentlich darstellen sollte. David ergriff ihre Hand, hielt sie energisch fest und deutete auf eine der Bänke. „Bitte, nur auf ein paar Worte."

Seufzend nahm Linda Platz, mit einem gehörigen Sicherheitsabstand zu David. Sie musterte die Rosen, die auf der anderen Seite des Weges wuchsen. Hummeln summten durch prächtige Lavendelbüsche und erfüllten die Luft mit ihrem Gebrumm. Ein paar Bänke weiter saß ein altes Ehepaar und träumte vor sich hin. Der Mann stützte sich auf seinen Stock, während die Frau mit ihren Beinen baumelte.

Linda fragte sich gerade, ob sie wohl jemals so mit Kevin auf einer Bank sitzen würde, als David zu sprechen begann. „Es tut mir leid, das musst du mir glauben. Ich wollte dir keine Vorwürfe machen, ich bin vor Angst nur fast gestorben. Unzählige Male bin ich an deinem Haus vorbeigefahren, hab mich aber nicht gewagt, zu klingeln. Ich hab jeden Tag versucht, eher von der Arbeit wegzukommen, aber da war ein neues Projekt und die Möglichkeit ergab sich einfach nicht. Ich musste die ganze Zeit an dich denken und dann hast du dich einfach nicht gemeldet. Deswegen war ich wohl vorhin ein wenig ungerecht."

Sie sah ihn nicht an, sondern fasste fest einen der Rosenbüsche ins Auge. Seine Blüten waren gelb und färbten sich am Rand zu einem hellen Rot. Einige von ihnen waren durch die Hitze des Tages bereits braun geworden, irgendwann würden sie zu Boden fallen und der Kreislauf des Lebens würde beginnen.

„Ich akzeptiere deine Entscheidung, also dass du unsere Beziehung beenden willst, auch wenn es mir das Herz bricht", sprach David leise weiter. „Wir sind halt nicht frei in unseren Entscheidungen, das muss ich wohl oder übel verstehen."

„Ja, du hast recht, wir sind nicht frei. Wir sollten in erster Linie an unsere Familien, an unsere Kinder denken und nicht nur an uns." Dann erhob Linda sich und marschierte los. Erst als sie den Sicherheitsriegel am Tor des Kindergartens nach oben schob, bemerkte sie, dass David nicht an ihrer Seite war.

Kapitel 10

Es war Anfang September geworden. Endlich war er da, der Tag des Kindergartenausflugs. Der Tag, um den sich seit Wochen alles drehte und der Lindas kleine heile Welt so gründlich durcheinandergewirbelt hatte.

Gegen fünf Uhr war sie schon auf den Beinen. Gestern Abend hatte sie noch ein letztes Telefonat mit Daniela geführt sie hatten sich noch einmal abgesprochen und gewisse Details geklärt. Immer noch konnte man ihr Verhältnis als durchaus gut bezeichnen. Linda hatte eine ihr vollkommen unbekannte, vor allem aber sehr verletzliche Seite der anderen Frau kennengelernt. Sie würden wohl auch nach diesem Tag nie gute Freunde werden, aber das war vermutlich auch gar nicht nötig. Für diesen einen Tag waren sie Verbündete. Die Affäre mit David versuchte Linda dabei, so gut es ging, auszublenden

Sie packte letzte Sachen in die beiden Klappkisten im Flur und checkte noch einmal alles gründlich durch.

Hinter ihr ertönten Schritte. Kevin kam verschlafen die Treppe herab. Seit einigen Tagen schlief er wieder neben ihr, hüllte sich aber, wie vorher, meist in Schweigen. „Was machst du denn schon hier? Es ist kurz vor sechs." Seine dunklen Haare standen nach allen Seiten ab und das linke Ohr war von Schlaf gerötet.

„Ich will mich mit Daniela treffen. Wir wollen alles ein wenig schmücken, also das Boot und so."

„Kommt es mir nur so vor oder seid ihr plötzlich beste Freunde. Ich dachte immer, du kannst sie nicht ausstehen?" Ihr Mann schob sich an den Küchentresen und erklomm einen Hocker.

„Kann ich eigentlich auch nicht, aber wir müssen heute irgendwie zusammenarbeiten."

Kevin nickte und rieb sich stöhnend über sein Gesicht. Eine plötzliche Welle von Liebe zog durch Lindas Körper. Liebe für diesen Mann, der dort stand. Denn sie hatten sich geliebt, vielleicht anders als mit David, aber geliebt, auf ihre ganz eigene Art. Linda dachte an die erste Zeit, an ihre kleine Wohnung, an die Motorradtouren, die abendlichen Angeltouren am See und wie zerstochen von Mücken sie gewesen waren.

Kevin sah sie prüfend an und schien ihr Lächeln bemerkt zu haben. „Was ist denn?"

„Nichts." Linda lachte und schüttelte den Kopf. „Ich musste nur gerade an unsere Angeltouren denken und wie uns einmal die Mücken zerfressen haben."

Sein Gesichtsausdruck war unergründlich, fast schon nachdenklich. Kevins Blicke wanderten über ihren Körper. „Und dann habe ich angefangen zu rauchen, eine nach der anderen. Aber es hat nicht geholfen", sagte er ernst. „Die Mücken waren einfach stärker."

„Stimmt, da waren überall Einstiche. Und du hast gehustet, weil du den Rauch nicht vertragen hast."

„Ja, sogar in deiner Lippe." Er beugte sich vor, hob seinen Finger, berührte sanft ihre Oberlippe und zog Linda dann in seinen Arm. Ganz fest umklammerte er sie.

Schweigend standen sie in der Küche und Linda hatte das Gefühl, als würde die Welt um sie herum stillstehen. Das letzte Mal hatte er sie nach der Geburt von Marie so in den Arm genommen. Es war ein vertrautes Gefühl, sie kannte seinen Geruch, auch wenn er sich auch heute wieder mit einem Frauenparfüm mischte. Es roch sanft blumig, ein wenig nach Veilchen. Irgendwie kam es ihr bekannt vor. Sicher benutzte eine Kollegin die gleiche Sorte.

Linda spürte, wie Tränen in ihre Augen traten. Sie blinzelte sie hastig weg und schob Kevin von sich. „Ich muss los, wir sehen uns dann gegen neun an der Anlegestelle."

Ihr Mann nickte und stieg gähnend die Treppe empor. „Bis später, ich hau mich noch mal hin."

Daniela wartete bereits auf sie und lehnte entspannt an einem jeepähnlichen Gefährt. Linda dachte an die zahlreichen Garagen auf dem Grundstück, in denen vermutlich nicht nur der Rasenmäher stand. Zu ihrer Erleichterung bemerkte sie, dass Daniela allein, und David anscheinend ebenfalls noch daheim war.

Über der Elbe lag frühmorgendlicher Dunst, er waberte geheimnisvoll über das Wasser und verschluckte alle Geräusche um sie herum. Das gegenüberliegende Ufer erschien wie eine andere Welt – unerreichbar fern. Bald würden die Nebel weichen und einem herrlichen Spätsommertag Platz machen.

Daniela trug ein pinkfarbenes Shirt mit einer Aufschrift und hielt Linda ein identisches entgegen. Ihre Beine steckten in Jeans, die vermutlich ein Vermögen gekostet hatten. Aber immerhin hatte sie am heutigen Tag ihre üblichen Kostüme daheim gelassen. „Guten Morgen Supermama", rief sie ihr entgegen. Supermama – genau das stand auf dem Shirt. „Ich hoffe, die Größe stimmt. Dass du keine 36 wie ich hast, war mir ja klar. Den Rest hab ich geraten." Ihre Stimme triefte vor Spott, doch dann zwinkerte sie ihr zu. „War ein Scherz."

„Na immerhin bist du heute mal ein wenig dezenter gekleidet. Ich hatte ehrlich gesagt schon befürchtet, du würdest im Abendkleid kommen", entgegnete Linda spitz.

„Ja, du hast recht, ich musste lange im Schrank suchen." In deinem Ankleidezimmer, dachte Linda, schwieg aber. „Ganz hinten habe ich dann doch noch eine Hose gefunden, die dem heutigen Tag entspricht", meinte Daniela lachend.

Linda schlüpfte in das Shirt und betrachtete sich in der Autoscheibe. „Reichlich knapp, zumindest für meinen Geschmack." Unsicher musterte sie ihre Oberweite, die mehr als üblich betont wurde.

„Quatsch, Frau kann zeigen, was sie hat. Meine Titten sind gemacht, ich bin normalerweise flach wie ein Pfannkuchen und wenn ich Jonas noch gestillt hätte, wäre vermutlich gar nichts mehr da. Umso wichtiger ist es, die Dinger zu zeigen. Du siehst gut aus, das allein zählt. Aber nun lass uns anfangen. Ich hab den Schlüssel vom Boot. Wir dürfen schmücken, schalten und walten wie wir wollen und sollen nur die Maschine in Ruhe lassen."

Gemeinsam hievten sie die Deko an Bord. Binnen kurzer Zeit wurde aus dem schlichten kleinen Ausflugsboot ein Kindertraum. Daniela hatte alle Register gezogen. Es gab Luftballons, Girlanden, einen Zuckerwatte-Automaten, riesige Plüschfiguren und bunte Überzüge für die einfachen Holzbänke. Eine kostenmäßige Beteiligung wäre für Linda unmöglich gewesen, doch Daniela hatte klipp und klar betont, dass sie alles aus eigener Tasche beisteuern würde. „Und sei jetzt bloß nicht peinlich berührt. Geld habe ich nun mal genug.

Auf dich kommen andere Aufgaben zu, wie zum Beispiel die Kinder schminken. Dafür fehlen mir jegliches Talent und vor allem jegliche Lust."

Eine halbe Stunde eher als geplant, waren sie mit allem fertig. Beide Frauen gingen an Land, setzten sich auf die flachen Steine am Ufer und betrachteten ihr Werk von der Ferne.

Daniela langte in ihre Tasche und holte eine Packung schmaler Zigaretten heraus. „Willst du auch eine?"

Linda schüttelte erst den Kopf, griff dann aber zu. Sie konnte sich nicht erinnern, wann sie das letzte Mal geraucht hatte.

„Das ist eine ganz spezielle Sorte, ich gönne mir ab und zu mal eine, wenn ich einen besonderen Grund zum Feiern habe." Genüsslich zog Daniela den Rauch ein und stieß ihn dann allmählich aus. In eleganten Kringeln verschwand er Richtung Sommerhimmel. „Die bringt mir ein Kollege immer mit, aus den Staaten, der ist so ein kleiner Schmuggler. Aber pscht, die sind nicht offiziell erhältlich."

Linda hielt inne, doch Daniela bedeutete ihr mit einer Handbewegung, einen Zug zu nehmen. Sie inhalierte den Rauch in ihre Lunge. Ein seltsames Gefühl stieg in ihr auf. Sie fühlte sich plötzlich ganz leicht, so als würde sie schweben. „Du großer Gott, sag bloß, das ist Hasch."

Daniela kicherte. „Unter anderem, also kein reines. Sagen wir mal so, die Zigarette enthält gewisse Zusätze. Es regt einfach ein wenig an und ich habe das Gefühl, als ob wir beide die kommenden Stunden damit besser durchstehen würden."

Leichte Kringel aus Rauch stiegen in den Morgenhimmel. Die Luft war bereits angenehm warm, erste Sonnenstrahlen schimmerten auf dem Wasser der Elbe. Drei Paddelboote zogen vorbei und ließen kleine Wellen ans Ufer plätschern. Irgendwo in der Nähe stritt sich ein wütendes Entenpärchen.

Linda rauchte und genoss das herrliche Gefühl, das sich langsam in ihrem Körper ausbreitete. Die ganzen Sorgen und Probleme der letzten Tage schienen sich plötzlich in Luft aufzulösen. Aus dem Augenwinkel betrachtete sie Daniela.

Diese hielt die Augen geschlossen, ihr Gesicht war entspannt, locker, gelöst. „Hast du eigentlich schon einmal darüber nachgedacht, noch mal ganz von vorn zu beginnen?", fragte sie plötzlich mit leiser Stimme.

Linda schwieg und sinnierte nach. „Ja, vielleicht, ab und zu mal. Aber meine äußeren Umstände sind dafür nicht unbedingt gut geeignet."

„Ich denke seit zwei Jahren pausenlos darüber nach. Es wäre gar nicht so schwer, ich könnte meine Firma verkaufen …"

„Es ist deine Firma? Ich dachte, du bist dort nur Geschäftsführerin?" Linda staunte immer mehr.

„Nein, es gehört alles mir, alles – das Haus, die Firma, ein Großteil des Geldes." Daniela nahm die Zigarette, drückte sie umsichtig auf einem Stein aus und schnippte die Kippe in die Elbe. „Alles selbst erarbeitet, na ja, ein bisschen was auch geerbt." Sie lehnte sich zurück und verschränkte die Arme im Nacken. „Ich kann mich gar nicht erinnern, wann ich das letzte Mal einfach so dagelegen habe. Ist das nicht irre?"

Linda lächelte. „Ich lieg´ manchmal so in meinem Garten und schaue in den Himmel. Dann verfolge ich die Kondensstreifen der Flugzeuge und frage mich, wohin sie wohl gerade fliegen."

Daniela richtete sich auf und sah sie an. „Erzähl mir von deinem Garten, wie ist er so?"

„Klein, wir hatten nicht so viel Geld für ein größeres Grundstück, aber wir haben es uns schön gemacht. Ich habe viele Rosen angepflanzt, sie sind meine Lieblingsblumen. Es gibt einen Sandkasten für Marie und im Sommer stellen wir ein Planschbecken auf."

„Klingt gut bürgerlich, sorry, ist halt meine Meinung."

Linda lächelte. „Ja, das ist es irgendwie auch. Aber ich bin dort glücklich."

„Und wolltest du nie alles hinter dir lassen? Noch einmal von vorn beginnen." Daniela stützte sich auf ihren Ellenbogen und sah sie an. „Ich erzähle dir jetzt was. Etwas, das ich noch niemandem erzählt habe, ein Geheimnis. Ich überlege wirklich die Firma zu verkaufen und einfach zu gehen. Irgendwohin, ohne David und ohne …" Sie zögerte kurz. „Ja, auch ohne Jonas. Ich glaube, es würde ihm besser ohne mich gehen. David ist ein guter Vater, er liebt ihn und ich kann einfach nicht lieben."

Oh mein Gott, Linda fühlte sich unwohl. Warum erzählte ihr Daniela das alles? Vor allem, warum ausgerechnet ihr? Unruhig rutschte sie hin und her und betrachtete die dahinströmende Elbe.

„Ich kriege diesen Plan einfach nicht mehr aus meinem Kopf. Vor allem, weil die Dinge so vollkommen anders sind, als sie eigentlich scheinen." Daniela stemmte sich nach oben und hielt ihr dann eine Hand hin. „Komisch, ich finde, du bist eine blöde Kuh, ein Mutti-Typ, aber trotzdem mag ich dich irgendwie leiden. Und ich vertraue dir, und zwar so richtig. Du bist ein ehrlicher Mensch, das spüre ich. Mein Bauchgefühl hat mir schon einige Male den Arsch gerettet." Kraftvoll zog sie Linda nach oben. Hinter ihnen klappte eine Autotür. „Ich glaube, die Massen sind im Anmarsch. Also, lass die Spiele beginnen." Sie hob ihre Hand und Linda klatschte ab. „Zeigen wir es den Supermuttis."

Tatsächlich erreichten die ersten Eltern in diesem Moment die Anlegestelle. Rebecca war darunter. Ihre Augen musterten verblüfft die Aufschriften auf den Shirts. Verstohlen stieß sie eine andere Mutter mit dem Ellenbogen an und machte einen verwirrten Gesichtsausdruck.

Linda konnte es ihr nicht verdenken, denn Daniela und sie gaben wirklich alles. Sie standen gemeinsam strahlend an der Gangway, hießen alle willkommen und gaben sich so, als wären sie seit Ewigkeiten beste Freundinnen.

Den Kindern war das vollkommen egal. Mit lautem Jubel erkundeten sie das Schiff und stießen kindliche Begeisterungsschreie aus. „Sieh´ doch mal, der große Teddy und da, die vielen Luftballons."

„Ihr dürft ruhig an Bord gehen. Wir haben in der Kabine unten eine Möglichkeit eingerichtet, damit ihr euer Gepäck ablegen könnt. Im großen Raum gibt es einen Tisch mit Getränken und kleinen Snacks. Du hättest dir also deine Picknicktasche sparen können, liebe Rebecca", meinte Daniela süffisant.

Betreten blickte diese nach unten und betrat dann die Gangway. Alles wurde genauestens gemustert, doch Linda wusste, sie würden keinen Kritikpunkt finden. Es war einfach perfekt. Von der Ferne sah sie, wie David sich näherte. Kevin marschierte fast unmittelbar neben ihm. Natürlich liefen ihre Kinder wieder Hand in Hand – Jonas und Marie strahlten sich an. Einen winzigen Augenblick verglich Linda die ungleichen Männer. Sie dachte an Davids Berührungen, an ihren Sex im Wald, wie er sie genau auf die richtige Art und Weise genommen hatte. Und an Kevin, der so verschlossen und unnahbar geworden war. Doch für solche Gedanken war heute keine Zeit.

David gab ihr die Hand, nickte Richtung Schiff und meinte: „Mein lieber Schwan, ihr habt wirklich alles gegeben. Erstaunlich, dass das Schiff bei der ganzen Deko nicht auf den Grund der Elbe sinkt." Dann beugte er sich zu seiner Frau und gab ihr einen Kuss auf den Mund. „Toll gemacht, Schatz, ich bin stolz auf dich."

Daniela strahlte ihn verliebt an. „Danke, das Lob gilt uns beiden. Wir sind zufrieden." Sie legte den Arm um Linda und zog diese an sich. Eine Geste, die den anderen Müttern auf dem Schiff nicht entging. Augenblicklich setzte Getuschel ein.

„Na bitte", raunte Daniela ihr zu. „Unser Plan funktioniert bestens. Die Weiber sterben vor Neid, oder Neugier oder was weiß ich."

In diesem Moment sah Linda Anna. Ihre beste Freundin war ein Stück entfernt stehen geblieben und beobachtete die Szene mit weit aufgerissenen Augen. Sie wirkte fast schon entsetzt und schluckte heftig. Dann zauberte sie ein erzwungenes Lachen auf ihr Gesicht. „Linda und Daniela, ein Dreamteam, wer hätte das gedacht. Ich selbst, glaube ich, am allerwenigsten."

Ihre Begrüßung war kühl, fast schon zurückhaltend und Linda spürte einen kleinen Stich in ihrem Herzen. Hastig marschierte sie die Gangway entlang und drehte ihr demonstrativ den Rücken zu.

Dann warf der Kapitän den Motor an, das Schiff legte ab und die Fahrt Richtung Elbsandsteingebirge begann. Die Zeit verging wie im Flug. Nach einer halben Stunde tauchten die Elbbrücken von Pirna auf, gleich danach die markante

Silhouette der Stadt. Menschen, Häuser und Landschaft flogen nur so an ihnen vorbei, während der Schiffsmotor zuverlässig flussaufwärts stampfte.

Linda hatte sich einige Spiele einfallen lassen, die den Kindern sehr gut gefielen. Die Mädchen waren mit Feuereifer bei der Sache. Die meisten der Jungs dagegen standen zusammen mit ihren Vätern in der Nähe des Maschinenraums. Dort wurde eifrig über Motoren und Technik gefachsimpelt. Alles schien wie von allein zu funktionieren und Linda bemerkte von allen Seiten anerkennende Blicke.

Sie setzte sich einen Moment und genoss den Blick aufs Wasser. Sie liebte es, Dampfer zu fahren und hatte dabei stundenlang auf die Wellen geschaut, die der Bug des Schiffes erzeugte. Soeben tauchten am Ufer die ersten markanten Felsen der Sächsischen Schweiz auf. Schroff reckten sich die Sandsteinformationen in den blauen Himmel. Und bald schon würden sie einen dieser Felsen erklimmen. Dieser Ausflug war wirklich eine fantastische Idee gewesen.

Genau ihr gegenüber saß Anna auf einer der Holzbänke und musterte die spielenden Kinder um sich herum mit finsterer Miene. Linda erhob sich und nahm neben ihrer Freundin Platz.

„Ach, dass du dich überhaupt noch für mich interessierst, hätte ich nicht gedacht." Anna verschränkte ihre Arme und würdigte sie keines Blickes.

„Machst du jetzt einen auf beleidigte Leberwurst, oder wie?" Linda legte den Arm um ihre Schulter, doch Anna versteifte sich und rückte ein Stück weg. „Du wusstest, dass wir diesen Ausflug zusammen organisieren müssen. Was hätte ich also tun sollen? Kein Wort mit ihr reden?"

„Keine Ahnung, aber in den Arsch hättest du ihr deswegen nicht gleich kriechen müssen. Ich dachte, du und David kümmern sich um alles? Wie auch immer, es ist dein Problem. Ich erkenne dich nur nicht wieder. Wie konntest du dich so verbiegen." Anna schürzte ihre Lippen und blickte stu geradeaus.

Linda musste lächeln. „Ein wenig kindisch benimmst du dich aber auch gerade. Was ändert denn der heutige Tag an unserer Freundschaft? Ich hoffe doch nichts, oder doch?" Prüfend sah sie Anna an. „Wenn ja, fände ich das ehrlich gesagt ein wenig traurig. Nach allem, was in der letzten Zeit passiert ist und angesichts des Termins beim Jugendamt nächste Woche, könnte ich eine Freundin nämlich ganz gut gebrauchen. Ich meine, eine richtige Freundin."

Anna seufzte. „Du hast ja recht, ich bin eine blöde Kuh. Ich kann eben bloß einfach nicht verstehen, warum du dich mit ihr verbündet hast. Na ja, vielleicht wirst du es mir eines Tages mal erzählen. Eines muss man euch wirklich lassen, ihr habt die Sache perfekt organisiert. Rebecca und die anderen spucken Gift und Galle." Prüfend schaute Anna sie an, dann wurden ihre Augen immer größer und sie begann zu grinsen. „Ja genau, das ist es. Ihr wolltet die anderen Weiber ärgern. Genialer Plan, das haben sie echt verdient. So schlecht, wie sie über dich gesprochen haben. Als hättest du Marie permanent allein gelassen." Anna lachte herzhaft vor sich hin. „Na komm nimm einen Schluck." Ihre Freundin hielt ihr eine Flasche hin. „Keine Angst, ist nur Wasser."

Linda bemerkte plötzlich, wie sich auf der anderen Seite des Schiffes David neben ihren Mann setzte. Er hielt zwei Flaschen Bier in der Hand und sah Kevin fragend an. Dieser nickte und gleich darauf waren sie in ein angeregtes Gespräch vertieft. Dessen Thema ließ sich von hier aus nicht feststellen. Es schien um die Landschaft zu gehen, denn David deutete immer wieder auf die Felsen und Kevin nickte zustimmend. Eine gewisse Unruhe in ihrem Bauch entstand.

„Schon verrückt, die beiden Kontrahenten friedlich nebeneinander zu sehen", raunte Anna ihr leise zu. „Wie hast du dich denn nun entschieden?"

„Ich hab Schluss gemacht, er weiß es bereits."

„Oh, okay." Ihre Freundin wirkte überrascht. „Hätte ich dir gar nicht zugetraut. Und wie hat er es aufgenommen?"

Linda zuckte die Schultern. „Eigentlich ganz ruhig, fast schon zu verständnisvoll. Ach, ich glaube, er hat eingesehen, dass die ganze Sache keinen Sinn hat."

In diesem Moment lehnte David sich entspannt zurück, nahm einen Schluck aus seiner Flasche und schaute dabei aufreizend lange in ihre Richtung. Linda fühlte Röte in ihre Wangen steigen und blickte verwirrt weg. Immer noch genügte ein Blick von ihm, um sie vollkommen aus der Fassung zu bringen.

„Und wie geht's dir damit?", fragte Anna.

„Gut, ich fühle mich irgendwie befreit. Ich bin einfach nicht wie du." Doch ihr Körper strafte ihre soeben gesagten Worte Lügen. Sie war sicher auch befreit und doch vermisste sie ihn.

Anna lachte auf. „Da hast du recht, du bist wirklich nicht wie ich." Sie legte ihren Arm um Lindas Schultern und zog sie liebevoll an sich. „Und das ist auch gut so."

Kapitel 11

In Königstein legte das Ausflugsschiff an. Über der kleinen Stadt an der Elbe thronte hoch oben die mächtige Festung. Staunend blickten die Kinder auf das Bauwerk.

„Und da wollen wir hoch?", fragte ein Junge Linda.

Die nickte eifrig. „Da wollen wir hoch, aber ihr müsst keine Angst haben. Wir brauchen nicht zu laufen."

Der kleine Zug, der sie hinauf zur Festung bringen sollte, stand schon bereit. Irgendein weiteres riesiges Plüschtier turnt davor herum und brachte die Kinder erneut in Rage. Für Lindas Geschmack war mittlerweile alles eine Nummer zu groß, doch der Neid in den Augen der perfekten Mütter-Fraktion war unverkennbar.

Daniela zwinkerte ihr verstohlen zu. „Siehst du ihre Gesichter, ich liebe es, wenn ein Plan funktioniert. Und wenn wir oben sind, wird sie der Schlag treffen, zumindest hoffe ich das."

Eltern und Kinder verteilten sich auf die einzelnen Waggons und die Fahrt hinauf zur Festung begann. Aufgeregte Rufe schallten hin und her.

Linda und Daniela saßen in der letzten Sitzreihe. Zwischen ihnen stand eine Kühltasche mit Wasser, nur falls während der Fahrt jemand Durst bekommen sollte.

Die Unternehmerin tippte die ganze Zeit wie eine Wilde auf ihrem Handy herum und schüttelte ab und zu verärgert den Kopf.

„Probleme?", fragte Linda, doch Daniela zuckte nur mit den Schultern.

„Der übliche Kram, der einen nicht mal am Wochenende verschont."

In einer scharfen Kurve geschah es. Linda verspürte schlagartig eine starke Übelkeit, Schweiß trat auf ihre Stirn, ihr Kopf begann zu pulsieren. Kleine schwarze Punkte tauchten vor ihren Augen auf und die Umgebung begann zu verschwimmen. Sie bemühte sich krampfhaft, ruhig zu atmen, und musterte die Landschaft, die langsam vorbeizog. Der Zug tuckerte allmählich durch die Straßen der alten Stadt. Durch die Reisegeschwindigkeit konnte ihre Übelkeit nicht entstanden sein. Linda zog ein Tuch aus ihrer Tasche und wischte sich den Schweiß von ihrer Stirn.

„Ist dir nicht gut? Du siehst irgendwie kreidebleich aus?" Kritisch musterte Daniela sie.

„Keine Ahnung, mir ist ein bisschen schlecht. Hoffentlich kriege ich keine Migräne. Das hätte mir heute echt noch gefehlt." Sie atmete tief aus und ein und fixierte einen festen Punkt im Zug.

Nach einer Weile durchwühlte Linda ihren Rucksack. Doch das Täschchen mit ihrem Medikament war nicht zu finden. „Komisch, ich hätte schwören können, dass ich die Tabletten eingepackt habe. Du hast nicht zufällig irgendwas eingesteckt?"

„Gott bewahre." Daniela verdrehte abfällig die Augen. Da war sie wieder, die unsympathische Frau, die keiner mochte. „Ich bin zum Glück nie krank. Vielleicht hast du den kleinen Joint von heute Morgen nicht vertragen?"

„Denkst du?" Panik stieg in Linda auf, das hatte ihr noch gefehlt.

Daniela lachte. „Mensch, das war ein Scherz. In der Zigarette war doch fast nichts drin. Hier, nimm eine Flasche Wasser und trink was. Das hilft meist am besten." In diesem Augenblick streckte sie sich und deutete nach vorn. „Wir sind nämlich gleich da."

Auf dem Festungsparkplatz angekommen, übernahm Daniela erneut die Führung und winkte mit einem riesigen gelben Sonnenhut nach den anderen. Linda war froh und trank die Flasche in einem Ruck leer.

„Auf geht's, jetzt fahren wir alle mit einem riesengroßen Fahrstuhl nach oben", rief Daniela aus. „Na, wer von euch hat Lust drauf?"

Alle Kinder jubelten, die Erwachsenen waren eher zurückhaltender.

„Also los, dann mir nach. Und wenn wir oben sind, gibt es erst mal was zu essen."

Rebecca, die ein Stück von Linda entfernt stand, schnaufte abfällig. „Tja, für Geld kann man eben alles kaufen, sogar eine ganze Festung." Dann warf sie Linda einen knappen Blick zu. „Gleich und gleich gesellt sich eben gern."

Diese zählte innerlich bis zehn. Linda wusste, dass Rebecca die meisten Lügen über sie verbreitet hatte. Am liebsten hätte sie ihr hier, vor allen anderen, ins Gesicht geschlagen. Die anderen Mütter standen neugierig daneben, und schienen nur auf eine kleine Auseinandersetzung zu warten.

„Na, Rebecca, mal wieder beim Geschichtenerzählen?", ertönte da eine Stimme. Wie von Zauberhand stand Kevin neben ihr und ergriff Lindas Hand. Beruhigend drückte er sie. „Ich wäre an deiner Stelle ein wenig vorsichtiger. Vor allem, was man so behauptet über gewisse Dinge."

Rebeccas Gesichtsfarbe wandelte sich von einem leichten Rot zu einem dunklen Rot und wurde dann kreidebleich. Hastig drehte sie sich um und eilte hinter ihren Kindern her.

„Danke", sagte Linda schlicht.

„Keine Ursache. Ihr habt das alles übrigens wunderbar organisiert. Auch wenn ich nicht begreife, warum du plötzlich auf gute Freundschaft mit der da machst. Das nimmt euch doch niemand ab."

„Ich mache nicht auf Freundschaft, wir müssen einfach zusammenarbeiten und so schlecht, wie ich anfangs gedacht habe, ist Daniela gar nicht."

Kevin musterte sie erstaunt. „Bist du sicher? Na, du musst es ja wissen. Ihr Mann ist jedenfalls sehr nett. Wir haben uns vorhin auf dem Schiff unterhalten. Er scheint es auch nicht gerade leicht zu haben."

Augenblicklich hielt Linda den Atem an. Doch Kevin schaute unbeteiligt nach vorn.

Als Letzte quetschten sie sich in den Fahrstuhl und erreichten schließlich den oberen Wall der Festung.

Ein schrecklich affektierter Mann, in einem pinkfarbenen Anzug, erwartete die Gruppe bereits. Er ging mit weit ausgebreiteten Armen auf Daniela zu und begrüßte diese mit einem Küsschen auf die Wange. Hektisch winkte sie Linda zu sich. „Das ist Valentin, von meiner Eventagentur, er hat sich um alles gekümmert. Und sollte etwas nicht passen, bekommt er den Anschiss", fügte sie etwas leiser hinzu.

Valentin gab ihr die Hand, dann wandte er sich wieder Daniela zu. „Ich bin sicher, du wirst begeistert sein, Schatz. Wir haben alles gegeben."

Es ging an mehreren Gebäuden vorbei, an alten Kanonen, die staunend betrachtet wurden und an diversen

Aussichtspunkten, die einen tollen Blick ins Elbtal ermöglichten. Die Festung war voller Menschen, die das herrliche Wetter für einen Ausflug nutzten. Schließlich tauchte in der Ferne ein riesiges, auf alt gemachtes rot-gelbes Zelt auf. Man hatte es mitten auf einer Wiese aufgebaut. Riesige alte Bäume sorgten für angenehmen Schatten. Leise rauschte der Wind in den Zweigen darüber.

Valentin hob seine Hand und deutete auf das Zelt. „Eure Location für den heutigen Tag." Ein triumphierendes Lächeln umspielte seine Lippen, denn selbst Daniela hielt für einen kleinen Augenblick den Atem an.

Und Linda musste zugeben, dass alle ihre Erwartungen übertroffen worden waren. Das Zelt wirkte wie aus einer anderen Zeit. Fähnchen und Wimpel flatterten im Wind. Unter einigen der großen Lindenbäume hatte man lose Polster auf Teppichen verteilt. Angestellte, die alte Kostüme trugen, erwarteten sie bereits und hießen sie willkommen. Diskrete Absperrungen in regelmäßigen Abständen sorgten dafür, dass sie hier ganz unter sich blieben. Die anderen Besucher konnten nur von der Ferne staunend zu ihnen hinüberschauen.

Sowohl vor als auch im Zelt standen Tische, Stühle und Bänke. Beim Näherkommen sahen sie im Inneren ein Buffet, was jedes Kinderherz höherschlagen ließ. Denn es gab fast nichts, was es nicht gab. Sogar an eine kleine Eisbar hatte Daniela gedacht.

Der Zauber der Location nahm augenblicklich alle gefangen. Selbst Rebecca lächelte anerkennend.

Daniela schob sich unauffällig an Lindas Seite und grinste. „Ich muss schon sagen, Valentin hat ganze Arbeit geleistet. Oder was meinst du?"

Linda nickte stumm. „Einfach großartig", sagte sie nach einer Weile, „Meine Güte, was das gekostet hat? Du musst vollkommen verrückt sein. Mit zwanzig Euro Beteiligung pro Kind kommen wir hier nicht weit."

Daniela winkte gelassen ab. „Mach dir mal keine Gedanken, Geld ist mein geringstes Problem. Und nun, lass uns gemeinsam das Buffet eröffnen."

Sie stellten sich auf ein kleines Podest und Daniela sah sie auffordernd an. „Na los, ich hab organisiert, das Reden ist dein Part", raunte sie ihr zu. „Wir wollen doch gemeinsam auftreten."

Linda dachte kurz nach. „Liebe Eltern, liebe Kinder, schön, dass ihr diesen Tag mit uns verbringt. Schön, dass wir alle gemeinsam unterwegs sind. Ich glaube, keiner von uns wird diesen zauberhaften Ausflug jemals vergessen."

Ein allgemeines Raunen verkündete Zustimmung.

„Und ehe jetzt das Essen kalt wird oder das Eis schmilzt, sage ich einfach: Das Buffet ist eröffnet!"

Ein herzhaftes Schlemmen begann. Linda musterte all die Köstlichkeiten und wandte sich hastig ab. Irgendwie fühlte sie sich immer noch unwohl. Ihr Magen war wie versiegelt, der Schmerz in ihrem Kopf wollte einfach nicht nachlassen. Seufzend setzte sie sich neben ihre Freundin und mied jeglichen Blick Richtung Essen.

Anna hatte sich den Teller vollgeladen und kaute herzhaft. „Eins muss man ihr lassen." Sie deutete auf Daniela, die draußen vor dem Zelt stand und telefonierte. „So was habe ich noch nie erlebt. Und du, hast du gar keinen Hunger?"

„Erst mal nicht, vielleicht später." Krampfhaft blickte sie nach draußen und atmete tief durch den Mund.

Daniela schlenderte über die Wiese davon. Nach einigen Schritten drehte sie sich um, schaute suchend in ihre Richtung und winkte ihr von der Ferne zu. Sie hob ihr Handy und deutete auf einen seitlich gelegenen Aussichtspunkt. Linda nickte und hob den Daumen. Nach kurzer Zeit war Daniela aus ihrem Blickfeld verschwunden.

„Wo will sie denn hin?", fragte Anna nuschelnd und ließ eine weitere Portion irgendwelcher Hackbällchen in ihrem Mund verschwinden.

Linda zuckte mit den Schultern. „Keine Ahnung, vielleicht hat sie ein dringendes Telefonat." Unauffällig schaute sie sich um, doch David war nirgends zu sehen. Stattdessen entdeckte sie Kevin, der zusammen mit Jonas und Marie an einem Tisch saß und den beiden beim Essen zusah.

„Ich werd mal rübergehen", sagte Linda und deutete auf ihren Mann.

„Na, ihr beiden, gefällt es euch?" Sie quetschte sich auf die schmale Bank und musterte die Kinder lächelnd. Marie war vollkommen aus dem Häuschen.

„Schau doch mal, Mama. Nach dem Essen dürfen wir uns als Prinzessinnen verkleiden. Dort drüben hängen die Kleider und es gibt richtige kleine Kronen. Jonas hat sich schon ein Schwert ausgesucht und dann kommen Leute und erklären uns alles. Ist das nicht toll?"

Linda strich ihrer Tochter über den Kopf. „Das ist wirklich toll. Hauptsache du isst vor lauter Aufregung auch was."

„Ich hab schon die dritte Portion Nudeln. Stimmt's Papa?"

Kevin nickte zustimmend, dann stützte er sich auf den Tisch und lachte sarkastisch. „Wahnsinn, was für ein Aufwand

Dafür hätten wir vermutlich vier Wochen in den Urlaub fahren können. War das alles mit dir so abgesprochen?"

„Das meiste schon, einiges nicht", gab Linda zu. „Ach, was soll's, die Kinder haben Spaß und das allein zählt." Vorsichtig massierte sie ihre Schläfen.

„Kopfschmerzen?", fragte Kevin.

„Ja, und übel ist mir auch. Liegt vermutlich an der Hitze und der ganzen Aufregung. Und ausgerechnet heute hab ich meine Tabletten daheim vergessen." Sie schloss ihre Augen und versuchte, ruhig zu atmen. Irgendwie wurde ihr mit jeder Sekunde schlechter.

Kevin begann in seinem Rucksack zu suchen und legte zu ihrem Erstaunen eine Packung auf den Tisch. „Nimm dir eine, sind Schmerztabletten."

„Seit wann hast du Tabletten bei dir?"

„Das sind nicht meine, die sind nur geborgt." Ruhig ruhte sein Blick auf ihr. Linda war verwirrt, noch nie hatte ihr Mann Medikamente genommen. Er war ein absoluter Gegner und stets der Meinung, alles, was irgendwie allein gekommen war, müsste auch wieder von allein gehen. „Ich hatte vor kurzem furchtbare Rückenschmerzen, ein Kollege hat sie mir gegeben. Du weißt schon, Kay, dessen Frau in der Apotheke arbeitet."

Unsicher musterte sie die Packung. Das Medikament war ihr unbekannt, doch der Schmerz in ihrem Kopf wurde immer stärker. Wenn das so weiterging, würde sie den heutigen Tag nur mit großer Mühe überstehen. Linda drückte eine Tablette heraus, nahm sich ein Glas Wasser und spülte das Medikament hinunter.

Valentin betrat das Zelt und sah sich um. Anscheinend suchte er Daniela. Nach einer Weile kam er auf Linda zugesteuert. „Ich kann Daniela nirgends entdecken und hätte ein paar Fragen zum weiteren Ablauf. Könnten Sie mit rauskommen?"

Im Freien stellten sie sich etwas abseits. Linda lehnte sich an einen Baumstamm, ihr ganzer Körper zitterte, doch die frische Luft tat ihr gut. Valentin deutete auf die aufgestellten Kleiderständer. „Da wären die Requisiten für das Kostümfest. Laut Plan wäre das jetzt dran. Wann sollen wir damit starten? Soll noch ein wenig gewartet werden? Was denken Sie? Ich kenne mich mit Kindern ehrlich gesagt nicht so aus." Mit abfälliger Miene betrachtete Valentin die Kinderschar.

Linda war unsicher. In ihrem Kopf drehte sich alles. Warum kam Daniela nicht wieder? Sie war bestimmt schon seit einer halben Stunde verschwunden. Sie spähte Richtung Festungsmauer, doch niemand war zu sehen.

„Warten Sie noch eine halbe Stunde und dann fangen Sie an." Der Mann nickte und verschwand.

Linda begann umherzulaufen. Im Freien ging es ihr besser als im stickigen Zelt. Sie drehte Runde um Runde und musterte immer wieder den Aussichtspunkt, in dessen Richtung Daniela verschwunden war.

Unter einem der Bäume fand sie schließlich David. Er war mit einem Vater in ein angeregtes Gespräch vertieft und lag lässig auf einer ausgebreiteten Decke. Bei ihrem Anblick nickte er ihr zu und lächelte leicht. Mit kreisenden Bewegungen ließ er das Getränk in seinem Glas leicht hin und herschwappen. Seine Blicke streiften langsam über ihren Körper und verharrten dann auf Lindas Gesicht. Hastig drehte sie sich um. Er musste unbedingt aufhören, sie so anzusehen.

Quer durch die spielenden Kinder kam Rebecca auf sie zugesteuert. Linda wappnete sich innerlich für irgendwelche Vorwürfe, doch die Frau lächelte. „Wirklich, ein tolles Fest."

„Danke, das finde ich auch", erwiderte sie einsilbig.

„Erstaunlich, was man alles so auf die Beine stellen kann." Rebeccas kleine Frettchenaugen musterten sie lauernd.

„Ja, da hast du sicher recht. Daniela hat halt sehr gute Kontakte. Aber sei nicht böse, ich muss mal da drüben nach dem Rechten sehen." Sie ließ die neiderfüllte Frau einfach stehen.

Linda schlenderte ziellos weiter, nagte an ihrer Unterlippe und gab sich noch eine viertel Stunde. Wenn Daniela zu Beginn der Kostümspiele nicht wieder da war, würde sie zu David gehen müssen und ihn um Hilfe bitten.

Langsam verstrich die Zeit. Inzwischen schien die Tablette zu wirken, zumindest der schlimmste Schmerz ließ langsam nach. Immer wieder musterte Linda ihre Uhr, doch von ihrer Mitorganisatorin gab es keine Spur. Schließlich fiel Anna ihre besorgte Miene auf.

Sie ergriff Linda am Arm und zog sie beiseite. „Mensch, was ist denn los? Du rennst ja rum, als wäre sonst was passiert?"

„Eigentlich suche ich nach Daniela. Seit sie vorhin zum Telefonieren verschwunden ist, hab ich sie nicht mehr gesehen."

„Das ist echt schon eine ganze Weile her. Bestimmt eine Stunde oder so." Anna schaute sich ebenfalls suchend um.

In diesem Moment vibrierte Lindas Handy. Sie hatte eine Nachricht bekommen, von Daniela.

Muss dir unbedingt was sagen, komm bitte zum Aussichtspunkt. Aber allein.

Sie drehte das Display zu Anna. „Ich weiß gar nicht, was das soll?"

„Ich auch nicht, aber du solltest hingehen. Vielleicht hat sie noch irgendwas organisiert, von dem du nichts weißt. Oder irgendwas geht schief, was weiß ich. Nun geh schon, ich halte hier die Stellung."

Linda nickte zustimmend, hob das Absperrband und lief unter den Bäumen entlang Richtung Festungsmauer. Still war es hier, die Besucherströme konzentrierten sich auf andere Abschnitte. Nur wenige Menschen verirrten sich in diesen Bereich. Im tiefen Schatten war es fast schon angenehm kühl. Ein leichter Wind strich über ihre Haut und dankbar reckte sie das Gesicht in die frische Brise. Linda passierte einen kleinen Weg und schaute diesen suchend entlang. Er machte nach wenigen Metern eine Kurve – doch da war keine Spur von Daniela. Linda lief weiter, immer Richtung Festungswall. Kurz bevor sie bei einer der aufgestellten Kanonen anlangte, tauchte Daniela plötzlich auf.

„Sag mal, wo warst du denn? Ich hab mir schon Sorgen gemacht?", rief sie ihr entgegen.

Daniela schaute sie nervös an, ihre Hände zitterten. Die Augen waren gerötet, ein dicker Strich aus verlaufener Wimperntusche zog sich über ihre Wange. „Ich musste etwas klären."

„Was, wie du musstest etwas klären? Ausgerechnet jetzt? Wir sollten wieder zurückgehen, zu den anderen", schlug Linda vor. „Die Kostümparty geht gleich los und Valentin hat schon nach dir gesucht."

Unsicher blickte sie zurück. Vor dem Zelt standen mehrere Eltern und unterhielten sich. Noch schaute keiner zu ihnen herüber.

„Erst muss ich dir etwas sagen, komm mit." Daniela ergriff ihre Hand und versuchte, Linda mit sich zu ziehen.

Doch sie blieb stehen. „Wenn du etwas sagen willst, dann sag es doch."

„Es geht nicht hier, bitte, komm doch mit." Panisch schaute Daniela sich um. Dann schrie sie los. „Herrgott, ich bitte dich, einfach nur mitzukommen. Musst du dich denn immer so bescheuert anstellen, so schwerfällig, so begriffsstutzig."

Wie es genau dazu gekommen war, konnte Linda nicht mehr sagen. Die ganze Anspannung und Wut der letzten Wochen entlud sich in einem Schlag. Sie hob ihre Hand und verpasste Daniela eine saftige Ohrfeige.

Keuchend stand die Frau vor ihr und rieb sich die Wange. „Okay, aber kannst du nun bitte mitkommen. Bitte Linda, es ist sehr wichtig, auch für dich. Glaub mir, ich würde nicht darum bitten."

Etwas in Danielas Blick ließ sie stutzen. Sie hatte schon einige unbekannte Seiten an ihr kennengelernt, aber noch nie diese. Linda schien es fast, als hätte die Frau Angst, und zwar panische. Ihre Augen waren geweitet, ihr Atem ging schnell. Immer wieder blickte sie sich nach allen Richtungen um. „Bitte", wiederholte sie und streckte ihre Hand nach Linda aus.

Diese schaute noch einmal zurück. Mittlerweile waren einige der Eltern auf ihre Auseinandersetzung aufmerksam geworden und blickten zu ihnen herüber.

„Also gut, los."

Linda ergriff Danielas ausgestreckte Hand und diese zerrte sie mit sich. Sie rannte seitwärts in eines der Gebüsche. Dahinter lag ein kleiner Wald, doch Daniela rannte immer weiter und sie stolperte hinterher. Lindas Kopf begann durch die Anstrengung erneut heftig zu schmerzen. Einige Male drohte sie fast zu stürzen, doch Daniela hielt ihre Hand eisern umklammert. Ein altes Gebäude tauchte auf. Feuchte, von Efeu bewachsene Mauern waren da. Genau dorthin zog Daniela sie und tauchte in den Schatten des Gebäudes ein. Panisch musterte sie die Umgebung, mit schreckgeweiteten Augen.

Schlagartig wurde Linda wieder schwindelig, der Schmerz in ihrem Kopf nahm zu, als hätte ihr jemand ein Messer hineingestoßen. Haltsuchend taumelte sie zur Seite.

Daniela zog sie an sich, hielt Lindas Gesicht in ihren Händen. Sie sagte etwas, sprach beschwörend auf sie ein. Ungläubig starrte Linda sie an, schüttelte den Kopf. Doch Daniela sprach immer weiter.

Hinter ihnen war plötzlich ein Geräusch. Daniela stieß einen kleinen Schrei aus und ließ sie los. Schwankend stand Linda da und drehte sich um. Die Büsche hinter ihr teilten sich, eine Person trat heraus und kam näher. Fast erleichtert dachte sie, dass endlich Hilfe nahte, jemand, der Daniela beruhigen würde. Dann wurde ihr Arm ergriffen. Sie hörte einen Schrei, er gellte in ihren Ohren. Und dann war da nur noch Schwärze.

Kapitel 12

Da war ein Geräusch, irgendetwas piepte, gleichmäßig, monoton, nervend und da waren Schmerzen. In Lindas Schädel hämmerte ein kleiner Bauarbeiter mit einem Presslufthammer. Unsicher versuchte sie, die Augen zu öffnen. Doch sie waren verschlossen. Jemand schien kleine Gewichte aus Blei an ihren Wimpern befestigt zu haben. Das Lauschen strengte an und gleich darauf versank Linda wieder in einen tiefen Schlaf.

Irgendwann erwachte sie erneut. Ihre Hände begannen zu wandern. Da war Stoff unter ihren Fingern, kühl und glatt – ohne die geringste Falte. Eine andere Hand legte sich auf die ihre, hielt sie fest, drückte sie beruhigend. Menschen flüsterten um sie herum, doch sie verstand kein Wort. Jemand berührte sie an der Wange. Aber dieses andere Reich, das Reich des Schlafes, war einfach stärker. Es sandte dunkle Schlingen aus, die sich um ihren Körper legten. Linda versuchte, sich zu wehren, doch die Schlingen waren einfach zu stark. Sie wickelten sich um jedes Körperteil. Ganz zum Schluss erfassten sie ihren Geist. Und sie gab nach, ließ sich entführen und schlief erneut ein.

„Linda, Linda, Linda". Da war immer wieder dieser Name, mal gesprochen, mal geflüstert, mal energisch gerufen. Sie suchte in ihrem Kopf nach einer Antwort. Was wollte dieser Name ihr sagen? Linda brauchte eine ganze Weile, bis sie begriff, dass dieser Name zu ihr gehörte. Sie war diese Linda. Und dann kamen wieder Berührungen. Jemand strich über ihre Wange, ihren Arm. Doch der Schmerz in ihrem

Kopf ließ sie sich nach der anderen Seite sehnen. Da, wo Schlaf und Ruhe und Frieden herrschten.

„Mama", sagte eine Stimme. Sie klang jung, kindlich und unendlich traurig. Marie – das war ihr Kind. Linda wehrte die Schlingen des Traumreiches tapfer ab und begann, langsam ihre Augen zu öffnen. Es war eine Qual, eine Tortur und der erste kleine Lichtstrahl, den sie erkannte, ließ sie qualvoll aufstöhnen. Geblendet versuchte sie, sich abzuwenden.

Doch Linda gab nicht auf. Da war ein Gesicht, direkt vor ihrem. Es sagte etwas, Tränen tropften auf ihre Wangen. Noch einmal sammelte Linda all ihre Kraft. Dann waren ihre Augen offen. Ihre Mutter beugte sich über sie. Sie sah schrecklich aus, tiefe Falten hatten sich in ihre Mundwinkel eingegraben. Doch jetzt lächelte sie liebevoll. „Meine Linda." Weiche Hände umschlossen ihr Gesicht, hielten es tröstend.

Lindas Mund war trocken, sie versuchte zu sprechen, doch ihre Zunge fühlte sich wie ein Fremdkörper an – dick, geschwollen, unbrauchbar. Das Gesicht ihrer Mutter verschwand. Ein blonder Haarschopf tauchte auf und große blaue Augen sahen sie an.

„Frau Trautner, hören Sie mich?"

Linda nickte, es war nur eine kleine Bewegung, aber für sie eine unendliche Kraftanstrengung.

„Sehr gut, Frau Trautner. Nicht sprechen, hören Sie, schön langsam, eins nach dem anderen."

Kühle Feuchte legte sich auf ihre Lippen, rann in ihren Mund. Es war eine Wohltat und am liebsten hätte Linda mehr davon gehabt.

Da waren wieder Stimmen, sie klangen energisch und schienen von weiter her zu kommen. „Unmöglich, auf keinen

Fall heute noch. Wir müssen die kommende Nacht und den morgigen Tag abwarten. Sie ist noch sehr instabil."

Wie viel Zeit vergangen war, konnte Linda nicht sagen, als sie erneut erwachte. Irgendwie fühlte sie sich besser und vor allem klarer. Es schien Nacht zu sein, denn das Zimmer lag im Dämmerlicht. Seitlich von ihr flackerten Lampen. Da war wieder dieses Piepen und sie begriff, dass es von irgendwelchen Maschinen stammen musste.

Vorsichtig begann Linda, ihren Kopf zu drehen. Zu ihrer Rechten erkannte sie eine Schwester, die verschwommen hinter einer Scheibe saß und schrieb. Zu ihrer Linken war ein Fenster. Fahles Mondlicht fiel herein, zauberte die Schatten eines Strauches auf die Wände. Schritte erklangen und die Schwester näherte sich. Mit einem freundlichen Lächeln beugte sie sich über sie.

„Na Frau Trautner, willkommen zurück."

Die Schwester berührte ihre Wange und legte ihr dann die Hand auf die Stirn. Nebenbei musterte sie die Anzeigen der Apparate.

„Es kommt gleich ein Arzt zu Ihnen. Haben Sie mich verstanden? Nicht sprechen, nur nicken."

Und sie nickte.

„Wunderbar, haben Sie Schmerzen, im Kopf?"

Erneut nickte Linda.

„Gut, der Arzt wird sich alles ansehen."

Ein Mann erschien neben der Schwester. Sie flüsterten miteinander. Routiniert begann er sie zu untersuchen und sagte kein Wort.

Ein Klopfen ertönte. Beide schauten zur Tür und nickten dann. Kurz darauf schob sich das Gesicht ihrer Mutter in ihr Blickfeld.

„Mama", versuchte Linda, mit ihren Lippen zu formen.

„Schhh, nicht sprechen. Ich bin ja da." Schon wieder weinte ihre Mutter, und setzte sich dann neben das Bett. Sie hielt ihre Hand und strich beruhigend über ihren Arm. Linda fühlte sich seltsam geborgen. So, als wäre sie wieder ein kleine Mädchen.

Stunden vergingen, immer wieder schlief sie ein, erwacht jedoch nach kurzer Zeit. Und bei jedem Erwachen fühlte sie sich stärker und frischer.

Es war Morgen geworden. Das Kopfteil des Bettes war leicht nach oben geklappt worden. Regen prasselte an die Scheiben des Zimmers.

Soeben hatten mehrere Ärzte sie untersucht. Zum ersten Mal hatte Linda ihnen antworten können. In ihren Ohren hat es wie ein heiseres Krächzen geklungen, und so schien es sich auch angehört zu haben.

Die Schmerzen im Kopf hatten nachgelassen, waren zu einem dumpfen Pulsieren geworden. Auf ein paar Fragen hatt Linda schon Antworten bekommen. Sie hatte sich den Kopf gestoßen, eine Gehirnerschütterung gehabt und war eine Zeit bewusstlos gewesen. Dann war die Arztkarawane weitergezogen.

Mutter schob sich durch die Tür und setzte sich neben ih Bett. Besorgt sah sie sie an.

„Was ist passiert?", fragte Linda leise.

Ihre Mutter zuckte zusammen. „Du hattest einen Unfall, einen ziemlich schweren. Du hast dir gehörig den Kopf gestoßen."

Linda versuchte, sich zu erinnern. Aber da war nichts, nu Schwärze.

„Das sagte der Arzt schon. Wann war das denn?"

Mutter seufzte, holte ein Taschentuch heraus und wischte sich über die Augen. „Vor drei Tagen, du hast im Koma gelegen."

„Drei Tage? So lange, wie geht es Marie und Kevin?"

„Es geht ihnen gut. Kevin hat viel an deinem Bett gesessen und ein Mal war Marie auch mit hier." Ihre Mutter zögerte kurz. „Erinnerst du dich an irgendwas?" Unsicher sah sie sie an. „Ihr habt einen Ausflug gemacht, mit dem Kindergarten, auf die Festung Königstein?"

Linda schloss die Augen. Bilder flackerten auf, da war die Elbe, ein buntgeschmücktes Boot, da waren Felsen, ein riesiges Zelt, viele lachende Kinder. Sie erkannte pinkfarbene Shirts und Daniela, die mit ihr zusammen auf einem Podium stand. Der Rest versank in tiefem Nebel.

„Was ist dann passiert? Ich verstehe das alles nicht, auch dass du hier bist. Was ist mit Vati?"

Ihre Mutter zerknüllte das Taschentuch zwischen ihren Händen. „Ich glaube, das muss dir dein Mann sagen. Vati ist in einer Tagespflege untergebracht, damit ich dich besuchen konnte. Aber morgen muss ich wieder heim."

Vor der Tür ertönten Stimmen. Mutter sah sich hastig um und ergriff dann ihre Hand. „Ich muss jetzt auch gehen, du bekommst gleich Besuch. Heute Abend, bevor ich heimfahre, komme ich noch mal wieder. Und bitte, reg dich nicht auf." Sie drückte ihr einen Kuss auf die Stirn und verschwand.

Linda erwartete, Kevin zu sehen, doch stattdessen tauchte ein Arzt auf, neben dem eine Frau in einem dunklen Hosenanzug stand. Der Arzt checkte noch einmal die Apparate. „Nur zehn Minuten", sagte er ernst zu der Frau. „Versuchen Sie, jegliche Aufregung zu vermeiden."

Die Frau nickte und setzte sich auf den Stuhl, auf dem gerade noch ihre Mutter gesessen hatte. Mit einer kleinen Handbewegung, strich sie ihre blonden glatten Haare hinter das linke Ohr.

Mut machend lächelte sie sie an. „Frau Trautner, verstehen Sie mich? Ja, das ist schön. Ich bin Kommissarin Heidner, von der Dresdner Polizei." Die Polizistin hielt einen Ausweis vor ihr Gesicht, zog einen Block aus ihrer Tasche und sah sie dann an.

„Frau Trautner, Sie waren vor kurzem zu einem Ausflug auf der Festung Königstein. Erinnern Sie sich an irgendetwas?

Linda schilderte die wenigen Bilder, die ihr einfielen.

Frau Heidner nickte und lächelte. „Sehr gut, Sie erwähnten gerade den Namen von Daniela Jahnke. Was können Sie mir zu ihr erzählen? An was erinnern Sie sich noch? Wann haben Sie sie das letzte Mal gesehen? Sagen Sie einfach alles, was Ihnen einfällt."

Linda schloss ihre Augen und versuchte, sich zu konzentrieren. Augenblicklich wurden die Kopfschmerzen stärker und sie verzog einen Moment das Gesicht.

„Lassen Sie sich Zeit, denken Sie in aller Ruhe nach", sagte die Polizistin beruhigend.

Zeit lassen, in aller Ruhe nachdenken – Linda konnte nicht nachdenken. Sie verwirrte, dass die Polizei bei ihr war. War das normal, wenn man sich den Kopf gestoßen hatte? „Da war dieses Zelt, wir haben das Buffet eröffnet. Ich habe einige Worte gesagt. Mir war schlecht, ich konnte nichts essen. Frau Jahnke entfernte sich. Ich glaube, sie wollte telefonieren. Ich hab sie die ganze Zeit gesucht, aber sie war einfach verschwunden." Die Frau vor dem Bett sah sie gespannt an und beugte sich ein wenig vor. In diesem Moment stieg ein seltsames Gefühl in Linda auf.

Mit großen Augen musterte sie die Polizistin und holte tief Luft. „Sagen Sie mal, was ist eigentlich los? Warum stellen Sie mir diese Fragen?"

Der Schmerz in ihrem Kopf wurde von Minute zu Minute stärker. Erschöpft hielt Linda inne. Das Piepen neben ihr wurde schneller. Hitze strömte durch ihren Körper. Hinter der Glasscheibe nahm sie eine Bewegung wahr. Ein Arzt betrat den Raum, näherte sich.

„Ich glaube, wir sollten es vorerst dabei belassen." Ernst sah er die Polizistin an, die augenblicklich aufstand.

„Warten Sie, verdammt! Was ist passiert?" Linda schrie. Ihre Lider flackerten panisch. „Sie können mich doch hier nicht so liegen lassen, mit diesen Andeutungen. Ist was mit Marie oder mit meinem Mann?" Ihr Puls beschleunigte sich. Da war blanke Angst in ihrem Herzen. Das Gerät piepte immer schneller.

„Beruhigen Sie sich, Frau Trautner, bitte. Mit Ihrem Mann und Ihrer Tochter ist alles in Ordnung."

„Und warum sind Sie dann hier?" Linda blickte den Arzt an. „Sagen Sie mir bitte nicht, ich soll mich beruhigen. Wenn ich nicht weiß, was los ist, kann ich das sowieso nicht."

Die Polizistin warf dem Arzt einen fragenden Seitenblick zu. Dieser nickte leicht und zuckte mit den Schultern.

„Also gut. Bei Ihrem Ausflug auf die Festung Königstein kam es leider zu einem …" Die Polizistin zögerte kurz. „Nun sagen wir, zu einem mysteriösen Vorfall. Frau Jahnke ist seitdem spurlos verschwunden. Und Sie scheinen die letzte Person gewesen zu sein, die mit ihr Kontakt hatte. Wir haben

Sie mitten im Wald gefunden – ohnmächtig, mit Kratzspuren an den Armen, die eindeutig von Frau Jahnke stammen."

Am Nachmittag kam Kevin. Die restlichen Stunden hatte Linda in einem Dämmerzustand verbracht. Nachdem die Polizistin gegangen war, hatte man ihr etwas gespritzt. Anscheinend hatte es Probleme mit der Atmung gegeben. Danach war Müdigkeit in ihren Körper gekrochen, hatte ihren Geist lahmgelegt. Immer wieder hatten die Schwestern betont, dass sie sich unbedingt beruhigen müsse.

Daniela war verschwunden – diese drei Worte kreiselten unablässig in ihrem Kopf. Es war wie ein Strudel, aus dem es kein Entrinnen gab.

Mit aller Macht hatte Linda versucht, sich gegen die Müdigkeit zu wehren. Sie wollte angestrengt in ihre Erinnerungen eintauchen. Doch sie sah nur Daniela, die ihr mit dem Telefon zuwinkte und verschwand. Was danach geschehen war, blieb verborgen. Je mehr Linda versuchte, sich zu erinnern, umso verworrener wurden die Bilder.

Kevin trat unsicher näher, berührte sie an der Wange und drückte dann einen leichten Kuss auf ihre Stirn.

„Wie geht's dir?", fragte er leise.

Linda kämpfte die Tränen nieder und musterte ihn. Er sah ähnlich erschöpft wie ihre Mutter aus. „Es geht so. Der Kopf tut ein wenig weh. Wo ist Marie?"

„Bei deiner Mutter, sie hat sie heute vom Kindergarten abgeholt, damit ich dich besuchen kann. Ich wollte sie nicht mitbringen."

Sie nickte und blickte aus dem Fenster. „Stimmt das, ich meine, das mit Daniela?"

Kevin stöhnte und rieb seine Augen. „Ja, es stimmt. Es wurde alles abgesucht, doch sie war einfach wie vom Erdboden verschwunden."

„Ich verstehe das alles nicht." Ihre Stimme versagte, Tränen rannen über ihre Wangen. „Die Polizei war vorhin schon da."

„Ja, wir wurden alle befragt." Er zögerte kurz. „Kannst du dich denn an nichts mehr erinnern? Immerhin bist du doch mit ihr davongerannt."

„Nein, ich weiß nur noch, dass ich sie gesucht habe. Danach versinkt alles im Nebel." Sie deutete auf die Schnabeltasse und Kevin ließ sie trinken.

„David hat dich im Wald gefunden, ohnmächtig, mit tiefen Kratzern an den Armen – Kratzern von ihr. Andere Eltern haben von der Ferne beobachtet, wie du sie geschlagen hast. Linda, ihr habt euch gestritten." Er umklammerte seinen Körper und schaute auf die Geräte neben ihrem Bett.

Erst allmählich erfasste Linda die Bedeutung seiner Worte. Eine kalte Angst beschlich sie, erreichte ihr Herz und ließ sie nach Luft schnappen. „Da ist nur ein schwarzes Loch in meinem Kopf, ich kann mich einfach nicht erinnern. Was denkt denn die Polizei? Halten sie etwa ein Verbrechen für möglich?"

„Ich weiß es nicht, die Polizei hält sich bedeckt, aber ich vermute schon. Würde denn sonst die Mordkommission ermitteln?" Er mied ihr Gesicht, blickte zu Boden. Linda ergriff schließlich seinen Arm und zwang ihn, sie anzusehen.

„Die Mordkommission? Kevin, was bedeutet das? Sie verdächtigen doch nicht etwa mich?"

„Herrgott, ich weiß es nicht. Sie haben uns alle befragt, mich und die anderen Eltern. Aber du warst bei ihr, als sie verschwand und ihr wart nie die allerbesten Freunde. Keine Ahnung, was die anderen gesagt haben."

Linda starrte ihre Bettdecke an.

„Was soll ich denn jetzt tun?" Die Leere in ihrem Kopf breitete sich immer mehr aus.

„Keine Ahnung, ich weiß es nicht." Sein Tonfall war plötzlich scharf, die Ader an seinem Hals begann gefährlich zu pulsieren. „Was willst du von mir hören? Was soll ich sagen? Du verhältst dich seit Wochen seltsam. Ganze Tage stehst du vollkommen neben dir. Dann lässt du unser Kind allein zuhaus' und gehst angeblich, mitten in der Nacht, joggen. Als Resultat haben wir das Jugendamt am Hals, aber was tust du? Kümmerst dich nur um diesen beschissenen Ausflug und ausgerechnet mit der Frau, die dich in der Vergangenheit mehr als scheiße behandelt hat. Und dann sieht man dich mit ihr in einer heftigen Auseinandersetzung. Du schlägst sie sogar, schreist sie an und gleich darauf ist sie weg. Fort, verschwunden vom Königstein – was soll ich dazu sagen? Marie stellt mir schon genug Fragen, auf die ich keinerlei Antworten habe. Ich versuche, einigermaßen den Alltag zu bewältigen. Also frag mich nicht so dämliche Dinge." Kevin schob seinen Stuhl zurück, stand auf und verließ ruckartig das Zimmer.

Linda war allein. Erst allmählich wurde ihr das gesamte Ausmaß der Ereignisse bewusst. Mit letzter Kraft drückte sie auf den Klingelknopf an ihrem Bett.

Eine Schwester kam herein. „Heute Morgen war doch die Polizei bei mir. Haben Sie eventuell eine Telefonnummer, können Sie die Polizistin anrufen?"

„Das muss der Arzt entscheiden." Verunsichert musterte die Schwester sie. „Ich denke, sie sollten sich noch ein wenig ausruhen."

„Ich kann mich aber nicht ausruhen", zischte Linda wütend. „Bitte, informieren Sie irgendeinen Arzt. Er soll die Polizei anrufen. Eher werde ich mich nicht beruhigen können."

Wie viel Zeit vergangen war, konnte Linda nicht sagen. Sie hatte jegliches Gefühl verloren, orientierte sich nur am Tageslicht, draußen, vor ihrem Fenster.

Dann öffnete sich die Tür. Die Polizistin von heute Morgen betrat das Zimmer und sah sie erwartungsvoll an. „Sie möchten uns etwas sagen?"

„Bin ich verdächtig, verdächtigt man mich, mit Daniela Jahnkes Verschwinden zu tun zu haben? Und bitte, sagen Sie mir die Wahrheit."

„Frau Trautner, wir ermitteln in alle Richtungen. Aber ich gebe zu, dass Ihrer Aussage in dieser Ermittlung eine entscheidende Rolle zukommt", sagte sie ernst. Prüfend schaute sie Linda ins Gesicht. „Also gut, ich habe gerade mit dem Arzt gesprochen, er meinte, Ihr Zustand hat sich stabilisiert. Und deswegen will ich ganz ehrlich sein. Wir haben mit verschiedenen Leuten gesprochen. Die Situation, rund um das Verschwinden von Frau Jahnke, ist für uns schwer zu durchschauen. Umso wichtiger ist es, dass Sie uns etwas dazu sagen. Sie haben sie vermutlich als eine der Letzten gesehen. Sie können vielleicht Licht ins Dunkel bringen."

Kapitel 13

„Also, wenn Sie mich fragen, hab ich der Sache keinen Moment getraut. Linda und Daniela konnten sich von Anfang an nicht ausstehen und auf einmal standen sie Arm in Arm vertraut am Steg und taten so, als wäre vorher nichts geschehen. Linda war eher ein einfaches Hausmütterchen, ging in dieser Rolle vollkommen auf. Und Daniela, die war eine Geschäftsfrau durch und durch. Nur auf Karriere aus, gnadenlos, rücksichtslos. Sie hätten sie damals mal bei diesem Elternabend sehen sollen. Ausgerechnet mit Linda sollte sie einen Ausflug organisieren. Daniela ist beinahe explodiert, wie ein Rohrspatz hat sie geschimpft und sich endlos aufgeregt."

Linda betrachtete die Polizistin prüfend und diese hielt ihrem Blick stand. „Stehe ich im Verdacht, etwas mit ihrem Verschwinden zu tun zu haben?"

Gabriele Heidner wiegte ihren Kopf hin und her. „Na sagen wir mal so. Die Situation, in der wir Sie vorgefunden haben, lässt alle möglichen Rückschlüsse zu. Je eher Sie mit uns zusammenarbeiten, umso besser, würde ich mal sagen."

Fragend schaute sie Linda an und holte ein kleines Diktiergerät aus der Tasche. Diese nickte zustimmend.

„Sobald Sie sich außerstande sehen, meine Fragen zu beantworten, oder Sie sich gesundheitlich nicht mehr dazu in der Lage sehen, geben Sie bitte Bescheid."

Erneut nickte Linda.

„Gut, Frau Trautner. Fangen wir an. Wie würden Sie Ihr Verhältnis zu Frau Jahnke bezeichnen?"

„Unsere Kinder sind enge Kindergartenfreunde. Sie verstanden sich vom ersten Tag an prima. Wir beide eher nicht. Ich glaube, wir sind einfach zu verschieden. Daniela ist immer ein wenig arrogant, tut so, als wäre sie etwas Besseres. Besonders mich ließ sie das deutlich spüren." Linda zögerte. „Doch in den letzten Tagen hat sich unser Verhältnis verändert. Eigentlich habe ich die gesamte Organisation des Ausfluges bereits mit ihrem Mann besprochen. Aber plötzlich meldete sie sich bei mir, bat mich um ein Treffen. Ich muss sagen, ich war mehr als erstaunt, ging aber hin.

Daniela bot mir an, mit mir zusammenzuarbeiten. Für einen Tag wollten wir ein Team sein, um es den anderen Müttern im Kindergarten zu zeigen."

„Aus welchem Grund wollten Sie etwas zeigen?"

„Es hat vor einigen Tagen einen Vorfall gegeben. Ich war zu späterer Stunde noch allein unterwegs, joggen im Wald." Linda räusperte sich. „Als ich nach Hause kam, waren Ihre Kollegen und ein Krankenwagen vor Ort. Meine Tochter Marie war nachts erwacht, hatte das Haus verlassen und wäre beinahe vor ein Auto gelaufen. Seitdem kursierten diverse Gerüchte über mich im Kindergarten. Also ich meine, über mich als Mutter. Das Verhältnis zu den anderen Müttern war nicht mehr so wie früher. Na ja, und das Verhältnis von Frau Jahnke zu den anderen Eltern war noch nie sehr gut."

„Ich verstehe, also haben Sie sich zusammengetan. Haben Sie bei Ihrem Treffen auch über private Dinge gesprochen oder ging es ausschließlich um den Ausflug?"

Linda dachte an den Morgen an der Elbe. Wie sie zusammen einen Joint geraucht hatten. „Sie hat ein wenig von sich erzählt, über ihre Arbeit und wie viel Verantwortung sie trägt. Unter anderem meinte sie zu mir, sie würde gerne noch einmal irgendwo von vorn beginnen, ihre Firma verkaufen, alles hinter sich lassen. Sie meinte, das hätte sie noch niemandem erzählt, nur mir."

„Und das hat sie ausgerechnet Ihnen anvertraut, obwohl Ihr Verhältnis alles andere als innig war?" Eine steile Falte tauchte auf Gabriele Heidners Stirn auf.

„Ich konnte es erst selbst nicht begreifen. Aber genauso drückte sie sich aus."

„Versuchen Sie, sich an die letzten Minuten mit Daniela Jahnke zu erinnern. Wann haben Sie sie das letzte Mal gesehen?"

Linda versuchte, ihre Erinnerungen herbeizuzaubern. Das Buffet war eröffnet worden, alle stürzten sich auf das gute Essen. Ihr war schlecht gewesen, sie hatte sich zu Anna gesetzt und dabei Daniela von der Ferne gesehen. „Sie lief nach vorn, zu einem der Aussichtspunkte. Daniela hatte ein Handy in der Hand und winkte mir zu. Ich nahm an, sie wollte telefonieren."

„Und dann?"

„Sie war eine ganze Weile weg. Ich weiß noch, dass ich sie gesucht habe. Der Veranstalter hatte eine Frage und ich war mir unsicher, was zu tun war. Doch sie war einfach nicht zu sehen. Irgendwann sprach mich meine Freundin Anna an. Sie hatte meine Besorgnis wohl gespürt."

„Wie lange schätzen Sie, war Frau Jahnke da schon fort?"

„Bestimmt mindestens eine Stunde. Vielleicht sogar ein wenig länger. Sie war während des gesamten Essens verschwunden."

„Und was geschah dann?" „Ich lief also los, unter den Bäumen entlang, schattig war es dort, der Wind rauschte." Linda versuchte, den Moment vor ihr inneres Auge zu holen. Sie schloss die Augen, versuchte, sich zu konzentrieren, doch da war nur Schwärze. „Daniela kam mir entgegen. Keine Ahnung, ich weiß nicht, was dann geschah."

„Lassen Sie mich Ihnen helfen. Von der Ferne wurde eine Auseinandersetzung zwischen Ihnen beiden beobachtet, in der Nähe der Festungsmauer. Daniela Jahnke schrie sie an, aber sie stießen sie zurück, schlugen ihr sogar ins Gesicht. Sie kämpften miteinander, dann versuchte sie, vor Ihnen zu fliehen. Aber Sie setzten ihr nach. Dann verschwanden Sie beide aus dem Blickfeld der anderen."

Linda starrte die Polizistin mit großen Augen an. Dann kniff sie die Augen zusammen und versuchte, sich das eben Gehörte vorzustellen. Doch da war nichts, nur gähnende Leere. Es schien, als hätte ihr Körper diese entscheidenden Minuten von seiner Festplatte gelöscht. Das Nachdenken strengte an, und vor Schmerzen verzog sie das Gesicht.

Die Schwester, die ihre Unterhaltung von jenseits der Scheibe mit verfolgte, klopfte an das Glas und bedeutete, das Gespräch abzubrechen.

Gabriele Heidner nickte. „Gut, Frau Trautner, da wäre noch eine letzte Frage.

Einige Väter fanden Sie nach einer ganzen Weile ohnmächtig im Wald, mit einer ziemlich schweren Kopfverletzung. Das war in der Nähe einer Ruine. Man brachte Sie dann ins Krankenhaus. Bei der anschließenden Untersuchung wurde ein starkes Beruhigungsmittel in Ihrem Blut gefunden. Können Sie mir dazu etwas sagen? Das gefundene Mittel ist ein extrem starkes Opiat, nicht einfach so frei erhältlich. Es ist ein Mittel, was zu schweren Halluzinationen führen kann."

Linda schloss die Augen und versuchte, sich zu erinnern. „Ich weiß noch, ich hatte Kopfschmerzen und mir war übel. In der Tasche habe ich nach meinem Migränemittel gesucht. Aber anscheinend hatte ich das Medikament daheim liegen lassen. Ich erinnere mich, Daniela gefragt zu haben. Doch sie meinte, sie würde nie Tabletten nehmen und wäre auch nie krank."

„Also haben Sie keine Tabletten auftreiben können?"

Kevin fiel ihr schlagartig ein. Sie sah sich mit ihm am Tisch sitzen, er schob ihr eine Schachtel über den Tisch. Aber nein, das konnte unmöglich sein. „Keine Ahnung, ich glaube nicht, kann mich aber nicht erinnern." Sie schüttelte den Kopf War es möglich, dass ihr Mann damit zu tun hatte?

Prüfend schaute die Polizistin sie an und lächelte dann.

„Gut, ich denke, wir belassen es für heute dabei. Sobald Ihnen noch etwas einfällt, bitte ich Sie, sich bei mir zu melden."

Linda grübelte, bis am Abend ihre Mutter kam, um sich z verabschieden. Voller Sorge saß diese vor ihrem Bett. „Wie war das Gespräch mit der Polizei?"

„Keine Ahnung, ich weiß nicht, ob sie mir glauben. Aber dieser Moment auf dem Königstein ist einfach wie ausgelöscht."

„Es wird alles wiederkommen, da bin ich sicher." Dann schwieg ihre Mutter und schien nach den nächsten Worten zu suchen. „Und mit dir und Kevin, ist da alles in Ordnung? Ich frage nur wegen dieser Geschichte mit dem Jugendamt."

Erschrocken schaute Linda ihre Mutter an. „Er hat es dir erzählt."

„Nein, natürlich nicht. Ich habe den offenen Brief zufälli auf dem Küchentisch entdeckt. Und, na ja …" Ihre Mutter zögerte. „Ich kann das gar nicht glauben. Jugendamt, wo du doch eine so tolle Mutter bist."

Linda fixierte fest die Tür gegenüber dem Bett und versuchte, ihre Tränen zu unterdrücken. Der Versuch misslan und am Ende heulte sie wie ein kleines Mädchen. „Ach Mama, ich hab irgendwie alles falsch gemacht. Und ich bin auch keine gute Mutter und schon gar keine gute Ehefrau." Am liebsten hätte Linda alles erzählt, aber ihre Mutter hatte schon genug Sorgen, mit der Pflege ihres, seit einem Schlaganfall, kranken Vaters.

Deswegen lächelte sie tapfer. „Aber wir kriegen das bestimmt hin, Kevin und ich, ganz sicher."

Mutter drückte sie noch einmal ganz fest an sich. „Mach keine Dummheiten und melde dich, wenn irgendwas ist." Dann ging sie zur Tür, drehte sich noch einmal um und winkte ihr zu. Und in diesem Moment wünschte Linda, sie wäre wieder ein kleines Mädchen, würde ein Pflaster aufs Knie geklebt bekommen und alles wäre tatsächlich wieder gut.

Am nächsten Morgen wurde Linda auf die Normalstation verlegt. Sie bekam ein Einzelzimmer, mit einem wunderbaren Blick auf einen alten Baum. Seine knorrigen Äste schienen sich beinahe bis in ihr Zimmer schieben zu wollen. Sie bat eine Schwester, das Fenster zu öffnen und lauschte dem Rauschen der Blätter.

Es erinnerte sie augenblicklich an den Tag des Ausfluges. Auch da hatten Blätter gerauscht, ein kühlender Wind war durch die Zweige gestrichen. Doch so sehr Linda auch nachdachte, der Nebel des Vergessens blieb.

Am Vormittag suchte sie ein Psychologe auf. Mit übereinandergeschlagenen Beinen saß er neben ihrem Bett. „Sie hatten einen schweren Unfall, Frau Trautner. Ihr Kopf war ziemlich in Mitleidenschaft gezogen, da sind solche Erinnerungslücken nicht ungewöhnlich."

„Ich grüble die ganze Zeit nach, habe die halbe Nacht nicht geschlafen, aber es will mir einfach nichts einfallen."

Der Mann notierte etwas in ihrer Krankenakte und schüttelte dann den Kopf. „Das ist nicht gut, Sie brauchen Ihren Schlaf, Ihr Körper braucht den Schlaf. Sie müssen gesund werden, zu Kräften kommen. Ich werde den Kollegen empfehlen, ein leichteres Schlafmittel zu verordnen."

Linda stöhnte auf. „Muss das denn sein?"

„Es muss, Sie brauchen Ruhe. Das ist das Allerwichtigste. Und was die Erinnerung betrifft: Ich bemerke bei ähnlichen Fällen immer wieder, dass diese umso eher wiederkommt, umso weniger man danach sucht. Also versuchen Sie, sich zu entspannen. Und Sie werden sehen, plötzlich wird Ihnen alles wieder einfallen."

Im Laufe des Tages wurden weitere Untersuchungen gemacht und die Ärzte zeigten sich mit ihrer Genesung mehr als zufrieden. Gegen Mittag durfte Linda das erste Mal aufstehen. Am Arm einer Schwester lief sie auf wackligen Beinen vom Bett zum Schrank und wieder zurück. Danach brauchte sie eine kleine Pause. Doch ihr Lebenswille war geweckt. So schnell wie möglich wollte sie hier raus.

Dazu trug auch der Besuch ihres Kindes bei. Am Nachmittag klopfte es und gleich darauf stürmte Marie ins Zimmer. Mit Freudentränen in den Augen drückte Linda sie an sich. Sie vergrub ihr Gesicht in Maries Haar, spürte die kindlichen Arme, die sie fest umfangen hielten und augenblicklich ging es ihr noch ein wenig besser.

Kevin setzte sich auf den Besucherstuhl und ließ sie gewähren.

„Was macht dein Kopf, Mama? Wann darfst du nach Hause? Kriegst du auch genug zu essen?" Hunderte Fragen prasselten auf sie ein, während Marie sich neugierig umschaute.

„He, was hatten wir besprochen? Nicht so viel plappern, sonst kriegt Mama gleich wieder Kopfschmerzen", ermahnte Kevin sie lächelnd.

„Lass sie doch, hach, ich freue mich so, euch zu sehen. Geht's dir gut, Marie? Wie war es heute im Kindergarten?"

Unsicher schielte Marie zu ihrem Vater und der nickte unauffällig. „Schön war's, nur ohne Jonas ist es ein bisschen langweilig. Seine Mama ist weg und er soll sehr traurig sein, hat Papa gesagt."

Kevin musterte den Fußboden und schwieg.

„Die anderen Kinder haben gesagt, du hast seine Mama zuletzt gesehen. Weißt du nicht, wo sie hingegangen ist? Bloß, dass er nicht mehr so traurig sein muss."

Linda schluckte die aufsteigenden Tränen nach unten und schüttelte den Kopf. „Tut mir leid, Schatz, das weiß ich leider nicht."

Später saß Marie am Tisch und malte. Kevin rückte ein wenig näher an ihr Bett heran und ergriff ihre Hand. „Es tut mir leid, was ich gestern gesagt habe, die Vorwürfe und so. Ich hab mir halt solche Sorgen um dich gemacht. Wie du da so lagst, im Wald, so blass und mit dem ganzen Blut überall – ich krieg die Bilder einfach nicht aus meinem Kopf."

„Schon gut, es ist für uns alle nicht einfach. Ich habe gestern noch einmal die Polizei kommen lassen." Kevin sah sie überrascht an. „Ich will einfach nur helfen, verstehst du? Ich will, dass man sie findet."

Die Geschichte mit den Tabletten fiel Linda wieder ein, doch seltsamerweise scheute sie sich, ihren Mann darauf anzusprechen.

„Und, ist dir noch etwas Neues eingefallen? Was denkst du, was passiert ist?" Forschend schaute ihr Mann sie an.

„Leider nein, ich kann mich einfach nicht erinnern. Ganz ehrlich, es ist alles so unglaublich verwirrend."

Genauso sah das ihre Freundin Anna. Denn kaum, dass Kevin mit Marie gegangen war, klopfte es erneut. Anna schob sich durch die Tür, mit einem riesigen Blumenstrauß und einem Paket, welches sie direkt auf Lindas Brust legte. Dann drückte sie sie an sich, strich über Lindas Kopfverband und bekämpfte ihre Tränen.

„Du blöde Kuh, weißt du eigentlich, was für Sorgen ich mir gemacht habe? Ich bin vor Angst fast gestorben. Erst ist Daniela weg, dann gehst du sie suchen und dann bist du auch noch weg. Wir alle haben nach euch gesucht. Die Männer haben dich schließlich gefunden, du warst mehr tot als lebendig. Auf die Intensivstation durfte ich nicht und Kevin und ich, na ja, beste Freunde sind wir nicht. Er hat mir nicht so viel gesagt, der Idiot, sorry." Betreten schaute Anna sie an. „Zum Glück hat deine Mutter mich ein wenig auf dem Laufenden gehalten". Seufzend setzte sie sich auf den Stuhl, zog ein Taschentuch hervor und schnäuzte sich ihre Nase. Dann blickte sie auf das mittlerweile ziemlich derangierte Paket auf Lindas Brust. „Da sind übrigens deine Lieblingsmohnschnecken von Bäcker Meier drin. Die Essensversorgung in Krankenhäusern ist ja nicht gerade der Hammer."

Linda wickelte vorsichtig das Gebäck aus der Verpackung. „Guter Gott, vier Stück, wer soll das denn essen?"

Minuten später kauten die beiden Frauen friedlich vor sich hin.

„Und du kannst dich wirklich an nichts mehr erinnern?" Anna blies ihre Wangen auf. „Das ist ja echt krass."

Linda schüttelte den Kopf und winkte ab. „Wie geht's David?" Sie hatte diese Frage einfach stellen müssen.

Anna zuckte die Schultern. „Schwer zu sagen, seit dem Tag war Jonas nicht mehr im Kindergarten. Seine Großeltern sind wohl da, so sagt man zumindest. Nach Danielas und deinem Verschwinden war er vollkommen aufgelöst. Er hat mit gesucht, so wie wir alle. Nachdem wir dich gefunden hatten, wuchs natürlich unsere Hoffnung, doch von Daniela gab es einfach keine Spur. Sie war weg, wie vom Erdboden verschwunden. Er ist dann mit der Polizei nach Dresden gefahren."

Anna ließ das letzte Stück von der Mohnschnecke in ihrem Mund verschwinden und deutete dann auf Lindas Kopf. „Tut's noch weh?"

„Ein wenig, ich hoffe, ich komme bald hier raus. Vor allem, da nächste Woche der Jugendamtstermin ansteht."

„Ich hab Kevin auf dem Parkplatz getroffen. Er scheint ja plötzlich reichlich besorgt um dich zu sein. Wenn ich ehrlich sein soll, hatte ich mit so viel Fürsorge seinerseits nicht gerechnet." Anna schürzte ihre Lippen.

„Was erwartest du? Er ist mein Mann. Ich würde das Gleiche auch für ihn tun."

„Du ja, aber er?" Ihre Freundin verdrehte die Augen. „Ich bitte dich Linda, die letzten Jahre hat er sich kaum um dich gekümmert und plötzlich macht er einen auf besorgten

Ehemann. Wer soll ihm denn das abkaufen?" Anna lachte auf und verschränkte ihre Arme. „Das Ganze wirkt ja fast schon so, als hätte er mit der Geschichte was zu tun."

Linda richtete sich auf. „Was willst du denn damit sagen? Macht er sich verdächtig, nur weil er mich, seine Frau, im Krankenhaus besuchen kommt? Ich glaube, du hast sie nicht mehr alle." Unruhig schaute sie Anna an. Ihre Worte trafen einen Punkt, den Linda nicht leugnen konnte. Es stimmte, so besorgt, wie seit einigen Tagen, hatte sie Kevin seit Jahren nicht mehr erlebt.

„Fakt ist, dass er am Anfang keine Minute von deinem Bett gewichen ist. Die ganze Nacht hat er hiergesessen." Ihr Zeigefinger schnellte vor und zeigte anklagend auf Lindas Brust. „Ich hab mich zeitweise um Marie gekümmert, weil er ständig ins Krankenhaus wollte und deine Mutter noch nicht da war. Und als sie dich gefunden haben, ist er beinahe zusammengebrochen und hat immer wieder gefaselt, es würde ihm alles so leidtun, er hätte das nicht gewollt. Sie mussten ihn förmlich von dir wegzerren. Frag doch mal die anderen Eltern. Alle werden dir das Gleiche erzählen."

„Und was willst du mir jetzt damit sagen?", fuhr Linda nach oben. „Soll ich mich ärgern, dass mein Mann für mich da war? Wäre es dir lieber, mich hätte niemand besucht? Ich danke dir sehr, dass du dich um Marie gekümmert hast. Aber ich glaube, es wäre besser, wenn du jetzt gehen würdest", sagt sie betont kühl. Gut, Anna war schon immer ein kleines Lästermaul gewesen, aber das jetzt Gesagte überschritt eine gewisse Grenze.

„Wenn du meinst." Anna raffte beleidigt ihre Sachen zusammen. „Aber ich glaube, du solltest langsam mal überlegen, wem du vertraust und wem nicht. Ich wüsste jedenfalls, wie ich mich entscheiden würde."

Mit einem lauten Knall schlug die Tür hinter ihr zu.

Kapitel 14

„Pah, die beiden und plötzliche Freundinnen, das hat denen kein Mensch abgenommen. Ohne Daniela wäre der ganze Ausflug nicht möglich gewesen. Die hat ihr ganzes Geld da reingesteckt. Linda, die war doch ein armes Schwein, ihr Mann scheint sie mächtig kurz gehalten zu haben. Die sind nie in den Urlaub gefahren, waren immer zu Hause. Und ihre Klamotten, na ja, schick und modern sieht anders aus. Wenn Sie mich fragen, haben die sich mit ihrem Hausbau ein wenig übernommen. Die war ja nur eine einfache Tippse bei einem Anwalt, da verdient man nicht so viel. Ich glaube, da hat Daniela gegenüber auch ganz viel Neid eine Rolle gespielt."

„Vorsichtig, gib mir deinen Arm, und jetzt langsam aussteigen." Gerade eben hatte Kevin sie aus dem Krankenhaus abgeholt. Zwei Tage eher als geplant, war Linda heute Morgen entlassen worden.

Sie war heilfroh, keinen Tag länger hätte sie es mehr ausgehalten. Das eintönige Im-Bett-herumliegen und die nur äußerst kurzen Ablenkungen durch den Besuch der Physiotherapeutin, hatten die Tage quälend lang erscheinen lassen.

Anna hatte sich nach ihrem Streit nicht mehr bei ihr blicken lassen. Linda hatte sich eigentlich bei ihr entschuldigen wollen, doch Kevin konnte ihr Handy nicht finden. Am Ende sagte sie sich, dass es vielleicht ein Wink des Schicksals gewesen war. Was immer Anna auch hatte andeuten wollen, es schien ihr, als wolle sie einen Keil zwischen Kevin und sie treiben.

Natürlich war Anna über alles informiert gewesen, über den ganzen Streit und die Zerwürfnisse der letzten Jahre. Doch als ihre beste Freundin hätte sie sich normalerweise über die kleinen Gesten der Versöhnung freuen sollen.

Mit wackligen Schritten schlich Linda durch ihren Vorgarten. Voller Rührung bemerkte sie, dass Kevin versucht hatte, alles regelmäßig zu gießen. Sogar die Rosen vor dem Haus hatte er anscheinend verschnitten.

Er öffnete die Tür und sie betrat ihr Zuhause. Ein seltsamer, blumiger Geruch lag in der Luft. Anscheinend nahm Kevin ihn auch wahr, runzelte kurz die Stirn und öffnete dann verlegen eines der Fenster. Hatte er Damenbesuch in ihrer Abwesenheit gehabt? Linda lächelte und sank dann erleichtert auf ihre Couch. Ihr Mann setzte sich in den Sessel gegenüber und betrachtete sie forschend. „Kann ich dich allein lassen? Ich müsste jetzt unbedingt wieder in die Werkstatt. Der Chef hat mir nur für zwei Stunden freigegeben. Wenn was ist, ruf unbedingt an. Das Telefon liegt dort auf dem Tisch."

Er beugte sich über sie und küsste sie auf die Wange. Sekunden später startete draußen der Motor seines Wagens. Dann herrschte Stille.

Linda lehnte sich zurück und genoss das Gefühl, endlich wieder daheim zu sein. Doch gleich darauf kehrte Unruhe ein. Viel zu lange hatte sie einfach so herumgelegen. Es wurde Zeit, etwas zu tun und ihren Körper wieder in Schwung zu bringen.

Im Flur stand ihre Krankenhaustasche. Linda schnüffelte an den Sachen und verzog die Nase. Alles roch nach Desinfektionsmittel, diesem typischen Geruch, den man einfach nicht mehr aus der Nase bekam. Also stopfte sie alles in die Waschmaschine und stieg dann mit der leeren Tasche nach oben ins Schlafzimmer. Die Jalousien waren heruntergelassen. Linda drückte auf den Knopf und mit einem surrenden Geräusch bewegten sie sich nach oben. Sonnenlicht flutete herein.

Neben ihrem Kleiderschrank stand der Rucksack, den sie beim Ausflug mit dabeigehabt hatte. Sie kippte ihn einfach auf ihr Bett. Als Erstes fiel ihr dabei das Handy ins Auge. „Kevin, Kevin", meinte sie kopfschüttelnd. Das Gerät war nach den vergangenen Tagen leer, also fischte sie ihr Ladegerät aus der Schublade und schloss es an.

Dann bemerkte sie ihre Medikamententasche. Verwirrt starrte Linda das Täschchen an, öffnete es. Wie immer waren ihre Kopfschmerztabletten darin. Konnte es wirklich sein, dass sie diese beim Ausflug übersehen hatte? Schon möglich, sie schleppte tatsächlich immer viel zu viel Kram mit sich herum. Nach und nach wanderte der Inhalt des Rucksackes zurück in die Handtasche, die sie im Alltag immer benutzte.

Plötzlich stutzte Linda. Zwischen Taschentuchpackungen und Halsbonbons für alle Fälle, lag eine Schachtel Zigaretten. Sie war ihr wohlbekannt und sofort musste sie wieder an das morgendliche Gespräch mit Daniela an der Elbe denken. Vorsichtig ergriff sie die Schachtel und öffnete sie. Fast alle Zigaretten waren noch darin. Wie war die Schachtel in ihren Besitz gekommen? Daniela musste sie ihr zugesteckt haben. Doch wozu? Sie wollte die Zigaretten gerade kopfschüttelnd irgendwo verstecken, als sie einen kleinen Zettel bemerkte, der mehrfach zusammengefaltet in der Packung steckte.

Linda zog die Zigaretten heraus und als Letztes den Zettel. Eine Telefonnummer stand auf ihm, sonst nichts. Unschlüssig betrachtete sie die Zahlenreihe.

Da klingelte es an der Tür. So schnell es ging, eilte sie nach unten und stopfte den Zettel dabei in die Tasche ihrer Jeans.

Polizistin Heidner stand vor der Tür und diesmal war sie nicht allein. Ein blondgelockter junger Mann, mit leichten Hasenzähnen, lehnte lässig am Türrahmen.

„Ich hoffe, wir stören nicht, Frau Trautner. Wir hätten noch ein paar Fragen. Eigentlich vermuteten wir Sie noch im Krankenhaus …" Den Rest des Satzes ließ sie offen.

„Nein, Sie stören nicht, kommen Sie doch rein."

Linda ging Richtung Wohnzimmer voraus. Unsicher setzte sie sich auf die Couch und klemmte die zitternden Hände unter ihre Oberschenkel. „Ach so, möchten Sie vielleicht etwas trinken?"

Gabriele Heidner winkte ab. „Danke, nur keine Umstände, das ist übrigens mein Kollege Tom Rostig."

Der junge Mann nickte ihr zu, hüllte sich ansonsten aber in Schweigen.

„Ja, Frau Trautner, nun sind ja schon einige Tage vergangen. Als Erstes wollte ich Sie fragen, ob Ihnen noch etwas eingefallen ist?"

Linda schüttelte vorsichtig den Kopf. „Nein, tut mir leid, die Erinnerung ist noch nicht wieder zurückgekommen. Sonst hätte ich Sie auch schon informiert."

Die Beamtin zog einige Papiere aus ihrer Tasche und legte sie vor sich auf den Tisch. Fast schon akkurat genau, achtete sie darauf, dass sie exakt übereinanderlagen. Dabei strich ihr Finger immer wieder den Mittelfalz entlang.

„Beim ersten Gespräch sprachen wir über das Verhältnis, dass Sie zu Daniela Jahnke haben. Sie waren recht offen und meinten, Sie beide wären nie die größten Freunde gewesen, wenn ich mich recht entsinne." Fragend schaute sie Linda an. Diese schwieg. „Doch dann meinten Sie, bei den Vorbereitungen zu diesem Ausflug, wären Sie sich ein wenig nähergekommen. Sie hätten sogar einige private Dinge miteinander besprochen, ein gewisses Vertrauensverhältnis aufgebaut. Ist das richtig?"

Diesmal nickte Linda leicht.

„Gut, Sie waren damals selbst erstaunt, dass Frau Jahnke sich Ihnen gegenüber öffnete. Nun, wie erklären Sie sich dann folgende Mails, die Sie an Frau Jahnke geschickt haben? Und zwar unter anderem direkt einen Tag vor dem Kindergartenausflug."

Mit ihren Fingerspitzen schob Gabriele Heidner die Zettel über den Tisch. Linda ergriff sie und begann zu lesen. Schon bei den ersten Worten stockte ihr der Atem. Es waren Beschimpfungen der übelsten Art, fast schon Drohungen, wenn man zwischen den Zeilen las. Da war davon die Rede, dass sie jetzt schon die Minuten zählen würde, bis dieser beschissene Ausflug endlich vorbei wäre und dass sie dann die Karten auf den Tisch legen würde. Oder davon, dass Daniela auf der Hut sein und sich auch daheim ja nicht zu sicher fühlen sollte. Bald wäre die Zeit gekommen, wo sie alles verlieren würde. Unter den Schreiben stand kein Name, aber die Absenderadresse gehörte eindeutig zu Linda.

Entgeistert starrte diese die Polizisten an. „Das habe ich nicht geschrieben. Auf keinen Fall, niemals. Ich habe diese Mails nie vorher gesehen. Wenn ich ehrlich bin, habe ich nicht mal eine Mailadresse von Daniela Jahnke besessen."

Diesmal ergriff der Polizist das Wort. „Die Mails sind an die Privatadresse von Frau Jahnke gegangen, von Ihrem Account. Wie erklären Sie sich das?"

„Keine Ahnung." Linda blickte auf die Absenderadresse. „Das ist ein alter Account von mir. Ich benutze diesen seit Monaten schon nicht mehr."

„Aber es ist Ihr Account, den Sie ja vermutlich mit einem Passwort geschützt haben."

„Ja, aber trotzdem. Ich habe diese Mails nicht geschrieben." Linda brach der Schweiß aus. Augenblicklich begann ihr Kopf wieder leicht zu pochen. Vorsichtig rieb sie ihre Schläfen. „Was soll ich denn sonst sagen?"

„Sind Sie neidisch, auf das Leben, das Daniela Jahnke führt? Auf all den Reichtum, auf das tolle Haus, neiden Sie ihr vielleicht auch den Mann?" Forschend schaute Gabriele Heidner sie an.

Lindas Mund war plötzlich staubtrocken. Wussten die Polizisten etwa von ihrer Affäre?

„Den Mann? Wie kommen Sie darauf, ich bin glücklich verheiratet." Sie schluckte heftig und nahm einen großen Schluck aus der Teetasse auf dem Tisch. Unverkennbar zitterte ihre Hand, den beiden Polizisten entging dies natürlich nicht. „Nein, ich neide ihr nichts. Ich weiß ja kaum etwas über ihr Leben."

Stille lag über dem Raum, nur die Küchenuhr tickte gleichmäßig vor sich hin. Es klang in Lindas Kopf wie Donnerschläge. Der junge Polizist wippte leicht mit seinem Fuß. Gabriele Heidner betrachtete sie immer noch prüfend, raffte dann die Zettel zusammen und erhob sich schließlich.

„Nun gut, belassen wir es für heute dabei. Sie sollten sich wieder hinlegen, Frau Trautner. Sie sehen, ehrlich gesagt, nicht sehr gut aus."

Mühevoll stemmte sie sich nach oben und brachte die Beamten zur Tür. Sobald deren Schritte verklungen waren, sank Linda zu Boden.

In ihrem Kopf drehte sich alles. Der Computer, den Kevin und sie benutzten, stand im kleinen Arbeitszimmer neben der Küche. Mit zitternden Fingern schaltete Linda das Gerät an. Langsam fuhr der Computer hoch, es dauerte Ewigkeiten, denn er wurde nur selten benutzt. Den meisten Papierkram erledigte Linda von der Arbeit aus.

Schließlich ploppte die Startseite auf. Sie wählte die Seite mit ihrem alten E-Mail-Programm. Adresse und Passwort eingeben, stand da. Linda loggte sich ein. Wieder einmal wurde ihr bewusst, dass sie immer dasselbe Passwort benutzte, seit Jahren schon.

Kevin hatte sich darüber einmal lustig gemacht. „Wenn sie dir mal alle Programme hacken, brauchst du dich wirklich nicht zu wundern."

Als Erstes erblickte Linda die Angaben des letzten Logins, schon diese ließen ihr Herz noch schneller schlagen. Sie, die diesen Account seit Monaten nicht mehr benutzt hatte, war zuletzt einen Tag vor dem Ausflug online gewesen. Dann flackerten die Mails an Daniela auf.

Sie waren alle binnen weniger Tage geschrieben worden. Hilflos klickte Linda sich durch die Texte. Der Schmerz suchte mit aller Macht ihren Kopf heim. Sie schleppte sich in die Küche, griff mit zitternden Händen eine Tablette aus der mitgebrachten Packung aus dem Krankenhaus und schluckte sie. Dann legte sie sich auf die Couch und schloss die Augen.

Die Situation war einfach zu grotesk. Es gab nur einen, der diese Mails geschrieben haben konnte, und das war Kevin. Aber warum, das wollte Linda nicht einleuchten.

Sie sah auf die Uhr. Es war kurz vor elf. Der Schmerz in ihrem Kopf ließ langsam nach.

Linda ging erneut ins Büro, schaltete den Computer aus und nahm ihren Autoschlüssel aus der Schale im Flur. Dann verließ sie das Haus und setzte sich in ihr Auto. Mit einer

Drehbewegung startete sie den Motor und fuhr langsam los. Auf den ersten Metern glaubte sie noch, gleich in den Straßengraben zu fahren. Doch allmählich wurde sie sicherer. Ihr Ziel war nicht allzu weit entfernt.

Vorsichtig bog sie in die Straße ein, in der David wohnte. Einige Meter vor seinem Grundstück hielt sie am Straßenrand an und schaute sich um. Wie immer war kein Mensch zu sehen. Linda nagte an ihrer Unterlippe. Was, wenn die Polizei gerade bei ihm war oder seine Eltern ihr die Tür öffneten? Sie musste es einfach riskieren.

Linda fuhr die restliche Strecke und drückte dann auf den glänzenden Klingelknopf. Fast augenblicklich erklang seine Stimme. „Ja, bitte?"

„David, ich bin's", flüsterte sie.

„Linda, du großer Gott, warte, ich mach das Tor auf. Komm rein."

Im Schritttempo schlich sie die Einfahrt empor. Vor dem Haus stand nur Davids Wagen und er selbst erwartete sie bereits in der Tür. Mit großen Schritten kam er ihr entgegen und half ihr aus dem Auto.

„Was tust du hier? Ich denke, du liegst noch im Krankenhaus?"

Panisch schaute Linda sich um. „Ist jemand hier?"

„Nein, wir sind allein. Jonas ist bei meinen Eltern und Juanita hab ich freigegeben. Es gibt ja nichts für sie zu tun. Was ist denn los? Du siehst schrecklich aus."

Schwankend lehnte sie sich ans Auto. David ergriff ihren Arm. „Komm erst mal rein." Er führte sie sanft ins Innere des Hauses. Im Wohnzimmer brachte er sie bis zur Couch. „Setz dich, warte, ich hole was zu trinken."

Linda trank das erste Glas Wasser in einem Zug leer. Dann fühlte sie sich etwas besser.

David saß neben ihr, hielt aber Abstand. Seine Augen musterten sie voller Sorge, und noch etwas anderes sah sie in ihnen. Gequält sah Linda weg.

„Wie geht es dir?" Er hob seine Hand, berührte beinahe ihre Wange und ließ die Finger dann wieder sinken. „Ich hab mir riesige Sorgen um dich gemacht."

„Es geht", flüsterte Linda. „Aber, wie geht es dir? Ich meine Daniela …" Sie verstummte, am liebsten hätte sie losgeheult.

David sah zu Boden und schüttelte den Kopf. „Ich weiß nicht, was los ist. Ich versteh das alles nicht. Sie ist einfach so weg, wie vom Erdboden verschwunden. Jonas hat ständig nach ihr gefragt. Ich konnte es nicht mehr ertragen, nun kümmern sich meine Eltern um ihn." Er raufte sich die Haare und stöhnte leicht. „Weißt du, unsere Ehe war beschissen, sie existierte nur noch auf dem Papier. Aber jetzt, das ist einfach nur scheiße. Ich kann das alles überhaupt nicht begreifen."

„Es tut mir so leid." Forschend sah David sie an. „Du müsstest doch eigentlich etwas wissen? Du bist ihr nachgelaufen, ihr habt miteinander gesprochen? Was hat sie dir gesagt? Ich meine, sie muss doch was gesagt haben, bevor sie verschwand." Sein Blick war lauernd.

Linda hämmerte mit ihrer Hand an die Stirn. „Ich kann mich nicht erinnern. Ich weiß es einfach nicht mehr. Da, da ist nur Nebel in meinem Kopf, dicht und undurchdringlich. Und je mehr ich über alles nachdenke, umso dichter wird dieser Nebel." Linda goss sich noch ein Glas Wasser ein und trank es leer. „Ich wollte dich etwas fragen. Ich weiß, der Zeitpunkt ist alles andere als gut. Aber, die Polizei war heute bei mir. Kann es sein, dass sie von unserer Affäre wissen?"

Überrascht lehnte David sich zurück. „Nein, woher denn? Was denkst du von mir? Ich habe nichts gesagt, das hätte mich in ein ziemlich schlechtes Licht gerückt."

„Ja, natürlich, ich wollte es einfach von dir wissen." Zerstreut blickte Linda sich um.

„Mach dir keine Gedanken, die Sache bleibt unser kleines Geheimnis. Es sei denn …"

„Es sei denn was?" Fragend sah sie ihn an.

„Ich vermisse dich", sagte David. Dann strich er mit seiner Hand über ihren Arm. Eine leichte Gänsehaut bildete sich auf Lindas Haut. „Ich denke jede Nacht an dich, wenn ich einschlafe, wenn ich aufwache, zwischendurch. Ich denke daran, wie wir uns im Wald geliebt haben oder hinten, im Gartenhaus. Ich krieg dich einfach nicht aus meinem Kopf. Nicht mal jetzt, wo die Sache mit Daniela passiert ist." Langsam rutschte er näher.

Da war sie wieder, diese unglaubliche Anziehungskraft zwischen ihnen. Linda spürte, wie ihr inneres Bollwerk ins Wanken geriet. Da war sein Geruch, die Nähe seines Körpers, dieses berauschende Gefühl, was sie verspürte, wenn er mit ihr schlief. Doch nein, sie hatte sich entschieden, es durfte nicht mehr sein.

Hastig blickte sie aus dem Fenster und rutschte bis an die äußere Kante der Couch. „Das sollten wir nicht tun. Wir waren uns einig, dass es vorbei ist."

David schluckte. „Ja, vielleicht hast du recht, vielleicht aber auch nicht. Und es war deine Entscheidung, nicht meine."

„Wie kannst du das sagen? Deine Frau ist verschwunden und du hast nichts Besseres zu tun, als mich anzumachen. Ist dir das denn wirklich vollkommen gleichgültig?" Fragend sah sie David in die Augen. Er erwiderte ihren Blick und schaute dann zu Boden. „Ich glaube, ich sollte jetzt gehen." Linda erhob sich abrupt.

David lief hinter ihr her, bis zu Lindas Auto. Die Worte brachen förmlich aus ihm heraus. „Es ist mir natürlich nicht gleichgültig, die Sache mit Daniela. Ich schlafe keine Nacht und grübele immer wieder. Ich überlege verzweifelt, was passiert sein könnte und kann mir einfach keinen Reim auf di Sache machen. Daniela hat Geld von einem Konto abgehobe viel Geld. Was soll ich davon halten? Die Polizei fragt mich seltsame Dinge. Und dann ist da noch Jonas." Gequält verzog er das Gesicht. „Deswegen würde ich gerne wissen: Darf ich mich bei dir melden? Ich will einfach nur erfahren, wie es dir geht. Linda, ich brauche dich." Bittend sah er sie an. Sie blieb dennoch hart, obwohl sie Mitleid in sich spürte und sah, wie David litt. Doch jetzt ging es um mehr. „Das sollten wir lasse Ich habe mich entschieden und ich bitte dich, dies zu akzeptieren."

„Also gut, wenn du meinst." David nickte. „Komm gut nach Hause und fahr vorsichtig." Behutsam schlug er die Autotür zu. Linda rollte die Abfahrt hinab, und wieder stand einfach nur da und blickte ihr hilflos hinterher.

Kapitel 15

„Es war an einem herrlichen Frühlingstag, da waren wir mit der ganzen Familie im Zoo. Und jetzt dürfen Sie mal raten, wer dort anspaziert kam – die Linda und der David. Ich hab das Erschrecken in deren Augen gesehen. Anscheinend hatten sie nicht damit gerechnet, dass sie von jemandem gesehen werden. Und dann diese Ausrede, von wegen, die Ehepartner wären irgendwo Tische reservieren. Nie im Leben hab ich das geglaubt. Im Kindergarten haben die schon immer ewig miteinander rumgesessen und geredet und so vertraut getan. So was macht man doch nicht als verheiratete Frau, mit einem Mann, der auch verheiratet ist. Also ich hab da eins und eins zusammengezählt."

In der folgenden Nacht schlief Linda erstaunlich gut. Kevin war erst um Mitternacht heimgekommen und sie hatten sich nicht mehr gesehen. Ihre Schwiegereltern hatten Marie aus dem Kindergarten abgeholt. Erst am späten Abend kamen sie mit ihr vom Spielplatz zurück.

Ihre Schwiegermutter hatte sie misstrauisch von oben bis unten gemustert. „Du meine Güte, du siehst furchtbar erschöpft aus, Kind. Du solltest dringend wieder auf die Beine kommen." Prüfend hatte sie sich im Haus umgesehen. „Und die Fenster müssten auch mal wieder geputzt werden."

Linda hatte nur mild gelächelt. „Ja, sicher, du hast recht." Es war immer besser, ihrer Schwiegermutter zuzustimmen. Egal was man sagte, man zog immer den Kürzeren. „Sollen wir Marie noch ins Bett bringen?"

Linda hatte abgewunken. „Nein, danke für eure Hilfe. Den Rest schaffe ich schon allein." Erleichtert hatte sie festgestellt, dass ihr Schwiegervater augenblicklich aufgestanden und zur Tür gelaufen war. Weitere langwierige

Diskussionen hätte Linda nicht durchgestanden. Zum Glück war Marie mit einer Gute-Nacht-Geschichte zufrieden gewesen und auf der Stelle eingeschlafen. Dann war Linda au ihre Couch gesunken und in einen unruhigen Schlaf gefallen. Kurz vor Mitternacht war sie erwacht und todmüde in ihr Be gewankt.

Als sie aufwachte, war es bereits kurz nach neun. In der Küche lag ein Zettel.

Bring Marie in den Kindergarten. Hab dich schlafen lassen, Kevin.

Unsicher starrte Linda die wenigen Worte an. Immer noch wa es ihr schier unmöglich, zu glauben, dass ihr Mann diese Mail geschrieben haben sollte. Doch eine andere Erklärung gab es nicht. Da fiel ihr wieder der kleine Zettel ein, den sie gestern i der Zigarettenpackung gefunden hatte.

Mit ihrer Kaffeetasse in der Hand setzte sie sich auf die Terrasse und musterte das Stück Papier. Linda ergriff ihr Handy, tippte die Nummer ein und wartete. Der Ruf ging ab, es bimmelte endlos lange. Dann schaltete sich eine Mailbox ein.

Laut und deutlich ertönte Danielas Stimme durch die Leitung. Erschrocken zuckte Linda zusammen und legte auf. Mit zitternden Händen legte sie ihr Telefon auf den Tisch un starrte es an. Ihr Herz klopfte wie verrückt und sie brauchte einige Sekunden, um zu begreifen, dass sie nur eine Bandansage gehört hatte.

Nach einigen Minuten drückte sie entschlossen die Wahlwiederholung und lauschte. Da war sie wieder - Danielas Stimme. Sie nannte eine kurze Adresse und verstummte dann

Linda lief nach drinnen, holte Zettel und Stift, hörte die Ansage erneut ab und notierte alles auf einem Zettel.

„Schmaler Weg 35a, Porschstein, Sächsische Schweiz." Das war's, mehr kam nicht.

Was sollte das bedeuten? Musste sie die Polizei informieren oder zumindest David Bescheid geben? Doch irgendein Grund musste dahinterstecken, dass Daniela ausgerechnet ihr die Schachtel samt Zettel in die Tasche gesteckt hatte. Vielleicht machte Linda sich vollkommen lächerlich, wenn sie die Polizei anrief.

Sie gab die Adresse in ihr Handy-Navi ein. Die Fahrt war nicht allzu weit. In etwas mehr als einer Stunde könnte sie am Ziel sein. Und schon stand ihr Entschluss fest.

Linda zog bequeme Sachen an. Dann packte sie einen kleinen Rucksack mit einer Flasche Wasser und einer Packung Tabletten für alle Fälle.

Die Fahrt begann, die Route führte sie auf der Autobahn bis Pirna und dann immer Richtung Elbsandsteingebirge. In der Ferne tauchten die markanten Tafelfelsen auf, einer von ihnen war der Königstein. Deutlich konnte sie die Festungsanlagen erkennen. Linda spürte, wie sie schneller atmete. Wie wunderbar hatten sie alles zusammen organisiert, und am Ende dieses Tages war nichts mehr gewesen wie vorher.

Das Navi lotste sie kurz vor Königstein von der Hauptstraße weg und führte Linda durch verschlafene Dörfer, die friedlich im Schein der Herbstsonne lagen. Blätter zeigten sich in Rot- und Gelbtönen und feuerten ein Farbfeuerwerk ab. Katzen streunten durch Gärten, Rentner warteten an Bushaltestellen, Bauern tuckerten ein letztes Mal mit ihrem Traktor übers Feld. Linda öffnete das Fenster und ließ die kühle Luft in ihr Auto. Sie fuhr langsamer, genoss die Gerüch und den Fahrtwind. Friedlich war es hier, ganz anders als in Dresden. Fast ein wenig so, als wäre die Zeit in diesen Ortschaften stehen geblieben, und es könnte einem hier nicht Böses widerfahren.

Dann war Porschstein erreicht, ein Fünfzig-Seelen-Dorf, mehr schien es nicht zu sein. Mitten im Ort führte ein schmaler Fahrweg hinüber zum Rand eines Waldes. Dort erkannte sie eine kleine Bungalowsiedlung. Linda stellte ihr Auto auf dem angelegten Parkplatz ab und folgte dem Weg, zwischen den Häuschen empor. Er war schmal, von Unkraut bewachsen und schien nicht mehr so häufig begangen zu werden.

Die meisten der Bungalows wirkten unbewohnt, einige regelrecht verfallen. Da waren Dächer eingestürzt, Türen und Fenster fehlten. Viele der Gärten waren mit Unkraut bewuchert und hatten den Kampf gegen die Natur bereits verloren. Über allem lag ein Hauch vergangener Zeiten.

Eines der allerletzten Häuser trug die Nummer 35a. Es stand schon mitten im Wald und war dadurch relativ schattig gelegen. Ein altes verblichenes Holzschild hing schief am verwitterten Gartenzaun. Sämtliche Fensterläden des Hauses waren geschlossen.

Prüfend schaute Linda sich um, doch nur die Vögel zwitscherten leise in den Zweigen über ihr. Behutsam öffnete sie das Gartentor und schlich den mit Blättern bestreuten Weg hinauf zur Hütte. Es gab eine kleine Terrasse, auf der Gartenmöbel standen. Sie waren älter, aber dennoch sauber. Dicke Moosflechten wuchsen auf dem Dach.

Ein Blumentopf mit Herbstastern stand neben der Tür. Die verblühten Stellen hatte jemand sorgfältig entfernt.

Linda klopfte am Eingang, doch nichts geschah. Vorsichtig drückte sie die Klinke nach unten, aber die Tür war verschlossen. Sie drehte eine Runde ums Haus, einen anderen Zugang gab es nicht. Keiner der Fensterläden ließ sich von außen öffnen.

Unentschlossen stand Linda vor der Tür. Was sollte sie hier? Spontan hob sie den Blumenkübel an – nichts. Suchend sah sie sich um. Eine alte Wäscheleine spannte sich von Baum zu Baum. Sie hing durch, einige Klammern rotteten vor sich hin. Und doch hing dort ein nagelneuer Klammerbeutel. Er war rot und hatte kleine weiße Punkte. In gewisser Weise wirkte er wie ein Fremdkörper in diesem verwilderten Garten und stach ihr augenblicklich ins Auge.

Linda kämpfte sich durch hochgewachsene Brennnesseln, ergriff den Beutel und schüttete seinen Inhalt auf die Wiese. Zwischen bunten Klammern fiel ein einfacher Schlüssel zu Boden.

„Na bitte." Triumphierend hielt sie ihn vor ihre Nase. Der Schlüssel passte perfekt, leicht drehte er sich im Schloss und die Tür öffnete sich.

In der Hütte herrschte Dämmerlicht, deswegen öffnete Linda zunächst einen der hinteren Rollläden und zog dann die Tür hinter sich zu.

Es gab ein Bett mit Decken und Kissen, einen Tisch, mehrere Stühle. Da war eine einfache Kochplatte auf einem Küchenschrank, neben der Dosen mit Fertiggerichten standen. Linda warf einen Blick in die Schränke, die meisten waren leer – ein wenig Geschirr, Packungen mit Kerzen und Stapel von alten Zeitungen – mehr gab es nicht. Nichts deutete darauf hin, dass Daniela irgendetwas mit dieser Hütte zu tun hatte. Und trotzdem war Linda sicher, dass sich hier zumindest zeitweise jemand aufhalten musste. Ein seltsamer Geruch lag in der Luft, nach einem schweren Parfüm, was sie glaubte, Daniela zuordnen zu können. Doch wo war sie und warum war sie hier?

Entmutigt ließ Linda sich auf einen der Stühle fallen und holte ihre Flasche Wasser aus dem Rucksack. Sie drehte den Verschluss auf, der Inhalt brodelte und ergoss sich als Schwall auf ihre Hose.

„So ein Mist." Linda griff sich eines der angegrauten Handtücher, die an einer Hakenleiste neben der Tür hingen. Dabei fiel ihr Blick auf den rot umrandeten Spiegel über dem Waschbecken.

Er war nagelneu und wirkte genauso fremdartig, wie der Klammerbeutel im Garten. Der Spiegel hing schief, und nicht nur das, er stand an einer Seite sogar ein wenig von der Wand ab. Linda versuchte dahinterzuschauen, ergriff ihn schließlich und nahm ihn ab. Ein dicker Umschlag war mit Klebestreifen auf seiner Rückseite befestigt.

Und nicht nur das. Hinter dem Spiegel gab es einen kleinen Hohlraum, in dem sich eine Tasche befand. Es war eine Make-up-Tasche und sie gehörte Daniela. Da war Linda sich ganz sicher. Bei ihrem Besuch im Eiscafé hatte Daniela eine Puderdose aus genau dieser Tasche gezogen und sich damit die Nase gepudert.

Linda setzte sich an den Tisch, öffnete den Umschlag und warf einen Blick hinein. In seinem Inneren war ein dicker Stapel Papiere – unmöglich, die alle zu überfliegen. Da waren Zahlen und Begriffe, die ihr nichts sagten. Des Weiteren fand sie einen Pass. Danielas Gesicht schaute sie an, doch der Name darin war ein anderer. In einem separaten Umschlag lagen Geldscheine in verschiedenen Währungen.

Ratlos betrachtete Linda den Inhalt des Umschlages. Eigentlich hatte sie sich Klarheit erhofft, doch stattdessen war sie noch verwirrter.

Plötzlich hielt sie den Atem an. Hatte sie sich getäuscht oder war da nicht gerade ein Schatten vor dem Fenster gewesen? Linda stand auf, drückte sich an die Wand und lauschte. Außer dem Zwitschern der Vögel war nichts zu hören.

Zentimeter für Zentimeter öffnete sie die Haustür und schielte um die Ecke. Der Garten war leer, niemand zu sehen. Vielleicht war Daniela gekommen und versteckte sich.

„Daniela, bist du es?", fragte Linda mit unterdrückter Stimme, doch keine Antwort kam.

Sie lief wieder ins Innere der Hütte und packte alles an Ort und Stelle. Gerade als Linda den Umschlag wieder am Spiegel befestigen wollte, kam ihr eine Idee. Sie nahm den Pass noch einmal heraus und schoss ein Foto von der Innenseite. Dann griff sie in ihren Rucksack, suchte ihren Lippenpflegestift und legte diesen in die Kosmetiktasche.

Linda ließ den Rollladen wieder herab und drehte sich um. Alles wirkte vollkommen unverändert – so, als wäre sie nie hier gewesen. Der Schlüssel kam wieder in die Klammertasche und sie lief durch den Garten hinunter Richtung Ausgang.

Vor dem Tor stutzte sie. Linda war sicher, das Türchen hinter sich zugezogen zu haben. Einfach, damit niemand bemerkte, dass sie sich hier aufhielt. Jetzt stand das Tor weit offen.

Mit angehaltenem Atem musterte sie ihre Umgebung. Der Wald mit seinen hohen Bäumen, der vorhin noch so friedlich ausgesehen hatte, wirkte jetzt beinahe bedrohlich mit seiner Dunkelheit. Einsam war es hier, abgelegen. Sollte ihr hier etwas zustoßen, würde niemand ihre Hilferufe hören. Linda spürte, wie sich eine Gänsehaut auf ihren Armen bildete.

Sie setzte den Rucksack auf ihren Rücken, verschloss das Gartentor und marschierte, so schnell sie konnte, zurück zum Parkplatz. Die letzten Meter rannte sie beinahe, mit dem Fahrzeugschlüssel bereits in der Hand. Ihr kleines Auto stand immer noch einsam in der Septembersonne, die Schattenbilder durch das Blattwerk der Bäume auf den Boden zeichnete.

Fast schon erleichtert stieg Linda ein und machte sich auf den Heimweg. Bei den ersten Häusern des Dorfes atmete sie auf. Die Zivilisation hatte sie wieder. Von Zeit zu Zeit blickte sie in den Rückspiegel, doch die Straße hinter ihr blieb leer. Die Fragen in ihrem Kopf waren jetzt noch drängender geworden als vorher. Warum hatte Daniela ausgerechnet sie dorthin gelotst? Wollte Daniela sich tatsächlich absetzen, irgendwo ein neues Leben beginnen? Der Pass und das viele Geld wiesen daraufhin. Aber warum vertraute sie ausgerechnet ihr? Und welche Rolle spielte David in dieser ganzen Geschichte? Er schien ahnungslos zu sein, was die Pläne seiner Frau betraf, obwohl auch er von Geldern gesprochen hatte, die Daniela abgehoben hatte.

Linda dachte an ihren Besuch zurück. Seine Verzweiflung über Danielas Verschwinden hatte echt geklungen. Aber war sie das wirklich?

Sie musste unbedingt zur Polizei gehen und ihre Entdeckungen mitteilen. Schon bei dem bloßen Gedanken bekam Linda Kopfschmerzen. Während sie auf Dresden zufuhr, verschob sie den Besuch auf den morgigen Tag. Es war gleich drei. Auf ein paar Stunden mehr würde es ganz sicher nicht ankommen. Jetzt würde sie in den Kindergarten fahren, ihre Tochter abholen und endlich wieder zurück in den Alltag finden.

Als sie das Kindergartengelände betrat, spürte sie die neugierigen Blicke der anderen Mütter. Diese saßen wie immer auf Bänken und schwatzten miteinander. Linda drückte ihren Rücken durch und marschierte tapfer zum Klettergerüst, auf dem Marie gerade herumturnte.

Mit einem Jubelschrei stürmte ihre Tochter ihr entgegen und schlang die Arme um Lindas Körper. „Mama, endlich holst du mich wieder ab."

Linda ging in die Hocke und presste Marie an sich. Das Getuschel hinter ihr war nicht zu überhören. Mit einem Ruck drehte sie sich um und starrte das Grüppchen Mütter an.

„Marie, wartest du kurz hier? Ich bin gleich wieder da."

Mit großen Schritten lief Linda auf die Gruppe zu. Nacheinander schaute sie den Frauen in die Augen. Die meisten mieden ihren Blick und sahen verlegen zu Boden. „Gibt es irgendein Problem? Wenn ja, solltet ihr es jetzt sagen." Sie hielt kurz inne. Verblüfft schauten sich die Frauen an, schwiegen aber. Selbst Rebecca schluckte nur heftig. „Hat niemand etwas zu sagen? Nein? Gut, dann haltet endlich den Mund und lasst mich in Frieden."

Dann ergriff Linda die Hand ihrer Tochter. Bei jedem Schritt fühlte sie sich besser. Es war eine Befreiung, es war eine Wohltat. Und einen Moment glaubte sie, Danielas Stimme in ihrem Kopf zu hören. „Gut gemacht."

Kapitel 16

„Die Daniela, die war immer schon was Besseres. Auf uns alle hat die runtergeschaut. Ihr Mann konnte einem manchmal fast leidtun. Aber dass der sich ausgerechnet der Linda zugewandt hat, konnte keine von uns verstehen. So eine Schönheit ist die ja nicht, das ganze Gegenteil von Daniela. Ich bin ja einmal mit den beiden im Bus gefahren. Sie dachten, man bemerkt es nicht, aber er hat an ihr rumgefummelt. Ich wette, die hatten was miteinander laufen. Da gab es einige Gerüchte. Und dann lässt die auch noch ihr Kind allein zu Hause, mitten in der Nacht. Stellen Sie sich das mal vor! Ich wette, sie war bei ihm, oder warum ist man sonst nachts unterwegs?"

Es klingelte. Linda dachte zunächst, sie träume dies nur, aber das Klingeln riss nicht ab. Mit verquollenen Augen kämpfte sie sich empor und wankte dann die Treppe hinab. Ihr Mund war trocken, als wäre sie gerade durch die Wüste marschiert.

Draußen standen Gabriele Heidner und ihr Assistent Tom Rostig. Dieser schaute bedeutungsvoll auf seine Uhr.

„Wir müssten Sie noch einmal sprechen, Frau Trautner", sagte die Beamtin und musterte sie von Kopf bis Fuß. „Eigentlich wollten wir Sie ins Präsidium mitnehmen, aber angesichts Ihres Gesundheitszustandes befragen wir Sie wohl lieber hier."

Linda nickte, trat beiseite und schlich voraus Richtung Wohnzimmer. Dabei warf sie einen Blick auf die Wanduhr und zuckte zusammen. Es war schon wieder gleich zwölf, sie hatte geschlafen wie eine Tote und immer noch war da nichts als pure Müdigkeit. Schmerzen tobten in ihrem Kopf und ihr war furchtbar übel. Vermutlich hatte Kevin Marie wieder in den Kindergarten gebracht und sie nicht geweckt. Diese unerklärliche Müdigkeit und Schwäche machten Linda zu schaffen. Sollte das wirklich alles noch mit dem Unfall zusammenhängen?

„Geht es Ihnen nicht gut, Frau Trautner? Sie wirken ein wenig benommen?", fragte Gabriele Heidner und musterte ihr Gesicht.

Sie winkte ab. „Danke, ich hab die Nacht schlecht geschlafen und mich heute Morgen noch einmal hingelegt." Das war eine glatte Lüge. Linda hatte mindestens sechzehn Stunden durchgeschlafen. Zusammen mit Marie war sie ins Bett gegangen. Da war es noch nicht einmal sieben gewesen. Die Polizisten schienen ihre Lüge zu durchschauen und warfen sich einen bedeutungsvollen Blick zu.

„Dürfen wir Ihnen dennoch eine Frage stellen?"

„Ja, natürlich." Ihre Hände zitterten, deswegen klemmte Linda sie unter ihre Oberschenkel. Das Zimmer um sie herum schien zu wackeln und einen Moment schloss sie gequält die Augen.

Gabriele Heidner lehnte sich zurück und schlug ihre Beine übereinander. „Warum haben Sie uns verschwiegen, dass Sie mit David Jahnke eine Affäre haben?"

Hilflos blickte Linda zwischen den Beamten hin und her. Sie öffnete den Mund, doch ihr wollten einfach keine Worte einfallen.

„Soll ich Ihnen ein Glas Wasser holen?", bot der Polizist an.

„Das wäre sehr nett, mir ist gerade irgendwie ein wenig übel." Minuten später stellte Tom Rostig ein Glas vor sie hin. In seiner Hand hielt er eine leere Flasche Wodka.

„Haben Sie die getrunken?"

Linda schüttelte den Kopf. „Nein, natürlich nicht." Sie starrte die Flasche an. Sollte Kevin sie getrunken haben, doch eigentlich trank der in letzter Zeit nur noch Bier? Niemand von ihnen trank Schnaps, es sei denn, ihr Mann hatte wieder einen Rückfall. Aber das hätte sie normalerweise bemerken müssen.

„Frau Trautner, erinnern Sie sich noch an meine Frage? Die Affäre?" Mühevoll riss sie ihren Blick von der leeren Flasche los.

„Ja, natürlich." Linda stöhnte und strich über ihr Gesich „Ja, Sie haben recht. David Jahnke und ich hatten eine Affäre aber woher wissen Sie das?"

„Nun, das tut nichts zur Sache. Uns interessiert viel meh warum Sie uns das verschwiegen haben? Denn diese Beziehung könnte eine ziemliche Bedeutung für das Verschwinden von Daniela Jahnke haben."

Was sollte sie sagen? Am besten die Wahrheit. „Ich habe mich geschämt, wegen dieser Affäre. Und da die Geschichte beendet ist, habe ich ihr keine so große Bedeutung beigemessen."

„Das sieht Herr Jahnke aber ein wenig anders", meinte Tom Rostig scharf. „Wir haben ihn gerade befragt, von einem Ende der Affäre hat er nichts erwähnt. Und welche Bedeutun eine solche Beziehung für die weitere Ermittlung, das Verschwinden von Frau Jahnke betreffend, hat, müssen Sie schon uns überlassen."

„Aber, aber, das kann nicht sein. Ich habe die Beziehung beendet, vor dem Ausflug", stotterte Linda. „Ich verstehe das nicht. Wie kann er das behaupten?"

Die Beamten schwiegen, nur die Uhr tickte leise vor sich hin. Nach einer ganzen Weile räusperte Gabriele Heidner sich

„Frau Trautner, haben Sie etwas mit dem Verschwinden von Daniela Jahnke zu tun?"

Linda schüttelte heftig den Kopf. „Nein, natürlich nicht. Vielleicht sollte ich gar nichts mehr sagen."

„Das wäre natürlich Ihr gutes Recht."

Linda betrachtete die Polizistin und beugte sich dann vor. „Aber ich will etwas sagen. Weil, ich habe damit nichts zu tun", sagte sie eindringlich. „Was sollte ich für einen Grund haben, diese Frau verschwinden zu lassen?"

„Nun da fallen mir spontan einige Gründe ein. Vielleicht wollten Sie an der Seite von David Jahnke ein neues Leben beginnen", sagte die Polizistin gelassen.

„Nein, das wollte ich nicht. Ich habe mich für meinen Mann entschieden und deswegen alles beendet." War jetzt nicht der Zeitpunkt gekommen, von ihren gestrigen Entdeckungen zu berichten? „Ich muss Ihnen dennoch etwas erzählen, warten Sie."

Linda holte den Rucksack aus dem Flur und entnahm ihm die Zigarettenschachtel. Dann legte sie den Zettel mit der Telefonnummer auf den Tisch. „Diese Schachtel samt Nummer muss Frau Jahnke mir vor ihrem Verschwinden in die Tasche gesteckt haben. Entweder auf dem Schiff oder vor dem Picknick auf dem Königstein. Unter der Nummer meldet sich eine Mailbox, es wird eine Adresse genannt. Ich bin gestern dort hingefahren, sie führt zu einem Haus in der Sächsischen Schweiz." Die Beamten warfen sich kurze Blicke zu. „Ich konnte mir einfach keinen Reim auf diese Geschichte machen, verstehen Sie? Deswegen habe ich nachgeschaut."

„Und was haben Sie gefunden?" Die Polizistin schaute sie gespannt an.

„Zunächst mal ein verlassenes Haus, eine Art Wochenendgrundstück. Da war nicht der kleinste Hinweis au Daniela, bis ich durch Zufall hinter den Spiegel geschaut hab der hing schief. Dort habe ich einen Umschlag entdeckt und eine Kosmetiktasche. In dem Umschlag waren Papiere und Geld und ein Pass."

„Was haben Sie damit gemacht?"

„Ich habe alles wieder an Ort und Stelle getan. Eigentlich hatte ich damit gerechnet, dort auf Daniela zu treffen. Aber wie gesagt, alles war verlassen."

Tom Rostig hielt das Telefon an sein Ohr, rief unter der angegebenen Nummer an und schaltete dann auf Lautsprecher. Es herrschte Stille, dann ertönte eine Ansage: „Der Teilnehmer ist vorübergehend nicht erreichbar."

Linda starrte das Telefon an. „Aber das kann nicht sein, gestern noch war eine Mailbox geschaltet. Aber warten Sie, ic habe die Adresse notiert." Sie eilte nach oben, suchte in ihrer Jeans und übergab ihre Notiz an Tom Rostig. Auf einem Zettel notierte er die Adresse.

„Sie hätten uns im Vorfeld informieren müssen, Frau Trautner", sagte die Polizistin ernst. „Solche Alleingänge zu unternehmen, macht die Sache für Sie nicht besser."

„Ja, vielleicht. Aber ich dachte, alles stellt sich als ein Missverständnis heraus" schluchzte Linda verzweifelt. „Ich dachte, Daniela würde dort einfach am Tisch sitzen und lache und endlich würde sich alles aufklären. Niemand verschwinde doch einfach so, warum denn?" Im Nachhinein fand Linda, dass ihre Erklärung mehr als schwachsinnig klang. Tränen liefen über ihre Wangen. „Ich begreife gar nichts mehr. Mein ganzes Leben ist nur noch Chaos." Sie tastete nach einem

Taschentuch, fand aber keins. Gabriele Heidner holte ihr schließlich eine Küchenrolle, und stellte diese auf den Tisch.

„Halten Sie sich bitte zu unserer Verfügung. Ich denke, wir werden noch weitere Fragen haben."

Die Polizisten erhoben sich und wollten gehen. Linda hielt sie zurück. „Der Schlüssel zum Haus ist übrigens in dem bunten Klammerbeutel, der an der Leine hängt."

Die Beamtin drehte sich überrascht um. „Und woher wussten Sie das?"

„Gar nicht, ich hab gesucht und dabei fiel mir der Beutel ins Auge. Er wirkte irgendwie wie ein Fremdkörper in dem ganzen Garten."

Den Rest des Tages verbrachte Linda wie auf glühenden Kohlen. Jeden Augenblick rechnete sie damit, dass die Polizei wieder vor ihrer Tür stehen würde.

Und tatsächlich klingelte es, kurz bevor sie aufbrechen wollte, um ihre Tochter aus dem Kindergarten zu holen. Doch statt den Beamten stand Anna ihr gegenüber.

„Hallo", sagte sie leise. „Ich wollte mal sehen, wie es dir geht?"

Beim Anblick ihrer Freundin fing Linda schon wieder an zu heulen.

„He, du meine Güte." Anna nahm sie in den Arm und wiegte sie sanft hin und her. Schon diese bloße Berührung tat Linda unendlich gut. „Was ist denn los? Ich wollte eigentlich mit dir zusammen die Kinder abholen und ein wenig auf den Spielplatz gehen. Aber vielleicht sollte ich erst mal kurz reinkommen. Mach dich mal frisch, ich setz in der Zwischenzeit einen Kaffee auf."

Linda stürzte ins kleine Gästebad und wusch ihr Gesicht. Anna werkelte inzwischen in der Küche herum.

Dann setzten sie sich auf die Terrasse. „Ich wollte mich bei dir entschuldigen. Ich hab mich im Krankenhaus so scheiße verhalten, tut mir leid." Anna sah ihr ins Gesicht. „Verdammt Linda, du siehst schrecklich aus. Was ist denn eigentlich los?"

Und Linda berichtete, während Anna aus dem Staunen g nicht wieder herauskam. „Du lieber Himmel, dass du dich getraut hast, zu diesem Haus zu fahren. Ich wäre gestorben. Trotzdem verstehe ich nicht, warum Daniela sich ausgerechne dir anvertrauen sollte. Ihr habt euch nie gut verstanden. Denkst du, sie weiß etwas von deiner Geschichte mit David?"

„Wenn ich das nur wüsste, aber ich glaube nicht. Ich begreife doch auch nichts mehr und David kann ich schon überhaupt nicht verstehen. Zu behaupten, wir hätten immer noch eine Affäre! Ich fasse es nicht."

„Und du denkst wirklich, dass Kevin die Mails geschrieben und die Pillen vertauscht hat?"

Unschlüssig zuckte Linda mit den Schultern und schwieg

„Krass ist das schon. Na ja, er hätte auf jeden Fall alle Möglichkeiten dazu gehabt, eigentlich nur er. Und deine Ehe ist nicht die beste, wenn ich da so an früher denke. Wenn du mich fragst, wäre es vielleicht das Beste, wenn du für eine Weile woanders wohnst. Wer weiß, was er noch für komische Dinge plant oder dir in den Tee mischt."

Linda lachte auf. „Und an was dachtest du da so? Soll ich vielleicht ins Hotel ziehen?"

„So ein Quatsch. Du könntest zu mir ziehen. Das Gästezimmer im Keller ist frei, für Marie stellen wir einfach ein kleines Bett dazu oder sie schläft oben bei Lynn. Na, was denkst du?"

„Ich weiß nicht, was soll ich denn Kevin sagen? In letzter Zeit haben wir uns eigentlich wieder besser verstanden. Sogar Blumen hat er mir zum Geburtstag gekauft."

Ihre Freundin verdrehte die Augen. „Und die Geschichte mit den Mails? Das klingt für mich eigentlich nicht nach Versöhnung, im Gegenteil. Sag ihm, dass du einfach mal eine Auszeit brauchst und dir alles hier zu viel wird."

Der Gedanke begann Linda zu gefallen. „Und es wird dir auch bestimmt nicht zu viel?"

„Ach, wieso denn. Wann musst du denn wieder arbeiten gehen?" Anna trank einen Schluck Kaffee und sah sie erwartungsvoll an.

„Bis Ende nächster Woche bin ich noch krankgeschrieben."

„Also ist es abgemacht? Du redest heute Abend mit Kevin und kommst morgen Vormittag zu mir. Da ist Samstag und Olli ist bestimmt wieder in seiner Werkstatt. Dann machen wir beide es uns einfach so richtig schön. Und wenn es nur für ein paar Tage ist. Na los, sag ja."

Und sie sagte ja.

Dennoch graute Linda vor dem Gespräch mit ihrem Mann. Fast hoffte sie, er würde wieder später von der Arbeit kommen. Doch, pünktlich kurz nach sechs, hörte sie seinen Transporter in der Einfahrt.

Während des Abendbrotes sprachen sie über alltägliche Dinge. Marie plauderte über den Kindergarten und verriet, dass Jonas am Montag wiederkommen würde. Zumindest schien das eine Erzieherin verkündet zu haben.

Nach dem Essen schickte Linda sie in ihr Zimmer. Kevin wollte sich wie immer erheben und in seine Garage gehen, als sie ihn zurückhielt. „Ich müsste mal mit dir reden."

Fragend sah er sie an. „Was ist los?"

Linda holte tief Luft. „Ich würde gerne für einige Tage zu Anna ziehen, mit Marie."

Kevin schaute zu Boden. „Warum, was willst du ausgerechnet bei ihr?"

„Sie ist meine Freundin, falls du das vergessen hast." Linda nahm all ihren Mut zusammen. „Hast du Drohmails von meinem Account an Daniela geschickt?"

Kevin zuckte kurz, nur eine Sekunde war Verwirrung in seinem Blick gewesen. Dann schüttelte er langsam den Kopf. „Nein, ich weiß eigentlich nicht mal, von welchen Mails du sprichst."

„Und die Tabletten, die du mir gegeben hast? Woher waren die? Du hattest früher nie Tabletten bei dir."

Kevin lehnte sich an den Küchenschrank und verschränkte die Arme vor dem Körper. Dann beugte er sich in ihre Richtung. Zentimeter für Zentimeter schob er sein Gesicht nach vorn, bis sich ihre Nasen beinahe berührten. Linda war kurz davor, auszuweichen, doch sie hielt ihm stand.„Soll das ein Verhör sein, oder wie? Was willst du eigentlich von mir? Warum stellst du mir so schwachsinnige Fragen?"

Da war sie wieder, die Angst in ihrem Inneren, die in der letzten Jahren niemals verloschen war. Würde er sie jetzt schlagen? Doch Kevin starrte sie nur schweigend an. Linda hielt seinem Blick stand, so schwer es auch fiel.

Am Ende sah er zu Boden und drehte sich um. „Glaub doch, was du willst. Wenn du wirklich meinst, du bist ausgerechnet bei Anna besser aufgehoben, bitte schön. Aber vergiss nicht, wir haben am Montag einen Termin auf dem Jugendamt. Wir beide, als Eltern von Marie." Dann knallte er die Tür hinter sich zu.

Linda zuckte zusammen. Sie vernahm das Dröhnen eines Motors, dann war sie allein.

Als Marie eingeschlafen war, begann Linda mit dem Packen. Aus dem Abstellraum holte sie eine Reisetasche und stellte sie auf das Bett. Inzwischen fühlte sie sich fast schon erleichtert und war froh, Annas Vorschlag angenommen zu haben.

Da sie eigentlich jederzeit nach Hause fahren konnte, wenn Kevin auf Arbeit war, wollte sie nur die notwendigsten Dinge einpacken. Bei ihrer Unterwäscheschublade angekommen, fiel ihr das Schmuckstück ein, welches David ihr geschenkt hatte. Im Trubel der letzten Tage hatte sie dies vollkommen vergessen. Linda tastete im Schieber ganz nach hinten – doch da war nichts. Am Ende zerrte sie alle Kleidungsstücke heraus, die Schachtel war und blieb verschwunden.

Unsicher schaute Linda ihre Kommode an. Vielleicht hatte sie den Schmuck doch in eine andere Schublade getan. In letzter Zeit war sie manchmal so verwirrt. Fünf Minuten später lag ein Wust aus Kleidungsstücken vor ihr, doch da war keine Spur von Davids Geschenk.

„Das ist unmöglich", flüsterte Linda und durchwühlte nochmals alle Sachen. Dann fiel ihr Blick auf Kevins Schrank. Sie öffnete die Türen zu seiner Hälfte und begann, zwischen seinen Sachen zu suchen. Seit Jahren hatte sie dies nicht mehr getan. Linda wusch seine Kleidung, legte sie zusammen, bügelte sie, doch das Wegräumen übernahm ihr Mann. Das war schon immer so gewesen und sie hatte sich nie etwas dabei gedacht. „So weiß ich wenigstens, wo was liegt. Du mit deinen komischen System", hatte er immer zu ihr gesagt.

In der Schublade fand sie nur Slips und zusammengerollte Sockenpaare. Als Nächstes nahm Linda sich die Fächer des Schrankes vor. Alles lag akkurat an Ort und Stelle. Da war nichts, was dort nicht hingehörte. Am Ende blieb noch das oberste Fach. An dieses kam Linda nur, wenn sie sich auf einen Hocker stellte. Also holte sie einen aus ihrem Badezimmer. Kevin bewahrte in dem Fach seine dicken Winterpullover auf. Sie stellte sich auf die Zehenspitzen und tastete – nichts.

Als Linda fast schon aufgeben wollte, wurde sie doch fündig. Ganz hinten, an der Rückseite des Schrankes, berührten ihre Fingerspitzen etwas, was dort nicht hingehörte. Sie machte sich ganz lang, reckte sich und erfasste schließlich eine kleine Tasche.

Ihre Finger zerrten am Reißverschluss und dann sah sie hinein. Die Tasche war voller Medikamente, Tabletten, sogar einige Ampullen samt Spritzen waren darin. Linda stieg vom Hocker und schaltete ihre Nachttischlampe ein. Keiner der Medikamentennamen sagte ihr etwas, sämtliche Aufschriften waren in Englisch. Also doch er, ihr eigener Mann versuchte sie loszuwerden.

In diesem Moment klappte die Haustür. Kevin war nach Hause gekommen. Mit zitternden Fingern packte sie die Medikamente zurück in die Tasche und bestieg hastig den Hocker. Die Schritte ihres Mannes klangen schon auf der Treppe. Linda streckte sich noch einmal, schob die Tasche irgendwie ins obere Fach und den Hocker neben den Schrank. Dann stürzte sie zu ihrem Klamottenberg und kniete sich hin.

Blut pulsierte in ihren Ohren. Die zitternden Finger verbarg sie zwischen ihrer Wäsche.

Doch Kevin öffnete zunächst die Tür des Kinderzimmers. Gleich darauf schaute er um die Ecke.

„Was tust du? Ich dachte, du willst nur ein paar Tage zu deiner Freundin? Jetzt sieht es aus, als würdest du gleich ganz ausziehen wollen." Langsam kam er näher. Im Dämmerlicht des Schlafzimmers wirkte seine große Gestalt bedrohlich.

Linda räusperte sich. „Ich hab nur was gesucht, deswegen das Chaos."

Kevin setzte sich neben ihr auf die Bettkante und betrachtete ihre Wäsche. „Und dein Entschluss steht wirklich fest? Du ziehst zu Anna?" Seine Stimme war lauernd, er roch nach Bier.

„Ja, für ein paar Tage. Ich muss einfach mal zur Ruhe kommen. Das ist für uns alle das Beste." Linda vermied, ihn anzusehen. Sie konnte es immer noch nicht fassen. Warum tat er ihr das alles an? Um Marie konnte es ihm nicht gehen. Die war Kevin die ganzen letzten Jahre mehr oder weniger gleichgültig gewesen. Wollte er sich an ihr rächen? Doch wofür? Die einzige Erklärung war, dass er hinter ihre Affäre gekommen sein musste. Doch konnte er ihr vorwerfen, was er selbst seit Jahren tat? Und warum hatten sie sich in den letzten Wochen wieder besser verstanden? War das wirklich alles nur gespielt gewesen?

„Okay, es ist deine Entscheidung, obwohl ich sie nicht begreife. Ich hole dich dann am Montag gegen zehn bei Anna ab. Ich glaube, es wäre besser, wenn wir gemeinsam auf dem Jugendamt aufkreuzen." Mit einer Hand strich er sich durch seine Haare. Es war eine hilflose Geste, die sie berührte.

Linda war überrascht, dass er sich deswegen Gedanken gemacht hatte und so nickte sie nur verhalten. „Ja, du hast vielleicht recht."

Kevin ergriff sein Bettzeug und wandte sich dann Richtung Tür. Kurz bevor er den Raum verließ, drehte er sich noch einmal um. „Es tut mir alles sehr leid. Aber manchmal erscheinen die Dinge anders, als sie in Wirklichkeit sind. Das solltest du nie vergessen."

Dann erklangen seine Schritte auf der Treppe. Leise schlich sie zur Tür und drehte den Schlüssel im Schloss herum. Linda legte sich auf ihr Bett und ließ die Sachen einfach vor der Schublade liegen. Sie fühlte sich schrecklich erschöpft. Kevins Worte gingen ihr nicht mehr aus dem Kopf. Was meinte er bloß? Und irgendwie war da eine Gewissheit, dass es ihm tatsächlich leidtat.

Kapitel 17

„Linda und Daniela – die standen nebeneinander am Steg, Arm in Arm. Und vor kurzem hätten die sich noch die Augen ausgekratzt. Na ja, Daniela, die konnte mit ihrem Geld einfach alles kaufen. Und Linda, die wollte vielleicht einfach mal dazugehören. Aber der Ausflug war schon klasse, auch wenn für meine Begriffe alles eine Nummer zu groß war. Dennoch hab ich denen keine Minute abgenommen, dass die sich tatsächlich vertragen. Und dann war da ja noch David, der hat Linda mit seinen Blicken ausgezogen. Das hat sogar mein Mann bemerkt und Sie können mir glauben, mein Mann merkt nie was."

Marie fasste die Nachricht, dass sie einige Tage zu Anna ziehen würden, erstaunlich gelassen auf. Am Frühstückstisch hatte Linda die Neuigkeit verkündet. Kevin war da schon verschwunden gewesen. Sie hatte in der Garage nachgeschaut, sein Motorrad fehlte.

Eine halbe Stunde später, Linda lud gerade die Reisetasche in ihr Auto, kam ein Polizeiwagen vorgefahren und hielt direkt vor ihrer Einfahrt. Ein Polizist in Uniform stieg aus, betrachtete erst sie und dann ihr Gepäck.

Ihre Nachbarin Frau Seiler putzte ihren Briefkasten, sie putzte und putzte und dabei fielen ihr beinahe die Augen aus. Fast schon begeistert musterte sie den Polizeiwagen. Ausgerechnet die größte Tratschtante des ganzen Viertels, das konnte ja heiter werden! Linda konnte sich schon vorstellen, wie die Gerüchteküche alsbald in Gang gesetzt werden würde. Lächelnd nickte sie ihrer Nachbarin zu und sah dann den Beamten an. Ihr Puls war auf Anschlag, aber sie bemühte sich, nach außen ruhig zu wirken.

„Frau Trautner?", fragte er. „Wollen Sie verreisen?"

„Nein, ich ziehe für einige Tage zu meiner Freundin, die wohnt nur zehn Minuten entfernt. Und keine Angst, ich hätte ihre Kollegen selbstverständlich noch informiert." Eigentlich hatte Linda das nicht vorgehabt, aber der Polizist nickte augenblicklich zufrieden.

„Ich soll Sie abholen, meine Kollegen haben noch einige Fragen."

Linda sah zur Haustür, aus der in diesem Moment Marie mit ihrem Teddy auf dem Arm gehüpft kam. Neugierig betrachtete sie den Polizisten. „Das ist gerade ein wenig unpassend, meine Tochter ist bei mir, ich würde sie eigentlich ungern mitnehmen." Sie legte beide Hände auf die Schultern ihres Kindes und hielt sie ganz fest.

Was bedeutete das? Warum wurde sie diesmal einbestellt

„Ist denn Ihr Mann nicht zu Hause, er könnte doch auf das Kind aufpassen."

Linda schüttelte verneinend den Kopf. „Nein, mein Mann ist nicht zu Hause, tut mir leid. Ich könnte meine Tochter höchstens zu meiner Freundin bringen", schlug sie vor.

Unschlüssig blickte der Polizist hin und her. „Hm, das kann ich nicht entscheiden. Ich würde mal im Präsidium nachfragen, warten Sie bitte hier."

Der Mann stieg in seinen Wagen und begann zu telefonieren. Dabei sah er immer wieder zu ihr herüber, als wäre Linda eine Schwerverbrecherin auf der Flucht.

Marie schmiegte sich an ihre Beine. „Ist der Polizist wegen mir da?"

Linda hockte sich vor ihre Tochter. „Aber nein, das hat mit dir überhaupt nichts zu tun." Sie überlegte kurz. Ihre Tochter war kein Baby mehr, früher oder später würde sie ihr irgendwelche Fragen stellen. „Die Polizei hat noch ein paar

Fragen an mich, weil doch Jonas' Mama verschwunden ist. Deswegen muss ich dich bei Anna und Lynn lassen. Ich will mithelfen, dass man seine Mama ganz schnell wiederfindet, verstehst du das?"

Marie nickte zögernd. „Ich glaube schon."

Minuten später beendete der Beamte sein Telefonat.

„Okay, ich habe mit Frau Heidner gesprochen. Liefern Sie Ihre Tochter bei Ihrer Freundin ab und kommen Sie dann bitte ins Präsidium nach Dresden." Er zog eine Visitenkarte aus der Tasche. „Hier ist die Adresse. Fragen Sie einfach am Empfang nach Frau Heidner, jemand holt Sie dann ab."

„Gut, einverstanden, ich denke, ich bin in etwa einer Stunde da."

Der Mann nickte und entfernte sich, nicht ohne noch einen prüfenden Blick zurückzuwerfen.

Anna sah das nicht so entspannt wie sie und pustete ihre Wangen auf. „Sie bestellen dich ein, so als wärst du eine Verbrecherin, das ist ja eine unglaubliche Frechheit. Als ob du etwas mit der Geschichte zu tun haben könntest, direkt lachhaft ist das." Anna wuchtete ihre Reisetasche ins kleine Gästezimmer im Keller. Marie war bereits mit Lynn in deren Zimmer verschwunden.

Es war ein gemütlicher Raum, mit einer kuschligen Couch, einem Schränkchen, auf dem ein Fernseher stand und in die Wand eingebauten Abstellflächen. Bunte Kissen und Decken sorgten für ein wenig Behaglichkeit. Durch die Schächte der Kellerfenster fiel nicht so viel Licht, doch für ihre Zwecke reichte es vollkommen aus. Überall standen Lampen und sogar einen Lesesessel gab es. Anna sah sich kritisch um. „Ich weiß, groß ist es nicht, aber ich denke, du wirst klarkommen. Dusche und Toilette sind genau gegenüber in der

Waschküche. Ich hab allen Kindern Bescheid gesagt, dass das ab sofort dein kleines Reich ist und ich hoffe, sie halten sich daran. Ich denke mal, die meiste Zeit, wirst du sowieso oben bei mir sein. Und falls du dich doch mal alleine aus dem Haus schleichen willst …" Anna deutete auf eine Nebentür. „Da geht's nach draußen. Der Schlüssel steckt innen, du darfst ihn dir gerne mitnehmen."

Lindas Augen wurden feucht. „Danke." Sie fiel Anna um den Hals. „Das ist so lieb von dir und das Zimmer ist einfach herrlich. Mach dir keine Gedanken, ich werde super klarkommen." Dann sah sie auf ihre Uhr. „Aber ich glaube, nun sollte ich mich langsam mal auf den Weg machen. Nicht dass die Polizei denkt, ich will mich drücken."

Anna begleitete sie zu ihrem Auto. „Vielleicht sollte ich mitkommen? So als moralische Unterstützung."

Doch Linda winkte ab. „Quatsch, dass schaffe ich schon allein. Irgendwie geht's mir heute richtig gut und die Kinder sind ja auch noch da."

„Ich drück dir jedenfalls alle Daumen. Vielleicht ist Daniela wieder aufgetaucht und der ganze Spuk hat ein Ende."

Linda rollte Richtung Innenstadt. Es war Samstag und Dresden war voller Menschen. Da waren nicht nur Touristenbusse, sondern auch viele Leute, die ein wenig bummeln gehen wollten. Fast jede rote Ampel nahm sie mit, doch endlich war das Stadtzentrum erreicht. Vor dem alten Polizeigebäude am Pirnaischen Platz, suchte sie sich eine Parklücke und zog am Parkautomaten einen Schein. Dann betrat Linda das Präsidium und meldete sich am Empfang. Eine freundliche Frau schickte sie in die dritte Etage.

Beim Öffnen des Fahrstuhls erwartete sie bereits Tom Rostig, der lässig an der anderen Wand lehnte.

„Hallo Frau Trautner, kommen Sie bitte mit." Er sparte sich einen Handschlag, marschierte stattdessen bereits einen der langen Flure entlang. Seine schwarzglänzenden Lackschuhe quietschten leise auf dem hellen Kunststoffboden. Fest heftete Linda ihren Blick auf seine Schultern, seinen ganzen Körper, der sich lässig bewegte. Zu beiden Seiten gingen unzählige Zimmer ab. Die meisten schienen in wochenendlicher Stille zu liegen, denn kaum ein Geräusch war zu vernehmen. Da klapperte keine Tastatur, da klingelte kein Telefon. Dann passierten sie eine Glastür und bogen in einen Raum ab.

Lindas Herzschlag beschleunigte sich erneut. Es war ein grau gestrichenes Vernehmungszimmer. Genauso eines, wie sie es in unzähligen Kriminalfilmen gesehen hatte. Nur diesmal war es keine Fiktion, sondern Realität.

Gabriele Heidner wartete bereits und blätterte in irgendwelchen Akten. Bei Lindas Eintreten blickte sie auf, klappte den Hefter zu und gab ihr die Hand.

„Bitte, nehmen Sie doch Platz."

Täuschte Linda sich oder war die Stimmung diesmal irgendwie verändert? Es lag eine Spannung in der Luft, die ihr das Atmen erschwerte.

Polizistin Heidner trug heute einen dunkelblauen Hosenanzug und der erinnerte Linda stark an das Matrosenkleid, welches Daniela bei ihrem Treffen im Eiscafé getragen hatte.

„Wir sind gestern in dieser Hütte gewesen, deren Adresse Sie uns genannt haben." Der Hefter vor Frau Heidner wurde hin- und hergeschoben, schließlich klappte sie ihn auf. „Es tut mir leid, Frau Trautner, wir haben leider auf den ersten Blick keinerlei Hinweise auf eine Anwesenheit von Daniela Jahnke in dieser Hütte gefunden. Mit anderen Worten, die von Ihnen genannten Gegenstände waren nicht aufzufinden."

„Was, weder der Umschlag noch die Kosmetiktasche?" Verblüfft starrte Linda die beiden Beamten an.

„Leider nein, der Schlüssel lag unter einem Stein, das Fach war leer, der Umschlag verschwunden. Eigentlich gab es überhaupt keine Hinweise auf die Anwesenheit von irgendjemandem. Die Hütte machte einen ziemlich verlassenen Eindruck. Wir haben dennoch Fingerabdrücke gesichert, die soeben ausgewertet werden." Tom Rostig legte seine Fingerspitzen aneinander und bewegte diese in wellenförmigen Bewegungen auf und ab. „Dafür haben wir etwas anderes gefunden. Besser gesagt, jemand hat uns einen Fund gemeldet und zwar nicht weit entfernt von dieser Hütte."

Da war wieder diese Stille. Ihre Finger begannen unkontrolliert zu kribbeln. Es schien, als würden Armeen von Ameisen über ihre Haut laufen. Lindas Nerven waren zum Zerreißen gespannt.

„Wir haben die Leiche von Frau Jahnke gefunden", sagte Frau Heidner mit leiser Stimme und beobachtete Linda bei diesen Worten genau.

Um sie herum setzte sich ein Karussell in Gang. Der ganze Raum drehte sich, immer schneller, bis der Boden auf sie zukam. Eine hilfreiche Hand verhinderte in letzter Sekunde, dass Linda vom Stuhl fiel.

Wie von Zauberhand tauchte ein Glas Wasser vor ihr auf. „Trinken Sie", sagte die Beamtin.

Die Flüssigkeit rann kühl ihre Kehle hinab und erweckte zumindest einen winzigen Teil ihrer Lebensgeister.

„Wie, also ich meine, wie ist sie …" Linda nahm noch einen Schluck und stellte das Glas klirrend ab. „Oh Gott, wie ist sie …" Erneut brach sie ab, sie konnte die Worte einfach nicht aussprechen.

„Sie meinen sicher, wie Sie gestorben ist." Gabriele Heidner kam ihr zu Hilfe. „Nun, wir müssen noch das genaue Obduktionsergebnis abwarten. Aber der Verdacht liegt nahe, dass sie an schweren inneren Verletzungen bzw. Verletzungen am Kopf gestorben ist, denn sie ist von einem Felsen gestürzt."

„Von einem Felsen? War es ein Unfall?" Lindas Stimme war nur noch ein Krächzen.

„Schwer zu sagen. In der Nähe der Absturzstelle ist ein Aussichtspunkt, aber der ist bestens mit Gittern gesichert. Ein zufälliges Hinabstürzen ist eigentlich vollkommen unmöglich."

„Und wann ist das passiert?"

„Laut ersten Aussagen des Arztes im Laufe des Donnerstags."

Donnerstag, da war sie in der Hütte gewesen. Linda spürte die prüfenden Blicke. Sie glaubte förmlich, die Gedanken der beiden Ermittler hören zu können.

„Ich weiß nicht, was ich sagen soll. Ehrlich gesagt, kann ich alles kaum glauben." In ihrem Kopf war nur ein Gedanke, Daniela ist tot. Das war ihr vollkommen unbegreiflich, blankes Entsetzen breitete sich aus.

„Nun, das mag ja sein." Tom Rostig ergriff das Wort. „Aber da stehen nun einmal gewisse Tatsachen im Raum. Da ist erstens Ihr Verhältnis, das alles andere als gut war. Eine Feindschaft, so wurde es uns von anderen Eltern geschildert. Und die versendeten Mails sprechen eine mehr als deutliche Sprache. Dann Ihre Affäre, mit dem Mann der Verstorbenen. Die macht die Sache nicht besser. Und zum Schluss …" Er beugte sich vor und schlug mit der Hand auf den Tisch, dass

Linda heftig zusammenzuckte. „Sie waren in der Nähe des Fundortes der Leiche, am Tag des Todes. Was sagen Sie dazu?"

„Ich bin es nicht gewesen." Sie presste ihre Faust an den Mund und bekämpfte die entsetzliche Panik in ihrem Inneren. Unruhig wanderten ihre Blicke hin und her. Die beiden Polizisten saßen entspannt am Tisch und schienen viel Zeit zu haben. Linda versuchte, eine Antwort zu finden. „Ja, es stimmt, wir haben uns nicht gut verstanden. Aber deswegen würde ich Daniela doch nicht umbringen", brach es aus ihr heraus. „Warum sollte ich denn das tun?"

„Dann wäre immerhin der Weg zu David Jahnke frei gewesen. Sie hätten sich von ihrem Mann trennen und ein neues Leben mit dem Mann ihrer Rivalin, ihrem Liebhaber, beginnen können – ein Leben auf einem ganz anderen finanziellen Niveau. Sie wären reich und vermögend geworden. David Jahnke ist der alleinige Erbe des gesamten Vermögens. Ihre eigene Ehe ist nicht so gut, wie wir erfahren haben, war früher sogar von Gewalt geprägt." Tom Rostig wirkte wie ein Jäger, der sprungbereit vor der Beute lauerte. „Da lag der Schluss nahe, eine neue Verbindung einzugehen."

Woher wussten die Polizisten das alles? Lindas Leben schien wie ein offenes Buch auf dem Tisch zu liegen, in dem man nach Lust und Laune herumblättern konnte.

„Ich habe die Beziehung zu David Jahnke beendet, etwas anderes kann ich nicht sagen. Und Daniela und ich waren bestimmt keine Freunde. Aber am Ende haben wir uns besser verstanden, sie hat sich mir ein Stück weit geöffnet, sich mir anvertraut. Hätte sie mir denn sonst diese Zigarettenschachtel mit ihrer Nummer zukommen lassen?"

An der Reaktion der beiden Beamten spürte sie, dass sie damit vermutlich den Finger in eine Wunde gelegt hatte. Denn Tom und Gabriele tauschten einen verstohlenen Blick.

Linda beugte sich nach vorn. „Sie müssen mir einfach glauben, bitte, ich hätte diese Frau niemals umbringen können. Daniela wollte verschwinden und sich ein neues Leben aufbauen. Warum weiß ich nicht, aber sie erwähnte, dass sie am liebsten alle Brücken hinter sich abbrechen wollte."

„Dafür, dass sie sich ein neues Leben aufbauen wollte, gibt es keinerlei Beweise. Dieser angebliche Umschlag ist verschwunden. Vielleicht existiert er nur in Ihrer Fantasie." Der Polizist hatte sich an ihr festgebissen, wohingegen Gabriele Heidner schwieg.

Da schoss Linda ein Gedanke durch den Kopf. „Aber ich habe ein Foto von diesem Pass gemacht. Warten Sie, ich brauche mein Handy. Das hatte ich gestern total vergessen, Ihnen zu sagen." Hektisch suchte sie in ihrer Tasche und gab anschließend die PIN zweimal falsch ein.

Seltsamerweise zeigte die Beamtin in diesem Augenblick die erste freundliche Regung in diesem Gespräch. „Machen Sie bitte ruhig, Frau Trautner, wir haben Zeit."

Endlich entsperrte sich das Gerät. Linda klickte auf ihren Fotoordner und begann zu suchen. Sie scrollte nach unten und nach oben. Das konnte nicht sein, glühende Hitze stieg in ihre Wangen. Da waren Fotos von Marie, eine Aufnahme, die ihre Mutter vom Spielplatz geschickt hatte und anderer Kram. „Einen Moment, ich finde die Aufnahme gleich." Noch einmal durchforstete Linda mit bebenden Fingern alles, mittlerweile war sie schon bei den Fotos angekommen, die sie beim Kindergartenausflug aufgenommen hatte.

„Ich verstehe das nicht, das Bild ist verschwunden."

Tom Rostig lachte auf und blickte an die Decke.

Egal wie sehr sie suchte. Das Foto war weg und dafür gab es nur eine Erklärung. Jemand hatte es gelöscht.

Nur wer? Linda begann fieberhaft zu überlegen. Kevin war der Erste, der ihr einfiel. Für ihn war es ein Leichtes gewesen, das Foto zu löschen, kam er doch jederzeit an ihr Handy heran. Doch Kevin hatte von der Geschichte rund um die Hütte gar keine Ahnung gehabt. Es sei denn, er hätte den Zettel gefunden und die Nummer ebenfalls angerufen.

Dann war da noch Anna. Augenblicklich schimpfte Linda sich eine blöde Kuh. Wie konnte sie ausgerechnet ihre beste Freundin, den einzigen Menschen, der zu ihr stand, verdächtigen. Und Anna hatte nur von der Hütte gewusst und nichts von dem Bild. Außerdem hatte sie nicht den geringsten Grund, Daniela umzubringen.

Und David, er hatte sich irgendwie seltsam verhalten. Doch der hatte von all dem gleich gar nichts gewusst.

Niemand wusste von dem Foto. Es sei denn – da war dieser Schatten vor dem Fenster gewesen, leise schleichende Schritte, das offene Gartentor, welches sie ganz sicher geschlossen hatte. Dafür gab es nur eine Erklärung, es war noch jemand an der Hütte gewesen. Vielleicht war er ihr nachgefahren und hatte sie bei ihrem Tun beobachtet. Derjenige hatte die Papiere entfernt und vielleicht auch Daniela umgebracht. Doch wie war er an ihr Handy gekommen? Das alles ergab überhaupt keinen Sinn. Ihr Kopf begann wieder zu schmerzen und Linda massierte behutsam ihre Schläfenpartie.

Gabriele Heidner deutete schweigend auf die Tür, worauf ihr Kollege sich erhob und den Raum verließ. Sie legte ihre Hände auf den Tisch und blickte Linda aufmerksam an.

„Frau Trautner, ganz im Gegensatz zu meinem Kollegen glaube ich Ihnen", sagte sie mit einfühlsamer, leiser Stimme. „Und bitte fragen Sie mich nicht warum. Es ist so ein Gefühl und eigentlich kann ich meinen Gefühlen sehr gut vertrauen. Sie haben mich in meinen ganzen Jahren als Ermittlerin nie im Stich gelassen. Vielleicht täusche ich mich aber auch, zum allerersten Mal, wer weiß das schon." Frau Heidner kam noch ein Stück näher und flüsterte beinahe. „Ich muss Ihnen sagen, Ihre Situation sieht nicht rosig aus. Vielleicht bemerken Sie selbst, dass die meisten der Fakten gegen Sie sprechen. Umso wichtiger ist es, dass Sie mir alles sagen, was Sie wissen.

Jede Kleinigkeit kann bedeutend sein, so unerheblich sie Ihnen auch erscheinen mag. Ich weiß, dass Sie sich an Ihr letztes Gespräch mit der Toten nicht mehr erinnern. Doch genau diese Erinnerung ist immens wichtig für uns und am Ende auch für Sie.

Momentan kann ich meine Hand noch ein wenig über Sie halten. Mein Kollege sieht das ganz anders. Deswegen müssen Sie sich erinnern. Holen Sie die Gedanken an diese letzten Minuten irgendwie aus der Versenkung. Aber vor allem, sagen Sie mir alles, was Sie wissen. Sonst kann ich nichts mehr für Sie tun", sagte sie beschwörend.

Eine Stunde später stand Linda vor dem Präsidium in einem leichten Nieselregen und betrachtete ihre Fingerkuppen. Soeben hatte die Polizei noch ihre Fingerabdrücke abgenommen. Im Schneckentempo schlich sie über den Parkplatz und sank in ihr Auto.

Das Gespräch steckte ihr in den Knochen, und auch die ehrlichen Worte von Frau Heidner konnten an der puren Angst in ihrem Körper nichts ändern. Sie starrte ihre

Windschutzscheibe an, die mit einem Sprühnebel aus winzige
Regentropfen bedeckt war. Genauso sah es in ihrem Kopf au
da war Nebel und dieser wurde immer dichter.

Sich erinnern, das war leichter gesagt als getan. Einen
Moment war sie versucht, der Polizistin alles über Kevin und
ihre Entdeckungen zu sagen. Doch irgendetwas hielt Linda
noch immer zurück. Obwohl die Anzeichen mehr als deutlich
waren, traute sie ihrem Mann all diese Taten nicht zu. Aber
Kevin hatte einfach keinen Grund, sie war ihm gleichgültig.
Oder übersah sie einen entscheidenden Hinweis? Es war zum
Verzweifeln. Linda brauchte frische Luft, sie musste
nachdenken.

Sie startete den Motor und fuhr zu einem kleinen
Parkplatz in der Nähe von Zschachwitz. Dann marschierte sie
los, immer auf dem Radweg entlang, der sich parallel zum
Elbufer schlängelte. Es waren nur wenige Menschen
unterwegs. Ein kalter Wind wehte ihr entgegen und verkünde
den allmählich näherkommenden Herbst, mit seinen Stürmen
die manchmal durchs Elbtal tobten.

Linda steckte ihre Hände in die Manteltaschen und zog
das Tuch um ihren Hals fester. Immer und immer wieder ging
sie alle Personen durch, die an dieser Geschichte beteiligt
waren und landete bei einer ganz bestimmten. David – er
nahm eine Schlüsselrolle ein, das wurde ihr langsam bewusst.
Steckte er hinter diesen ganzen Vorkommnissen? Das war
eigentlich unmöglich. Dennoch musste sie ihn noch einmal
aufsuchen, und zwar dringend. Er musste seine Aussage
zurücknehmen, dass ihre Affäre immer noch andauerte.

Linda blieb stehen und betrachtete einen Moment Schlos
Pillnitz, was auf der anderen Elbseite lag. Leichte Nebel zogen
über das Wasser und hüllten die alten Gebäude ein. Die

Freitreppe am Wasser, an der in früheren Zeiten prächtige Gondeln angelegt hatten und auf der Marie immer herumhüpfte und Prinzessin spielte, lag verlassen. Einige wenige Spaziergänger liefen durch den Schlosspark, ganz anders als im Sommer, wo man vor lauter Menschen kaum treten konnte. Manchmal war sie mit Marie durch die Anlagen spaziert, als diese noch im Kinderwagen gelegen hatte. Linda war auf den alten Wegen gelaufen und hatte die Stille genossen. Dann hatte sie sich auf eine Bank gesetzt und den Eichhörnchen beim Klettern zugesehen. Aber all das war so unendlich lange her. Gerade eben legte am anderen Ufer die Fähre ab und kam langsam über das Wasser geglitten. Wie ein scharfes Messer durchschnitt sie die spiegelglatte Elbe und legte schließlich mit einem leichten Rumpeln am Anlieger an. Einige Autos fuhren von Bord, dann herrschte erneut Stille.

Fröstelnd machte Linda sich auf den Heimweg. Einen winzigen Moment spielte sie mit dem Gedanken, sofort bei David vorbeizufahren und ihn zur Rede zu stellen. Angesichts der Todesnachricht ließ sie das jedoch bleiben. Ganz sicher war er nicht allein und hatte momentan auch andere Sorgen.

Anna brachte es am Abend auf den Punkt. Mit einem Glas Wein saß diese auf ihrer Couch. Linda hatte sich wegen der Tabletten, die sie immer noch nehmen musste, für Tee entschieden.

„Mein lieber Scholli, ich wüsste auch nicht, wo ich zuerst ansetzen sollte. Aber ich glaube, das Wichtigste ist, jetzt strategisch vorzugehen und nicht den Kopf zu verlieren. Wobei ich immer noch nicht begreife, warum die Polizei dich verdächtigt. Das klingt eher, als brauchten die krampfhaft eine Schuldige.

Jetzt kommt es doch erst einmal darauf an, dieses Gespräch auf dem Jugendamt über die Bühne zu kriegen. Und zwar positiv, mit klarem Verstand. Ich finde es übrigens eine tolle Idee, dass Kevin dich am Montag abholen kommt. Das macht definitiv einen guten Eindruck. Dennoch wiegen die Hinweise gegen ihn schwer. Wenn er wirklich die Mails geschickt, den Schmuck genommen und die Medikamente besorgt hat, musst du das der Polizei sagen." Beschwörend beugte Anna sich vor. „Wer weiß, was er noch im Schilde führt."

Linda seufzte. „Ja, du hast ja recht. Aber ich kann es einfach nicht glauben."

Anna verdrehte die Augen. „Glauben, glauben, es geht um Tatsachen." Dann winkte sie ab. „Na ja, geht erst mal auf das Jugendamt. Danach sehen wir weiter. Vielleicht fällt uns etwas ein. Oder die Polizei findet einen neuen Hinweis."

Linda nippte an ihrer Tasse. „Und wann spreche ich mit David? Das muss ich tun, unbedingt."

Anna schüttelte den Kopf. „So ein Mistkerl, das hätte ich dem ehrlich nicht zugetraut. Vielleicht macht er sich noch Hoffnungen wegen dir? Vielleicht ist er wirklich richtig verliebt in dich?"

„Aber ich nicht in ihn", sagte Linda mit Bestimmtheit und umklammerte ihren Tee. Ihre Hände waren eiskalt und übel war ihr auch schon wieder. Sie lehnte sich ein Stück zurück, um ihren Magen zu entlasten.

„Das glaube ich dir. Ehrlich gesagt, kann ich noch gar nicht fassen, dass Daniela tot ist. Ich meine, ich mochte sie nicht besonders gut leiden, sie war eine arrogante Ziege. Aber das hätte ihr wohl wirklich niemand gewünscht."

Linda dachte an ihre letzten Gespräche und die andere, so verletzliche Seite, die sie von dieser taffen Frau kennengelernt hatte. Ihr war immer noch unbegreiflich, warum Daniela sich ausgerechnet ihr gegenüber geöffnet hatte, aber es musste dafür irgendeinen Grund geben. „Nein, das hätte ihr niemand gewünscht. Na ja einer schon – der Mörder."

„Du meinst also tatsächlich, sie wurde umgebracht und es war kein Unfall? Das finde ich total furchtbar. Aber du musst jetzt erst mal an dich denken, Linda. Das ist das Allerwichtigste. Glaub mir, nach diesem Montag auf dem Jugendamt wirst du wesentlich klarer sehen."

Anna meinte es gut und dennoch konnten ihre Worte sie nicht beruhigen. Linda spürte, wie dünn ihre Nerven waren.

Ihre Freundin erhob sich und schloss die Vorhänge, an dem zur Straße liegenden Fenster. Forschend spähte sie hinaus. „Komisch, da draußen, dieses dunkle Auto hab ich vorhin schon gesehen."

Linda trat neben sie. „Was sollte daran komisch sein?"

„Na ja, es steht seit Stunden da und ein Typ sitzt drin. Sag mal, kann es sein, dass die Polizei dich beobachten lässt?"

Mit klopfendem Herzen betrachtete Linda den dunklen Wagen. Der darin Sitzende war nur schemenhaft erkennbar. Und doch konnte sie nicht leugnen, dass an Annas Worten etwas Wahres sein musste. Das konnte nur eines bedeuten, sie gehörte definitiv zu den Hauptverdächtigen.

Kapitel 18

„Ich möchte eigentlich nichts Schlechtes über Gastfamilie sagen. Sie war immer sehr nett zu mir, besonders Herr Jahnke. Er ist sehr freundliche Mensch. Frau Jahnke hat viel gearbeitet, war oft am Wochenende oder am Abend nicht daheim. Oder war halbe Nacht in ihrem Büro. Denn haben die beiden sich gut verstanden. Saßen oft zusammen auf Terrasse oder waren abends schick essen. Einen Streit habe ich nie gehört. Er ha ihr oft Blumen mitgebracht und ich dachte manchmal: Toll, wenn man sich so liebt. Diese Frau da ich kenne auch. War einmal mit ihrer Tochter bei uns, als Chefin nicht da war. Die Kinder spielten im Pool. Herr Jahnke hat ihr dann den Garten gezeigt und sie waren lange weg, sie waren sehr lange weg. Das hatte mich noch gewundert."

Am Sonntagabend kuschelte Linda sich mit Marie noch eine Weile auf deren Gästebett. Soeben hatte sie ihr eine Gute-Nacht-Geschichte vorgelesen. Aschenputtel – ihre Tochter liebte dieses Märchen und würde es am liebsten jede Abend hören.

Jetzt atmete sie ruhig und gleichmäßig und war bereits ti im Reich der Träume. Die Prinzessin hatte ihren Prinzen gefunden und alles war gut. So waren die Märchen. Am End lebten sie alle glücklich und zufrieden, bis dass der Tod sie scheiden würde. Linda schmiegte sich an Maries Körper. Dai gab sie ihr einen Kuss und huschte in ihr Zimmer.

Auf dem Handy blinkte eine Nachricht. Kevin hatte ihr geschrieben.

Ich bin morgen um eins bei dir. Schlaf gut.

Linda las seine Zeilen und brach in Tränen aus. In diesem Augenblick vermisste sie ihren Mann. Doch dann dachte sie an die unerklärlichen Vorfälle in letzter Zeit. Es war gut, sich nur noch auf sich selbst zu verlassen. Nur sie allein konnte jetzt um ihr Glück kämpfen.

Am nächsten Morgen stand sie in aller Frühe auf und brachte die Kinder zum Kindergarten. Eigentlich hatte Anna ihr angeboten, diesen Part zu übernehmen, doch Linda hatte sich mit Händen und Füßen dagegen gewehrt. „Damit ich wenigstens etwas tun kann, wenn ich schon deine Gastfreundschaft in Anspruch nehme."

„Ach, Mensch, dafür sind doch Freunde da. Ich drücke dir jedenfalls alle Daumen für euer Gespräch. Du wirst sehen, alles wird gut. Warte, da fällt mir ein: Ich hab noch was für dich." Anna langte in den Schieber neben der Spüle und legte einen kleinen Marienkäfer aus buntem Glas auf den Tisch. „Hier, als Glücksbringer." Dann nahm sie sie in den Arm und huschte zur Haustür hinaus. Gerührt betrachtete Linda das Käferchen und steckte es dann in ihre Hosentasche. Prüfend schaute sie die Straße auf und ab, während die Kinder sich auf ihren Sitzen anschnallten. Das schwarze Auto von gestern Abend war verschwunden und so sehr sie auf der Fahrt, zum Kindergarten und wieder zurück, nach einem Verfolger suchte, ihr fiel keiner auf.

Linda kochte sich, als sie wieder daheim war, einen Tee, und holte ihr Buch aus dem Gästezimmer. Dabei dachte sie an den Besuch des Kindergartens. Er glich nach wie vor eher einem Spießrutenlauf. Immer noch musterten die anderen Eltern sie mit einer Mischung aus Missfallen und unbändiger Neugier. Vermutlich blieb Linda nichts anderes übrig, als sich daran zu gewöhnen. Auch vorhin war sie wieder mit geradem

Rücken und stolzem Gesichtsausdruck am nicht zu überhörenden Getuschel vorbeigerauscht. Irgendwann würde ein neues Thema auftauchen und sich das Interesse von ihr abwenden.

Von der Couch nahm Linda eine kuschelige Decke und packte sich auf Annas Terrasse in den Sonnenschein. Es war kurz nach neun. Bis Kevin sie abholte, blieben ihr noch zähe vier Stunden. Schon jetzt war ihr Puls auf Anschlag, der Kopf begann leicht zu schmerzen. Einen winzigen Augenblick war Linda versucht, eine Tablette zu nehmen. Aber heute wollte sie bei klarem Verstand bleiben. Es ging um ihr Ein und Alles, um ihr Kind. Linda las ein paar Sätze im Buch, begriff nichts, las erneut und legte das Buch schließlich weg. Erst streifte sie durch Annas Garten, dann setzte sie sich vor den Fernseher und am Ende hockte sie einfach nur da und stierte vor sich hin.

Kurz vor eins stand sie fertig angezogen im Flur. Extra für diesen Anlass hatte sie sich eine hellblaue Bluse von daheim mitgebracht. Linda hoffte, dass diese zusammen mit der Jeans einigermaßen seriös wirkte. Während sie wartete, betrachtete sie sich im Flurspiegel. Ihre Hose rutschte, sie hatte abgenommen. Das war an sich nichts Schlechtes, doch sie wirkte blass, dunkelblaue Verfärbungen saßen unter ihren Augen und verliehen ihr ein alles andere als gesundes Aussehen. Genau genommen wirkte sie wie der Tod auf Latschen.

Ihre Schminkutensilien lagen daheim. Anna - ganz sicher würde sie bei ihr fündig werden. Linda lief nach oben und öffnete im Badezimmer nacheinander die Schränke. Im Inneren herrschte das für Anna so typische Durcheinander. Da lagen Zopfgummis zusammen mit Ohrringen, Ringen und

Kinderpflastern in einer Schale. Haarspray stand neben Fleckenentfernungsmitteln und die Zahnspange ihres Sohnes neben der Sonnencreme vom letzten Sommer. Auf einer Ablage entdeckte sie schließlich die Schminktasche ihrer Freundin. Anna würde ihr verzeihen, wenn sie ein wenig Wimperntusche und Wangenrouge benutzte. Zum Schluss gab sie noch einen zarten Sprühstoß Parfüm über ihr Dekolleté.

Linda betrachtete sich anschließend prüfend, doch in diesem Moment schellte Kevin unten an der Tür.

Er trug eine dunkelblaue Hose und dazu ein beiges Hemd. Seine ansonsten immer etwas wild in alle Richtungen stehenden kurzen Haare waren mit Gel gebändigt. Fragend sah er Linda an und ließ seine Blicke über ihren Körper gleiten.

„Wollen wir los?" Linda nickte. Dann beugte er sich zu ihr, blähte schnuppernd seine Nasenflügel und verzog einen Moment das Gesicht. Doch gleich darauf lief er Richtung Auto.

Linda bemerkte resigniert einen silbernen Wagen auf der anderen Straßenseite, welcher sich augenblicklich an ihre Fersen heftete. Auch Kevin schien ihn zu bemerken, blickte immer wieder in den Rückspiegel, sagte aber nichts.

Minuten später kämpfte sie mit der üblichen Übelkeit. Der Fahrstil ihres Mannes hatte noch nie dazu beigetragen, dass Linda sich wohl neben ihm fühlte. Aber heute gab Kevin alles.

Als sie beinahe um eine Kurve drifteten, gab sie ein leichtes Stöhnen von sich, und griff sich an den Magen. Augenblicklich fuhr ihr Mann langsamer.

„Entschuldige, ich hatte deine Übelkeit fast vergessen. Ich bin ein wenig nervös."

Linda lächelte schmal. „Frag mich mal. Seit Stunden renne ich wie ein Tiger auf und ab."

Schweigend fuhren sie weiter. Im Radio dudelte irgendein Song. Linda starrte unentwegt nach vorn und versuchte, ihre Kopfschmerzen in den Griff zu kriegen. Als das Pochen immer schlimmer wurde, schloss sie die Augen.

„Geht es dir nicht gut?" Sie standen an einer roten Ampel. Kevin schaute ihr ins Gesicht, eine steile Sorgenfalte stand auf seiner Stirn.

„Kopfschmerzen, die waren früher schon schrecklich, aber seit dem blöden Unfall werden sie immer schlimmer. Doch ich wollte heute keine Tablette nehmen."

„Wenn es nicht aufhört, musst du noch mal zu einem Arzt gehen."

„Ich hab sowieso in ein paar Tagen Nachuntersuchung. Es geht schon", sprach Linda sich selbst Mut zu.

In diesem Moment kam das Jugendamt in Sicht. Kevin stellte den Wagen ab. Kurz bevor Linda aussteigen konnte, ergriff er ihre Hand. „Wir schaffen das zusammen, hörst du. Ich helfe dir, weil ich weiß, wie sehr du an Marie hängst und weil …" Er stockte. „Ach, egal. Alles wird gut."

Fünf Minuten vor ihrem Termin klopften sie ans Zimmer der Mitarbeiterin. Roswitha Jakob war eine Frau in mittleren Jahren, die einen sehr unvorteilhaften Kurzhaarschnitt trug, der ihre Segelohren betonte. Ihr Körper war klein und rund, wirkte wie eine Kugel und der senfgelbe Pullover unterstrich ihre Fülle noch. Zusammen mit den grauen Haaren und der schmalen Brille hatte sie etwas Oberlehrerhaftes an sich. Dennoch wusste sie sich zu bewegen und strahlte eine enorme Selbstsicherheit aus.

Lindas Mut sank augenblicklich in den Keller, doch die Frau begrüßte sie erstaunlich freundlich und bat sie, Platz zu nehmen.

„Frau Trautner, Herr Trautner, die Polizei hat uns über einen Vorfall informiert, dem wir leider nachgehen müssen. Ich möchte an dieser Stelle betonen, dass dies ein normaler Vorgang ist und nichts mit Ihrer Person zu tun hat." Dann machte sie eine Pause und schob die Papiere vor sich hin und her.

„Wie ich den Papieren entnommen habe, wurden Polizei und Notarztfahrzeug zu Ihrem Haus gerufen, da Ihre Tochter das Haus mitten in der Nacht allein verlassen hatte und beinahe einen Unfall erlitten hat. Was können Sie mir dazu sagen, Frau Trautner?"

Linda presste die Hände zwischen ihre Knie. „Das ist richtig. Es war so, ich habe unter sehr starker Migräne gelitten und dabei tut mir ein kleiner Spaziergang immer gut. Also ein wenig Bewegung an frischer Luft." Sie lächelte, doch die Frau auf der anderen Seite des Schreibtisches schaute sie regungslos an. „Es war kurz vor neun. Ich bin noch einmal zu meiner Tochter ins Zimmer gegangen. Marie schlief tief und fest in ihrem Bett und da habe ich das Haus kurz verlassen."

„Und wo waren Sie?" Fragend sah die Frau Kevin an.

„Ich war noch unterwegs. Ich arbeite in einer Autowerkstatt und wir hatten einen Notfall hereinbekommen", sagte ihr Mann mit fester Stimme.

Frau Jakobs Stift huschte über das Papier. „Sie sind also eine Runde laufen gegangen, weil Sie Kopfschmerzen plagten. Haben Sie das früher schon öfters gemacht?"

„Ja", stotterte Linda. „Aber da war immer mein Mann zu Hause."

Die Frau faltete ihre Hände und sah sie prüfend an. „Und da sind Sie ganz sicher?"

„Natürlich bin ich sicher, denken Sie, ich würde mein Kind allein lassen?"

„Nun, Sie haben es getan, Frau Trautner. Und wie wir erfahren haben, sind Sie öfters mal abends unterwegs gewesen und haben ihr Kind allein gelassen."

„Wer behauptet denn so etwas?" Linda konnte es nicht fassen.

„Das tut nichts zur Sache. Und was geschah dann?"

Linda versuchte, sich zu sammeln, schluckte heftig und warf Kevin einen Seitenblick zu. Dieser nickte aufmunternd. „Ich kam nach Hause und sah schon das Blaulicht in unserer Straße. Meiner Tochter ging es zum Glück gut."

„Können Sie mir sagen, wie lange Sie insgesamt weg waren?"

„Es war eine Stunde", flüsterte Linda.

Frau Jakob sah sie ernst an. „Können Sie das wiederholen?"

„Eine Stunde, ich war eine Stunde fort."

„Sie haben also ein fünfjähriges Kind eine Stunde lang allein zu Hause gelassen und das mitten in der Nacht?" Ein heftiges Kopfschütteln war die Reaktion auf ihre Worte. Dann wandte Frau Jakob sich an Kevin. „Und wann kamen Sie nach Hause?"

„Kurz nach dem Vorfall. Die Einsatzfahrzeuge waren noch nicht vor Ort", erzählte ihr Mann. „Ich habe mich dann um Marie gekümmert, eine Nachbarin hatte sie auf ihrem Schoß. Kurz danach kam der Krankenwagen."

„Wunderten Sie sich nicht, dass Ihre Frau nicht zu Hause zu sein schien?", fragte Roswitha Jakob scharf. „Oder fanden Sie das vollkommen normal?"

Kevin holte tief Luft. „Natürlich wunderte mich das. Aber ich wollte mich erst mal um meine Tochter kümmern und dann erst herausfinden, wo Linda, also meine Frau war."

„Nun gut. Wie ich den Unterlagen weiter entnehme, wird gegen Sie, Frau Trautner, polizeilich ermittelt, wegen …" Sie blätterte in den Papieren vor sich. „Ja, hier habe ich es. Wegen des Ablebens von einer gewissen Daniela Jahnke. In welchem Verhältnis standen Sie zu dieser Frau?"

Kevin stieß neben ihr einen undefinierbaren Laut aus. Erst jetzt wurde Linda bewusst, dass er von den neuesten Entwicklungen vermutlich noch nichts wusste.

„Das ist richtig. Aber soweit ich weiß, ist es reine Routine. Frau Jahnkes Sohn und unsere Tochter gehen in denselben Kindergarten. Ich habe mit dem Tod von Frau Jahnke nichts zu tun", meinte Linda unsicher.

Lange schaute sie Roswitha Jakob an, dann nickte sie und machte sich erneut Notizen.

„Wie würden Sie Ihre Ehe beschreiben, Herr Trautner?"

Kevin räusperte sich und blickte aus dem Fenster. „Na ja, normal irgendwie. Wir sind seit fast fünfzehn Jahren zusammen, haben ein Haus gebaut, es geht uns gut."

„Und wie erklären Sie mir dann, dass Ihre Frau ausgezogen ist, zu einer Freundin? Hat das vielleicht damit zu tun, dass Sie sich früher gegenüber Ihrer Frau gewalttätig verhalten haben und ein gewisses Problem mit Alkohol haben?"

Linda stockte der Atem. Mit allem hatte sie gerechnet, aber nicht mit solchen Fragen. Ihr Mann suchte nach Worten. Sie wollte etwas sagen, doch die Frau bedeutete ihr zu schweigen.

„Lassen Sie bitte Ihren Mann antworten."

„Ja, es stimmt. Ich habe vor einigen Jahren ein paar Probleme gehabt", sagte Kevin stockend. „Aber das ist vorbe Seit unsere Tochter auf der Welt ist, habe ich mich im Griff."

„Stimmt das Frau Trautner?"

Linda nickte, „Ja, das ist richtig."

„Hat Ihr Mann jetzt oder in der Vergangenheit jemals Gewalt gegen Ihr Kind angewendet?"

„Was ist das für eine Frage? Nein, selbstverständlich nicht", antwortete sie lauter als eigentlich beabsichtigt. „Und für meinen Auszug gibt es eine ganz einfache Erklärung. Ich bin zu meiner Freundin gezogen, weil ich mal einige Tage Abstand brauchte. In letzter Zeit war alles ein wenig viel, wer Sie verstehen."

„Und die Betreuung Ihrer Tochter, ist die Ihnen auch zu viel?" Der Tonfall der Frau blieb gleich, unbeteiligt irgendwie und das brachte Linda noch mehr in Rage.

Sie sprang fast von ihrem Sitz. „Niemals, hören Sie, ich liebe meine Tochter. Sie steht für mich immer an erster Stelle Ich würde alles für sie tun." Linda merkte, wie sie am ganzen Körper zu zittern begann. Da war plötzlich Kevins Hand, die sich beruhigend auf ihren Oberschenkel legte. Trotzdem spürte sie, wie das Blut durch ihre Adern pulsierte. Jedes ihre Worte, jede kleinste Reaktion wurde genau beobachtet und registriert.

Frau Jakob faltete ihre Hände und lehnte sich dann zurück. Der Schreibtischstuhl knarrte ein wenig unter ihrem Hintern, dann herrschte Stille. „Ich will ganz ehrlich mit Ihne sein. Das Jugendamt hat das Recht und auch die Pflicht, einzuschreiten, wenn das Wohl eines Kindes gefährdet ist. Da ist unsere Aufgabe, dafür sind wir da.

Wenn ich mir so durchlese, was momentan bei Ihnen im Raum steht, bin ich geneigt, Ihre Tochter in unsere Obhut zu nehmen, zumindest für eine gewisse Zeit."

„Was?" Linda sprang erneut auf und beugte sich über den Tisch. „Sie wollen uns das Kind wegnehmen? Das können Sie nicht machen. Ich bin eine gute Mutter."

„Bitte, Frau Trautner, so sehr ich Ihre Erregung verstehen kann, beruhigen Sie sich. Sie haben Ihr Kind allein gelassen, ob einmal oder mehrfach ist erst mal unerheblich. Gegen Sie wird in einem Mordfall ermittelt, Sie scheinen massive gesundheitliche Probleme zu haben, hatten vor kurzem einen schweren Unfall. Wie ich den Papieren entnehme, lagen Sie sogar eine gewisse Zeit im Koma. Vielleicht ist einfach alles viel zu viel für Sie. Tja, da wäre noch etwas. Sie haben eine außereheliche Beziehung zu einem anderen Mann. Das ist Ihr Privatproblem, doch im Zusammenspiel mit den anderen Dingen sehe ich große Hindernisse für eine andere Entscheidung."

Kevin starrte vor sich hin und schluckte. In diesem Moment brachen bei ihr alle Dämme. Linda heulte, sie konnte die Tränen nicht mehr zurückhalten.

„Versetzen Sie sich in meine Lage, wie würden Sie entscheiden, wenn Sie nur auf die nackten Fakten schauen?" Roswitha Jakobs Augen musterten sie genau. „Also, wie würden Sie entscheiden?" Ihre Stimme war inzwischen sanft, ein gewisses Verständnis war zu hören. Aber das konnte sie sich auch einfach nur einbilden.

„Ich würde das Kind bei mir lassen", flüsterte Linda. „Ich bin eine gute Mutter."

Die Frau hinter dem Schreibtisch seufzte tief. „Frau Trautner, wissen Sie was? Das glaube ich Ihnen sogar."

Dann blätterte sie in den Papieren und überlegte. Eine schier unendliche Zeit verging. „Also gut, hören Sie mir zu. Ich möchte so schnell wie möglich Ihre Tochter zusammen mit einer Kinderpsychologin befragen lassen. Ihr Kind ist fün Jahre alt, stimmen Sie dieser Befragung zu?"

„Sie wollen Marie befragen? Auf keinen Fall, das lasse ic nicht zu." Linda schüttelte erregt den Kopf.

„Überlegen Sie es sich gut, Frau Trautner. Eine solche Befragung wird äußerst sensibel durchgeführt, von sehr erfahrenen Mitarbeitern. Danach würde ich mich mit einigen Kollegen beraten und wir fällen zeitnah eine Entscheidung."

Linda knetete ihre Hände. Konnte es sein, dass sie in einen Alptraum geraten war? Würde gleich jemand kommen und sie wecken? Doch nichts geschah. Sie saß hier in diesem Büro, gegenüber einer Frau, die ihre ganze Familie ins Unglü stürzen würde.

Kevin ergriff ihre Hand. „Vielleicht sollten wir dieser Befragung zustimmen. Linda, für mich klingt das alles sehr vernünftig."

„Vernünftig? Verdammt, sie ist fünf Jahre, ein kleines Mädchen", schrie Linda und knetete dabei das Marienkäferchen von Anna. Am liebsten hätte sie es an die Wand geworfen. „Ich will das nicht."

„Frau Trautner, glauben Sie mir, diese Befragung, die in unsere Entscheidung mit einfließen wird, ist Ihre einzige Chance. Die uns vorliegenden Berichte und Aussagen zu Ihrem Familienleben sind einfach zu schwerwiegend. Ohne eine Befragung Ihres Kindes sehe ich keine Chance, den Entzug des Sorgerechtes zu verhindern."

Regen klatschte gegen die Scheibe. Die Scheibenwischer bewegten sich rhythmisch hin und her und quietschten leise. Ihr Wagen stand immer noch auf dem Parkplatz des Jugendamtes. Kevin wirkte, als wäre er nicht in der Lage zu fahren. Seine Hände umklammerten das Lenkrad, der Blick war starr nach vorn gerichtet.

Linda heulte auf dem Beifahrersitz, sie schluchzte geradezu, wie ein kleines Mädchen, dem soeben Schlimmes widerfahren war. Die ganzen letzten Tage hatten etwas fast schon Unrealistisches an sich. Jahrelang war ihr Leben in beinahe langweiligen Bahnen verlaufen. Sie hatte sich eingerichtet und war auf ihre Art glücklich gewesen. Gut, sie hatte sich nach Liebe gesehnt. Dann hatte sie einen kleinen Augenblick Zuneigung bekommen, dafür verabschiedete sich der Rest ihrer kleinen heilen Welt ins Nirgendwo. Und das Schlimmste war, sie selbst trug die Schuld an allem. Sie hatte sich auf diese verfluchte Affäre eingelassen. Dort war für sie die Wurzel allen Übels. Es war wie eine Strafe, weil sie ihr Ehegelöbnis gebrochen hatte.

Irgendwann räusperte Kevin sich. „Wer ist es?" Er lachte schrill auf. „Wobei, das ist jetzt auch egal. Ich kann es mir eigentlich denken."

Linda schwieg und putzte sich die Nase. Doch der Tränenstrom wollte einfach nicht versiegen.

„Hör endlich auf mit Heulen, das bringt uns jetzt nicht weiter", fuhr Kevin sie heftig an.

Seltsamerweise half diese harsche Ansage.

„Ich bringe dich jetzt zu Anna." Er startete den Motor und fuhr los. Diesmal äußerte Linda sich nicht zu seinem Fahrstil. Ihr war sowieso schlecht.

Eine halbe Stunde später waren sie da. Es regnete immer noch in Strömen und dieses Wetter passte perfekt zu ihrer Stimmung. Linda ergriff den Türgriff, zögerte dann aber.

„Was wollen wir jetzt tun?", flüsterte sie tonlos.

„Das Gespräch abwarten. Wir haben zugestimmt, das w richtig."

„Und ansonsten?" Sie schielte in seine Richtung.

Kevin veränderte seine Haltung und beugte sich zu ihr. „Linda, was erwartest du von mir? Soll ich mit einem Zauberstab wedeln? Oder irgendjemanden bestechen, mit Geld, was wir nicht haben? Du brockst uns diese ganze Scheiße ein. Gut, vielleicht bin ich auch nicht ganz unschuldig", schränkte er ein. „Dennoch, keine Ahnung." Er zuckte die Schultern. Sein Gesicht wirkte plötzlich so gleichgültig.

Ein kalter Schauer lief über ihren Rücken. Plötzlich brac es aus ihr heraus. „Dir war Marie doch sowieso die ganze Ze vollkommen egal. Wir beide waren dir gleichgültig, da waren nur dein Motorrad oder irgendwelche anderen Weiber. Oder hast du gedacht, ich bin blöd? Du musst deine leeren Kondompackungen schon selbst entsorgen und nicht in den Taschen lassen." Einen Moment war er verunsichert, nur ein Sekunde, doch Linda hatte es gesehen. Also doch, dieser Treffer hatte gesessen. Also setzte sie noch einen drauf. „Un ich weiß ehrlich gesagt nicht, welche Rolle du in dieser Sache spielst", schrie sie. „Vielleicht hast DU uns das alles eingebrockt."

Sie riss am Türgriff und rannte durch den strömenden Regen zum Haus. Genervt blickte sie das, wieder auf der anderen Seite parkende, Auto an und musste sich beherrsche nicht hinzugehen und den vermeintlichen Polizisten anzuschreien. Mit flatternden Fingern steckte sie den Schlüssel in die Hintertür und sank dann auf ihr Bett. Ihr allergrößter Alptraum schien wahr zu werden. Und es war geradeso, als könnte sie nicht das Geringste tun.

Kapitel 19

„Die Linda ist ja die ganze Zeit nur rumgerannt, nachdem sie das Buf
eröffnet hatte. Die sah kreidebleich aus, wie eine wandelnde Leiche. Selb
gegessen hat sie nichts. Irgendwas muss da zwischen den beiden Frauen
passiert sein. Denn Daniela hab ich gar nicht mehr gesehen. Ich hab
vermutet, dass die abgehauen ist und Linda mit dem ganzen Kram im
Stich gelassen hat. Irgendwas war da faul, wenn Sie mich fragen. Und
dann war da ja noch Danielas Mann, der David. Der hat die Linda
angeschaut, boah, was für ein Blick! Ich bin sicher, Daniela hat gemerk
dass zwischen den beiden was lief. Vermutlich hat sie ihm die ganze
Beziehung gleich mit vor die Beine geschmissen. Warum sollte sie denn
sonst abhauen, bei einem Fest, was sie fast allein organisiert hat?"

Linda brauchte eine Stunde, um sich zu fangen. In dieser Zei
versank sie anfangs in einem Meer aus Kummer und
Verzweiflung. Doch allmählich dämmerte ihr, dass dies keine
Lösung sein konnte. Wenn sie weiterhin zuließ, dass in ihrem
Leben seltsame Dinge geschahen, würde sie am Ende alles
verlieren. Sie musste endlich Klarheit in die Sache bekommer
und sie musste sich selbst Unterstützung holen. Langsam
versiegte der Tränenstrom. Linda setzte sich aufrecht hin und
schlang die Arme um ihre Beine. Gegen vier klopfte es
vorsichtig an ihre Tür. Annas Gesicht schob sich durch den
Türspalt.

Bei Lindas Anblick kam sie herbeigestürzt. „Du liebe
Güte. Sag bloß, es ist nicht so gut gelaufen. Du siehst
schrecklich aus."

„Nicht gut ist untertrieben. Es war die totale Katastroph
wenn du mich fragst." Linda erzählte in aller Kürze, was auf
dem Jugendamt geschehen war.

Annas Augen wurden immer größer. „Aber, das können die doch nicht tun?" Sie schaute Linda angsterfüllt an. „Das dürfen die doch nicht?"

„Anscheinend schon. Das Kindeswohl steht an oberster Stelle und ich bin nach deren Ansicht nicht mehr in der Lage, mich um mein Kind zu kümmern", sagte Linda sarkastisch. Dann drückte sie ihren Rücken durch. „Ich bin eine schlechte Mutter. Keine Ahnung, was man denen noch so alles erzählt hat. Ich weiß es nicht. Aber, weißt du was? Mit dem verdammten Gejammer ist jetzt Schluss. Ich werde die Sache ab sofort selbst in die Hand nehmen."

Annas Gesichtsausdruck wechselte zwischen Begeisterung und Irritierung hin und her. „Ähm, klingt gut, aber wie zum Teufel meinst du das?"

„Ganz einfach, ich habe mir in der letzten Stunde ein paar Gedanken gemacht und einiges davon aufgegriffen, was die Dame auf dem Jugendamt gesagt hat. Als Erstes habe ich beschlossen, mir einen Anwalt zu nehmen. So bin ich für alle Eventualitäten ein bisschen mehr gewappnet. Da werde ich mich morgen drum kümmern."

Anna nickte und lächelte. „Keine schlechte Idee und weiter?"

„Aber als Allererstes fahre ich zu David, am besten jetzt gleich. Er muss seine beschissene Aussage zurückziehen, dass wir noch immer eine Affäre haben. Und mir ist scheißegal, ob er die Bude voller trauernder Menschen hat oder nicht. Hier geht es um mein Kind." Linda erhob sich taumelnd und wusch im kleinen Badezimmer ihr Gesicht.

Anna folgte ihr sichtlich verblüfft. „Also ich muss schon sagen, so gefällst du mir." Dennoch wirkte sie besorgt. „Ich frage mich nur, ob du in deinem Zustand zu ihm fahren kannst? Nicht, dass du noch einen Unfall baust. Ich könnte dich ja absetzen, was denkst du?"

„Und die Kinder?"

„Die Kinder, die spielen gerade oben. Warte mal, ich komme gleich wieder." Dann ließ sie ihren Blick über Linda wandern. „In der Zwischenzeit solltest du dir etwas Frisches anziehen. Dein Oberteil ist vollgeheult."

Damit hatte ihre Freundin allerdings recht. Linda griff e[.] neues Shirt aus dem Schrank und nahm eine Tablette ihres Migränemittels aus der Glasflasche. Mit einem Schluck Wass[.] würgte sie die Medizin nach unten. Egal wie, aber sie musste jetzt einen klaren Kopf haben.

Eine Viertelstunde später war Anna wieder da. „Alles organisiert. Wir bringen den Großen zum Fußball. Auf dem Rückweg setze ich dich in der Siedlung ab und du läufst die restlichen Meter. Die Kinder müssen ja nicht sehen, wo wir hinfahren. Vielleicht schaffe ich sie auch zu meiner Schwiegermutter, die wohnt gleich um die Ecke. Ich gehe einkaufen und setze mich in dieses Café gleich beim Supermarkt. Sobald du fertig bist, rufst du mich an und ich hole dich ab. Na, was sagst du?" Anna strahlte sie an.

Linda spürte einen Kloß in ihrem Hals. „Wenn ich dich nicht hätte. Du bist eine tolle Freundin. Aber was machen w[i] mit der Polizei draußen?"

Anna überlegte und schaute konzentriert auf ihren Schirmständer. „Ich glaube, ich hab eine Idee. Lass mich ma[l] machen. Und jetzt komm her und lass dich knuddeln." Weit breitete sie ihre Arme aus und Linda ließ sich hineinsinken.

Eine kleine Weile standen sie so. Dann schob Anna sie von sich. Tränen standen in ihren Augen. „Wir schaffen das gemeinsam und wenn Kevin dir nicht hilft, stehe ich dir bei.

Dafür ist eine Freundschaft da." Dann zwinkerte sie ihr zu. „Und wenn wir die ganze Geschichte hinter uns haben, dann gehen wir in der teuersten Bar von Dresden einen saufen und du bezahlst."

Eine Viertelstunde später waren ihre Töchter bei der Schwiegermutter und Sohn Nico bei seinem Fußballtraining abgeliefert. Doch der graue Wagen hielt sich hartnäckig hinter ihnen. Gerade als Linda sich fragte, welchen Plan Anna eigentlich hatte, bog diese in ein Parkhaus am Stadtrand ab und rollte die Rampe nach unten. Sie betätigte die Tickettaste und es dauerte Ewigkeiten, bis das Gerät endlich einen Schein ausspuckte.

Dann kurvte sie mit driftenden Reifen durch die spärlich beleuchteten Reihen der geparkten Fahrzeuge, und hielt hinter einer Säule an. Auf der Gegenseite blinkten in diesem Moment die blitzenden Scheinwerfer ihres Verfolgerautos auf. Anna warf einen kurzen Blick auf ihre Armbanduhr und gab dann Gas. Sie raste um die nächste Kurve und dann auf die Schranke des Parkhauses zu. Hastig steckte sie den Schein ins Gerät, ein winziger Moment verging, die Schranke ging nach oben und ihre Freundin schoss die Rampe nach oben.

Mit beiden Händen krallte Linda sich am Sitz fest und rang nach Luft. Es war ein mehr als waghalsiges Unterfangen gewesen, doch der Polizist war verschwunden.

Triumphierend schlug Anna auf ihr Lenkrad. „Ha, na wer sagt's denn. Ich finde, das war beinahe filmreif."

„Aber wie bist du auf die Idee gekommen?"

Ihre Freundin grinste. „Weil ich genial bin. Ach, Quatsch. Ich hab hier schon öfters geparkt, da drüben sind immer meine Sportkurse. Deswegen weiß ich, dass das Gerät bei der

Einfahrt ewig braucht, aber bei der Ausfahrt nicht. Und ich weiß, dass es einen winzigen Puffer gibt. Wenn du ganz kurz nach Einfahrt wieder ausfährst, geht die Schranke hoch. Hat nämlich mal meine Turnschuhe vergessen. Das war alles."

Linda war sprachlos, auf so eine Idee wäre sie niemals gekommen. Entspannt fuhr ihre Freundin wieder Richtung Stadtrand. Anna hielt vorn an der Hauptstraße. Von hier war es nur noch fünf Minuten bis zu Davids Haus. Linda fühlte sich schlecht. Das Kopfschmerzmittel half mal wieder nicht und zusätzlich krampfte sich ihr Magen zusammen. Kreidebleich schaute sie in die kleine Nebenstraße hinein.

„Willst du es auf morgen verschieben?"

Linda schüttelte den Kopf. „Auf keinen Fall, heute ist genauso gut wie morgen. Und außerdem haben wir gerade die Polizei abgehängt. Mir läuft die Zeit davon", sagte sie schwer atmend.

„Soll ich vielleicht doch mitkommen?" Anna ergriff ihre Hand und drückte sie ganz fest.

„Ich muss da alleine durch." Linda holte den kleinen Marienkäfer aus ihrer Tasche. Sie legte ihn auf ihre Handfläche und sah ihn an. „Vorhin hat er nicht so viel Glück gebracht. Vielleicht klappt es jetzt."

„Bestimmt." Anna reckte ihre beiden Daumen nach oben. „Lass dich bloß auf keine großartigen Gespräche mit ihm ein. Sag, was du sagen willst und fertig."

Linda stieg aus und lief los. Die Luft war durch den Regen des heutigen Tages angenehm erfrischt. In den Gärten, an denen sie vorbeikam, schimmerten noch letzte Wassertropfen auf den Blumen. Pfützen zierten den Straßenrand und vermischten sich mit herabgefallenem Laub.

Bei jedem Schritt wurden Lindas Beine schwerer. Am liebsten hätte sie sich an den Straßenrand gesetzt und wäre hocken geblieben, bis vielleicht eine Fee vom Himmel herabstieg. Doch sie lief weiter. Kurz bevor sie Davids Grundstück erreichte, schaute sie noch einmal nach allen Seiten. Die Straße war wie ausgestorben. Nur in der Ferne parkte gerade ein Auto ein. Eine Tür klappte, dann herrschte Stille.

Die hohe Sandsteinmauer, die das Grundstück umgab, wirkte heute beinahe abweisend. Als wollten die Menschen, die dahinter wohnten, Dinge vor der Außenwelt verbergen. Als hätten sie Geheimnisse, die entsetzlich waren. Vielleicht hatte Daniela davon etwas geahnt. Nun würde sie nie wieder durch dieses Tor fahren. Sie würde überhaupt nichts mehr tun und hatte ihre letzte Reise längst angetreten. Linda schauderte bei dem Gedanken. „Reiß dich zusammen, für Marie", flüsterte sie sich selbst zu. Dann holte sie tief Luft und drückte auf den blank polierten Klingelknopf. Über ihr begann eine Kamera zu surren. Weiter geschah nichts. Natürlich hatte Linda nicht damit rechnen können, dass David daheim war, und schon gar nicht, dass er sie erwartete. Sie zählte innerlich bis fünfzig und klingelte noch einmal. Nach einer gefühlten Ewigkeit erklang eine männliche Stimme.„Ja bitte?"

„Guten Tag, ich möchte zu David, also zu David Jahnke."

„Und wer sind Sie?", fragte die Stimme nach.

„Mein Name ist Linda Trautner."

In der Leitung ertönte ein dezentes Knacken, dann herrschte Stille. Da war nichts mehr, keine weitere Nachfrage, kein weiteres Wort. Ungläubig starrte Linda das Tor an. Sollte ihre Mission hier schon scheitern?

Doch in diesem Moment erklang das Summen des Tores und gleich darauf schwangen die schmiedeeisernen Flügel elegant auf. Linda warf einen knappen Blick nach oben zur Überwachungskamera. Ein rotes Licht blinkte, das Objektiv starrte sie kühl an. Diesmal musste sie die lang gezogene Auffahrt zu Fuß bewältigen. Und wieder einmal wurde ihr bewusst, wie riesig das Grundstück war.

An sorgfältig geschnittenen Koniferenhecken vorbei, die nur durch schmale Wege unterbrochen wurden, marschierte Linda nach oben. Endlich kam das Haus in Sicht. Zwei Auto parkten davor, eines gehörte David, das andere hatte sie noch nie gesehen. Das Haus wirkte so wie beim letzten Mal. Auch heute waren sämtliche Jalousien an der Vorderseite herabgelassen. Die breite Zugangstür war verschlossen.

Linda umrundete das Rosenbeet, welches schon für den Winter vorbereitet war. Einen Moment dachte sie an ihre eigenen Rosen daheim, doch jetzt waren erst einmal andere Dinge wichtiger als ihr Garten.

Da öffnete sich die Tür und David trat nach draußen. Er trug eine dunkle Hose mit einem weißen Hemd, die Füße waren nackt. Ein leichtes Lächeln huschte über sein Gesicht. Dennoch wirkte er angeschlagen, da waren tiefe Falten, die si jetzt zum ersten Mal bemerkte. Seine sonst immer so strahlenden Augen wirkten stumpf. Der Zauber, der früher von ihm ausgegangen war und der ihr den Verstand geraubt hatte, war verflogen – mit einem Schlag.

„Linda, wie schön." Dann schaute er fragend an ihr vorbei. „Du bist zu Fuß?"

„Ja, Anna hat mich hergefahren und holt mich auch wieder ab. Ich brauche nicht lange oder sagen wir, ich will dic nicht lange stören."

Verwundert sah er sie an. „Du störst doch nicht, im Gegenteil. Ich bin so froh, dass du da bist. Die letzten Tage waren nicht einfach und dein Anblick schenkt mir Kraft." Er beugte sich in ihre Richtung und schien ihr einen Kuss auf die Wange geben zu wollen. Doch Linda wich zurück.

Dann trat David einen Schritt nach innen. „Komm herein." Da sie kurz zögerte, hakte er nach. „Oder wollen wir gleich hier draußen reden? Da sollten wir uns beeilen, denn da hinten kommt ein Regenschauer gezogen." Sein Blick ging zum Himmel und wandte sich dann wieder ihr zu. Langsam folgte sie ihm nach drinnen.

Betäubender Blumenduft strömte Linda entgegen und einen Moment hielt sie den Atem an. Die Diele wirkte wie ein Blumenladen. Große und kleine Sträuße, unterbrochen von riesigen Arrangements, füllten den Raum.

Überrascht sah sie sich um.

„Irre, nicht wahr, in der Firma sieht es noch schlimmer aus. Alle Welt will mir ihr Beileid bekunden. Alles Menschen, die ich nicht mal annähernd kenne." Er strich sich über seine Augen und lachte. „Es scheint, als wäre Daniela wesentlich beliebter gewesen, als ich immer angenommen hatte."

„Es tut mir leid", sagte Linda leise. „Das mit deiner Frau."

„Danke", meinte er schlicht. „Komisch, du bist einer der ersten Menschen, dem ich das irgendwie abnehme. Vielleicht weil du eine so wunderbar ehrliche Frau bist. Komm, wir gehen ins Wohnzimmer."

Der Raum war leer, eine Decke lag zerknüllt auf einem Sessel. Auf dem Tisch stand eine Kanne Tee nebst Tasse. Gerade als Linda sich fragte, wem wohl die Stimme an der Türsprechanlage gehört hatte, entdeckte sie auf der Terrasse zwei ältere Leute. In dicke Jacken gehüllt saßen sie auf einem

Sofa, drehten ihnen den Rücken zu und schauten Richtung Pool. Sie hielten sich an den Händen, und schienen alles um sich herum vergessen zu haben.

„Meine Eltern, sie sind mir eine große Hilfe", sagte Dav leise, der ihren fragenden Blick bemerkt hatte. „Gerade mit Jonas. Er stellt so viele Fragen und ich weiß nicht, was ich antworten soll. Dabei war sein Verhältnis zu Daniela nie so richtig eng. Gerade ist er bei Danielas Eltern. Sie sind hergekommen und wohnen in einem Hotel in Dresden. Abe setz dich doch." Er deutete auf den Platz neben sich, doch Linda entschied sich für den Sessel auf der anderen Seite des Tisches. Sie wollte nicht neben ihm sitzen, sie wollte ihm in Augen schauen und eine gewisse Distanz haben.

„Möchtest du auch einen Tee? Ich will mir grade einen frischen machen."

Da ihr Mund vor Aufregung staubtrocken war, nickte si David verschwand in der Küche. Leise rauschte der Wasserkocher, Geschirr klapperte. Linda betrachtete den Raum. Das Haus wirkte abgesehen von den vielen Blumen clean und rein. Die weißen Wände, die kalten Fliesen auf der Boden – die reine Vorstellung, hier leben zu müssen, machte ihr bereits Angst. Ohne Kinderlachen und hellem Sonnenschein war es wie in einem Grab. Nach einigen Minuten kam David mit einem Tablett zurück und deckte de Tisch ein. Goldgelb ergoss der Tee sich in die Tasse. Dann setzte David sich auf die andere Seite und blickte sie erwartungsvoll an.

„Wie geht es …"

„Ich muss etwas …"

Zeitgleich ergriffen beide das Wort. David schmunzelte und schlug die Beine übereinander. Auffordernd wedelte er mit der Hand. „Okay, du zuerst."

Linda sammelte sich kurz. Wie sollte sie beginnen? Das Beste war vermutlich, ohne große Umwege zum Thema zu kommen, wie Anna ihr geraten hatte. Sie streckte sich und sah ihn dann direkt an. „Warum hast du der Polizei erzählt, dass wir immer noch eine Affäre haben?"

Er zuckte kurz zusammen, eine leichte Röte zog über seine Wangen. Doch gleich darauf fing er sich wieder. David hob bedauernd die Hände. „Oje, eigentlich habe ich das so nicht gesagt."

„Die Polizei behauptet es aber."

Er legte die Hand an sein Kinn und dachte nach. „Okay, ich gebe zu, vielleicht habe ich mich ein wenig unglücklich ausgedrückt." Betreten schlug er die Augen nieder und schielte dann nach oben.

„Ein wenig unglücklich, na ja, das kann man sehen, wie man will. Die Polizei dreht mir jedenfalls einen Strick daraus und das Jugendamt auch." Linda hielt seinem Blick stand.

„Das Jugendamt, was haben die damit zu tun?" Irritiert sah er sie an.

„Sie wollen mir Marie wegnehmen, also das Sorgerecht entziehen", sagte Linda schlicht und wartete auf seine Reaktion.

Die kam prompt. David sprang auf und plumpste augenblicklich wieder in den Sessel. Seine Augen waren vor Schreck geweitet. „Was, das kann doch nicht sein! Ich meine, was hat das alles mit unserer Affäre zu tun?"

„Nun, es lässt mich in einem schlechten Licht dastehen, als schlechte Mutter. Von einer schlechten Ehefrau ganz zu schweigen." Linda winkte ab. „Also bitte ich dich lediglich darum, die Wahrheit zu sagen."

„Deswegen kann man dir doch Marie nicht wegnehmen. Ausgerechnet dir, wo du doch so an deinem Kind hängst. Wenn ich dir irgendwie helfen kann, mit Geld oder einem Anwalt, dann sag es einfach. Bitte, Linda, ich würde dir wirklich sehr gern helfen."

In diesem Moment öffnete sich die breite Glastür und die beiden alten Leute kamen ins Haus. Die Ähnlichkeit zwischen Mutter und Sohn war nicht zu verkennen. Auf Linda wirkten die beiden wie wandelnde Leichen und sie musste sich zwingen, sie nicht unverhohlen anzustarren. Der Mann nickte ihr kurz zu und wandte sich dann an seinen Sohn. „Wir fahren jetzt Jonas holen. Bis morgen Nachmittag", flüsterte er heiser. Die Frau sagte kein Wort, hakte sich bei ihrem Mann ein und verließ an seinem Arm das Haus. Es wirkte, als würde sie jeden Moment zusammenbrechen.

Einen kleinen Augenblick schaute David ihnen versonnen hinterher. Dann beugte er sich vor und nahm einen Schluck Tee.

„Meine Mutter hat das alles sehr mitgenommen, obwohl sie und Daniela sich nie gut verstanden haben. Jonas ist momentan ihr einziger Halt."

Dann zog Stille ein. Ob sie wohl jetzt ganz allein hier waren? Linda blickte sich unauffällig um. Es schien tatsächlich niemand sonst anwesend zu sein. Ein komisches Gefühl beschlich sie. Hoffentlich war es kein Fehler gewesen, zu ihm zu fahren. Vielleicht hätte Anna doch mitkommen sollen. Doch für derartige Planspiele war es jetzt zu spät.

Linda klopfte sich auf ihre Oberschenkel und holte sich damit wieder in die Gegenwart. Je eher das alles hier vorbei war, umso besser. „Danke für deine Hilfe, aber ich brauche nur deine Aussage gegenüber der Polizei bezüglich der Affäre. Mit dem Rest komme ich schon irgendwie zurecht." Linda hatte klar und deutlich gesprochen und einen Moment spürte sie Davids Erstaunen.

„Gut, wenn das so ist, werde ich morgen zur Polizei fahren und sagen, dass du die Affäre bereits beendet hattest", meinte er seufzend. „Du musst mir glauben, Linda, ich habe das nicht gesagt, um dir irgendwie zu schaden. Meine Meinung, was dich betrifft, kennst du ja."

Augenblicklich machte sich Erleichterung in ihr breit. Nun wäre eigentlich der Moment gewesen, aufzustehen und zu gehen. Doch sie blieb sitzen. Linda beugte sich nach der Tasse und nahm einen Schluck Tee. Er schmeckte angenehm fruchtig und hinterließ einen zitronigen Geschmack im Mund.

Immer noch spürte sie, wie Davids Blicke prüfend über sie wanderten. „Darf ich dich jetzt etwas fragen?"

Sie nickte vorsichtig.

„Wie geht es dir? Ich habe gehört, die Polizei hat dich erneut befragt. Es ist vollkommener Irrsinn zu vermuten, dass du irgendetwas mit der Geschichte zu tun hattest. Das habe ich denen auch schon so gesagt. Ich denke nach wie vor, dass die ganze Sache ein Unfall war."

Linda trank noch einmal, um sich die nächsten Worte in aller Ruhe zu überlegen. Doch ihr Puls galoppierte auf Hochtouren. Was sagte er denn bloß? „Ein Unfall? Wie kannst du das glauben?" Erschüttert griff sie sich an den Hals. „Dafür sind die Umstände ihres Todes doch viel zu seltsam. Niemand fällt einfach so von einem Felsen. Und wo war Daniela in der restlichen Zeit? Es sind Tage vergangen, bis sie gefunden wurde. Warum hat sie sich nicht gemeldet, ist untergetaucht oder was weiß ich?"

„Ja, da magst du recht haben." David erhob sich und begann, langsam durch den Raum zu schlendern. Vor dem Sideboard mit ihrem Hochzeitsbild blieb er stehen. „Es tut m leid, ein solches Ende habe ich ihr nicht gewünscht. Trotzde kann ich vor Trauer nicht vergehen. Ich kann nicht schauspielern, auch wenn ich das vermutlich tun sollte. Vielleicht weil ich schon vor längerer Zeit mit Daniela abgeschlossen habe. Das müsstest du eigentlich am besten verstehen."

„Wusstest du eigentlich, dass sie dich verlassen wollte?" dem Augenblick, als die Worte ausgesprochen waren, bereut Linda sie bereits. Doch dafür war es jetzt zu spät.

David drehte sich überrascht um und kam langsam nähe „Wie meinst du das? Mich verlassen, wie kommst du darauf? Sie hat nie etwas gesagt oder eine Andeutung gemacht."

Er setzte sich auf eine ihrer Armlehnen. So sehr Linda auch versuchte, zur Seite zu rücken, gelang dies nur bedingt.

Sein Geruch stieg in ihre Nase. Mittlerweile fand sie ihn fast schon abstoßend. Linda drehte ihren Kopf und versucht langsam, sich zu erheben. „Sie hat es mir gesagt. Sie träumte von einem neuen Leben, irgendwo noch einmal von vorn anzufangen."

„Waaaas?" David lachte auf. „Das ist nicht dein Ernst. Daher kommen also die blöden Fragen, die mir die Polizei gestellt hat und das verschwundene Geld." Er drehte sich leicht und stützte die Arme auf ihre Sessellehnen. Ganz nah kam sein Gesicht dem ihren. Linda war gefangen, wie damals im Bus. Nur diesmal beherrschte keine Erotik die Szenerie, sondern in ihrem Fall eine gewisse Angst. „Und warum sollte sie das ausgerechnet dir sagen? Dir, der kleinen Linda, der Frau, auf die sie doch immer nur verächtlich hinabgesehen hat", fragte er mit gefährlich leiser Stimme. Da war ein Unterton, der sie schaudern ließ. Linda presste sich noch fester an die Lehne hinter ihr. „Du hättest sie mal hören sollen. Damals, nach diesem Elternabend. Nie und nimmer könne sie mit dir zusammenarbeiten. Mach du das, hat sie zu mir gesagt. Und ausgerechnet dir erzählt sie, dass sie nach Honolulu oder Saint Lucia oder weiß der Teufel wohin auswandern will? Lächerlich."

Linda schloss die Augen. In ihrem Inneren war plötzlich ein winziges Licht angegangen. Es glomm und verlosch dann wieder. Da war etwas in Davids Worten gewesen, was eine Erinnerung weckte. Doch sie war verschwommen und undeutlich, ließ sich nicht greifen. Verzweifelt versuchte sie, den Moment festzuhalten, doch er entglitt ihr wieder.

Da war eine Bewegung an ihrem Arm. Mit einem Ruck öffnete Linda ihre Augen. David sah sie an, sein Gesicht war so nah, dass sich ihre Nasen beinahe berührten. „Und ich hab sie nie verstanden. Ich war fasziniert von dir, vom ersten Moment an, als ich dich sah. Ich spürte unsere Verbundenheit. Wir beide hatten dieselbe Sehnsucht. Wir beide waren auf der Suche nach Liebe und Zärtlichkeit. Und jetzt ist der Weg frei. Wir können glücklich sein."

„Hast du sie umgebracht?" Ihre Worte klangen wie ein Pistolenschuss. David begann laut zu lachen. Er warf seinen Kopf zurück und entblößte weiße Zähne. Linda stand auf und blickte ihm direkt in die Augen. „Warst du es? Hast du mit dieser ganzen Geschichte etwas zu tun?"

„Du bist ja vollkommen verwirrt. Das alles hat dich verrückt gemacht", schrie er, immer noch lachend. Seine

Stimme hallte durch das leere Haus. „Wie hätte ich sie umbringen sollen, wo ich nicht mal wusste, wo Daniela überhaupt war. Du warst doch zuletzt mit ihr zusammen, da oben auf dem Königstein. Warum bringst du nicht endlich Licht ins Dunkel?"

Linda sammelte ihre ganze Kraft und schob David zur Seite. „Weil ich mich nicht erinnern kann." So schnell sie konnte, durchquerte sie die Diele. „Aber du wirst lachen, genau das werde ich tun. Ich werde versuchen, mich zu erinnern."

Sie hatte bereits die Hand an der Klinke, als David sie erreichte. Fast schon flehend sah er sie an. „Entschuldige, ic wollte das nicht sagen. Bitte, Linda, lass es so nicht enden. Denk doch an die schönen Zeiten, die wir beide hatten. Wie glücklich wir zusammen waren. All das kann doch nicht vollkommen umsonst gewesen sein." Da war er wieder, dies verwirrende Blick aus seinen Augen. Aber er erreichte sie ni mehr. Hastig wandte sie sich ab und ergriff die Türklinke. Doch David umklammerte ihre Arme und zog sie an seinen Körper. Er war stark und sie war geschwächt, durch permanente Kopfschmerzen und Schlafmangel. Linda versuchte, sich zu wehren, da presste er schon seinen Mund auf ihre Lippen. Er küsste sie hart und brutal, während Lind verzweifelt versuchte, sich zu wehren. Mit seiner Zunge durchbrach er ihre Lippen, bis sie glaubte, zu ersticken. Davi Arme umschlossen sie dabei wie zwei Schraubstöcke, die sic immer fester zogen.

Mit aller Kraft bekämpfte sie die Panik in ihrem Kopf. S musste sich zusammenreißen, irgendetwas tun. Marie tauchte vor ihren Augen auf und gab ihr Kraft. Endlich schaffte Lin es, ihr Knie zu heben. David war zu sehr damit beschäftigt, s

278

zu küssen. Sie ließ ihn ein wenig gewähren, lullte ihn ein, kam ihm entgegen, obwohl Würgereiz in ihrem Inneren war. Doch in Wirklichkeit konzentrierte Linda all ihre Kraft in diesen einen Teil ihres Körpers. Dann rammte sie ihr Bein in seinen Unterleib.

David stieß einen pfeifenden Ton aus, krümmte sich und ließ sie dadurch los. Er taumelte hilflos nach hinten und suchte mit seiner Hand nach einem Halt. Die Zeit genügte ihr.

„Ja, du hast recht. Wir hatten schöne Zeiten. Aber die sind ein für alle Mal vorbei", schrie sie.

Linda drückte die Klinke herunter, öffnete die Tür und rannte los. Ihre Schritte knirschten auf dem Kies des großzügig angelegten Vorplatzes. Bevor sie um die erste Koniferenhecke verschwand, warf sie einen hastigen Blick nach hinten.

David verfolgte sie nicht. Er stand immer noch gekrümmt in der Türöffnung und hielt sich am Rahmen fest. Er war nicht allein, neben ihm stand eine Frau und beugte sich helfend über ihn. In diesem Moment blickte die Frau nach oben und Linda erkannte – Juanita.

Kapitel 20

„Sie war seit einigen Wochen fast jeden Abend unterwegs. Immer, wen *ich mit dem Hund eine Runde drehte, dampfte sie mit ihrem kleinen* *Auto ab. Ob der Mann daheim war oder nicht, kann ich nicht sagen.* *Fest steht, dass die Ehe der beiden vollkommen zerrüttet war. Manch* *haben sie sich angeschrien, da konnte die ganze Siedlung mithören. Di* *kleine Marie tat mir dann immer ganz schrecklich leid. Sie ist so ein* *kleiner Sonnenschein. Nach außen tat die Linda sich schon um ihre* *Tochter kümmern, aber ansonsten. Wer weiß schon so genau, was hint* *deren vier Wänden vor sich geht.“*

Fast befürchtete Linda, das Eingangstor wäre verschlossen u sie müsste klettern. Doch zu ihrer grenzenlosen Erleichterur stand es weit offen. Mit japsendem Atem hatte sie von unterwegs Anna angerufen. Mit tuckerndem Motor stand di bereits vor der Einfahrt und sah ihr aus schreckgeweiteten Augen entgegen.

Linda öffnete die Tür und ließ sich dann auf den Beifahrersitz fallen. Ihre Lungen brannten. Das leichte Poch in ihrem Kopf hatte sich zu einem ausgeprägten Hämmern entwickelt. „Fahr los“, ächzte sie. Krämpfe schüttelten ihren Körper und sie glaubte, sich jeden Moment übergeben zu müssen.

Anna haute den Gang rein und brauste davon. Ängstlic musterte sie sie von der Seite, sagte aber nichts. Nach wenig Minuten erreichten sie den Waldparkplatz, an dem sich Lind und David immer getroffen hatten. Anna bog ab und stellte das Fahrzeug unter einen Baum. Eigentlich wollte Linda protestieren, sie wollte diesen Ort nicht mehr sehen, nie meh Aber dafür fehlte ihr einfach die Kraft.

Dann drehte Anna sich in ihre Richtung und berührte Linda an der Schulter. „Was ist los? Was ist passiert? Du siehst aus, als wären alle Himmelhunde hinter dir her?"

Linda presste die Hand auf ihr Herz. Doch Schmerzen und Übelkeit wurden immer schlimmer. Gerade noch rechtzeitig öffnete sie die Tür und stürzte hinaus. Sie übergab sich an einem Baumstamm. Ihr ganzer Körper krümmte sich zusammen, die Beine trugen sie nicht mehr und sie sank zu Boden. Anna umfasste sie von hinten, streichelte ihren Rücken und stützte sie ein wenig.

„Schh, alles gut, ich bin ja da", flüsterte sie mit beruhigender Stimme.

Immer und immer wieder erbrach Linda sich, bis ihr Körper nur noch eine bittere gallenartige Flüssigkeit von sich gab. Erschöpft sank sie auf den Autositz und wischte sich das Gesicht ab. Erst jetzt wurde ihr bewusst, welch riesigen Fehler sie gerade begangen hatte. Nun musste sie damit rechnen, dass David nie zur Polizei gehen würde, um seine Aussage zu ändern. Warum hatte sie nicht einfach geschwiegen und die Dinge auf sich beruhen lassen? Mittlerweile war Linda fest davon überzeugt, dass er etwas mit Danielas Tod zu tun haben musste.

Anna hockte sich vor sie und umfasste Lindas Knie. „Geht's wieder, du siehst furchtbar aus."

„Mir geht's auch furchtbar. Keine Ahnung, so schlecht war mir noch nie." Der Tee fiel ihr ein, den sie bei David getrunken hatte. Konnte es sein, dass er ihr irgendetwas hineingetan hatte? Doch er selbst hatte auch davon getrunken. Mittlerweile entwickelte sie eine regelrechte Paranoia und vermutete hinter jeder Ecke irgendwelche Verbrechen.

„Sollen wir ins Krankenhaus fahren?"

Linda schüttelte den Kopf. „Erst mal nicht. Ich will nur noch heim und mich hinlegen."

„Okay, die Kinder hol ich dann später. Mach dir keine Sorgen, ich kümmere mich schon um alles."

Mit zitternden Beinen erreichte Linda Annas Haus und quälte sich an deren Hand die Treppe hinunter. Sie fühlte sic schrecklich schwach. Dann sank sie auf die Couch und schlo die Augen. „Ich muss, glaub ich, einfach mal ein bisschen schlafen. Es geht gleich besser." Sie spürte nur noch, wie ihre Freundin eine flauschige Decke über ihr ausbreitete.

Linda sank in einen unruhigen Schlaf. Alpträume quälten sie, deren Inhalt sie später nicht mehr hätte sagen können. Imme wieder erwachte sie, nur um gleich darauf wieder ins Reich d Träume zu sinken.

Als sie endgültig wach wurde, schien bereits der fahle Schein des Mondes durch das Fenster des Gästezimmers. Unsicher setzte sie sich auf und sah sich um – die Wände blieben, wo sie waren. Der Raum drehte sich nicht mehr. Linda fühlte sich besser. Der heftige Kopfschmerz hatte nachgelassen, nur noch ein letzter Rest von Übelkeit war in ihrem Bauch. Am Waschbecken wusch sie ihr Gesicht mit kaltem Wasser und sah in den Spiegel. Im Schein der kleinen Badlampe wirkte ihr Gesicht aschfahl. Irgendwie sah sie zehn Jahre älter aus als noch vor ein paar Tagen.

In ihrem Magen ertönte ein Grollen, da war plötzlich ein fast schon übermächtiges Hungergefühl. Linda durchwühlte ihre Reisetasche. Da hätte eigentlich noch eine Packung Keks sein müssen, die sie für Marie eingepackt hatte. Doch diese w verschwunden. Und obwohl ihr bewusst war, dass sie nach dem heftigen Erbrechen lieber nichts essen sollte, schlich sie langsam die Kellertreppe nach oben.

Das Haus lag in Dunkelheit und Stille. Nur fluoreszierende Streifen an den Stufen ließen sie den Weg finden. Auf der halben Treppe vernahm sie plötzlich Annas Stimme – flüsternd, unterdrückt, kaum zu verstehen. Ihre Freundin schien mit jemandem zu telefonieren. Unschlüssig lauschte Linda und wollte gerade wieder nach unten gehen, als sie ganz deutlich ihren Namen vernahm. Kein Zweifel, Anna hatte „Linda" gesagt.

Mit angehaltenem Atem blieb sie stehen, erneut herrschte Stille. Ihre Freundin schien dem Anrufer am anderen Ende der Leitung zuzuhören. Linda war sich bewusst zu lauschen, etwas, was man nicht tat. Aber sie konnte einfach nicht anders. Behutsam pirschte sie sich die Stufen nach oben und schob sich langsam in den Flur. Schräg gegenüber von ihr lag die offene Küche, und genau dort schien Anna sich aufzuhalten.

Zu Linda drangen nur einzelne Gesprächsfetzen. „Keine Ahnung ... ging ihr schlecht ... war von der Rolle."

Es waren nur noch wenige Zentimeter, dann konnte sie endlich um die Ecke spähen. Anna stand direkt am Fenster und stützte sich auf den Küchenschrank. Linda sah nur ihren Umriss. Sie drehte ihr den Rücken zu und schaute Richtung Garten. Fahler Mondschein erleuchtete den Raum, leise surrte der Motor des Kühlschrankes.

„Ich finde das keine gute Idee. Es ging ihr wirklich schlecht", raunte Anna gerade und schien den Kopf zu schütteln. „Na gut, wenn du meinst."

Linda lehnte sich an die Wand, schloss die Augen und lauschte. Ihr Herzschlag donnerte in den Ohren. Das Blut pulsierte derart heftig durch ihren Körper, dass sie sich einbildete, Anna müsste es eigentlich hören. Plötzlich waren Kopfschmerzen und Übelkeit wieder da. Linda konnte sich einfach nicht von der Stelle rühren. Mit wem telefonierte An da und warum sprach sie heimlich hier unten in der Küche, : dieser Zeit und vor allem über sie?

„Gut, dann machen wir das so. Wir sehen uns die Tage. Ich liebe dich", raunte Anna in diesem Moment und straffte sich.

Ihre Freundin legte auf. Dann lief sie hinüber zur Spüle und schenkte sich ein Glas Wasser ein. Versonnen blickte sie erneut hinaus in den Garten. Anna trank das Glas leer, stellt es ab und drehte sich dann schlagartig um.

Linda erschrak und versuchte, so leise es ging, ins Wohnzimmer zu huschen. Dort konnte sie sich verstecken, Anna nach oben gegangen war. Doch bei ihrem Rückzugsversuch stieß sie an den metallenen Schirmständer, der ein kreischendes Geräusch von sich gab. Es war derart laut, dass sie glaubte, dass ganze Haus müsste augenblicklich erwachen.

Sekunden später flammte über ihr das Licht auf. Geblendet schloss Linda einen Moment die Augen. Anna stand vor ihr. Sie trug ihre langen dunklen Haare offen. Wie ein schwarzer Schleier fielen sie über ihre Schultern und ließ sie einen Moment wie Schneewittchen wirken. In dem kurze Nachthemd erschien sie zart und zerbrechlich.

„Linda, was tust du hier?" In Annas Gesicht war kein Erschrecken, eher Besorgnis.

„Ich, ich, na ja, eigentlich habe ich Hunger bekommen und wollte mir einen Apfel holen", stammelte Linda.

„Und warum schleichst du in der Finsternis durchs Hau Mach dir doch Licht an." Ihre Freundin schaute sie verwirrt an. Linda suchte nach Spuren eines schlechten Gewissens, aber da waren einfach keine.

„Ich wollte euch nicht wecken, entschuldige bitte", murmelte sie daher.

Anna schüttelte den Kopf und grinste. „Wenn du die halbe Einrichtung umreißt, werden wir früher oder später eh wach werden."

„Ja, stimmt, ich glaube, ich werde mich wieder hinlegen." Linda wandte sich zum Gehen und ergriff das Geländer der Kellertreppe.

„Ich denke du wolltest etwas essen?" Plötzlich klang Annas Stimme verändert. Lauernd und vorsichtig irgendwie. Mit verschränkten Armen lehnte sie an der Wand und schaute Linda misstrauisch an. Ihre dunklen Augen schimmerten wie schwarze Kohlen.

„Ach ja, richtig. Ich bin irgendwie immer noch ein bisschen durcheinander", lachte Linda unsicher und strich sich über das Gesicht.

„Geht's dir wieder besser?", fragte Anna ruhig. „Du warst vollkommen von der Rolle, nach deinem Besuch bei David." Linda betrat die Küche und fischte sich einen Apfel aus dem Obstkorb. Gründlich wusch sie ihn an der Spüle ab, das gab ihr Zeit, sich die nächsten Worte zu überlegen. „Du hast mir noch gar nicht erzählt, wie es bei ihm gelaufen ist."

Linda zuckte die Schultern. „Er will seine Aussage bei der Polizei korrigieren. Aber ob er das wirklich tut, keine Ahnung. Am Ende haben wir uns gestritten. Das war ein Fehler, aber ich konnte mich einfach nicht beherrschen."

„Hm, gestritten, das hättest du vermutlich wirklich nicht tun sollen." Während Linda in den Apfel biss, schob Anna sich auf einen der Hocker am Küchentresen und sah sie neugierig an. „Und was hat er sonst noch so gesagt? Ich meine, wie ge es ihm? Immerhin hat er seine Frau verloren."

„Sagen wir mal so, in tiefer Trauer scheint er nicht zu versinken."

„Aha." Anna nickte und nahm sich ein weiteres Glas Wasser. Dann stützte sie sich auf den Küchentresen und schien nachzudenken.

„Mit wem hast du gerade telefoniert?" Linda umklammerte den Apfel und sah ihrer Freundin direkt in die Augen.

Doch da war nichts, kein Erschrecken, kein Zusammenzucken, nur pure Besorgnis.

„Was? Hast du mich etwa belauscht?" Anna beugte sich nach vorn.

„Es ließ sich nicht vermeiden."

„Ich glaube schon. Immerhin ist das mein Zuhause und ich kann telefonieren, wann und wo es mir einfällt." Anna w beleidigt und augenblicklich tat Linda ihre Nachfrage leid. Si hob beschwichtigend die Hände, doch Anna sprach schon weiter. „Weißt du, wenn du ein Problem mit mir hast, kanns du gerne gehen. Ich wollte dir nur helfen, deswegen habe ich dich bei mir aufgenommen. Einfach weil gute Freunde das n einmal tun", zischte sie ihr zu und rang nach Atem. „Doch inzwischen habe ich das Gefühl, du misstraust mir – der einzigen Person, die überhaupt noch zu dir steht, die dich immer verteidigt, egal was die anderen Mütter über dich sage Aber bitte, wenn du mir hinterherspionieren willst, sehr gerne."

Anna trank das Glas in einem Zug leer und knallte es dann auf den Tisch vor sich. Sie rutschte vom Hocker und li Richtung Flur. Kurz bevor sie verschwand, drehte sie sich noch einmal um. „Und nur zu deiner Information, ich habe mit Olli telefoniert. Der muss leider auswärts schlafen, weil er eine Schulung hatte, die bis in die halbe Nacht ging. Er wollte wissen, wie es dir geht. Deswegen habe ich über dich gesprochen." Sie zögerte kurz. „Weißt du was? Ich glaube, bei dir stimmt mittlerweile irgendwas da oben nicht mehr. Du leidest unter Verfolgungswahn. Und anstatt dir einen Anwalt zu suchen, brauchtest du eher einen Termin bei einem Psychiater. Oder du solltest einfach mal deine Prioritäten überprüfen, zum Beispiel, wem du noch vertraust."

Minuten später sank Linda auf ihr Bett und starrte die gegenüberliegende Wand an. Sie hatte es gründlich vermasselt und ausgerechnet den einzigen Menschen, der noch zu ihr stand, vor den Kopf gestoßen. Wenn das so weiterging, würde sich ihr gesamtes altes Leben verabschieden und nur ein Trümmerhaufen zurückbleiben.

Sie musste etwas tun, je eher, je besser. Linda schloss die Augen und dachte an ihr Gespräch mit David. Ihr fiel ein, dass einen winzigen Augenblick eine Erinnerung in ihr aufgeleuchtet hatte. Er hatte etwas zu ihr gesagt, das ihr bekannt vorgekommen war, nur was? Daran musste sie arbeiten, und zwar dringend. Es war ihre einzige Chance, den Nebel in ihrem Kopf zu lichten. Sie musste sich erinnern, Gabriele Heidner hatte ganz recht gehabt.

Eine Stunde später wälzte Linda sich immer noch hin und her. Schließlich schnappte sie sich ihr Handy und begann zu suchen. Sie gab die Begriffe *Gedächtnisverlust* und *Erinnerung verloren* ein und fand erstaunlich viele Seiten und Artikel zu diesen Themen.

Es war bereits kurz vor vier, als sie ihr Telefon endlich sinken ließ. Da war ein Plan in ihrem Kopf entstanden und dieser Plan gab ihr Kraft. Endlich hatte sie für sich eine Strategie gefunden. Etwas, womit sie ihren Gedächtnisverlus besiegen und das Vakuum in ihrem Kopf vielleicht füllen konnte. Als Erstes musste sie sich jedoch bei ihrer besten Freundin entschuldigen. Linda stellte sich den Wecker. Sie musste vor Anna auf den Beinen sein.

Kurz vor sechs piepte ihr Handy. Sie sprang aus dem Be fühlte sich stark und voller Energie. Linda huschte unter die Dusche, ließ kaltes Wasser über ihren Körper strömen und z sich an. Dann lief sie nach oben, warf die Kaffeemaschine ar und deckte den Tisch.

Als Anna um halb sieben die Treppe herabkam, zogen bereits wohlige Düfte nach frischem Kaffee und aufgebackenen Brötchen durchs Haus. Wie angewurzelt blie ihre Freundin in der Türöffnung stehen. Über die Kochinsel hinweg, schauten sich beide Frauen eine ganze Weile nur schweigend an.

Linda brach schließlich das Schweigen. „Es tut mir leid, ich wollte das nicht." Hilflos hob sie ihre Arme und ließ sie wieder sinken. „Ich weiß auch nicht, was los ist."

Anna nickte und begann zu heulen. „Ich auch nicht, sor für das, was ich dir an den Kopf geschmissen hab. Komm m her." Linda eilte zu ihr, und Arm in Arm, standen sie einen Augenblick und heulten gemeinsam. „Es tut mir echt leid", schluchzte Anna an ihrer Schulter. „Das hätte ich nicht sager sollen, das mit dem Psychiater."

„Schon gut", flüsterte Linda. „Es ist ja auch wirklich nic einfach mit mir. Du hast absolut recht gehabt. Ich weiß überhaupt nicht mehr, wo oben und unten ist, wem ich traue kann und wem nicht. Aber jetzt habe ich einen Plan entwickelt."

Überrascht blickte Anna sie an. „Ja, ich weiß, du willst dir einen Anwalt nehmen."

Linda schüttelte den Kopf. „Ja, das auch. Aber ich habe die halbe Nacht recherchiert und bin auf einige ziemlich interessante Artikel zum Thema Gedächtnisverlust nach Unfällen gestoßen."

Gemeinsam setzten sie sich an den Frühstückstisch. „Okay, und was bedeutet das?", fragte Anna und schenkte ihnen Kaffee ein.

„Ganz einfach, ich muss an den Ort zurückkehren, an dem ich mein Gedächtnis verloren habe. Es ist nur ein Versuch, aber es gibt viele Berichte, die von verblüffenden Ergebnissen berichten."

Anna wirkte sichtlich skeptisch. „Ich weiß nicht. Du willst allen Ernstes auf den Königstein fahren? Und dann?"

„Na ja, ich laufe einfach die Wege ab, die ich damals gelaufen bin. Und ich hoffe, irgendwas wird passieren." Der Plan stand auf tönernen Füßen, das war Linda bewusst. Sie musste damit rechnen, dass rein gar nichts geschah.

„Und wenn nichts passiert?" Anna sprach mal wieder ihre Gedanken aus.

„Dann muss ich mir etwas anderes überlegen. Aber ich klammere mich einfach an diese Idee." Die kleine Erinnerung von gestern fiel ihr ein. „Immerhin hab ich gestern im Gespräch mit David schon so ein kleines Licht blitzen sehen. Er hat irgendetwas erwähnt und da war plötzlich ein Gefühl in mir."

Ihre Freundin biss in ihr Brötchen. „Klingt interessant und spannend. Und an was hast du dich erinnert?"

Linda zuckte die Schultern. „Es war nur eine kleine Sekunde, dann war es wieder weg."

Anna schaute dementsprechend skeptisch. „Was hat er denn gesagt?"

Linda schloss die Augen und versuchte, sich zu konzentrieren. „Er sprach davon, dass er sich nicht vorstellen könnte, dass Daniela ihn hätte verlassen wollen, und schon gar nicht, dass sie sich mir anvertrauen würde. Dass sie nach dem Elternabend getobt hätte und auf keinen Fall mit mir zusammenarbeiten wollte, aber das war es nicht gewesen." Sie legte die Hände an ihre Schläfen und massierte sie vorsichtig. „Es war etwas anderes, aber es ist fort. Wenn ich mich doch nur endlich erinnern könnte."

„Vielleicht ist es wirklich einen Versuch wert. Wann willst du denn fahren?"

„Heute." Linda schaute nach draußen, ein leichter Nieselregen fiel vom Himmel. Das Wetter war alles andere als geeignet, für einen Ausflug in die Sächsische Schweiz. Dennoch war sie fest entschlossen. „Je eher ich mich erinnere, desto besser."

„Ich frag nur, weil ich heute meinen freien Tag habe. Aber wenn du magst, könnte ich dich begleiten." Anna lächelte leicht.

„Ehrlich? Würdest du echt mitkommen wollen? Das wäre klasse, aber ich will dir deinen freien Tag wirklich nicht versauen."

Anna verdrehte die Augen. „Also langsam hab ich wirklich die Faxen dicke. Ich muss nur noch ein, zwei Telefonate führen. Wie oft muss ich dir denn noch sagen, dass gute Freunde einfach immer füreinander da sind. Ich komme mit und dann versuchen wir gemeinsam, deinem Gedächtnis endlich wieder so richtig auf die Sprünge zu helfen."

Kapitel 21

„Sie haben sich schrecklich gestritten. Linda war vollkommen außer si
wütend. Sie schien sogar geschrien zu haben, aber die Entfernung war
einfach zu groß, um etwas zu verstehen. Dann hat sie Daniela ins
Gesicht geschlagen, bestimmt ein- oder zweimal. Diese hat daraufhin d
Flucht ergreifen wollen, aber Linda hat sie verfolgt. Sie hat sie förmlich
am Arm festgehalten, wollte sie nicht weglassen. Sie ist hinter ihr her u
plötzlich waren beide verschwunden. Die Männer haben sich
augenblicklich auf den Weg gemacht und nahmen die Verfolgung auf.
Und dann haben sie Linda gefunden."

Gerade als Linda einige Sachen für den heutigen Tag
zusammenpacken wollte, klingelte ihr Telefon. Erstaunt
bemerkte sie Kevins Namen auf dem Display, neben einigen
anderen ihr unbekannten Nummern. Einen kleinen Moment
wollte sie ihn wegdrücken, nahm das Gespräch dann aber dc
an.

„Hallo, ich wollte dir nur sagen, die Polizei war gerade
hier und wollte dich sprechen." Das Rattern einer Maschine
ertönte im Hintergrund. „Sie waren wohl schon bei uns
daheim und hätten dich mehrfach angerufen. Ich musste sie
Anna schicken, nur dass du Bescheid weißt. Es sind
irgendwelche neuen Erkenntnisse aufgetaucht, aber sie wollt
mir nichts Näheres sagen."

Panik stieg in Linda auf, was wollte die Polizei schon
wieder von ihr? Wenn man sie jetzt mitnahm, hatte sie keine
Chance, zum Königstein zu fahren.

„Und dann wollte ich noch fragen, wie es dir so geht? I
meine, nach dem Gespräch auf dem Jugendamt." Kevin
zögerte kurz.

Hektisch blickte Linda sich um Allzu lange würden die Beamten bis hierher nicht brauchen. Der Weg von Kevins Arbeitsstelle war nicht sehr weit. Jeden Moment konnten sie vor der Tür stehen. „Es geht, aber bitte, sei mir nicht böse. Ich hab keine Zeit", sprudelte sie hastig in den Hörer.

„Linda, du willst doch nicht etwa abhauen? Ich bitte dich, tu das nicht. Denk doch mal an Marie."

„Ich denke an nichts anderes", sagte sie knapp und legte auf.

In aller Eile stürmte sie die Treppe nach oben und zog Anna beiseite, die gerade telefonierte. „Die Polizei ist auf dem Weg hierher. Sie haben irgendwelche neuen Erkenntnisse und ich muss weg, und zwar so schnell wie möglich. Wenn die mich wieder befragen …" Sie spürte, wie ihr die Tränen kamen. „Ich muss dieses komische Spiel endlich aufdecken, verstehst du? Sonst werde ich wirklich noch vollkommen verrückt."

Anna betrachtete sie besorgt. „Also gut, komm!" Sie marschierte in die Küche und klatschte in die Hände. „So Kinder, das Frühstück ist beendet. Wir müssen ganz schnell los." Sohn Nico schnappte sich seinen Rucksack und wollte gerade Richtung Schule aufbrechen. Erstaunt sah er seine Mutter an, doch die bedeutete ihm mit einer kleinen Handbewegung, zu verschwinden.

Marie und Lynn saßen am Tisch. Beide hielten ein Nutellabrötchen in ihren Händen. „Aber wir haben noch gar nichts gegessen."

Anna öffnete den Kühlschrank, entnahm ihm einen Karton Milchschnitten und hielt diesen in die Höhe. „Heute gibt's mal was anderes, wir essen unterwegs. Aber nur, wenn ihr jetzt ganz schnell mitkommt." Hastig stopfte sie alles in eine Tasche.

„Und was machen wir mit dem Polizisten draußen, noch einmal werden die auf dein Abhängen nicht hereinfallen?", fragte Linda leise.

„Keine Ahnung", murmelte Anna. „Mir fällt schon was ein."

Kurze Zeit später saßen sie im Auto. Zu ihrem Erstaunen war die Straße leer. Anna lächelte. „Man muss eben auch mal Glück haben."

Doch gerade als sie auf die Hauptstraße biegen wollten, kam ihnen eine dunkle Limousine entgegen. „Verdammt, das ist die Polizei." Geistesgegenwärtig drückte Anna Lindas Kopf nach unten und gab Gas. „Duck dich", zischte sie ihr zu. Angespannt fuhr sie weiter und schaute dabei immer wieder den Rückspiegel. „Es scheint geklappt zu haben. Ich glaube, sie haben dich nicht gesehen." Zum Glück schienen Lynn und Marie von dieser Aktion nicht viel mitbekommen zu haben und waren auf der Rückbank mit sich beschäftigt. Am Kindergarten parkte Anna in einer Nebenstraße. Linda blieb lieber beim Auto. Zum Abschied drückte sie Marie noch einmal fest an sich. Ihre Tochter war sichtlich verunsichert. Sie strich über ihre Wangen. „Mama, nicht weinen, du kommst mich doch heute Nachmittag wieder abholen, nicht wahr?" Eine einzelne Träne kullerte nach unten und tropfte von ihrem Kinn.

Linda nickte. „Natürlich mein Schatz, auf jeden Fall. Warum denn nicht? Ich muss jetzt mal kurz telefonieren, deswegen bringt dich Tante Anna in den Kindergarten, ja? Und denk immer dran, ich hab dich dolle lieb, bis zum Mond und wieder zurück."

„Ich dich auch, Mama, bis später." An Annas Hand entfernte sich ihre Tochter. Linda sah ihren Pferdeschwanz wippen, hörte, wie die beiden Mädchen lustig miteinander plauderten und schließlich um die nächste Ecke verschwanden. Sie blieb allein zurück. Linda beschlich ein unbeschreibliches Gefühl von Angst, als würde sie Marie nie mehr wiedersehen. Am liebsten hätte sie die ganze Aktion abgeblasen. Doch irgendein inneres Gefühl zog sie zum Königstein. Nur dort konnte sie ihren Geist klären. Davon war sie überzeugt.

Eine Viertelstunde später war Anna wieder da. „Wie geht's dir?"

Linda hockte mit zitternden Fingern auf dem Beifahrersitz. „Keine Ahnung, mir ist übel und elend, aber ich ziehe das Ding durch. Lass uns fahren. Die Polizei hat mich gerade wieder angerufen."

„Du solltest das Handy ausschalten, können die das nicht irgendwie orten? Zumindest sieht man das doch in den Krimis immer." Nachdenklich betrachtete Linda ihr Telefon und drückte schließlich auf die seitliche Taste. Das Display wurde dunkel.

Anna nickte zufrieden, startete den Motor und schlug den Weg Richtung Elbsandsteingebirge ein. Linda dachte an ihre letzte Fahrt zurück, die sie zu Danielas Hütte geführt hatte. Damals war sie noch voller Hoffnung gewesen, die Frau zu finden oder zumindest eine Erklärung, für deren Verschwinden. Und kurz darauf musste Daniela von einem Felsen gestürzt sein.

Im Radio dudelten irgendwelche Schlager vor sich hin. Ein Sänger trällerte über Südsee, Palmen und die ewige Liebe. Anna verdrehte die Augen und griff zum Senderknopf. Doch

genau in diesem Moment, durchschoss Linda eine Erinnerun
Schnell hielt sie Annas Hand fest. „Warte mal, lass das."

Sie schloss die Augen und lehnte sich an die Kopfstütze

Ihre Freundin lachte. „Du meine Güte, seit wann stehst
du auf solche Schnulzen?"

Linda ignorierte sie und lauschte mit angehaltenem Atei
dem Text. Wieder begann dieses Licht zu glimmen, was sie
schon im Gespräch mit David gesehen hatte. Es kam näher
und näher, während sich das Lied um irgendwelche Inseln
unter südlicher Sonne drehte.

Plötzlich durchzuckte Linda die Erkenntnis wie ein
Stromschlag. „Ich hab's, jetzt weiß ich, was mir komisch
vorkam."

„Ehrlich, schieß los." Gespannt umklammerte ihre
Freundin das Lenkrad.

„Daniela hat mir doch am Tag des Ausfluges von ihren
Träumen erzählt, noch einmal ganz von vorn zu beginnen.
Irgendwo auf dieser Welt. Mir war ein Teil des Gespräches
entfallen, aber soeben fiel es mir wieder ein, wegen dieses
Schlagers. Sie nannte eine Insel, eine Trauminsel für sie – Sa
Lucia. Dort würde sie gerne leben. Und jetzt kommt's." Lin(
beugte sich nach vorn. Ihre Nerven waren zum Zerreißen
gespannt. „Genau diese Insel hat David erwähnt. Er sagte z\
mir: Er würde mir nicht glauben. Daniela hätte niemals
vorgehabt, irgendwo anders neu anzufangen. Der bloße
Gedanke wäre lächerlich, dass sie nach Honolulu oder nach
Saint Lucia will. Das kann doch kein Zufall sein. Warum
erwähnen beide ausgerechnet diese Insel?"

Anna schürzte ihre Lippen. Eine steile Falte stand auf
ihrer Stirn. „Puh, also wenn du mich fragst, klingt das reichli
dünn. Vielleicht doch ein Zufall?"

„Ja, klar. Aber ganz ehrlich, wann hast du zum letzten Mal diese Insel erwähnt?"

„Hm, ich glaub noch nie. Eine Reise in die Karibik kann ich mir nämlich eh nicht leisten." Ihre Freundin zuckte die Schultern. „Dennoch könnte es eine andere, vollkommen logische Erklärung dafür geben."

„Und welche?" Linda schaute Anna gespannt an. Sie wusste, egal was sie zu hören bekam, dass sie auf der richtigen Spur war.

„Na zum Beispiel, dass die beiden schon mal auf dieser Insel waren."

Linda lachte triumphierend. „Das waren sie noch nie. Ihre Hochzeitsreise ging in die Karibik, seitdem hasst David diesen Landstrich wie die Pest. Alle Reisevorschläge von Daniela in die Karibik zu reisen hat er seitdem standhaft abgelehnt. Das hat er mir selbst erzählt."

„Trotzdem, was für eine Erkenntnis willst du denn daraus ziehen?"

„Begreifst du denn nicht, was das bedeutet? David muss gewusst haben, dass Daniela ihn verlassen wollte. Vielleicht haben sie sich gestritten und sie hat ihm ihre Pläne an den Kopf geworfen, was weiß ich. Vielleicht hat er dieses Fach in der Hütte ausgeräumt und darin einen Hinweis auf ihr Reiseziel gefunden? Ich weiß es nicht, ich weiß nur eins, dass David mit dieser ganzen Geschichte zu tun hat. Da bin ich mir inzwischen sicher."

Mittlerweile hatten sie Pirna, mit seiner schönen Altstadt, beinahe hinter sich gelassen. Die Straße wand sich einen Berg empor, auf dessen Höhe der Sonnenstein lag. Anna drückte immer noch unverdrossen aufs Gas. Mit quietschenden Reifen driftete das Fahrzeug in eine scharfe Kurve. „Sorry."

Entschuldigend schaute sie Linda an. Diese schnappte nach Luft und griff sich an ihren Magen. „Oh Gott, na eben, dein Übelkeit beim Autofahren. Hatte ich ganz vergessen. Ich verspreche, ich fahre ab sofort langsamer. Dennoch weiß ich nicht, was dir das helfen soll?"

„Vielleicht wäre es das Beste, die Polizei zu informieren" meinte Linda und schluckte heftig. Immer noch durchflutete Übelkeit ihren Körper in Wellen. Sie versuchte, gleichmäßig atmen und starrte konzentriert nach vorn. In ihrer Hand hie sie das Handy und starrte das schwarze Display an.

„Hm, das wäre natürlich eine Idee." Anna wackelte bedächtig mit dem Kopf. „Ich finde aber, du könntest dir di ganze Sache auch ausgedacht haben."

„Stimmt, ich glaube, ich komme nicht drum herum, zur Königstein zu fahren." Linda seufzte tief. Einen Moment presste sie ihre Handflächen an den Kopf.

„Oje, auch noch Kopfschmerzen? Willst du eine Tablet nehmen?"

Linda wehrte ab. „Nein, es muss ohne gehen. Diese ganzen Tabletten machen mich noch verrückter."

„Da, trink wenigstens was." Anna nestelte ihre Trinkflasche aus der Türablage. „Das hilft meist ein bisschen

Kühl rann das Wasser ihre Kehle hinab. Linda holte tie Luft. Sie musste sich jetzt zusammenreißen. Es ging um ihr Leben und um ihr Kind. Kopfschmerzen und Übelkeit hatte jetzt keinen Platz.

In der Ferne müssten so langsam die ersten Berge der Sächsischen Schweiz auftauchen, doch Nebel lag über der Landschaft. Auf der Windschutzscheibe bildete sich ein leichter Sprühfilm aus Nieselregen. Alles um sie herum mach einen ausgesprochen trostlosen Eindruck. Nasses Laub wirbelte am Straßenrand auf. Die meisten der Bäume waren inzwischen kahl, der goldene Herbst war vorüber.

Nach einem weiteren Kreisverkehr bog Anna schließlich von der Hauptstraße ab und näherte sich dem Parkhaus, das am Fuße des Königsteins lag. Nur wenige Fahrzeuge standen versprengt in seinem Inneren. Kein Wunder, bei dem Wetter, hatte man nicht die geringste Chance auch nur einen winzigen Blick auf die wunderschöne Aussicht werfen zu können.

Beide Frauen schnappten sich ihre Rucksäcke aus dem Kofferraum und begannen dann mit dem Aufstieg. Heute näherten sie sich dem trutzigen Felsen von der Landseite und kein kleiner Zug beförderte sie nach oben. Nebelschwaden zogen über die Felder und erstickten jedes Geräusch von außerhalb. Dumpf klangen ihre Schritte auf den alten Pflastersteinen, die nach oben führten. Niemand sagte ein Wort. Nachdem sie das alte Gasthaus am Fuße des Berges hinter sich gelassen hatten, schien es, als wären sie die einzigen Menschen auf dieser Welt.

Endlich war das Plateau vor der Festung erreicht. Schwer atmend lehnte Linda sich gegen eine Mauer und starrte Richtung Tal. Ihre Beine zitterten, sie fühlte sich unendlich schwach.

Anna wirkte besorgt und legte ihr den Arm um die Schultern. „Mensch, was ist denn los? Du siehst schrecklich aus. Vielleicht solltest du doch eine Tablette nehmen."

Linda drehte ihr den Rücken zu. „Ich glaube, du hast recht. Kannst du mir eine aus dem Rucksack geben?"

Ihre Freundin begann zu wühlen. „Sorry, ich finde nichts. Willst du selbst mal suchen?"

Stöhnend wühlte Linda herum, doch die Tasche mit ihren Tabletten war wie schon beim letzten Mal verschwunden.

Einen Moment schloss sie gequält die Augen. Eigentlich war sie sich sicher, das Täschchen eingepackt zu haben. Vielleicht aber auch nicht. Seit einigen Tagen war sie sich über nichts mehr sicher. Und das machte ihr am meisten Angst.

Stattdessen fiel ihr das Handy in die Finger. Linda betrachtet das Telefon und schaltete es schließlich ein. Das konnte ein Fehler sein, aber ihre innere Stimme riet ihr dazu. Sie hatte si früher immer auf ihr Bauchgefühl verlassen können und vielleicht war es an der Zeit, endlich wieder zu vertrauen.

Auf dem Display waren mehrere Nachrichten von Kevi

„Und, hast du eine Tablette genommen?" Anna hatte in der Zwischenzeit die Tafel mit den Eintrittspreisen studiert und kam auf Linda zugeschlendert. Dann starrte sie entgeiste das Telefon an. „Du hast es wieder eingeschaltet? Aber nun wissen die Bullen doch, wo du bist?"

„Ich bin doch jetzt hier. So schnell werden die schon nicht herkommen, wenn sie überhaupt kommen. Vielleicht wollten sie mich einfach nur befragen", meinte Linda mit fester Stimme.

Anna zuckte die Schultern. „Na, du musst es ja wissen. Und, hast du denn nun deine Tablette genommen?"

„Ach, es geht auch so. Ich hab meine daheim vergessen" meinte Linda abwehrend.

Ihre Freundin hockte sich vor sie hin und versuchte, Lindas Hände zu umfassen. „Oder wollen wir wieder heim? Du siehst irgendwie immer noch furchtbar aus."

„Nein, auf keinen Fall." Dann deutete sie auf ihr Handy „Kevin hat mir mehrere Sprachnachrichten geschickt."

„Na der hat uns gerade noch gefehlt. Was sagt er denn?"

„Noch nicht abgehört." Linda wedelte mit ihrem Telefo „Ich würde mal …"

Anna verdrehte die Augen. „Dann mach, ich gehe inzwischen aufs Klo."

Linda drückte auf die Nachrichtentaste. Die Stimme ihres Mannes erklang, aufgeregt, hektisch – so, wie sie ihn überhaupt nicht kannte. „Linda, die Polizei hat mich gerade abgeholt, die machen bei uns eine Hausdurchsuchung. Ruf mich an. So schnell wie möglich." „Bitte Linda, ruf mich unbedingt zurück, hier stimmt was nicht. Die haben Sachen von Daniela in unserem Haus gefunden. Schmuckstücke, Kleidung, einen Pass." „Linda, ich weiß, ich hab viel Scheiße gebaut, aber ich will dir doch nur helfen. Uns helfen, wegen Marie, bitte." „Linda, verdammte Scheiße, wo bist du denn?"

Ein eiskalter Schauer lief über ihren Rücken. Wie kamen diese Dinge in ihr Haus? David – wie war ihm all das möglich gewesen? Augenblicklich rief Linda ihren Mann zurück. Doch am anderen Ende meldete sich nur die Mailbox. Dann waren da noch die zahlreichen Anrufe der Polizei. Jetzt war die Chance anzurufen und sich zu melden. Doch jegliche Möglichkeit, sich zu erinnern, war damit vertan. Linda ließ das Telefon in ihre Jackentasche gleiten.

In diesem Moment kam Anna zurück und verdrehte die Augen. „Über unserem kleinen Ausflug steht kein guter Stern. Der Aufzug ist kaputt, wir müssen also laufen." Entschuldigend hob sie die Hände. „Sorry, ich wollte nicht jammern. Aber dieses triste Wetter hier macht mich irgendwie fertig. Was sagt Kevin denn?" Neugierig betrachtete sie sie von oben.

Lüg, schrie plötzlich ihre innere Stimme, *lüg sie an*. Linda schluckte. „Nichts Besonderes, nur was wegen dem Jugendamt." Ihr Herz klopfte.

Immer noch sah Anna sie forschend an. „Hm, und war macht er plötzlich einen auf besorgten Vater? Immerhin hat dir die ganze Misere eingebrockt."

„Ja, du hast recht", stimmte sie ihr zu. „Ist doch auch e; Lass uns nach oben gehen." Linda nestelte ihr Portemonnai heraus und ignorierte Annas Proteste, den Eintritt bezahlen wollen.

Über Festungswälle mit Burggräben und durch finstere Tunnel in der dicken Außenmauer kämpften sich die beiden Frauen nach oben. Linda rang nach Luft, der Weg war steile als sie ihn aus ihrer Kindheit in Erinnerung hatte. Die alten Mauern schimmerten vor Feuchtigkeit und waren stellenwei mit Moos bewachsen. Wasser rann an ihnen herab. Ein eisig unheilverkündender Wind wehte ihnen entgegen und ließ Linda schaudern. Fest heftete sie ihren Blick auf den Boden, setzte jeden Schritt genau. Die Pflastersteine zu ihren Füßen waren von unzähligen Menschen glatt geschliffen worden. V viele waren wohl schon diesen Weg gegangen und hatten diesen mächtigen Felsen nie mehr lebend verlassen? Sie dach zurück an ihren Geschichtsunterricht und die Geschichten v August dem Starken und seiner Gräfin Cosel, die sie immer mit Begeisterung verschlungen hatte.

Endlich hatten sie den oberen Festungswall erreicht. Ar lehnte sich an ein Geländer und hielt ihr Gesicht in den Win Heftig zerrte dieser an ihren Haaren. „Oh mein Gott, ich m unbedingt wieder mehr ins Fitnessstudio. Ich bin ja fix und alle." Dann schaute sie sich suchend um. „Hier ist es ja noch kälter als unten und bei dem Nebel kann man kaum die Han vor Augen erkennen." Tatsächlich stülpte sich der Nebel wie eine dicke Mütze über den Felsen. Alles wirkte vollkommen anders als beim letzten Mal im hellen Sonnenschein.

Linda studierte in der Zwischenzeit den Plan in ihren Händen. Sie deutete in eine Richtung. „Wir müssen dort entlang, da kommt der Aufzug an. Ich glaube, es ist das Beste, wenn wir alles so machen wie beim letzten Mal."

Anna nickte. „Gute Idee, also los."

Vorbei an alten Kanonen strebten sie dem Aufzug entgegen. Die Festung war praktisch menschenleer. Schon die Kassiererin am Eingang hatte sie angeschaut, als hätten sie vollkommen den Verstand verloren. Von Minute zu Minute schien der Wind zuzunehmen und inzwischen begann es auch wieder zu nieseln. Erste Lücken im Nebel ließen nur kurze Ausblicke aufs Elbtal zu. Endlich hatten sie den Fahrstuhl erreicht und stellten sich einen Moment erleichtert in dessen Windschatten.

Anna zog einen Schal aus ihrem Rucksack und wickelte ihn, zusätzlich zu ihrem Tuch, um den Hals. Linda betrachtete die Umgebung. Damals hatte die Sonne geschienen. Kinderlachen und lockeres Geplauder hatte die Szenerie erfüllt. Heute wirkte alles unwirklich und verschwommen.

Dennoch, ihr Entschluss stand fest. Da drüben hatte Valentin gestanden und sie in Empfang genommen. Er hatte Daniela begrüßt, sie hatte Linda vorgestellt und dann waren sie losgelaufen.

Linda packte die Gurte ihres Rucksackes fester und marschierte los. Anna folgte ihr in einigem Abstand und beobachtete sie genau. In der Ferne tauchte die riesige Wiese auf, in deren Mitte das Zelt gestanden hatte. Heute war sie mit Blättern übersät. Die alten Bäume rauschten und bogen sich im heftigen Wind.

Zielgerichtet steuerte Linda den Platz des Zeltes an und schaute von dort Richtung Aussichtspunkt. Dieser war im

Nebel verborgen. Dennoch tauchten Bilder in ihrem Kopf a
Dort war Daniela mit ihrem Handy in der Hand
verschwunden. Linda glaubte beinahe, sie noch winken zu
sehen, ehe sie abtauchte. Was hatte sie in der Zwischenzeit
wohl gemacht?

Linda marschierte, wie damals auf der Wiese, hin und h
Nasse Blätter pappten sich an ihre Schuhe. Sie erinnerte sich
sie hatte Daniela gesucht. Da, unter diesem knorrigen Baum
hatte David gesessen, mit einem anderen Vater. Seine Blicke
waren über ihren Körper geglitten. Anzüglich waren sie an
ihrem Busen hängengeblieben und hatten dann den Punkt
zwischen ihren Beinen fixiert. Linda hatte sein Verlangen ur
seine Lust förmlich gespürt.

Dann war sie Anna begegnet und hatte mit ihr
gesprochen. Anna hatte ihr empfohlen, Daniela nachzulaufe
Heute lehnte diese unter einem Baum und versuchte
anscheinend, einigermaßen trocken zu bleiben. Der Wind
zerrte an ihren schwarzen Haaren. Schwarze Haare, die im
Wind wehten, Schneewittchenhaare, schwarz wie Ebenholz
Erneut begann ein Licht zu glimmen.

Linda stöhnte und legte die Hand über die Augen. Doc
die Erinnerung verlosch wieder.

„Vielleicht solltest du zum Aussichtspunkt gehen, dahin
wo ihr beiden euch gestritten habt", schlug Anna vor. Genav
das hatte sie damals auch gesagt.

Linda steckte die Hand in ihre Tasche und umschloss d
Handy darin mit festem Griff. Sie passierte die alten Bäume
und erreichte eine kleine Weggabelung. Linda hatte den Weg
entlanggespäht, doch Daniela war nicht dort gewesen. Sie
blickte Richtung Festungsmauer, die sich in Nebel hüllte.
Damals war Daniela plötzlich aufgetaucht, wie ein Geist –

angsterfüllt, panisch. Da war schwarze Wimperntusche auf ihren Wangen gewesen, dicke Striche, bis zu ihrem Kinn. Sie schien geweint zu haben. Was hatte sie noch mal gesagt, sie müsse ihr etwas erzählen. Nur was? Dann hatte Linda sie geschlagen, heftig, fest. Warum wusste sie eigentlich selbst nicht mehr. Daniela hatte gebettelt, war verzweifelt gewesen.

Sie hatte ihre Hand ergriffen und Linda mit sich gezerrt. Diese stolperte in die ungefähre Richtung. Ihr war schon wieder schlecht, die Kopfschmerzen kehrten zurück. Mit aller Kraft wehrte sie sie ab und tauchte in ihre Erinnerungen ein. Sie hatten den Wall verlassen und waren einem schmalen Weg in den Wald gefolgt. Suchend schaute sie sich um, doch da war kein Weg. Panisch blickte Linda hin und her und presste die Augen zusammen. Tränen der Verzweiflung strömten über ihre Wangen.

Anna beobachtete sie angespannt und war augenblicklich an ihrer Seite. Liebevoll umfingen sie ihre Arme. „Mach langsam, ganz in Ruhe. Du musst atmen, ruhig, hörst du? Ein und aus und ein und aus." Behutsam wiegte sie sie hin und her.

Langsam beruhigte sich Lindas hämmernder Herzschlag. „Es muss hier sein. Wir sind einen kleinen Weg in den Wald gegangen, ein Pfad eher nur."

Mit raumgreifenden Schritten lief sie weiter und suchte. Und endlich, zwischen zwei Büschen, tauchte der Pfad auf.

„Da, das ist er." Linda jubelte beinahe und betrat den Pfad.

Wieder umfing sie Dämmerlicht. Obwohl die Bäume schon einige ihrer Blätter abgeworfen hatten, war es hier düster. Dazu trug sicher auch der trübe Tag, ohne jegliche Sonnenstrahlen, bei.

Linda tastete sich auf dem schmierigen Weg vorwärts. In kleinen Biegungen wand er sich durch das Wäldchen. Und endlich tauchten die alten Mauern auf, zu denen Daniela sie gezogen hatte. Es waren die Grundmauern irgendeines Gebäudes. Ziegelsteine lagen umher, Sträucher wuchsen in der Ruine.

Langsam schlich sie näher und blickte sich um. Linda suchte in ihrem Kopf, wartete auf eine Erinnerung, doch da war rein gar nichts. Sie presste beide Hände an ihren Kopf und versuchte ruhig zu atmen. Alles war umsonst gewesen – sie schaffte es nicht, sich zu erinnern.

Annas Schritte ertönten leise hinter ihr. Damals waren auch Schritte erklungen. Da war jemand gewesen, ein Stück hinter ihr. Erschrocken drehte Linda sich um, doch sie sah nur ihre beste Freundin, die sie fragend anschaute.

Als Linda wieder Richtung Ruine blickte, bemerkte sie plötzlich eine Bewegung hinter einer der Mauern. Sie kniff ihre Augen zusammen und fixierte diese Stelle. Eine dunkle Gestalt löste sich aus dem Schatten des Gebäudes und trat auf sie zu. Langsam kam sie näher und näher.

Und die schlagartige Erkenntnis, wer dort kam, traf Linda wie ein Schock.

Kapitel 22

Mit weit aufgerissenen Augen starrte sie nach vorn. Lässig kam David auf sie zu geschlendert. Er trug eine Wanderjacke mit einer robusten Hose und derben Schuhen. Seine Arme baumelten neben seinem Körper. Er schien die pure Entspannung zu sein und blieb schließlich im Abstand von etwa drei Metern lächelnd vor ihr stehen.

„Hallo Linda, schön dich zu sehen. Wer hätte das gedacht, dass wir uns ausgerechnet hier oben noch einmal begegnen? Ich glaube, keiner von uns beiden." Er breitete seine Arme weit aus. „Was für ein schicksalhafter Ort, nicht wahr?"

Linda warf einen knappen Blick zurück. Anna stand unmittelbar neben ihr und musterte den Mann mit zusammengekniffenen Augen. Unsicher huschten ihre Blicke hin und her.

„Hallo Anna, schön, dass du auch mit dabei bist. Gute Freunde sind einfach immer füreinander da, nicht wahr?"

Ihre Freundin schwieg und gab nur einen erstickten Laut von sich.

„Was willst du?", fragte Linda mit heiserer Stimme. Warum war er hier? Woher wusste er überhaupt, dass sie hierhergewollt hatte?

„Was ich will? Nur mit dir reden. Na ja, oder sagen wir mal, dir ein wenig auf die Sprünge helfen." David tippte an seinen Kopf. „Ich habe gehört, dass da drin ein wenig Chaos herrscht. Und das zu lichten, wäre doch eine schöne Sache, eine richtig gute Tat. Immerhin waren wir beide mal sehr eng verbunden. Fast jeden Tag denke ich an unsere schönen Stunden zurück, da im Wald. Ich fühle dich, schmecke dich, höre deine Schreie, wenn du kamst und endlich einen richtigen

Höhepunkt hattest. Ich wette, du hattest noch nie vorher solchen Sex, wie mit mir, nicht wahr? Und du, denkst du au noch an mich, abends, so ganz allein in deinem Bett?"

Linda umklammerte das Handy in ihrer Tasche. Es sch der einzige Rettungsanker zu sein, den sie jetzt noch hatte. Gut, sie hätte sich umdrehen und losrennen können, doch i Beine schienen mit dem Boden wie verwurzelt zu sein. Und was sollte dann aus Anna werden?

David machte noch einen Schritt auf sie zu. Seine Stimm klang sanft, verführerisch. Wie bei einer Schlange, die nur darauf wartete, zuzuschnappen. „Möchtest du nicht endlich Antworten auf all die vielen Fragen haben?" Mit seiner Han strich er langsam über ihre Wange. Eine eisige Spur bildete sich auf ihrer Haut. „Auf diese ganze Verwirrung, die da in deinem Kopf ist? Die dir das Gefühl vermittelt hat, verrück sein. Aber wer weiß, vielleicht bist du das ja wirklich."

Dann verschränkte er seine Arme und begann vor ihr h und herzulaufen. „Daniela, meine perfekte Frau - die erfolgreiche Firmeninhaberin, die Erbin von unendlich viel Geld, die Frau, der einfach alles in den Schoß fiel, die unendlich schön war. Nicht nur ich habe erkannt, was sie in Wirklichkeit war – ein Miststück, eine eigennützige Person, nur an sich gedacht hat. Die nicht mal ihr Kind lieben konn Bis zu diesem Zeitpunkt hatte ich noch Hoffnung, dass sich doch alles zum Guten wenden würde, doch sie konnte Jonas nicht lieben. Sie hielt ihn einfach nur so im Arm, stocksteif, und starrte ihn an. Daniela konnte niemanden lieben. Er wa ihr einfach egal, verstehst du? Ihr eigenes Kind." Einen Moment überschlug sich Davids Stimme.

„Und da begann ein Plan in mir zu entstehen. Mit mein Liebe zu Jonas und ihrem Geld, müsste man sich doch eigentlich ein perfektes neues Leben aufbauen können. Findest du nicht?"

Forschend schaute er sie an und Linda schloss einen Moment gequält die Augen.

„Es musste nur jemand her, dem ich die Schuld für ihr Verschwinden in die Schuhe schieben konnte. Also ließ ich diesen Plan reifen, verfeinerte ihn, bis er einfach perfekt war. Und nun kommst du ins Spiel, mit deiner Sehnsucht nach Liebe, deiner schlechten Ehe, deiner Feindschaft mit Daniela, deiner so labilen Gesundheit. Oh, du warst perfekt, liebe Linda.

Gott, und du warst so leicht zu knacken! Ich hatte, ehrlich gesagt, Schwierigkeiten befürchtet, aber du hast mich in kurzer Zeit an dich herangelassen, näher und näher. Erst kleine Streicheleinheiten im Bus, erste Küsse, ja sogar der erste Sex. Weißt du noch, in meinem Gartenhaus? Du hast geschrien und konntest gar nicht genug von mir bekommen. Du hast dich von mir ficken lassen, während ein paar Meter weiter deine Tochter spielte. Ja, liebe Linda, so tief warst du gesunken."

Linda starrte geradeaus. Seine Worte waren wie Messerstiche in ihrem Herzen. Alles war nur gespielt gewesen, und sie blöde Kuh war darauf hereingefallen.

„Doch dann begann mein genialer Plan schiefzulaufen. Wer hätte denn gedacht, dass Daniela und du sich in gewisser Weise anfreunden würden? Sie schien dir Dinge anzuvertrauen, die ich nie für möglich gehalten hätte, ausgerechnet dir. Vor allem wusste ich nicht mal genau, was sie dir so erzählte.

Nun war guter Rat teuer. Also musste ich dich in Misskredit bringen, dich verunsichern, dich als eine schlechte Mutter dastehen lassen. Das hatte ich eigentlich von Anfang an so geplant, aber jetzt musste das Programm ein wenig verschärft werden. Ein paar vertauschte Tabletten, ein paar Gerüchte über dich, Droh-E-Mails von deinem Account verschickt – das geht schneller, als man denkt."

Linda starrte ihn an. In ihrem Kopf rasten die Gedanke umher. Doch etwas ließ sie stutzen. „Aber, du hättest die Tabletten nicht vertauschen und auch die E-Mails nicht schicken können. Du warst niemals bei mir zu Hause."

„Stimmt". David lachte auf und tippte ihr gegen die Br „Du bist schlauer, als ich mir gedacht habe. Das alles hätte i nicht tun können. Aber vielleicht war es dein Mann? Der gu Kevin, dem du so misstraut hast. Der doch fremdging und (kleiner Alkoholiker war." Er schien sich prächtig zu amüsier und die Situation unendlich zu genießen. „Vielleicht war es aber auch jemand ganz anderes? Jemand, dem du immer blir vertraut hast, auch wenn es sicher ab und zu mal ein paar kleine Zweifel gab. Aber du warst einfach zu naiv, eins und eins zusammenzuzählen. Jemand, dem du alles erzählt hast. Denn im Endeffekt war diese Person die einzige, die noch z dir stand, mit der du immer reden konntest."

Mit einem Ruck schaute Linda ihre Freundin an. Anna stand immer noch neben ihr und lächelte. Dann setzte sie si in Bewegung und lief langsam zu David. Sie schmiegte sich : seinen Körper und lachte dabei. Mit einer fließenden Bewegung warf sie ihre langen Haare zurück. Linda glaubte, der Boden würde sich unter ihr auftun und sie verschlingen.

Anna, das durfte einfach nicht sein! Ihre allerbeste Freundin, die ihr immer helfend zur Seite gestanden hatte. Jeden Moment musste sie aus diesem Alptraum erwachen, doch nichts geschah. Im Gegenteil, Arm in Arm standen David und sie vor ihr.

„Tja, nun ist es also heraus", sagte Anna gedehnt. „Wer glaubst du denn, hat die Mails geschickt, das Foto von deinem Handy gelöscht, deine Tabletten vertauscht? Wer hat all die kleinen Gerüchte über dich in eurer Nachbarschaft und im Kindergarten gestreut und das Jugendamt auf den neuesten Stand gebracht? Wer hat die Polizei auf dem Laufenden gehalten? Wer hat Schmuckstücke von Daniela in eurem Haus versteckt oder unbekannte Medizin? Wer hat deinem Mann eine leere Packung Kondome in die Hose geschmuggelt und ihn mit anderen Tabletten versorgt?"

Linda erinnerte sich an diesen blumigen Duft an Kevins Kleidung. Schlagartig fiel ihr wieder ein, woher sie ihn kannte – von Anna. Es war ihr Parfüm gewesen.

„Erst habe ich eine Affäre mit ihm begonnen. Und dabei hat es mir gar keinen Spaß gemacht, mit ihm zu schlafen. Er war ein totaler Langweiler im Bett, genauso öde wie mein Olli. Aber er ließ sich genauso gut wie du manipulieren. Dann hat Kevin die Sache beendet, weil er ein schlechtes Gewissen hatte, was für ein Weichei." Anna lachte schallend. „Ich habe euch sogar im Wald beobachtet, David und dich. Ich hab zugesehen, wie ihr euch geliebt habt. Unter meinen Füßen haben die Zweige geknackt und du warst so blöd und hast dich von seinen Ausreden einlullen lassen."

Annas Gesicht näherte sich. Ihr Atem zischte wie bei einer Schlange. „Ich war auch die Frau in Schwarz, die bei Marie war. Ich hatte noch einen Schlüssel für euer Haus, vom letzten Urlaub, weißt du noch? Es war ganz leicht, sie ein wenig wachzumachen und ihr etwas ins Ohr zu flüstern. Sie sollte Angst bekommen und zu den Nachbarn laufen. Dass sie vor das Auto läuft, wollte ich natürlich nicht. Aber zum Glück ist alles gut ausgegangen."

Linda ballte ihre Fäuste, am liebsten hätte sie Anna ins Gesicht geschlagen. Jetzt ergab alles einen Sinn und sie war so blöd gewesen, so naiv.

Über ihr rauschten die Bäume. Einzelne Blätter rieselten zu Boden. Der Wind wurde schlimmer. Annas Haare wehten erneut.

Und plötzlich war die fehlende Erinnerung da. Linda krümmte sich zusammen, Krämpfe durchfuhren ihren Magen. Nur mit letzter Kraft hielt sie sich noch aufrecht. „Du warst hier, als ich mit Daniela sprach." Keuchend schaute sie Anna an.

Diese lächelte und nickte. „Stimmt, ich war hier, da hinten, in den Büschen. David blieb bei den anderen, ihn musste man sehen. Aber auf mich, deine beste Freundin, hat keiner geachtet. Und Menschen sind leicht zu manipulieren, wenn man die richtigen Worte sagt. Am Ende hat Rebecca Stein und Bein geschworen, ich hätte die ganze Zeit neben ihr gestanden."

„Du hast mich verfolgt. Aber Daniela wusste schon von dir, von euch beiden. Sie hat es mir gesagt, da, an der Mauer."

Linda starrte auf die Ruine. Sie glaubte förmlich, Danielas Stimme zu hören. Sie spürte deren Hände an ihren Armen. Wie sie sie umklammerte und bat, ihr zuzuhören. Sie flehte sie geradezu an. „Sie haben eine Affäre, ich habe es heute herausgefunden. Ich habe David beschatten lassen, von einem Detektiv. Gerade eben habe ich mich mit ihm getroffen, da hinten. Er hat mir Fotos gezeigt. David weiß alles. Ich muss verschwinden, er will mich umbringen. Eigentlich erst später aber nun überschlagen sich die Ereignisse", flüsterte Daniela ihr panisch zu. „Er will mein Geld, verstehst du? Zum Glück habe ich schon einiges beiseitegeschafft. Alles ist vorbereitet für meinen Neuanfang. Weißt du noch, was ich dir am Elbufer sagte?"

Ungläubig nickte Linda und sah sie dabei an. Daniela wirkte, als hätte sie vollkommen den Verstand verloren. „Aber wer, mit wem hat er eine Affäre?" Linda erinnerte sich, da war plötzlich diese Angst gewesen, dass Daniela sie meinen würde.

„Mit Anna, sie ist seine Komplizin. Es gibt keinen Zweifel. Sie war vor kurzem in unserem Haus, in seinem Gartenhaus. Ich habe sie gesehen, sie haben zusammen geschlafen." Daniela zögerte kurz. „Genau wie er und du."

Linda fiel der Ohrring ein, der kleine silberne Seestern, den sie in der Dusche gefunden hatte. Vor einigen Tagen hatte sie sein Gegenstück gefunden und dennoch den Zusammenhang nicht herstellen können. Und zwar in der Schmuckschatulle, in Annas Badezimmer, als sie nach deren Schminkzeug suchte.

Ungläubig sah sie Daniela an. „Du hast es gewusst? Das mit mir und David."

Daniela nickte. „Ja, ich hab es gewusst, die ganze Zeit. Es ist mir egal, mit wem er fickt, verstehst du? Er ist mir schon lange egal. Und trotzdem vertraue ich dir, keine Ahnung warum. Ich weiß nur eins, du willst nicht mein Leben. Aber sie will das, verstehst du? Sie will mit ihm ein neues Leben anfangen."

Dann wurde Danielas Blick angsterfüllt. Sie umarmte Linda hastig und nestelte an ihrem Rucksack. Die Packung Zigaretten, genau da musste sie ihr diese zugesteckt haben. Da war ein Geräusch gewesen. Linda hatte sich langsam umgedreht. Eine Person war aus den Büschen getreten, in denen sie gelauscht hatte. Ein einzelner Sonnenstrahl hatte die Lichtung erhellt und mit ihr die Haare der Frau. Sie waren schwarz gewesen und hatten in einer spätsommerlichen Brise geweht – Schneewittchenhaare, schwarz wie Ebenholz.

Daniela hatte sie plötzlich von sich gestoßen. Linda hatte gespürt, wie sie rückwärts über eine Wurzel stolperte und den Halt verlor. In rasender Geschwindigkeit war der Boden auf sie zugekommen. Irritiert hatte sie hinter Daniela hergesehen. Diese war zwischen den Büschen verschwunden. Dann war nur noch Schmerz gewesen und absolute Dunkelheit.

Anna und David schauten sie an. Sie standen Arm in Arm vor ihr und betrachteten sie gelassen.

„Also habt ihr Daniela umgebracht und von diesem Felsen gestoßen", keuchte Linda.

Anna nickte. „Stimmt. Nicht wahr, auf einmal ist alles ganz einfach? Ich habe dein Handy abgehört, diese Nummer die Daniela dir gegeben hatte. Eigentlich nur durch einen reinen Zufall. Es war sogar mehr als ein Zufall, es war ein Glücksfall, denn wir wussten die ganze Zeit nicht, wo sie sich versteckt hielt. Doch dann musste ich handeln. Also hab ich David informiert und bin dir gefolgt. Alles war ganz leicht. Ich bin einfach bei der Hütte geblieben und habe die Umgebung abgesucht. Dabei bin ich auf Daniela gestoßen, die einen kleinen Ausflug gemacht hatte."

David gab Anna einen Kuss auf die Stirn. Sie lächelte und fuhr fort. „Es war ganz leicht, weißt du. Sie saß da und schaute auf die Berge. Vollkommen ahnungslos und unbeschwert. Sie drehte mir den Rücken zu. Erst zum Schluss bemerkte sie mich. Aber da war es schon zu spät. Ihren entsetzten Blick werde ich nie vergessen. Sie hat mich angesehen, mit ihren großen Augen. Und dann ist sie geflogen."

314

Linda schlang die Arme um ihren Oberkörper, ihr war plötzlich eiskalt.

„Nun wird sie nie mehr in die Karibik kommen, nach Saint Lucia", sagte David. „Alles, aus und vorbei. Das hast du alles wunderbar gemacht, liebe Anna. Du hast immer so schnell reagiert und so entschlossen. Alle Sachen von Daniela hast du aus der Hütte und unter den Dielenbrettern entfernt, genau so, als wäre sie niemals dort gewesen. Ich habe ein wasserdichtes Alibi und keine Möglichkeit gehabt, meine Frau umzubringen. Alles deutet auf dich, Linda, und nur, weil meine Anna zur Mörderin geworden ist." Ganz kurz zuckte ihre Freundin zusammen, fing sich aber gleich wieder. „Okay, manche Dinge waren ein wenig anders geplant, aber was soll's. Zum Beispiel wollte ich Daniela schon während des Ausfluges beseitigen", plauderte David lächelnd weiter. „Dann gelang ihr die Flucht und kurz, bevor Anna sich um dich kümmern konnte, kamen die anderen Eltern angerannt. Ich war kurzzeitig in Panik. Aber ich begriff. Daniela würde mich vorerst nicht verraten, sie wollte einfach nur weg und niemals ihren Plan gefährden. Aber du? Wie schön war es da, dass du dich nicht mehr erinnern konntest. Und dann führtest du uns auch noch zu meiner lieben Frau. Nun bekomme ich das gesamte Geld, und du wirst vor lauter Schuldgefühlen deinem Leben ein Ende setzen, liebe Linda. Tragisch, aber so ist es nun einmal."

Mit ihrem blöden Plan, hierherzukommen, hatte sie den beiden auf wunderbare Art und Weise in die Karten gespielt. Linda dachte an Marie und das seltsame Gefühl, das sie heute Morgen beschlichen hatte.

Und doch gab ihr der Gedanke an ihre Tochter Kraft. Blitzschnell begann sie zu überlegen. Die Festung war

menschenleer, dieses Wäldchen weitab eventueller Besuche
Es würde ihr nichts nützen zu schreien oder um Hilfe zu
bitten. Sie hatte nur eine einzige Chance und die war mehr a
dürftig.

Linda schloss noch einmal ihre Augen. Da vernahm sie
erneut Annas spöttische Stimme. „Du sagst ja gar nichts. H
es dir etwa die Sprache verschlagen?" Langsam kam die Fra
die sie für ihre beste Freundin gehalten hatte, auf sie zu.

Sie wich zurück. Zentimeterweise und so unauffällig w
nur irgend möglich. Linda räusperte sich. Sie sah Anna direk
ins Gesicht. Sie musste Zeit gewinnen, Kraft sammeln.
„Warum, warum hast du all das getan? Ich verstehe es nicht

Anna hob gleichgültig ihre Arme und ließ sie dann sink
„Warum, weil mich mein beschissenes Leben anödet. Mein
Mann, dieses Haus, meine Arbeit, die Kinder – nie auf einer
grünen Zweig zu kommen, all das. Es würde ewig so
weitergehen, bis an mein Lebensende, ohne die geringste
Chance auf Veränderung. Dann habe ich David kennengele
Er lud mich zu sich ein, zeigte mir sein Haus und es war um
mich geschehen. Genauso wollte ich leben, in Reichtum,
unbeschwert und sorgenfrei. Irgendwann hat er mir dann
seinen Plan verraten, mich ins Vertrauen gezogen. Dafür
brauchten wir ein Opfer. Du warst meine Freundin, aber du
warst auch die perfekte Kandidatin und so ist alles entstand
Geld geht über Freundschaft – so ist das nun einmal."

„Aber deine Kinder, Anna. Wie konntest du das tun,
einen Menschen zu töten? Du bist nicht so."

Anna lachte kurz. „Was weißt du denn, wie ich bin?
Nichts weißt du über mich und meine Träume. Ich liebe
David, er ist der Mann, mit dem ich leben will. Und dafür

würde ich alles tun. Verstehst du? Denn bald schon leben David und ich glücklich zusammen."

Linda hörte Anna mit Grauen zu. Und so entging ihr auch Davids Reaktion nicht. Grinsend schaute er Anna an und legte ihr den Arm um die Schulter. „Nun, wir werden sehen. Irgendwann kommt es so."

Anna blickte ihn unsicher an. „Wie meinst du das?"

„Aber Liebling, wir hatten das doch alles geklärt. Erst mal muss ein wenig Gras über die Sache gewachsen sein. Ein paar Monate werden vergehen müssen, in denen ich bereits vorausgehe. Du kennst unseren Plan, nun ist es als Erstes wichtig, uns um die da zu kümmern."

Annas Miene war unbeschreiblich, Linda sah Verblüffung und ein wenig Angst. Ihre ganze Haltung war verändert. Stocksteif stand sie neben David. „Ich verstehe das nicht. Du sagtest doch, du würdest nach der Beerdigung deine Zelte hier abbrechen und mich nachholen."

David schien langsam ungeduldig zu werden und wollte Anna beiseiteschieben.

Verzweifelt überlegte Linda, wann der perfekte Zeitpunkt für ihren Plan wäre. Da kam ihr die Natur, aber auch die plötzliche Distanz der beiden, zu Hilfe.

Ein heftiger Windstoß traf die Festung und wirkte beinahe wie ein Donnerschlag. Der Himmel öffnete seine Schleusen und es begann zu schütten wie aus Eimern. David öffnete den Mund, um etwas zu Anna zu sagen. Beide schauten eine Sekunde nach oben Richtung Himmel. Etwas in Linda schrie – *Jetzt*. Und diesen winzigen Moment nutzte sie. Jetzt war die Chance gekommen – die einzige Chance, die sie haben würde.

Sie drehte sich um und rannte wie eine Wahnsinnige los. Zweige peitschten ihr ins Gesicht und versuchten sie aufzuhalten, während Linda durch dichtes Buschwerk brach. Ihre Füße schlitterten über den rutschigen Boden. Mit weit aufgerissenen Augen stürmte sie vorwärts. Das Wäldchen wa nicht sehr groß, irgendwann würde sie eine freie Fläche erreichen. Ihr Ziel waren die gastronomischen Einrichtunge in der Nähe des Fahrstuhls, aber die waren weit entfernt. Do würde Linda auf jeden Fall auf andere Menschen treffen, die ihr helfen konnten. Bis dahin musste sie einen Vorsprung erreichen oder sich irgendwo verstecken.

Immer stärker wurde der Drang zu lauschen oder stehenzubleiben und sich umzudrehen. Doch Linda wusste, wenn sie das tat, hatte sie verloren.

Vor ihren Augen tauchten die letzten Sträucher auf, glei endete der Wald. Für ihre Verfolger war sie auf der freien Fläche perfekt zu erkennen. Schemenhaft erkannte sie eine flache Mauer zu ihrer Rechten und dahinter einen Abhang. Linda starrte nach vorn. Regen strömte über ihr Gesicht und trieb ihr Tränen in die Augen.

Die Gaststätten und Museen waren unerreichbar fern. Das wurde ihr in diesem Moment so richtig bewusst. Niema würde sie es bis dorthin schaffen. Anna und David waren vie sportlicher als sie und würden sie bald einholen. Linda stopp in vollem Lauf und warf sich, voller Wucht, hinter der Maue die grasbewachsene Böschung hinab. Sie rutschte, sie schlitterte und prallte unsanft auf nasse Gehwegplatten, die seitlich durch Sträucher abgeschirmt wurden. Ein heftiger Schmerz durchzuckte ihr rechtes Knie und trieb ihr Tränen i die Augen. Panisch schaute sie sich um. Direkt vor ihr war d Mauer. Ein Stück seitwärts lag eine dunkle Öffnung, die von moosüberzogenen Steinen gebildet wurde. Efeu hing herab und verdeckte den Eingang teilweise. So schnell es ging, versuchte Linda, auf die Beine zu kommen, und ignorierte den Schmerz in ihrem Bein. Humpelnd erreichte sie das Gewölbe. Modrige Luft schlug ihr entgegen.

Sie huschte möglichst weit hinein und schmiegte ihren Körper in eine winzige Nische. Krampfhaft versuchte Linda, ihren Atem unter Kontrolle zu bekommen. Sie wusste, die Chance, dass ihre Verfolger das Manöver nicht gesehen hatten, ging gleich null. Dennoch faltete sie ihre Hände und betete, so wie es ihre Großmutter ihr als kleines Mädchen beigebracht hatte. Gleich darauf ertönten draußen Schritte und wurden allmählich lauter. Jemand betrat den Gang, keuchend, mit unsicherem Tritt. Linda drückte sich noch ein Stück näher an die glitschige Wand, bis sie beinahe mit ihr verschmolz. Wassertropfen fielen von der Decke und benetzten ihr Gesicht. Erst jetzt bemerkte sie, dass sie sich an einem der Eingänge zu den Kasematten befinden musste. Ein paar Meter von ihr entfernt, war ein Gittertor, welches ins Innere führte.

Immer näher kamen die Schritte und betraten schließlich den kurzen Gang, der zu ihrem Versteck führte. Automatisch presste Linda ihre Hand auf den Mund, um ein heftiges Keuchen zu unterdrücken. Die Person blieb stehen, schien kurz zu lauschen. Erneut schlich sie weiter und stand schließlich vor dem Tor. Vorsichtig rüttelte sie an der vorgelegten Kette, doch nichts geschah. Dann schaute sie suchend in die andere Richtung und drehte sich langsam um. In diesem Moment erkannte Linda Anna. Im Zwielicht des dunklen Ganges trafen sich ihre Blicke.

Kapitel 23

Nun war also alles vorbei. Einen Moment schloss sie die Augen. Lindas gesamtes Leben zog an ihr vorüber. Die Wochenenden bei ihrer Großmutter am Meer, das erste Treffen mit Kevin, ihre Hochzeit, der Einzug ins neue Haus, die kleine Marie auf ihrem Arm.

Anna stand einfach nur da, sagte kein Wort und starrte an. Ihr Blick war unergründlich und plötzlich hatte Linda das Gefühl, sie würde weinen. Ihre Schultern zuckten unterdrückt und sie wischte sich über das Gesicht. Da ertönte von drauß ein Zuruf. „Und, siehst du was?"

Anna schwieg und David rief noch einmal nach ihr. „H du was gefunden?"

Immer noch zögerte Anna und holte dann tief Luft. „Nein, hier ist nichts", schrie sie mit fester Stimme nach draußen. „Nur ein Tor, aber das ist verschlossen. Sie muss woanders sein."

„Wir werden sie schon finden", schrie David. Seine Stimme hallte von den modrigen Wänden. „Weit kann sie nicht sein, wir laufen zum Ausgang. Da kriegen wir sie am ehesten. Komm, wir suchen weiter."

Noch einmal sah Anna sie an, griff in ihre Tasche und holte etwas heraus. Sie formulierte einige Worte mit ihren Lippen, ohne einen Ton zu sagen. Es wirkte beinahe wie ein „Es tut mir leid." Aber das konnte Linda sich auch einbilden. Dann legte sie etwas auf den Boden, drehte sich um und lief schweigend nach draußen. Weiter und weiter entfernten sich ihre Schritte, bis schließlich Stille herrschte.

Linda sank auf die feuchte Erde. Ihre Beine trugen sie nicht mehr, gaben einfach unter ihr nach. Sie saß auf den nassen Steinen und heulte. Immer noch unfähig zu begreifen, was gerade geschehen war.

Anna, sie hatte sie nicht verraten. Aber warum? Oder war alles nur eine Finte gewesen und sie kam jeden Moment mit David zurück? Doch draußen blieb alles still. Linda hörte nur das Rauschen des Regens und das Heulen des Windes.

Allmählich kroch Kälte in ihren Körper. Sie stemmte sich langsam nach oben und kroch den Gang entlang Richtung Licht. Mit beiden Händen tastete sie über die kalten Steinplatten und fand schließlich den Gegenstand, den Anna vorhin auf den Boden gelegt hatte. Linda nahm ihn fest in ihre Hand, kämpfte sich auf die Beine und wankte nach draußen. Auf ihrer Handfläche lag ein kleiner Marienkäfer. Er schien das Gegenstück zu dem Glücksbringer zu sein, denn Anna ihr vor einigen Tagen geschenkt hatte. Ungläubig betrachtete sie das Tier und sah dann in den Regen. Wasser strömte über ihr Gesicht.

Linda fühlte sich schrecklich, ihr Kopf schmerzte und ihr Knie fast noch mehr. Was sollte sie jetzt tun? War es besser hierzubleiben und sich zu verstecken?

Sie wartete etwa noch zehn Minuten, doch ihr Körper wurde immer mehr zu einem Eisklumpen. Vorsichtig begann Linda die Böschung hinaufzuklettern und hielt sich dabei immer mit einer Hand an den rauen Mauersteinen fest. Von Zeit zu Zeit hielt sie an und lauschte. Das Gras zu ihren Füßen war nass vom Regen und glitschig. Einige Male rutschte sie beinahe aus. Doch dann war sie endlich oben und konnte einen ersten Blick riskieren.

Die Wiese vor ihr war leer. Auch in Richtung Wäldchen war niemand zu sehen. Der Regen ließ etwas nach, dafür kam erneut Nebel gezogen. Linda war beinahe froh, dieser würde ihr vielleicht auf ihrem Weg ein wenig Schutz bieten. Sie lief humpelnd los, immer in Richtung der Gaststätten, in deren Nähe sie auf Hilfe hoffte.

Beim Herankommen bemerkte sie zunächst eine Gruppe Menschen, die in einiger Entfernung zur Mauerbrüstung standen. Sie drehten ihr die Rücken zu und schienen einen bestimmten Punkt zu fixieren. Linda kniff ihre Augen zusammen, konnte aber nichts erkennen.

Vorsichtig schlich sie näher, erreichte schließlich die ersten Gebäude und tastete sich an deren Fassaden entlang. Immer wieder blickte sie sich um, doch weder Anna noch David waren zu sehen.

Eine junge Frau stand ganz in ihrer Nähe und betrachtete wie die anderen Menschen die Festungsmauer. Es schien eine Kellnerin zu sein, denn sie trug eine weiße Bluse und eine lange Schürze dazu. Für dieses Wetter war sie viel zu leicht gekleidet und schlang deswegen ihre Arme um den Oberkörper. Irgendwann drehte die Frau sich um und musterte Linda erschrocken. Ihr Blick streifte sie von oben unten. Mit besorgtem Gesicht kam sie auf sie zu.

„Kann ich Ihnen helfen? Sie bluten da." Die Frau deutete auf ihre Stirn und ergriff behutsam ihren Arm.

Linda wischte geistesabwesend über ihr Gesicht und sah Blut an ihren Fingern. Wie einen Fremdkörper betrachtete sie die rote Flüssigkeit. Dann schaute sie an der Frau vorbei und deutete wankend Richtung Mauer. „Warum schauen alle dahin?", fragte sie mit schwerer Zunge.

„Etwas Schreckliches ist geschehen. Eine Frau hat sich gerade umgebracht. Sie ist auf die Mauer geklettert, hat geschrien und sich mit einem Mann gestritten. Gäste haben uns auf die Auseinandersetzung aufmerksam gemacht und w haben die Polizei informiert. Die Frau hat dann telefoniert und der Mann hat versucht, sie daran zu hindern. Gäste sind eingeschritten und haben ihn festgehalten, da ist er verschwunden. Doch bevor sie die Frau da herunterholen konnten, hat sie das Telefon auf die Brüstung gelegt und ist gesprungen. Einfach so, es war furchtbar, ich hab so was noch nie erlebt." Die Kellnerin schüttelte sich. Linda schob sie einfach beiseite und stolperte auf die Menschenansammlung zu.

Entsetzte Gesichter sahen sie an und vermittelten eine erste Vorstellung davon, wie sie vermutlich aussehen musste. Doch Linda war alles egal. Sie drängte die Menschen einfach beiseite und lief zu dem Telefon auf der Brüstung.

Es gehörte Anna. In diesem Moment versank erneut die Welt um sie herum und, gerade noch rechtzeitig, fing einer der Umstehenden sie auf.

Man brachte Linda ins Warme, in eines der Restaurants, doch all das bemerkte sie schon nicht mehr.

Da war ein fester Druck an ihrem Oberarm und etwas Feuchtes, das über ihre Stirn wischte. Linda versuchte, ihre Lider zu öffnen. Sie sah in die Gesichter von fremden Menschen, die einen Kreis um sie gebildet hatten. Einen Moment glaubte sie, David zu sehen, doch das war nur eine Einbildung.

Neben ihr kniete ein Rettungssanitäter, und auf der anderen Seite eine Ärztin. Ein kühles Stethoskop wurde auf ihre Brust gepresst, dann leuchtete ihr jemand in die Augen.

„Hallo", sagte eine Stimme. „Können Sie mich hören?"

Linda nickte und schluckte, ihre Kehle war staubtrocke. Verzweifelt versuchte sie, Worte zu formulieren, doch ihre Zunge versagte, lag dick und nutzlos in ihrem Mund.

Behutsam richtete man sie auf und drapierte etwas Weiches in ihrem Rücken. Unsicher blickte Linda sich um. S erkannte Tische und Stühle, schien mitten in einem Gastrau. zu liegen.

Lächelnd beugte sich die Ärztin über sie. „Sie haben sic tüchtig den Kopf gestoßen. Haben Sie irgendwelche Medikamente genommen? Ihre Pupillen sind stark geweitet.

Linda nahm all ihre Kraft zusammen. „Nein, nichts." Dann blickte sie Richtung Tür. „Die Frau da draußen", flüsterte sie.

Anscheinend war ihre Stimme so leise, dass die Ärztin sich tief über sie beugen musste. „Sie meinen die Frau, die v der Mauer gesprungen ist? Kannten Sie sie?" Linda nickte. „Die Polizei ist gleich da. Jetzt müssen Sie sich erst mal beruhigen. Ich spritze Ihnen was gegen die Schmerzen." Lin wollte protestieren, doch da verspürte sie schon den Einstich in ihrem Arm. Sie dachte noch, sie müsse unbedingt nach David fragen, aber das Reich des Schlafes war schneller.

Da waren Laken unter ihren Fingern, kühl und glatt. Es fühl sich an wie ein Déjà-vu. Linda tastete über den weichen Stof als sich kleine Finger auf ihre legten, warm und weich und kindlich.

Mit einem Ruck öffnete sie die Augen und sah in das Gesicht ihres Kindes. Angsterfüllt schaute Marie sie an und begann dann zu lächeln. „Mama, du hast aber tief und lange geschlafen." Dann deutete sie auf ihren Verband. „Geht's di wieder besser?"

Linda nickte und spürte, wie ihr die Tränen kamen. Mit aller Macht versuchte sie, den dicken Knoten in ihrem Hals nach unten zu schlucken. Marie legte die Wange auf ihre Hand. Es fühlte sich so gut an, unbeschreiblich irgendwie.

Da war noch eine zweite Berührung und Linda drehte vorsichtig ihr Gesicht auf die andere Seite. Kevin saß an ihrem Bett. „Na, willkommen zurück", meinte er leise. „Ich glaube, du solltest in Zukunft den Königstein meiden. Du stößt dir dort jedes Mal schlimm den Kopf." Er versuchte, einen Witz zu machen, doch Linda spürte seine Besorgnis. Behutsam tasteten ihre Hände nach oben, erspürten die weichen Binden eines Verbandes um ihren Kopf. Einen Moment befürchtete sie fast, sich wieder nicht erinnern zu können.

Doch bei dem Wort Königstein waren alle Bilder wieder da. Anna – war sie tatsächlich in den Abgrund gesprungen oder hatte Linda das nur geträumt?

Sie befeuchtete ihre Lippen mit der Zunge. „Weißt du es schon?" Heiser klang ihre Stimme und kratzig.

Kevin nickte und schaute zu Boden. „Die Polizei war bei uns daheim und hat diese Hausdurchsuchung gemacht, als plötzlich das Handy der Polizistin klingelte. Anscheinend war Anna am anderen Ende bevor sie …" Kevin suchte nach Worten und verstummte dann. Vorsichtig schielte er zu Marie, aber die schien sich mehr für die blinkenden Anzeigen der medizinischen Geräte zu interessieren.

„Die Polizei wartet draußen und würde gerne mit dir reden", sagte er leise. „Der Arzt ist nicht begeistert, wegen deines Zustandes. Aber ich glaube, das Gespräch würde dir sehr helfen. Soll ich sie reinholen?" Linda nickte. Vielleicht würde sie jetzt endlich Antworten auf ihre vielen Fragen bekommen.

Minuten später schob sich Gabriele Heidners Gesicht i
ihr Blickfeld.

„Hallo Frau Trautner, verstehen Sie mich?"

„Ja", flüsterte Linda.

„Wie geht es Ihnen?"

„Mein Kopf tut mal wieder weh, aber das ist egal. Was
mit Anna? Ist sie wirklich tot?"

Gabriele Heidner seufzte und wechselte einen knappen
Blick mit ihrem Kollegen, der an der Tür geblieben war. „Fr
Merbach hat uns angerufen, während sie auf der Brüstung
stand. Sie hat uns die gesamte Geschichte erzählt und alles
gestanden, den Mord an Daniela Jahnke, die vielen
Manipulationen und so weiter. David Jahnke hat sie dabei
schwer belastet und Sie sozusagen entlastet. Dann ist sie
gesprungen."

„Und was ist mit David?"

„Es tut uns leid, er ist verschwunden. Wir konnten ihn
jetzt nicht finden. Aber Sie brauchen sich deswegen keine
Gedanken zu machen. Sie sind entlastet, und zwar
vollständig", sagte Frau Heidner mit ruhiger Stimme.

Linda schloss einen Moment die Augen. Die Bilder vor
vorhin waren einfach zu präsent. Immer noch sah sie sich ir
diesem Wäldchen stehen, mit all den unglaublichen Dingen,
die ihr Anna an den Kopf geworfen hatte.

„Ich verstehe das alles nicht, warum hat Anna das geta
Sie hat mich nicht verraten, obwohl sie mich in meinem
Versteck gefunden hatte."

Die Polizistin zuckte die Schultern. „Ich vermute, sie h
begriffen, dass David Jahnke auch sie nur manipuliert hat. L
schöne Leben, was er ihr versprochen hatte, war nur ein
Scheinbild. Früher oder später hätte er wohl auch versucht,

loszuwerden." Beruhigend legte sie ihr die Hand auf den Arm. „Ich wollte Sie nur persönlich informieren. Auch beim Jugendamt werde ich ein gutes Wort für Sie einlegen. Da bleibt zwar immer noch der Fakt, dass Sie Marie allein daheim gelassen haben, aber ich denke, die Sache wird sich damit erledigt haben."

Linda spürte in sich hinein, doch es wollte sich keine Erleichterung bei ihr einstellen. Zu tief saß der Schock der vergangenen Stunden.

„Und dann hätten wir noch eine letzte Frage. Es geht um Juanita de Brago, erinnern Sie sich an sie?" Fragend schaute die Polizistin sie an.

„Sie meinen, das Kindermädchen?"

„Ja, genau die. Können Sie uns etwas zu ihr sagen?"

„Warum wollen Sie das wissen?"

„Nun, seltsamerweise ist Frau de Brago ebenfalls verschwunden. Es könnte ein Zufall sein, aber das glauben wir eher nicht."

Linda dachte an ihren letzten Besuch in Davids Zuhause und daran, wie sie noch einmal zurückgeschaut hatte und die beiden in der Tür gestanden hatten.

„Keine Ahnung, sie ist mir nur einmal begegnet und wirkte reichlich schüchtern auf mich. Denken Sie, Juanita hat etwas mit der ganzen Sache zu tun?"

„Vielleicht, eine Antwort werden die weiteren Ermittlungen geben. Aber nun ruhen Sie sich erst mal aus."

Tom Rostig räusperte sich und blickte angestrengt auf seine Uhr. Mit einem kleinen Nicken erhob Gabriele Heidner sich und legte ihre Hand ganz kurz auf die von Linda. Dann drehte sie sich herum und verließ das Zimmer.

Linda blieb zurück und starrte in den Regen, der in heftigen Böen gegen die Fenster prallte.

Kapitel 24

An einem heißen Sommertag, knapp zwei Jahre später, sollte die Ehe von Linda und Kevin geschieden werden. Als Linda aus der Straßenbahn stieg, wartete ihr Noch-Mann bereits unter einem der großen Laubbäume vor dem Dresdner Gericht auf sie. Gemeinsam gingen sie ins Gericht und gemeinsam betraten sie den Sitzungssaal.

Alles war erstaunlich einfach gewesen. Schon im Vorfeld war alles zwischen ihnen geregelt worden, was es zu regeln gegeben hatte. Vorigen Sommer hatten sie die Scheidung eingereicht. Ihre gemeinsame Basis war endgültig verloren gegangen und ließ sich wohl auch nie mehr wiederfinden. Einen Schlussstrich zu ziehen, war die logische Konsequenz gewesen. Auch ihr gemeinsames Haus hatten sie verkauft und einen so guten Preis erzielt, der alle Schulden getilgt hatte. Der Abschied war Linda schwergefallen, besonders ihren Garten vermisste sie schrecklich und vermied jegliche Besuche in ihrer alten Wohngegend.

Linda bewohnte jetzt mit Marie eine kleine Wohnung in der Nähe der Elbe. Von dort war es nicht weit zur Schule ihres Kindes, die Marie seit einem Jahr besuchte. Sie fühlten sich wohl dort, es war ein gemütliches Heim. Aber vor allem konnte sie es sich leisten.

Nicht weit entfernt wohnte Kevin und kam sie regelmäßig besuchen. Manchmal hatte Linda das Gefühl, dass sie sich durch die Trennung viel besser verstanden als früher. Kurz nach der Geschichte mit Anna hatte er sich in eine Klinik begeben und seine Alkoholsucht bekämpft. Es war ein schwerer Weg gewesen, aber er schien ihn bewältigt zu haben.

Linda verfolgte eine kleine Fliege, die unermüdlich durch de[n] Sitzungssaal schwirrte und die hohe Gerichtsbarkeit vollkommen ignorierte. Mit ihren kleinen Beinchen tippelte respektlos über die vor ihnen liegenden Papiere, erhob sich dann in die Luft und drehte eine weitere Runde. Obwohl die Fenster weit offen standen, schien die Fliege die Kühle des Gebäudes der draußen herrschenden Hitze vorzuziehen.

Gerade eben verkündete die Richterin, dass ihre Ehe nu[r] mehr rechtsgültig geschieden wäre. Linda sah zu Kevin. Bei[de] nickten sich zu und verließen dann das Gericht.

„Und, was machst du heute noch Schönes?", fragte er s[ie] draußen.

Linda blickte in den blauen Himmel. „Keine Ahnung, i[ch] hab frei und werde wohl das tolle Wetter nutzen."

Kevin nickte und schielte zu einer Frau, die ein Stück abseits unter einem Strauch stand. Sie trug ein buntes Kleid und hatte ihre langen blonden Haare zu einem Pferdeschwa[nz] gebunden. Unauffällig schaute sie zu ihnen herüber. Linda lächelte. „Ist sie das?"

„Ja, das ist sie." Vor kurzem hatte Kevin ihr erzählt, das[s] es wieder eine Frau in seinem Leben gab. Und Linda hatte si[ch] ehrlich für ihn gefreut. Beide hatten sich während der Thera[pie] kennengelernt.

„Sie sieht nett aus", meinte sie.

„Das ist sie auch." Unbeholfen sah er sie an, hob dann seine Arme und drückte Linda an sich. „Ich wünsch dir alles Gute. Bis zum Wochenende, ich hole Marie am Freitag."

„Bis dahin, mach's gut, Kevin." Linda winkte der Frau z[u,] die schüchtern zurückwinkte und schlenderte dann langsam zur Straßenbahnhaltestelle.

Die ankommende Bahn war fast leer, ohne Probleme bekam Linda einen Sitzplatz. Langsam setzte sie sich in Bewegung und ratterte um die nächste Kurve. Die Räder quietschten und einen Augenblick schloss Linda die Augen. Nur manchmal dachte sie während ihrer täglichen Fahrten noch an die Zeit mit David zurück. Wenn sie ehrlich war, versuchte sie, jegliche Erinnerung mit aller Macht zu verdrängen. Sie wollte nicht mehr an ihn denken. Linda wollte dieses ganze Kapitel David und Daniela aus ihrem Leben tilgen.

Heute wollte das nicht so recht gelingen. All die kleinen Erinnerungen kamen hoch und ließen sich nicht vertreiben. Am Schillerplatz stieg Linda schließlich aus und lief hinunter an die Elbe. Heiß brannte die Sonne in ihren Nacken. Im Schatten des blauen Wunders, dieser herrlichen Brücke, blieb sie stehen und betrachtete den Fluss. Die Elbe strömte friedlich dahin, es tat gut, aufs Wasser zu schauen. Schließlich suchte Linda sich ein schattiges Plätzchen im Schillergarten und bestellte bei der Kellnerin eine große Fassbrause.

Soeben kam ein Dampfer angefahren und tutete laut, bevor er das blaue Wunder passierte. Zahlreiche bunt gekleidete Menschen waren an Bord und betrachteten die wunderschöne Umgebung. Am anderen Ufer legte er an, bevor er die Fahrt Richtung Elbsandsteingebirge fortsetzte.

Linda umklammerte ihr eiskaltes Glas, und schaute dem Schiff hinterher.

Fast zwei Jahre war es her, dass Daniela und Anna gestorben waren. Die Erinnerungen an die beiden Frauen verblassten allmählich. Besonders seit Marie in der Schule war und andere Kinder um sich hatte.

Anfangs hatte Marie Jonas schmerzlich vermisst. Fast k
Tag war ohne bohrende Nachfragen vergangen. Immer und
immer wieder hatte Marie wissen wollen, wo ihr bester Freu
denn wäre.

Das wusste niemand so richtig. Linda hatte nur eines
erfahren, nämlich dass Danielas Eltern das Sorgerecht für
ihren Enkel bekommen hatten und in eine andere Stadt
gezogen waren.

Weder von David noch von Juanita hatte es seitdem di
geringste Spur gegeben. Anfänglich hatte Linda unter
Alpträumen gelitten. Immer wieder war sie über die Festung
gegeistert, hatte am Abgrund gestanden und war dann ins
Bodenlose gestürzt. Schweißgebadet war sie aufgewacht,
nachdem sie das halbe Haus zusammengeschrien hatte.
Medikamente hatten ihr schließlich geholfen und sorgten
seitdem für entspanntere Nächte.

Auch von Annas Familie hatte sie nichts mehr gehört.
war in eine andere Stadt gezogen und hatte sein Haus verka

Am Nebentisch nahm ein Pärchen Platz und holte Lind
aus ihren Erinnerungen. Beide waren verliebt, hielten
Händchen und küssten sich. Hastig schaute sie weg. Einen
Mann an sich heranzulassen, diese Vorstellung war Lichtjah
von ihr entfernt. Linda freute sich für Kevin, doch sie selbs
konnte sich eine Partnerschaft nicht mehr vorstellen. Sie leb
allein für Marie, auch wenn sie wusste, dass das falsch war.

Eine halbe Stunde später brach Linda auf. Gemächlich
schlenderte sie an der Elbe entlang. Links von ihr strömte d
Fluss dahin, rechts lagen prächtige Villen. Immer wieder wu
sie von Radfahrern überholt, die das herrliche Wetter für ei
Ausflug nutzten. Allmählich wichen die Häuser zurück, eine
große Wiese tauchte auf. An deren Rande, jenseits einer dic

befahrenen Straße, lugten alte Bäume über eine Mauer – der Johannisfriedhof und, gleich daneben, der Tolkewitzer Friedhof.

Linda blieb stehen und schaute grübelnd hinüber. Der Friedhof zog sie magisch an und plötzlich wurde ihr bewusst, was sie jetzt tun wollte. Sie durchschritt eine kleine Pforte in dessen Mauer und fand sich augenblicklich in einer anderen Welt wieder. Ruhig war es hier, friedlich, nur die Vögel zwitscherten und die Bäume rauschten. Der Lärm der Stadt war jenseits des Tores geblieben. Linda studierte einen Wegweiser und suchte dann die Verwaltung des Tolkewitzer Friedhofs auf. Eine freundliche Mitarbeiterin tippte ihre Anfrage in den Computer, und erklärte Linda den genauen Weg zu ihrem Ziel auf einem großen Übersichtsplan.

Minuten später schlenderte sie über schattige Wege und erreichte schließlich einen Sektor, in dem kleine Gräber sich aneinanderreihten. Linda blickte sich um und versuchte, sich zu orientieren. Da, dort drüben, musste es eigentlich sein. Suchend lief sie eine Grabreihe entlang und studierte die Aufschriften auf den Steinen.

Und dann hatte sie es gefunden. Auf einem verwitterten Holzkreuz, das schief in der Erde steckte, stand Annas Name – Anna Merbach. Die Fläche davor war verwildert, ein vertrockneter Blumentopf der einzige Schmuck. Niemand schien sich um das Grab ihrer ehemals besten Freundin zu kümmern.

Linda ging in die Hocke und betrachtete das Kreuz. Sie dachte zurück an viele frohe Stunden voller Lachen, Vertrautheit und fröhlich sein. Und sie dachte an das Ende, den Verrat, die Enttäuschung, die furchtbaren Dinge, die Anna ihr angetan hatte.

Und trotzdem wusste Linda, sie würde erst Ruhe finden wenn sie Anna vergab. Vergeben, das hatte ihre Therapeutin gesagt, aber das hörte sich so leicht an. Linda starrte das Kre an, fast schon hypnotisch betrachtete sie das verwitterte Ho Wie sollte man vergeben, das ging nicht einfach so auf ein Fingerschnippen hin.

Doch plötzlich kam ihr ein Gedanke. Linda durchquert den Friedhof und suchte eine Gärtnerei auf, die vor dem großen Haupttor Pflanzen verkaufte. Mit einigen bunten Blumen beladen, machte sie sich auf den Rückweg. Sie entsorgte den vertrockneten Blumentopf, entfernte sorgfälti das Unkraut und begann dann die Erde zu lockern – mit ihr bloßen Händen, denn sie hatte keine Harke finden können. Energisch wühlte sie im feuchten Boden und ignorierte den Dreck, der sich unter ihren Fingernägeln absetzte. Dann pflanzte sie die Blumen ein und goss das Grab gründlich. G zum Schluss zerrte sie das Kreuz heraus und steckte es gera in die Erde.

Am nahe gelegenen Brunnen wusch sie ihre Hände und kam noch einmal zurück. Linda langte in ihre Hosentasche legte einen der kleinen Marienkäfer auf das Grab. Der zweit lag auf ihrer Hand.

„Mach's gut, Anna. Ich hoffe, du hast deinen Frieden gefunden."

Dann drehte sie sich um und ging zurück ins Leben, wa dort draußen, jenseits der Friedhofsmauer stattfand.

Danksagung

Auch für dieses Buch möchte ich verschiedenen Menschen meinen Dank aussprechen.

Dieser gilt als Erstes meinem Mann, für sein geduldiges Zuhören, seine ehrliche Kritik und die tiefe Liebe. Ich danke meinen persönlichen Mutmacherinnen Sabine und Katrin, die immer an meiner Seite waren und mich bestärkten, endlich neue Wege zu gehen. Ich danke meinen Autorenkolleginnen Greta Schneider und Katrin Emilia Buck, die mir, bei der Veröffentlichung als Selfpublisher, voller Rat und Tat zur Seite standen.

Großer Dank geht an meine Testleserinnen, die mir so viel Mut gemacht haben, das Manuskript nicht einfach wieder in einer Schublade verschwinden zu lassen. Danke an Grit, Manuela, Janine, Sofia, Mimi Reckling von Mimi`s bunte Welt und Anja Lang von „Unsere kleine Bücherwelt". Was wäre ich ohne euch, liebe Mädels.

Ich danke meiner wunderbaren Lektorin Christine Giegerich für das Ausmerzen meiner Rechtschreibfehler und die tollen Vorschläge, um das Buch noch ein wenig spannender zu machen. Ich danke Casandra Krammer für das geniale Cover – du hast genau das gestaltet, was ich wollte.

Wie immer in meinen Büchern gilt: Es ist das Recht einer Autorin, Orte zu erschaffen, Plätze zu verlegen und Gebäude zu errichten, die es vielleicht gar nicht gibt. Das ist die schriftstellerische Fantasie.

Meine bisher erschienenen Bücher

Viertel Kraft voraus – Leben mit dem Fatiguesyndrom, mei
persönliche Krebsgeschichte

Neuanfang auf Italienisch – eine Reise zum Gardasee

Dünengeflüster – ein Roman für alle Ostseeliebhaberinne

Dünenzauber – Sonne, Meer und Ostseestrand

Dünenrauschen – Wellen, Strand und Neuanfang

Inselküsse – Sonne, Meer und Insel Rügen

Die kühne Marie – ein ganz besonderes Kinderbuch zuguns
krebskranker Kinder

Du möchtest mehr erfahren, dann folge mir auf
www.evelyn-kuehne.de und abonniere am besten meinen
Newsletter, um keine Neuerscheinung mehr zu verpassen